U0141381

中國百年新詩

上卷

新詩史略與
文化圖像

黃粱

著

目次
Contents

第五章【民初＋共和國新詩1931-2007】

歸來者：倖存的詩人

導言
新詩的歷史脈動與文化特徵

一、本書的「新詩」定義與歷史區間

　　1917 年 1 月 1 日胡適（1891-1962）在《新青年》雜誌（二卷五號）發表〈文學改良芻議〉，提出：新文學「八不」主張，強調「白話文學」的重要性。《新青年》主編陳獨秀（1879-1942）隨之發表〈文學革命論〉聲援，鼓吹：「國民文學、寫實文學、社會文學」，兩人標舉的革新觀念與文學標的具有劃時代意義。1918 年 1 月 15 日《新青年》雜誌（四卷一號）首次登載「新詩」九首，包括胡適四首與胡適主動邀請共襄盛舉的沈尹默三首、劉半農二首，漢語新詩文本從此誕生，後續激起無窮波瀾。

　　《中國百年新詩》探索 1917-2017 年大陸地區的新詩歷史與新詩文化。1917-1949 年文本簡稱「民初新詩」，1949-2017 年文本簡稱「共和國新詩」，兩者具有緊密的文化／歷史延續性，合併統稱「中國新詩」。本書探索的「新詩」，指生產／傳播於大陸地區的漢語新詩文本，也包括移民海外的共和國作者的漢語新詩文本，但不包括臺灣、港澳、新馬作者的漢語新詩文本。

二、本書的史觀史識與考察重點

　　詩史書寫，首要處理的命題是：通與變。漢語新詩根源於何處？根源與流動之間如何通如何變？發展過程有何環境制約？有何影響演化的嶄新因素？語言空間、詩歌空間有何建樹與缺失？文化圖像、詩歌精神有何顯著特徵？第二個要處理的命題是：顯與隱。「顯」，主流顯豁者；「隱」，邊緣隱匿者。影響顯與隱的諸種力量是什麼？顯的作者與隱的作者各自有何虛實？提昇邊緣隱匿的作者，沉降主流顯豁的作者，讓虛實回歸應有之位，是詩史寫作的重要任務。

　　梳理通變調整顯隱，詩史作者必須具備特定的史觀與史識。史觀是詮釋歷史的觀念與視野，史識是歷史裁決與價值定奪。你所倚靠的文化座標與價值判斷有哪些？你要凸顯的歷史脈絡與詩歌文化是什麼？史觀史識模糊的歷史敘述不成體統，意識形態狹隘的歷史敘述傲慢輕浮，這是詩史寫作的精神試煉。

　　要重新安排作者與作品的座標位置，就必須立定「審美評價」尺度與「審美精神」標竿去衡量對象文本，區分真與假、好與壞。本書的審美評價，關注「決定性經驗」與「整體性價值」對詩人／詩篇的經驗塑造與價值轉化。本書崇尚的審美精神，將「詩」定位為創造性自身，詩歌空間有機生成，詩意迴響無端無盡藏。「詩」是語言的最高形式，「詩人」是人類文明精神象徵。除了秉持獨特的審美標準進行詩學評量，還得由海量的一手文本以詩瓢親自撈取，而非根據名氣地位、權力網絡、詩刊詩選、讀者喜好，從他者篩選後的二手文本方便標定。

　　現代是對傳統的批判性繼承，並加入變革因素融合而成，通

中有變，變中有通。「新詩」相對古詩來說是變，「詩」對於新詩與古詩來說是共通之所。本書重視新詩文本的「返古開新」之力，有根有本才能開創新機；重視新詩文本與時代環境的「在場關聯」，詩人勇於介入現實敢於自我批判。本書闡述的歷史脈絡與詩歌文化是透過「漢語」書寫的新詩文本，進行爬梳、分流與闡釋，無法做到「平視」各族群、各語言的理想狀態，這是本書史觀、史識的侷限，有待未來者修正。

　　本書將「詩人與詩篇」視為新詩文化核心命題，「詩思潮與詩集團」為新詩文化周邊命題，避免反客為主，審美判斷受制於框限的文化視域與主流的權力網絡。本書以價值維度的歷史（精神性詩史）為核心評量，時間維度的歷史（沿革性詩史）為參考評量。考察重點：一、百年新詩的歷史脈絡。二、詩與歷史的對話交流。三、裁選詩人闡釋詩章樹立典範。四、釐清語言形態點檢文化特質。五、省思傳統與現代的關聯。六、分析新詩傳統的建構困境。「精神性詩史」是文化史的核心命題，文化傳續與精神建設是精神性詩史的兩大核心指標。

三、百年新詩的歷史背景

　　1917 年至 2017 年為「中國新詩」第一個百年，百年期間，經歷了八階段歷史性／文化性／社會性事件之衝擊，對新詩文化之發展不可避免地產生影響。

　　一、1925 年 3 月為爭取蘇聯援助而「聯俄容共」的孫文逝世，7 月中國國民黨成立廣州國民政府，1926 年 7 月誓師北伐弭平軍閥割據。1927 年 4 月 2 日國民黨中央監委會

開會，咨請中執委對共產黨徒採取抓捕監管的緊急處置，謂之「清黨」。8月1日中共指揮「南昌暴動」，國共兩黨全面決裂。1930年3月魯迅、郁達夫、馮乃超等人，在上海成立「中國左翼作家聯盟」。1933年10月國民黨軍圍剿中共盤據地域，1934年10月中共紅軍從「中央蘇區」（江西南部、福建北部）向西戰略轉移。1937年9月23日國民黨接受中共遞交的〈中共中央為公布國共合作宣言〉，「第一次國共內戰」結束。

二、1937年7月7日發生「盧溝橋事變」，中日大戰全面爆發。1945年8月15日日本宣布無條件投降，9月9日，日本中國派遣軍總司令岡村寧次向中國陸軍總司令何應欽投降，中日戰爭結束。八年抗戰中國付出慘重代價。蔣中正奉盟軍最高統帥麥克阿瑟將軍之令，10月25日代表同盟國接收臺灣、澎湖，國民黨軍政集團藉此契機控制臺灣與澎湖群島。

三、1945-1950年「第二次國共內戰」。日本剛宣布無條件投降，盤據「陝甘寧邊區」中共領導的武裝部隊，立即對東北快速進擊，接收日軍的裝備與蘇聯的軍事援助，迅速壯大實力。1949年蔣中正能掌控的國民黨軍隊與物資大規模撤退到臺灣。1949年10月1日中華人民共和國成立於北京，12月5日有名無實的總統李宗仁離開香港飛抵美國，12月10日掌握軍政實權的蔣中正與蔣經國從成都飛抵臺北。

四、1950年3月中共展開「鎮壓反革命運動」，百萬人被處決。1950年6月發動暴力鬥爭的「土地改革運動」，百

萬地主人頭落地。1955年5月「胡風反革命集團案」7月擴大為「肅反運動」，被整肅人數二十一萬四千人。1957年6月8日「反右運動」敲響，打成右派人數估計從五十五萬人到一百二十萬人，這些人被發配勞改。1958-1962年執行三面紅旗（總路線、大躍進、人民公社）政策，導致全國大饑荒，三千八百萬人至四千五百萬人非正常死亡。1956-1962年中共解放軍武力鎮壓西藏，摧毀藏傳佛教文化，並導致三十四萬七千餘藏民傷亡。

五、1966年至1976年毛澤東啟動「文化大革命」，強迫六億人民的智識變成白紙，以《毛語錄》進行全民思想改造運動，俗稱「十年浩劫」。文革期間非正常死亡人數，各方估計從二百萬人至二千萬人。文革動員紅衛兵掃蕩社會各階層，顛覆倫理關係與道德綱常，數不清的文物古蹟慘遭蹂躪。

六、1978年12月18日，鄧小平提出「對內改革、對外開放」，社會管制初次鬆綁。1978年底北京發生「民主牆運動」，出現七大民刊：《啟蒙》、《今天》、《四五論壇》、《沃土》、《北京之春》、《中國人權同盟》、《探索》；這些民刊在1979年被定性為非法刊物遭到取締。《今天》文學雜誌催生「朦朧詩」，引發「新詩潮」。1979年1月1日中美建交。1989年天安門「六四事件」，因軍隊鎮壓而死亡的學生與市民超過一萬人。

七、1992年1月鄧小平南巡，「改革開放」確立為基本國策。1999年6月10日江澤民設置「610辦公室」，對法輪功成員系統性迫害，長期涉及活摘囚犯器官移植的罪

行。2001 年共和國加入世界貿易組織，2010 年生產總值超越日本成為全球第二大經濟體。2012 年習近平接任總書記。2014 年香港發生爭取民主的「雨傘運動」，一百二十萬人上街靜坐遊行。中共建置新疆「再教育營」，至 2017 年達到高峰，上百萬維吾爾族穆斯林被關押，進行思想改造、文化清洗與強迫勞動。2019 年武漢新冠肺炎（COVID-19）擴散成全球性災難，共和國疫情的死亡人數難以估計。

八、1995 年 3 月網刊《橄欖樹》創辦。1999 年 11 月《界限》，2000 年《詩生活》、《詩江湖》、《揚子鱷詩歌論壇》，2001 年《或者》、《鋒刃詩歌論壇》、《不解詩歌論壇》、《終點》相繼出現，2007 年《今天詩歌論壇》成立，互聯網擴大新詩文本的傳播。中共的網路管控始於 1996 年，規定：「任何單位和個人不得自行建立或者使用其他信道進行國際聯網。」國家防火牆隨科技發展越來越嚴密，阻斷國內與國際的資訊交流。2003 年啟動「全國公安工作信息化工程」（金盾工程），第一期工程 2006 年 12 月完成，第二期工程 2015 年 1 月驗收。金盾工程引入語音識別、人臉識別、大數據，建構全方位的監控維穩系統。

四、上卷【新詩史略與文化圖像】

本書的敘述內容為中國百年新詩，歷史敘事（史）與詩學闡釋（詩）並重；歷史敘事剖析外顯時空結構，詩學闡釋探索內隱場域特徵，將外顯現象內化，將內隱情結裸露，彼此交流對話，

才能達成「詩史互證」的目標。

上卷【新詩史略與文化圖像】，一章至七章，主題關注：民初新詩、共和國新詩的歷史脈動與文化圖像。各章內涵簡介如下——

第一章〈1917-1949 年的新詩與新詩學〉。第一部分以 1927 年出版的《中國新文學大系 8．詩集》為分析對象，探索 1917-1927 年新詩的文化特徵。第二部分考察 1927-1949 年間，歷史變局下的新詩文化，從美學意識、社會意識、文化溯源意識三個面向，進行文本闡釋。第三部分對新詩創生與發展的無根之變多方面檢討。

第二章〈抗戰年代的詩與改朝後詩人歷史反思〉。簡介對日抗戰的歷史脈絡與時代環境，探索抗戰年代的七位詩人如何以詩回應時代巨變？中華人民共和國成立後，詩人經歷什麼考驗以致紛紛停筆或改變風格？1978 年 12 月改革開放後重拾詩筆的詩人，寫出什麼發人深省的詩章？

第三章〈共和國新詩的政治體質與受難心靈〉。第一部分將共和國新詩區分為：第一代詩人、第二代詩人、第三代詩人、第四代詩人、歸來的詩人；各區塊例舉四位詩人的文本，呈現連貫各世代的新詩文化特徵：政治體質與受難心靈。第二部分闡述「林昭」其人其詩的生命歷程及其象徵義。總結「見證歷史真相，守護核心價值」的詩歌精神。

第四章〈從地下文學到先鋒詩歌〉。第一部分簡介文革時期的地下文學，評介文革時期四位重要詩人（郭世英、黃翔、郭路生、周倫佑）。第二部分敘述肇始於改革開放的先鋒詩歌，介紹《今天》文學雜誌。從五篇歷史文獻回顧先鋒詩歌 1978-1998 年的歷史脈動。總結詩人伸張「自由意志」的心路歷程。

第五章〈歸來者：倖存的詩人〉。介紹十二位「歸來的詩人」，
闡釋代表性詩章。他們在 1957 年之前寫過詩，因為時代劇變被
迫停筆，改革開放後再度提筆。其中廢名屬於不歸者，詩筆夭折，
其他十一位詩人（從蘇金傘到昌耀）屬於歸來者；無論不歸者或
歸來者，他們的政治性受難都讓人痛心疾首。

第六章〈1980-1990 年代先鋒詩歌的內涵與精神〉。評介九
位詩人（出生年 1952-1967，活躍於 1980 年代與 1990 年代），
探索先鋒詩歌的內涵與精神，解析文本中潛藏的心理意識、抵抗
精神與價值求索。第一部分敘述醞釀先鋒詩歌的歷史脈絡與時代
環境。第二部分闡釋先鋒詩歌的核心內涵：揭穿虛無。第三部分
闡釋先鋒詩歌的精神標的：抵抗虛無。

第七章〈人之樹，新世紀詩歌文化圖像〉。第一部分敘述跨
世紀前後（1990-2010 年）先鋒詩歌的心靈動向。第二部分選擇
十位詩人（出生年 1962-1980），剖析新詩文本的詩人意識與思
想樣態。第三部分闡釋新世紀五大書寫向度（靈性、文化、性情、
生活、語言），與整體文化圖像（人之樹）。總結漢語詩學的傳
承與開創。

五、下卷【軸心詩人與典範詩章】

本書除了澄清歷史脈絡與文化圖像之外，也嘗試立定精神標
竿樹立「軸心詩人」，釐清審美評價凸顯「典範詩章」。何謂軸
心詩人？超越時代又突破範型，既是傳統繼承者又是變革未來
者。李白、杜甫從《詩經》、《昭明文選》吸納菁華，「大雅久
不作，吾衰竟誰陳」（李白〈古風其一〉）、「熟精文選理，休
覓彩衣輕」（杜甫〈宗武生日〉），開創不朽的盛唐之音。韓愈、

白居易上承李、杜昭顯的詩歌精神：「李杜文章在，光焰萬丈長」（韓愈〈調張籍〉）、「天意君須會，人間要好詩」（白居易〈讀李杜詩集因題卷後〉），進行突破框架的寫作，下啟北宋詩文氣場。李、杜、韓、白堪稱唐代軸心詩人。何謂典範詩章？產生極內在極超越詩意迴響的詩章，足為後人學習法式。以唐詩為例：張若虛〈春江花月夜〉、李商隱〈無題〉都堪稱典範詩章。

下卷【軸心詩人與典範詩章】，評介八位軸心詩人的創作經歷與詩學成就，闡釋三十一位詩人的代表性詩章，探索主題「詩學」，這是推動新詩生成與發展的核心元素。本書所以命名「中國百年新詩」（包含詩史與詩學），而非「中國新詩史」，道理在此。匱缺詩學探索的新詩史論述，無法彰顯「中國百年新詩」在審美層面的真正建樹。八章至十五章為「詩人典範」，探索詩人學；第十六章為「詩篇典範」，探索詩語言學。

就詩人座標而言，我特別重視「詩人意識」在個人詩歌歷程的關鍵作用。「詩是人存活在大地上，陷身于歷史中，賦有真實之大美的明證，文字的聲音形象只是存有與時間的局部轉喻，詩不僅僅是這些。詩在語言背後有一條堅韌的傳續人類文明的精神線索，一種人性尺度的價值判準，一道法執，我名之曰『詩人意識』，它帶領詩人穿越生死之間無窮止的迷障。當生存召喚正義，詩本然呈獻正義；當歷史迫近抉擇時刻，詩凜烈烙下時代印痕。」（黃粱〈泥濘中的清醒與抉擇〉）

詩人意識，包含文化意識與人性意識雙重要素，它是超越族群和語言、跨越時代和地域的詩的內在尺度；詩人意識，超越特定時代環境與政治意識形態，而存在於真正詩人身心靈深處。在一個無志可依的迷亂時代，「詩人意識」突出言志的道德勇氣，在泥濘中的清醒與抉擇，對戕傷人性、扼殺自由意志、沉陷物質

幻影的「非法」的體制與行徑，以詩篇亮出「法度」的準繩，用語詞之光照亮歷史謎團。

本書依據「詩人意識」突出言志的道德勇氣這個詩學尺度，選擇九位詩人，對其詩學成就進行更深入評介，彰顯「軸心詩人」的時代意義。除上卷第三章蘇州詩人林昭之外、其他八位詩人分列下卷八至十五章。第十六章探索「典範詩章」。各章內涵簡介如下——

第八章〈穆旦詩傳：拒絕遺忘歷史〉。穆旦出生於天津，是橫跨民國與共和國的大詩人，也是唯一一位將國民黨專制獨裁與共產黨暴力革命的本質都看清的時代先知。穆旦對社會人心與歷史進程的智慧洞見，為漢語新詩樹立精神性標竿；穆旦堅守心靈真實、追索歷史真相的勇氣與決心，是詩歌精神的真正體現。節制有張力的象徵化抒情與文本結構的平衡感是其風格特徵，詩篇呈現詭譎的時代變局與複雜的人性面貌。

第九章〈與昌耀詩的三次詩學對談〉。昌耀出生於湖南桃源，響應「開發大西北」號召赴青海墾荒，是唯一一位經歷第一代到第四代，寫詩不輟質量兼具的大詩人。昌耀前期詩富藏人心與天心勾連之美，後期詩品嘗社會生活之輾轉折磨，為堅持信仰而受難。昌耀詩與土地家園、文化傳統、美之原始、聖潔精神交融互涉，呈現具有「開放場」特徵之生態詩學景觀。

第十章〈胡寬，自由鏡像中的受虐者〉。胡寬活動於西安，英年早逝，生前未受重視，但風格前衛批評意識濃厚。胡寬詩的修辭和結構皆充滿「荒誕派戲劇」特徵，迫使讀者認識這是一個殘酷荒謬的世界；當荒謬性使人意識到意義的缺乏，在世存有的價值才可能實現。胡寬的荒誕戲劇詩對世界之殘忍與愚昧投出蔑視之眼，以詩刺破社會偽裝與歷史假相。

第十一章〈于堅詩，黑暗時代的精神螢光〉。于堅出生於昆明，參與創辦《他們》文學雜誌，注重細節的紀實性詩篇風格獨特。探索自然與文化的本質差異和文化符碼對人與自然的雙重遮蔽，是于堅詩的關注重點。長詩〈○檔案〉以被擠壓框限的系列現實語符對映人的一生，啟明「人的格式化」生存現象。組詩〈巨蹼〉是人間秩序重建的艱難嘗試，試圖在自我與他者之間重新找到連結點，揭示倫理與道德的核心價值。

第十二章〈堅守人性真實，王小妮詩章〉。王小妮出生於吉林長春，崛起於朦朧詩時期，定居深圳。詩歌的核心價值：堅守人性真實，主題關注：人與時代對詰。三階段詩歌歷程：隱逸者時期、清醒者時期、啟蒙者時期，扣緊歷史脈動；三大主題類型：倫理詩、風土詩、諷喻詩，呼應時代命題。王小妮的詩藉死亡返照生命以黑暗凸顯光明，永恆懷抱愛與希望，對拘囚於意識形態牢籠、陷溺於汙穢泥潭的人心深富啟蒙意義。

第十三章〈余怒詩與余怒詩學〉。余怒出生於安徽安慶，前期詩具有超現實主義形式與存在主義內涵，以造境手法達到解構現實的文學標的。後期詩呈現兩種書寫模式：取果核式以核心意象為主體，剝殼去皮吃肉丟出果核，主客分明；抓鰻魚式徒手對付鰻魚，鰻魚扭動人的身手跟著變換，主與客顛來倒去。余怒詩以語言歧義的自由對抗極權體制的不自由，鄙棄主流的偽價值系統，詩歌美學帶有後現代解構特徵。

第十四章〈楊鍵的招魂史詩《哭廟》〉。楊鍵定居安徽馬鞍山，文化意識濃厚。2014 年《哭廟》出版於臺灣，「哭廟」意謂著「廟」所象徵的精神文明瓦解，故為之慟哭。《哭廟》長達一萬兩千行，是對當代中國悲劇，文化的、民族的、歷史的、社會的苦難，波瀾壯闊的雕刻。楊鍵走進荒煙蔓草的大地深處，為人

民的深沉病苦繪出形貌。楊鍵詩語言古樸，內蘊崇高精神。

　　第十五章〈英雄系譜：彝族詩人吉狄兆林〉。吉狄兆林出生於四川涼山州會理縣，紮根鄉土承續傳統的彝族詩人。他的漢語新詩，迥異漢文化的聖人系譜，呈現彝文化英雄系譜的異他美學。詩篇融合狂放與幽默，演繹原始的彝、厚土的彝、人性的彝、英雄的彝，展現畢摩文化「日月星辰有良心，萬物有靈，眾生平等」之旨。吉狄兆林文本中瀰漫的哀傷與憤怒，並非個人私密情事，而是整體族群歷史經驗之迴聲。

　　第十六章〈語言維度的典範詩章〉。詩的語言空間構成（由外而內）區分五大層級：語言體裁、語言鏡像、語言動能、語言調性、語言意識。每個層級區分兩種語言模式：雅／俗、虛／實、曲／直、柔／剛、聚斂／擴散。本章每個模式選擇三位詩人，共計三十一位詩人（出生年 1946-1980），根據選樣文本評介典範詩章的內涵與形式，從語言維度進行詩學反思。

　　總結篇章〈詩歌文化的傳統與現代〉。第一部分，陳述本書作者獨特的雙重邊緣視點。第二部分，對百年新詩進行四大要項文化點檢。第三部分，闡釋傳統與現代的關聯。第四部分，分析「新詩傳統」的建構困境。第五部分，歸納百年新詩的文學遺產。第六部分，標舉未來新詩的文化理想。

六、《中國百年新詩》文學標的

　　本書有三大文學標的：改寫歷史敘事重構文化圖像、提昇新詩位階彰顯多元生態、揭櫫精神標竿昭示文化理想。

　　一、改寫歷史敘事重構文化圖像。中國新詩經歷了民初時期專制獨裁到共和國時期極權統治的百年歷程，形塑官方

／主流新詩文化與民間／異他新詩文化分立、疏離、斷裂的文學環境，新詩歷史敘事不可避免地遭遇政治意識形態的嚴重制約。在官方權力網絡強勢干預之下，民間文學話語被迫邊緣化隱匿化。在畸形的文學環境中，主流的歷史敘事，提拔靠攏權力網絡的作者，壓抑疏離權力網絡的作者。本書對偏狹小器的歷史敘事進行糾正，依據審美判斷、歷史判斷、道德判斷綜合衡量，改寫歷史敘事，重構文化圖像。

二、提昇新詩位階彰顯多元生態。百年以來的中國，經歷軍閥割據、國共內戰、對日抗戰、階級鬥爭、文化革命、改革開放、金錢狂潮，官商勾結腐氾濫致使貧富差距擴大，弱肉強食的叢林法則遍地開花。在權力網絡主導社會時尚牽引的文學場域中，新詩的主流文本迷戀於浮濫敘情而致淺薄化，新詩的邊緣文本拘束於批判抗爭而致單一化。本書一方面提昇新詩的文化位階，詮釋終極觀照的價值涵義，另一方面發掘被忽視的詩人與異他美學，彰顯詩的多元生態景觀。

三、揭櫫精神標竿昭示文化理想。民初新詩開端於反傳統，共和國新詩受困於反文化，讓中國百年新詩扎根在文化廢墟上。新詩潮肇始，詩人向蘇聯詩、歐美詩漢譯文本取經，崇洋性詩文本面目模糊；市場經濟勃發金錢怪獸領航，時尚性詩文本粗製濫造。本書通過評介軸心詩人、闡釋典範詩章的方式，樹立精神標竿，鏈結傳統與現代，標舉未來新詩的文化理想。

傳統是動態模型，現代也是動態模型，詩史寫作在兩座動態模型之間架設橋梁，一個暫時性歸結。詩史寫作，也是審美評價

與審美價值之間的辯證互涉，是一時性與歷時性的對話交流。詩史，是不斷需要重寫的文化工程，沒有一勞永逸的歷史論斷。本書的詩史敘述與新詩評論，著作權歸屬黃梁；詩史引用與詩評引用的對象文本，著作權歸屬原始著作人。

第一章【民初新詩1917-1949】
1917-1949年的新詩與新詩學

一、1917-1927年，新詩的語體、詩體革命

（一）緒論

　　1894 年 7 月 25 日，大清帝國與日本兩國戰艦在朝鮮仁川外海的豐島遭遇，日艦首先開砲，豐島海戰揭開序幕；7 月 29 日朝鮮陸戰清廷失利，駐朝鮮清兵敗走平壤，8 月 1 日兩國宣戰。1895 年 2 月 17 日滿清北洋艦隊全軍覆沒，清廷滿州部隊陸戰又復失利，清廷被迫議和。「甲午戰爭」結果，1895 年 4 月 17 日李鴻章畫押《馬關條約》：開放通商口岸、放棄對朝鮮的宗主權、割地（遼東半島、臺灣、澎湖）、賠款（白銀兩億兩）。1894 年 11 月孫文由廣州赴檀香山，聯合華僑成立「興中會」，1895 年 2 月孫文返回香港，合併楊衢雲領導的「輔仁文社」，正式以「驅逐韃虜，恢復中華，創立合眾政府」為會員誓詞，標舉民族主義旗幟。9 月敢死隊襲擊廣州衙門，揭開革命序幕。

　　除了革命黨的武力道途之外，贊成變法的保皇會積極進行救亡圖存的政治改革，以譚嗣同、康有為、梁啟超為代表。1895 年 9 月 21 日「戊戌政變」失敗後，譚嗣同等六君子就義，康、梁逃亡日本。1900 年 6 月 20 日黎明，慈禧太后迷信義和團神力，向

各國駐華公使宣戰，導致「八國聯軍」之役；1901年9月7日李鴻章、奕劻與十一國代表簽署《辛丑條約》，賠出鉅款，喪權辱國。

　　黃遵憲（1848-1905）從光緒三年（1877）到光緒二十年（1894），以外交官身分先後到過日本、英國、美國、新加坡等地，接觸西方文明，考察日本明治維新。他在時代變局激勵與新文化思想激蕩下，開始詩歌創作的新探索。他深感古典詩歌「自古至今，而其變極盡矣」，再繼困難；但深信「詩固無古今也」，「苟能即身之所遇，目之所見，耳之所聞，而筆之於詩，何必古人？我自有我之詩者在矣。」（黃遵憲〈與朗山論詩書〉）。「我手寫我口，古豈能拘牽」，即為黃遵憲的著名詩句。

　　「戊戌政變」失敗後，梁啟超（1873-1929）在海外推動君主立憲運動，欲以文學與思想啟迪民智，創辦雜誌書寫文論。梁啟超承繼黃遵憲的「新派詩」革新思維，1899年提出「詩界革命」口號。「歐洲之語句意境，甚繁富而瑋異，得之可以陵轢千古，涵蓋一切」，要「竭力輸入歐洲之精神思想，以供來者詩料。」（梁啟超〈夏威夷遊記〉）梁啟超詩界革命的目標是鼓勵詩風維新，立足舊形式（傳統詩體），注入新精神（新思想、新意境）；這種做法不符合「革命」要義，只是文化體質的「改良」。

　　1917年1月1日胡適（1891-1962）在《新青年》雜誌（二卷五號）發表〈文學改良芻議〉，提出：「吾以為今日而言文學改良，須從八事入手。八事者何？一曰須言之有物。二曰不摹仿古人。三曰須講求文法。四曰不作無病之呻吟。五曰務去爛調套語。六曰不用典。七曰不講求對仗。八曰不避俗字俗語。」更重要的思想在於：「然以今世歷史進化的眼光觀之，則白話文學之為中國文學之正宗，又為將來文學必用之利器，可斷言也。」《新

青年》主編陳獨秀（1879-1942）隨之發表〈文學革命論〉呼應胡適主張：「余甘冒全國學究之敵，高張『文學革命軍』大旗，以為吾友之聲援。旗上大書特書吾革命軍三大主義：曰，推倒雕琢的阿諛的貴族文學，建設平易的抒情的國民文學；曰，推倒陳腐的鋪張的古典文學，建設新鮮的立誠的寫實文學；曰，推倒迂晦的艱澀的山林文學，建設明瞭的通俗的社會文學。」（《新青年》二卷六號）兩人的意見合流。胡適的文學「改良」之議，究其實質反倒具備「革命」涵義。

胡適的文學革新思想來自兩個文化資源，朱自清（1898-1948）在《中國新文學大系8‧詩集》〈導言〉中曾經提到：「黃遵憲走得遠些，他一面主張用俗語入詩──所謂『我手寫我口』──，一面試用新思想和新材料──所謂『古人未有之物，未闢之境』──入詩。這回『革命』雖然失敗了，但對於民七的新詩運動，在觀念上，不在方法上，卻給予很大的影響。不過最大的影響是外國的影響。梁實秋氏說外國的影響是白話文運動的導火線：他指出美國印象主義者六戒條裡也有不用典，不用陳腐的套語；新式標點和詩的分段分行，也是模仿外國；而外國文學的翻譯，更是明證。胡適自己說〈關不住了〉一首是他的新詩成立的紀元，而這首詩卻是譯的，正是一個重要的例子。」朱自清1935年8月的觀察與分析，立論平實。梁宗岱（1903-1983）1933年9月也曾經寫道：「胡適之先生從美國的約翰爾斯更（John Erskine）抄來的『八不主義』差不多都具這意義。驟然看來，動聽極了，因為淺顯的緣故。」（〈文壇往那裡去，「用什麼話」問題〉）他的批評重點在下面一段話：「當時的文學革命家的西洋文學智識是那麼薄弱因而所舉出的榜樣是那麼幼稚和粗劣──譬如，一壁翻譯一個無聊的美國女詩人的什麼〈關不住了〉，一

壁攻擊我們的杜甫的〈秋興〉八首，前者的幼稚粗劣正等於後者的深刻與典麗——」。

荷蘭漢學家馮克（Frank Dikötter，1961-）認為：「我們是不是能更進一步，不再把近兩三個世紀的歷史闡釋為從『鴉片戰爭』到『文化大革命』不可阻擋地趨向『革命』的神話，而是將它視為向世界展開懷抱的時代，全球連繫增強的時代？」、「從漢唐時期的『早期全球化』，到明清時期對歐洲科學、技術和天文學的熱愛。這個帝國積極活躍地與世界其他國家地區交往，鼓勵外國貨物和思想的流通。」、「而全球化，如本書所論，是文化多元化的矢量，也為文化多元化提供最好的支持：固有的思想、實踐和制度並不會簡單地在與世界接軌的過程中消失，相反，它們會進一步擴展，變得更加多樣化。」（馮克《簡明中國現代史》）。〈關不住了〉譯自美國詩人 Sara Teasdale（1884-1933）的〈Over the Roofs〉，從胡適將翻譯文本視同創作文本，與文學革新觀念受到美國文化思潮影響，顯示他的思維模型已含納著「全球化」因子，具有開放進步的特質。但不可否認，始於 1917 年的文學革命確實是一次非常激進的文化轉型，新詩運動尤其如此。「白話新詩」不只追求新形式（白話語體、自由詩體）、新內容（當代世界、個人經驗），並宣稱要與古典詩歌傳統斷然告別；這種貿然斷裂來自思想者不無疑問的兩種文化認知：將過去的文化傳統淺薄化（獨尊白話文學），把未來的文學窄化為現實主義奶水與花朵（提倡寫實，面向國民與社會）。「革命」始終是中國現代化歷程難以擺脫的夢魘，為達成目標不計一切代價；直到二十一世紀，中國的小監獄（非法囚禁）與大監獄（極權體制）依然假借「共產主義革命」之名而橫行。

胡適倡議的文學革命／新詩運動重要成果之一，是壓抑文言

舊詩的寫作動能，激發風起雲湧的白話新詩創作。1918年1月15日《新青年》雜誌（四卷一號）首次刊發三位作者九首新詩：胡適（〈鴿子〉、〈人力車夫〉、〈一念〉、〈景不徙〉）、沈尹默（1883-1971）（〈鴿子〉、〈人力車夫〉、〈月夜〉）與劉半農（1891-1934）（〈相隔一層紙〉、〈題女兒小蕙週歲日造象〉）。趙家璧（1908-1997）統籌的《中國新文學大系》（十冊、五百萬字，1936年出版）是文學革命以來最有系統的現代文學史料結集，呈現第一個十年（1917-1927）民初文學的宏觀全貌。第八冊《詩集》，由朱自清主編，收錄五十九位（準）詩人三百九十九首作品。從朱自清的〈導言〉、〈選詩雜記〉與〈編選凡例〉說明，都可見其用心，是一部值得參考的重要文獻。

（二）《中國新文學大系8‧詩集》作品考察

1、胡適與廢名的新詩觀念

　　《新青年》首刊的九首新詩裡，有沈尹默的〈月夜〉：「霜風呼呼的吹著。／月光明明的照著。／我和一株頂高的樹並排立著。／卻沒有靠著。」廢名（本名馮文炳，1901-1967）的《談新詩》裡，認為這首詩不愧為新詩的第一首詩。愚庵（本名康白情，1896-1959）亦標舉〈月夜〉：「在中國新詩史上，算是第一首散文詩。其妙處可以意會而不可以言傳。」（《新詩年選》愚庵評語）康白情的批評觀點立足於兩處：以散文寫詩，可意會不可言傳。前者是針對新詩而言的特定觀點，後者是詩之本質的普遍觀點。康白情的新詩觀念與廢名相近，廢名強調新詩要有兩項特質：「新詩要別於舊詩而能成立，一定要這個內容是詩的，其文字則要是散文的。舊詩的內容是散文的，其文字則是詩的，不關乎這個詩的文字擴充到白話。」（廢名〈新詩問答〉）最後一句駁斥

了胡適關於舊詩裡的白話與新詩裡的白話一脈相承的說法。廢名認為：「舊詩詞裡的『白話詩』，不過指其詩或詞裡有白話句子而已，實在這些詩詞裡的白話句子還是『詩的文字』。換句話說，舊詩詞裡的白話詩與不白話詩，不但填的是同一譜子，而且用的是同一文法。」（廢名〈新詩應該是自由詩〉）廢名對詩、舊詩、新詩的觀念，與胡適的認知確實有些差異。廢名批評《新青年》首刊的其它詩作，包含胡適的〈一念〉、〈鴿子〉、〈人力車夫〉等：「都只能算是白話韻文，即句子用白話散文寫，協韻，詩的情調則同舊詩一樣」。

廢名所謂的「詩的內容」是什麼？「舊詩向來有兩個趨勢，就是『元白』易懂的一派同『溫李』難懂的一派，然而無論哪一派，都是在詩的文字之下變戲法。他們的不同大約是他們的辭彙，總決不是他們的文法。而他們的文法又決不是我們白話文學的文法。至於他們兩派的詩都是同一的音樂，更是不待說的了。胡適之先生沒有看清楚這根本的一點，只是從兩派之中取了自己所接近的一派，而說這一派是詩的正路，從古以來就作了我們今日白話新詩的同志，其結果我們今日的白話新詩反而無立足點。」（廢名〈新詩應該是自由詩〉）廢名對「詩」的認知比胡適更嚴格，定義範疇比胡適來得寬廣；也更重視詩的想像空間與自由表現，「真有詩的感覺如溫李一派，溫詞並沒有典故，李詩典故就是感覺的聯串，他們都是自由表現其詩的感覺與理想。」（廢名〈已往的詩文學與新詩〉）。此即廢名強調的詩的非散文性內容，非關語體之文白差異。從這個認識視域而言，廢名也間接駁斥了陳獨秀〈文學革命論〉所倡導：「建設國民文學、寫實文學、社會文學」的目標，因為那是一種將語言工具化與詩學窄化的作法，將從根本上扼殺詩的自由心跡。

當其時，正值新文化運動興起，強調除舊布新，胡適的新文學觀點是影響潮流最主要的力量。「我的『建設新文學論』的唯一目標只有十個大字『國語的文學，文學的國語』」，「我們的工具就是白話」（胡適〈建設的文學革命論〉）。在影響巨大的〈談新詩〉一文裡，胡適提到：「若想有一種新內容和新精神，不能不先打破那些束縛精神的枷鎖鐐銬。因此，中國近年的新詩運動可算是一種『詩體的大解放』。因為有了這一層詩體的解放，所以豐富的材料，精密的觀察，高深的理想，複雜的感情，方才能跑到詩裡去。」，他舉了周作人（1885-1967）的〈小河〉為例，稱讚它為：「新詩中的傑作第一首」，理由是：「那樣細密的觀察，那樣曲折的理想」。這個理由實在不通，散文不也可以如此？〈小河〉固然有它的象徵涵義：將小河視為生命的自然波流，石堰隱喻人為阻礙；「水只在堰前亂轉，／堅固的石堰，還是一毫不搖動。／築堰的人，不知到哪裡去了。」影射對人禍之隱憂，言之有物。但這首詩前後遞進的敘述模式，明顯帶有散文語調，沒有分行的結構必然性；蔓衍為五十八行也缺乏詩語言的精練特質。廢名主張的「以散文文字寫詩的內容」，似乎還不足以為「新詩」定義。

2、周作人〈飲酒〉

周作人〈小河〉被選錄在《中國新文學大系8・詩集》（以下稱《詩集》）中，但我更推崇周作人入選的另一首詩〈飲酒〉：

〈飲酒〉　　周作人

你有酒麼？

你有松香一般的黏酒，

有橄欖油似的軟酒麼？

我渴得幾乎噁心，

渴得將要瞌睡了，

我總是口渴：

喝的只有那無味的涼水。

　　你有酒麼？

你有戀愛的鮮紅的酒，

有憎惡的墨黑的酒麼？

那是上好的酒。

只怕是——我的心老了鈍了，

喝著上好的酒，

也只如喝那無味的白水。

我推崇此詩的理由有三個：第一、言外之意，以物質之酒演繹生命對精神之酒的渴求。第二、形象思維，松香、橄欖油似的具體化形容，鮮紅的酒比喻戀愛，墨黑的酒比喻憎惡。第三、結構布置，十四行詩分作兩段，以正反合／正反合的辯證思維來回推盪，形塑語言張力；以首語反覆「你有酒麼？」，帶動詩意波濤。胡適只重視詩的新語體（白話書寫）與新詩體（自由詩格式），但沒有意識到「詩的形式」的深層內涵。

3、沈尹默〈三弦〉與劉半農〈一個小農家的暮〉

　　胡適對詩的音節有一個不錯的看法，「詩的音節全靠兩個重要分子：一是語氣的自然節奏，二是每句內部所用字的自然和諧。至於句末的韻腳，句中的平仄，都是不重要的事。」（胡適〈談

新詩〉）他舉了沈尹默的〈三弦〉為例，說明新體詩運用舊體詩音節的方法：

〈三絃〉　沈尹默

中午時候火一樣的太陽沒法去遮攔，讓他直曬著長街上。靜悄悄少人行路，祇有悠悠風來，吹動路旁楊樹。

誰家破大門裡，半院子綠茸茸細草，都浮著閃閃的金光。旁邊有一段低低土牆，擋住了個彈三絃的人，卻不能隔斷那三絃鼓盪的聲浪。

門外坐著一個穿破衣裳的老年人，雙手抱著頭，他不聲不響。

胡適認為：「這首詩從見解意境上和音節上看來，都可算是新詩中一首最完全的詩。」連續採用多個雙音節詞（複詞），摹寫三絃的聲響，更顯出三絃的抑揚頓挫。胡適對於語詞的聲韻分析有其獨到之處；但本詩的整體意境與聲韻設計，皆源自古典詩歌，何來新意？廢名的意見是：「沈尹默氏是舊詩詞的作家，然而他的幾首新詩反而有著新詩的氣息，簡直是新詩的一種朝氣，因此他的詩對於以後以迄於今日的新詩又可以說是新詩的一點兒古風，這確是一件有趣的事。」（廢名〈沈尹默的新詩〉）他的觀察十分敏銳，新詩的確可以涵納古風，彼此並不衝突。

〈三絃〉採用散文格式書寫，不刻意分行，但涵藏了寬鬆的協韻，主韻：光、牆、盪、浪、裳、響間隔相押，副韻：路、樹、土、住間隔相押，不是嚴格韻體詩而是寬鬆韻體詩，與主流的無韻體分行詩有別。〈三絃〉讀來響亮聲韻固然有功，常被忽略是

它的章法布局。這首詩採用動靜相參的結構：動／火一樣的太陽。靜／靜悄悄少人行路、靜／誰家破大門。動／綠茸茸細草，都浮著閃閃的金光。靜／一段低低土牆。動／三絃那鼓盪的聲浪。靜／他不聲不響。詩之視鏡的跳躍移轉經過細緻安排，但又不顯得突兀；以散文書寫但詩的內容飽滿，語調舒緩但語言精練內蘊張力，這是〈三絃〉引人入勝之處。「三絃」的哀傷之音與「破大門」、「破衣裳的老人」，共同形塑家園傾圮之感，隱約透露向傳統哀悼之意，一首時代輓歌。

劉半農〈一個小農家的暮〉則是一首當代田園詩：

> 她在灶下煮飯，／新砍的山柴，／必必剝剝的響。／灶門裡媽紅的火光，／閃著她媽紅的臉，／閃紅了她青布的衣裳。
>
> 他銜著個十年的煙斗，／慢慢的從田裡回來；／屋角裡掛去了鋤頭，／便坐在稻床上，／調弄著隻親人的狗。
>
> 他還踱到欄裡去，／看一看他的牛；／回頭向她說，／「怎樣了──／我們新釀的酒？」
>
> 門對面青山的頂上，／松樹的尖頭，／已經露出了半輪的月亮。
>
> 孩子們在場上看著月，／還數著天上的星；／「一、二、三、四……／五、八、六、兩……」
>
> 他們數，他們唱：／「地上人多心不平，／天上星多月不

亮。」

〈一個小農家的暮〉也屬傳頌一時的名作，採用分行書寫，主題也是家園；家園屬於普遍性題材，現實意義不是那麼鮮明，但生活情趣雋永撫慰人心。〈三絃〉的語調濃重，意象凝聚，〈一個小農家的暮〉語調平淡，景觀漫蕩；就語言策略比較，前者文字較為精練書面語氣息濃厚，後者文字更為散文化口語腔調明顯，但情境構造與詩意迴響各有所長。〈三絃〉接近古典詩的氛圍並不使它顯得保守，反而是「新詩的一種朝氣」，詩的聲韻設計借鑑自古詩詞，可見傳統文化不必然會妨礙新詩建設。新詩也無關是否以白話散文書寫，重點在文字美感與整體意境，廢名所謂的「古風」意思在此。

4、李金髮〈有感〉

〈三絃〉借鑑傳統文化的新詩之路，在時代潮流中位居邊緣，主流書寫還是傾重於向歐美文化取經。李金髮（本名李淑良，1900-1976）1919-1925年留學法國學習雕塑和油畫，他的詩受法國詩人波特萊爾（C. P. Baudelaire，1821-1867）影響，承襲法國象徵主義精神，即為典型案例。李金髮的詩常遭時人批評為晦澀，但朦朧恍惚不正是象徵派作品的特色？《詩集》選錄了李金髮的詩篇〈棄婦〉、〈有感〉等。〈有感〉：

如殘葉濺／血在我們／腳上，

生命便是／死神唇邊／的笑。

半死的月下，／載飲載歌，／裂喉的音／隨北風飄散。／
吁！／撫慰你所愛的去。

開你戶牖／使其羞怯，／征塵蒙其／可愛之眼了。

此是生命／之羞怯／與憤怒麼？／如殘葉濺／血在我們／
腳上。

生命便是／死神唇邊／的笑。

　　這首詩的形式特徵鮮明，二十五行其實只有九個句子（其中
二句況且重複）。刻意割裂句子讓語言碎片化，對應的正是詩的
內涵：殘酷破碎的人生體驗；以死亡對生命進行譏笑與輕撫，令
生命覺悟自身之虛度。短促語句的斷裂式排列與象徵化抒情並
非李金髮獨創，〈有感〉的內容與形式近似法國詩人魏崙（Paul
Verlaine，1844-1896）的《無言歌集》，兩者都是刺痛人心的
哀歌；但〈有感〉經過漢字的重新經營，還是讓人耳目一新。

5、馮至〈蛇〉與《十四行集》

　　馮至（本名馮承植，1905-1993）畢業於北大德文系，留學
德國五年（1931-1635），詩篇受德語詩人里爾克（R. M. Rilke，
1875-1926）影響，最主要成果是 1942 年出版的《十四行集》。《詩
集》選了馮至十一首詩，包括〈蛇〉，還有三首敘事長詩：〈吹
簫人〉、〈帷幔〉、〈蠶馬〉，都是 1927 年的詩集《昨日之歌》
代表作。馮至的簡介中特別提到他：「敘事詩堪稱獨步」，以當
時民初詩壇而論確是實情。三首長詩採用四行體書寫，均超過百

行，都屬互文性書寫，取材民間傳說或愛情故事；若論其不足，三首詩都沒有經過現代性轉化，難以顯現當代意義。〈蛇〉近似象徵主義書寫，以「蛇」為核心意象，現實與夢想雖然有距離，但阻止不了愛情的渴望，抒情意味濃厚：「我的寂寞是一條長蛇，／冰冷地沒有言語──／姑娘，你萬一夢到牠時，／千萬啊，莫要悚懼！／／牠是我忠誠的侶伴，／心裡害著熱烈的鄉思：／牠在想著那茂密的草原，──／你頭上的，濃鬱的烏絲。／／牠月光一般輕輕地，／從你那兒潛潛走過；／為我把你的夢境啣了來，／像一隻緋紅的花朵！」四行詩3節，押寬鬆韻。

〈從一片泛濫無形的水裡〉（編號27）是1942年《十四行集》壓卷之作，寫於作者蟄居昆明鄉下時期，從這首詩可以窺見中西詩學交流初期的某種尷尬現象。

> 從一片泛濫無形的水裡
> 取水人取來橢圓的一瓶，
> 這點水就得到一個定形；
> 看，在秋風裡飄揚的風旗
>
> 它把住些把不住的事體，
> 讓遠方的光、遠方的黑夜
> 和些遠方的草木的榮謝，
> 還有個奔向無窮的心意，
>
> 都保留一些在這面旗上。
> 我們空空聽過一夜風聲，
> 空看了一天的草黃葉紅，

向何處安排我們的思，想？

但願這些詩像一面風旗

把住一些把不住的事體。

　　本詩採用 4／4／3／3 的十四行體格式，意義結構卻是 3
／6／5，韻律結構與意義結構完全脫離；但作者為了適應十四
行體格式，僵硬地分節與跨行，糟蹋了原本不錯的內容。廢名說
新詩應具備兩個要件，詩的內容與散文書寫；但光有詩的內容顯
然不足。廢名指出馮至《十四行集》第六首，其中第 1 節：「我
時常看見在原野裡／一個村童，或一個農婦／向著無語的晴空啼
哭。／是為了一個懲罰，可是」，第四行寫得不太自然，徒然為
了符合體式，廢名說：「這樣講韻律，豈不太笑話嗎？」又提到
第十七首第 3 節：「寂寞的兒童、白髮的夫婦，／還有些年紀青
青的男女，／還有死去的朋友，他們都」的寫法鬧笑話。「外國
詩行沒有拿一個關係代名詞斷行而前面還要加一個逗點的！如果
以這樣為方便，為得韻律便有這樣的妙處，那是自欺欺人了。」
（廢名〈十四行集〉）馮至《十四行集》的問題主要在詩的形式
牽強，而不只是詩的句法突兀或結構處理不當；詩的內容應當引
導詩的形式而非相反，如果非得帶著格律的鐐銬跳舞，修辭手段
就必須高妙而自然，這是極為嚴苛的考驗。提出以上議論主要著
眼於，居然直到如今，充滿問題文本的《十四行集》還被視為「現
代中國最佳詩集」，大謬矣。義式或英式十四行詩風行全球，自
有它的詩體長處，值得學習；阿拉伯世界的魯拜體（柔巴伊體）
四行詩、日本俳句，也都屬於長青詩體，但它們的文化義蘊應該
深究精研不能隨意嫁接。

6、郭沫若〈日暮的婚筵〉、〈南風〉

　　《詩集》選錄了郭沫若（本名郭開貞，1892-1978）的〈日暮的婚筵〉與〈南風〉，眼光獨到，它們沒有一般讀者心目中的郭式咆哮，如〈天狗〉：「我是一條天狗呀！／我把月來吞了，／我把日來吞了，／我把一切的星球來吞了，／我把全宇宙來吞了。／我便是我了！」難怪詩人經常被目為瘋子。郭沫若是誇張激情的典型案例，郭氏卻依此款咆哮暴得大名，豈不怪哉？朱湘（1904-1933）評郭氏《女神》和《星空》兩部詩集時說：「我們看郭君詩的時候，覺得很緊張的。構成這種緊張之特質，有三個重要分子：單色的想像，單調的結構，對一切『大』的崇拜。崇拜『大』的人自然而然成了泛神論者；我便是自然，自然便是我。」所言平實而中的。郭沫若學習先秦・屈原（前340-前278）向天地傾訴煩憂，與美國詩人惠特曼（Walt Whitman，1819-1892）大地之子的姿態，「地球！我的母親！／從今後我要報答你的深恩」，「無限的大自然／成了一個光海了。／到處都是生命的光波」；卻又極度自我膨脹「太陽喲！你請永遠傾聽著，傾聽著，我心海中的怒濤！」，「我獨披著件白孔雀的羽衣，／遙遙地，遙遙地，／在一隻象牙舟上翹首。」，「四面的天郊煙幕蒙籠了！／我的心臟呀快要跳出口來了！」恍惚一個病弱時代急切渴求著強心藥。風靡一時的〈鳳凰涅槃〉出現如此造作的和諧：「一切的一，和諧。／一的一切，和諧。／和諧便是你，和諧便是我。／和諧便是他，和諧便是火。／火便是你。／火便是我。／火便是他。／火便是火。」連朱自清也推崇說：「他的詩有兩樣新東西，都是我們傳統裡沒有的：──不但詩裡沒有──泛神論，與二十世紀的動的反抗的精神。」（朱自清〈導言〉），

《詩集》甚至選了郭氏二十五首詩可見其支持。但廢名批評了郭沫若的詩：「詩人自己宣言過，詩不是做出來的，只是寫出來的。這大約是這一派詩人的特色。因為新詩而脫去了『做』詩的束縛，這一派的詩人乃自由滋長，結果是上下古今亂寫。」（廢名〈沫若詩集〉）如果詩的反抗建立在思想與諷諭的基礎上，並且符合詩的韻律形式，反抗才有詩的意蘊，否則只是個人情緒的宣洩與充斥意識形態的煽動言說。

廢名認為郭沫若的詩：「詩人的個性自然還是有的，詩的普遍性乃成問題了。」並舉出〈日暮的婚筵〉為例裁判之：

〈日暮的婚筵〉 郭沫若

夕陽，籠在薔薇花色的紗羅中，
如像滿月一輪，寂然有所思索。

戀著她的海水也故意裝出個平靜的樣兒，
可他嫩綠的絹衣卻遮不過她心中的激動。

幾個十二三歲的小姑娘，笑語娟娟地，
在枯草原中替他準備著結歡的婚筵。

新嫁娘最後漲紅了她豐滿的龐兒，
被她最心愛的情郎擁抱著去了。

廢名認為小姑娘玩耍是作者寫實其所見，「然而這一段的情景在詩裡反而沒有一個必然性，以之構成一首詩，失卻詩的普遍性

了。」廢名觀點稍顯偏狹，不明白郭氏此詩的思想與意境根源於西洋文化。西方文化受到基督宗教薰陶，一夫一妻制的婚姻是聖潔觀念在人世的實踐，「十二三歲的小姑娘」乃童貞之女的象徵，內蘊對愛情與婚姻的祝福，花童乃西式婚筵必要配備。

郭沫若同期的另一首詩〈南風〉經常被忽視，也是不明瞭它的文化深義所致：

> 南風自海上吹來，／松林中斜標出幾株烟靄，／三五白帕蒙頭的青衣女人，／殷勤勤地在焚掃針骸。／／好幅典雅的畫圖，／引誘著我的步兒延佇，／令我回想到人類的幼年，／那恬淡無為的泰古。

標題「南風」意味這是一幅人文性景觀，薰風溫暖和煦了人心，並將精神歸宿於「泰古」。古典漢詩的太古崇尚，以〈擊壤歌〉「日出而作，日入而息，鑿井而飲，耕田而食，帝力於我何有哉？」、〈南風歌〉「南風之薰兮，可以解吾民之慍兮。南風之時兮，可以阜吾民之財兮。」為典範，重視人與土地風物的身心連結。西方文化之源的希臘，願望雕塑的是抽象精神，以故有史詩、神話與崇高聖殿。〈南風〉安置的場景是海濱松林，場所精神高聳寬闊，顯現仰慕之情，詩歌空間與理想歸宿親近西方文化。〈南風〉寫於 1921 年 10 月 10 日，〈日暮的婚筵〉寫於 2 月 28 日，均是郭沫若留日時期詩章。

〈南風〉與〈日暮的婚筵〉在郭沫若一生詩篇中誠為稀罕之作，詩篇語調靜穆深具古典精神。雖然詩的內涵借鑑他者，但這種學習方式內容營養心態健康，是文化交流的真正典範。但郭氏後來的詩章到處充斥著，「前進！……前進！／莫辜負了前面的

那輪月明！」（〈「蜜桑索羅普」之歌〉）之高亢嘶吼聲；不曉得躁動的時代餵他吃了什麼藥，糟蹋天縱英才。

7、「新月派」詩人聞一多、徐志摩、朱湘

借鑑西方文化有多種途徑，最粗俗的方式是直接引用文化符號，「蜜桑索羅普」（厭世者 misanthrope 之音譯）就是這麼來的，還引起後來者競相模仿。〈女神〉中也多處夾用毫無必要的英文插置。聞一多（本名聞家驊，1899-1946）在〈《女神》之地方色彩〉就發出批評：「現在的一般新詩人──新是作時髦解的新──似乎有一種歐化底狂癖，他們的創造中國新詩底鵠的，原來就是要把新詩做成完全的西文詩（有位作者曾在〈詩〉裡講道他所謂後期底作品「已與以前不同而和西洋詩相似」，他認為這是新詩底一步進程，……是件可喜的事）。《女神》不獨形式十分歐化而且精神也十分歐化的了。」聞一多關於中國新詩的「新」雖然觀點比較寬闊：「我總以為新詩竟至是『新』的，不但新於中國固有的詩，而且新於西方固有的詩；換言之，他不但要做純粹的本地詩，但還要保存本地的色彩，他不但要做純粹的外洋詩，但又盡量地吸收外洋詩底長處；他要做中西藝術結婚後產生的寧馨兒。」但聞氏早期長詩〈劍匣〉，正文前加一段英國桂冠詩人阿佛烈・丁尼生（Alfred Tennyson，1809-1892）的詩做導引，另一首詩〈西岸〉也引了浪漫派詩人濟慈（John Keats，1795-1821）的詩，模仿西方文化的成分也很明顯。聞一多的留美同學梁實秋（1903-1987）就曾說過：「在英詩班上，一多得到很多啟示。例如丁尼生的細膩寫法 the ornate method 和伯朗寧之偏重醜陋 the grotesque 的手法，以及現代詩人霍斯曼之簡練整潔的形式，吉伯林之雄壯鏗鏘的節奏，都對他的詩作發生很大的影

響。」（梁實秋〈談聞一多〉）。借鑒西方文化書寫新詩，是民初時期新詩難以避免的課題，新月派詩人也不例外。

「新月派」活動以 1926 年 4 月 1 日徐志摩（本名徐章垿，1897-1931）在北平《晨報副刊》上開辦《詩鑴》為始，每週四刊出。徐志摩在〈詩刊弁言〉說道：「我們的大話是：要把創格的新詩當一件認真的事情做。……再說具體一點，我們幾個人都共同著一點信心：我們信詩是表現人類創造力的一個工具，與音樂與美術是同等性質的；我們信我們這民族這時期的精神解放或精神革命沒有一部像樣的詩式的表現是不完全的；我們信我們自身靈性裡以及周遭空氣裡多的是要求投胎的思想的靈魂，我們的責任是替他們搆造適當的軀殼。」

1927 年春「新月書店」開業，徐志摩、聞一多、饒孟侃、丁西林、葉公超、余上沅、梁實秋、潘光旦、劉英士、張禹九等人集資，並推舉胡適為董事長。1928 年 3 月《新月》月刊由新月書店創刊發行，徐志摩、聞一多、饒孟侃共同編輯。由於《新月》的篇幅被日益增加的政論所擠壓，1931 年 1 月《詩刊》季刊創辦，由徐志摩、邵洵美、陳夢家共同編輯，共出四期。「新月派」活動，以 1932 年 6 月《新月》月刊停刊宣告終結。「新月派」核心詩人為徐志摩、聞一多與朱湘，此外還包括胡適、饒夢侃、孫大雨、陳夢家、劉夢葦、方瑋德、林徽音、梁宗岱、卞之琳、臧克家等人。徐志摩的詩深受英國浪漫派詩人雪萊（P. B. Shelley，1792-1822）影響，「詩人究竟是什麼東西？這句話急切也答不上來。詩人中最好的榜樣：我最愛中國的李太白，外國的 Shelley。他們生平的歷史就是一首極好的詩」（徐志摩〈詩人與詩〉）。徐志摩的詩觀也深受雪萊啟發：

「人是一個工具，一連串外來和內在的印象掠過它，有如一陣不斷變化的風，掠過伊和靈的豎琴，吹動琴弦，奏出不斷變化的曲調。」、「詩人是一隻夜鶯，棲息在黑暗中，用美妙的歌喉唱歌來慰藉自己的寂寞。」（雪萊〈為詩辯護〉）

「想像一支伊和靈豎琴（The Harp Aeolian）在松風中感受萬籟的呼吸，同時也從自身靈敏的緊張上散發著不容模擬的妙音！」（徐志摩〈波特萊的散文詩〉）

沈從文（1902-1988）說朱湘（1904-1933）的《草莽集》：「用舊詞中屬於平靜的情緒中所產生的柔軟的調子，寫成他自己的詩歌，明麗而不纖細。」評論的是 1927 年之前的朱湘。1927 年朱湘赴美留學後，西方詩歌的影響逐漸增加，翻開他的最後一本詩集《石門集》，十四行詩就有七十一首，占了全書一半篇幅。

奇特的是，新月派三巨頭都沒能善終。徐志摩為了趕去北平聽佳人林徽音的演講，飛機在大霧中誤觸濟南開山墜落；朱湘在上海往南京的渡輪上投江自盡；聞一多痛罵蔣介石統治集團孬種混蛋，被獨裁者派刺客暗殺。1946 年 7 月 15 日上午李公僕夫人張曼筠報告李公僕（1902-1946，中國民主同盟中央執行委員）7 月 11 日被刺經過，因太過悲痛言詞中斷，主持追悼會的聞一多慷慨激昂地即席發表演說，痛罵執政當局，數小時之後被暗殺。7 月 21 日聞一多的演講被整理發表於昆明《學生報》第二十五期：「今天，這裡有沒有特務？你站出來，是好漢的站出來！你出來講，憑什麼要殺死李先生？殺死了人，又不敢承認，還要誣衊人，說什麼『桃色事件』，說什麼共產黨殺共產黨，無恥啊！無恥啊！這是某集團的無恥，恰是李先生的光榮！李先生在昆明被暗殺，

是李先生留給昆明的光榮！也是昆明人的光榮！」聞一多被暗殺引起全國性震驚與國際輿論關注。

8、聞一多〈死水〉與新格律詩

朱自清評論聞一多時說：「《紅燭》，講究用比喻，又喜歡用別的新詩人用不到的中國典故，最為繁麗，真叫人有藝術至上之感。《死水》轉向幽玄，更為嚴謹；他作詩有點像李賀的雕鏤而出，是靠理智的控制比情感的驅遣多些。但他的詩不失其為情詩。另一面他又是個愛國詩人，而且幾乎可以說是唯一的愛國詩人。」《死水》中最引人注目的詩篇即〈死水〉：

這是一溝絕望的死水，／清風吹不起半點漪淪。／不如多扔些破銅爛鐵，／爽性潑你的賸菜殘羹。

也許銅的要綠成翡翠，／鐵罐上鏽出幾瓣桃花；／再讓油膩織一層羅綺，／黴菌給他蒸出些雲霞。

讓死水酵成一溝綠酒，／飄滿了珍珠似的白沫；／小珠們笑聲變成大珠，／又被偷酒的花蚊齩破。

那麼一溝絕望的死水，／也就誇得上幾分鮮明。／如果青蛙耐不住寂寞，／又算死水叫出了歌聲。

這是一溝絕望的死水，／這裡斷不是美的所在，／不如讓給醜惡來開墾，／看他造出個什麼世界。

蘇雪林（本名蘇小梅，1919-1999）評價〈死水〉：「聞氏的〈死水〉是象徵他那時代的中國。死水也有所謂美，便是人家亂扔的破銅爛鐵，破銅上能鏽出翡翠，鐵罐上能鏽出桃花，臭水酵成一池綠茵茵的酒，泡沫便成了珍珠，還有青蛙唱歌好像替這池水譜讚美曲。生在那時代的舊式文人詩人，並不知置身這種環境之可悲可厭，反而陶陶然滿足，自得其樂。只有像聞一多那類詩人，看出這池臭水是絕望的，帶著無邊厭惡和憤怒的心情，寫出這首好歌、奇歌」（蘇雪林〈聞一多的詩〉）〈死水〉的主旨毫無疑問具有時代象徵涵義。

　　〈死水〉是聞一多「新格律詩」代表作，四行詩5節，每行字數均為9，有人戲稱為豆腐乾體，有人說像麻將牌。一行四頓，由二字尺與三字尺構成。以首行為例：這是／一溝／絕望的／死水，音尺結構為2／2／3／2。聞一多的格律觀念受兩方面啟發，一個是中國七言詩的一行四頓，一個是英國格律詩的音尺（音步）觀念。聞一多的想法表達於〈詩的格律〉：「絕對的寫實主義便是藝術的破產，『自然的終點便是藝術的起點』，王爾德說得很對。」、「偶然在言語裡發現了一點類似詩的節奏，便說言語就是詩，便要打破詩的音節，要它變得和言語一樣──這真是詩的自殺政策了。」這是對胡適與陳獨秀倡導的白話詩、寫實文學的駁斥，不願新詩被白話與寫實所拘束，話說得有道裡；但聞一多接著說：「詩所以能激發情感，完全在它的節奏；節奏便是格律。」又顯得保守有餘。

　　聞一多的新詩格律觀念有兩組：一組是「格律可以從兩方面講：屬於視覺方面的格律有節的勻稱，有句的均齊。屬於聽覺方面的有格式，有音尺、有平仄、有韻腳。」另外一組是「詩的實力不獨包括音樂的美（音節），繪畫的美（詞藻），並且還有建

築的美（節的勻稱和句的均齊）。」這兩組觀念在美學上皆有嚴重缺失。聞一多著眼的是可見的藝術表相：節奏化的字串聲響、形象化的文學修辭、規整化的格式排列，這些都是詩化的語言；他不明白詩的語言藝術更重要的元素是語言的詩化：文字的心靈韻律、意境的美感氛圍、詩歌的空間構造，這些詩的審美特質超越聽覺與視覺的單向度／平面化感知範疇。

9、朱湘〈采蓮曲〉與新詩格式

　　聞一多認為：「律詩永遠只有一個格式，但是新詩的格式是層出不窮的。……新詩的格式是相體裁衣，例如〈采蓮曲〉……試問這種精神與形體調合的美，在那印版式的律詩裡找得出來嗎？在那亂雜無章，參差不齊，信手拈來的自由詩裡找得出來嗎？」〈采蓮曲〉作者是朱湘，寫於 1925 年，《詩集》也選錄了此詩。它由十行體 5 節構成，每節的格式（字數、排列方式與韻腳位置）完全一致，茲舉第 1 節：

　　　　小船呀輕飄，
　　　楊柳呀風裡顛搖；
　　　　荷葉呀翠蓋，
　　　荷花呀人樣嬌嬈。
　　　　　日落，
　　　　　　微波，
　　　金絲閃動小河。
　　　　　左行，
　　　　　　右撐，
　　　蓮舟上揚起歌聲。

我看不出來〈采蓮曲〉與有固定聲調、長短句的宋詞、元曲在形式上有何差異？也不明白它在精神與境界上有何時代新意？它在視覺外觀與朗誦效果上確實塑造了一種搖動感，它是一首標題為「采蓮曲」的韻體詩，定型格式恰好適合這種定型內容。「精神與形體調合的美」，這句話說得不錯，但如果一首詩的精神與情感正好是雜亂無章的，參差不齊的自由詩不是更符合「相體裁衣」的精神？何必非得帶著鐐銬才能跳舞？

闻一多認為：「整齊的字句是調和的音節必然產生出來的現象。絕對的調和音節，字句必定齊整。（但是反過來講，字數整齊了，音節不一定就會調和，那是因為只有字數的整齊，沒有顧到音尺的整齊——這種的整齊是死氣板臉的硬嵌上去的一個整齊的框子，不是充實的內容產生出來的天然的整齊的輪廓。）」闻一多是畫家但顯然不懂音樂，一首詩的「音尺」為什麼非要整齊不可？固定音尺與整齊字數排列出來的旋律模式變化極為有限；「天然的整齊的輪廓」更是昏話！與充實的內容沒有必然的因果關係。闻一多的例證恰是〈死水〉。它每行的音尺結構固定（四頓）字數整齊（九字），甚至可稱做四頓九字體；但如果每首詩都規定要玩成一行四頓九字，誰還要來寫這種新八股詩？「當謂詩律愈嚴，詩體愈少，則詩的精神所受之束縛愈甚，詩學決無發達之望。」劉半農 1917 年 5 月發表於《新青年》之〈我之文學改良觀〉，即表達類似洞見。〈死水〉是戴著鐐銬跳舞的四行韻體詩，是一首具有格律意識的準定型詩體，有意識地重造新韻，但還不具備定型詩體的全部要件。

真正的定型詩體如十四行詩（無論義式或英式），在音數、節律、韻式上有嚴格規範。或如俳句，在音數、句式、季語上須遵循標準格式。〈死水〉的新格律詩實驗並沒有真正完成，只是

一首節律、字數與音尺規格化，節數與韻式不加限制的開放型韻體詩。聞一多的格律意識是對新詩不重視尺度與韻律的一種批評，並提供新詩寫作一種新的語言策略；但絕非如他所狂言：「這種音節的方式發現以後，我斷言新詩不久定要走進一個新的建設的時期了。」

新詩運動從解放舊詩體下手，但對新詩之詩體發展任憑作者隨意發揮，不加任何限制的無韻體自由詩遂大為流行。劉半農的〈我之文學改良觀〉提出兩個主張：「破壞舊韻創造新韻」、「增多詩體」。增多詩體又分兩項：「自造與輸入他種詩體」，輸入詩體，如十四行詩確實吸引了不少詩人嘗試；但自造詩體始終未受重視，聞一多的努力偏重格律而非詩體塑造。

1917-1927年的新詩實踐產生了幾種詩的形式：沈尹默〈三絃〉，散文詩，寬鬆韻體。郭沫若〈日暮的婚筵〉，雙行詩4節，無韻體。〈南風〉，四行詩2節，嚴格韻體。馮至〈蛇〉，四行詩3節，寬鬆韻體。聞一多〈死水〉，四行詩5節，嚴格韻體。朱湘〈采蓮曲〉，十行詩6節，嚴格韻體。李金髮〈有感〉，無韻自由詩，二十五行，分節斷續體。周作人〈飲酒〉，從韻律結構／意義節構上分析，應屬於七行詩2節，無韻體；〈小河〉，無韻自由詩，五十八行，不分節連續體。雖然新詩詩體陸續創生，但詩人對詩的形式自覺極為有限，未見持續的美學探索。

10、戴望舒〈雨巷〉

1929年4月，戴望舒（本名戴夢鷗，1905-1950）出版了第一本詩集《我底記憶》，其中最著名詩篇是〈雨巷〉。葉聖陶（1894-1988）稱譽：「替新詩的音節開了一個新紀元」；朱自清說：「戴望舒氏也取法象徵派。……他是要把捉那幽微的精妙的

去處。」〈雨巷〉收入《詩集》，六行體7節，寬鬆韻體詩。全詩以三遍「撐著油紙傘」、三遍「寂寥的雨巷」、七次「丁香」、二句「結著愁怨的姑娘」，與一前一後的「我希望……」，迴繞詩韻構造情境，召喚出江南水鄉溫柔、纏綿、纖細的情調。

撐著油紙傘，獨自／彷徨在悠長，悠長，／又寂寥的雨巷／我希望逢著／一個丁香一樣地／結著愁怨的姑娘。

她是有／丁香一樣的顏色，／丁香一樣的芬芳，／丁香一樣的憂愁，／在雨中哀怨，／哀怨又彷徨；

她彷徨在這寂寥的雨巷，／撐著油紙傘／像我一樣，／像我一樣地／默默彳亍著，／冷漠，淒清，又惆悵。

她靜默地走近／走近，又投出／太息一般的眼光，／她飄過／像夢一般地，／像夢一般地淒婉迷茫。

像夢中飄過／一枝丁香地，／我身旁飄過這女郎；／她靜默地遠了，遠了，／到了頹圮的籬牆，／走盡這雨巷。

在雨的哀曲裡，／消了她的顏色，／散了她的芬芳，／消散了，甚至她的／太息般的眼光，／她丁香般的惆悵。

撐著油紙傘，獨自／彷徨在悠長，悠長／又寂寥的雨巷，／我希望飄過／一個丁香一樣地／結著愁怨的姑娘。

〈雨巷〉的前文是南唐・李璟（916-961）的詞〈攤破浣溪沙〉下闋：「青鳥不傳雲外信，丁香空結雨中愁，回首綠波三楚暮，接天留」。〈雨巷〉是慢板小調，延續傷春與傷情意緒。它的韻律塑造不只依靠韻腳，況且注重意象、語詞間的呼應；外部造境是春雨流蕩的閑愁，內部造境是愛的渴望。從意象相映的造境模式而言，是一首具有古典漢詩詩學特徵的新詩。戴望舒遊學法國與西班牙之後，詩學明顯轉向，此風遂斷絕。

11、胡適〈老鴉〉

《詩集》未收的〈老鴉〉，我認為是胡適少見的新詩佳作。胡適《嘗試集》〈再版自序〉曾言：「但是初做的幾首如〈一念〉、〈鴿子〉、〈新婚雜詩〉、〈四月二十五夜〉都還脫不了詞曲的氣味與聲調。在這個時期裡，〈老鴉〉與〈老洛伯〉要算是例外的了。」〈老洛伯〉是英詩漢譯，〈老鴉〉是胡適比較凝鍊的一首白話詩（不至於白得像白開水），四行體，兩段，寬鬆韻體詩。下引詩依《新青年》四卷二號首刊稿：

〈老鴉〉　胡適

一

我大清早起，
站在人家屋角上啞啞的啼。
人家討嫌我，說我不吉利。——
我不能呢呢喃喃討人家的歡喜！

二

天寒風緊，無枝可棲，

我整日裡飛去飛迴，整日裡挨飢。——

我不能替人家帶著鞘兒翁翁央央的飛，

不能叫人家繫在竹竿頭，賺一撮黃小米！

胡適《嘗試集》的分段詩共有兩首，〈老鴉〉與〈樂觀〉，格式學自胡適自己翻譯的英詩，如〈老洛伯〉與〈哀希臘歌〉。分節詩是斷續敘述模式，分段詩是並列敘述模式。〈老鴉〉的兩段情境分開獨立，全體指歸同一象徵涵義：知識分子的形象與精神（自由意志、獨立思考、直言諫正）。胡適的《嘗試集》重心放在「白話」寫詩（而非白話寫「詩」），詩情未必濃厚思想未必深刻，但易學易懂，有助於推廣新詩運動。

12、徐志摩〈一小幅窮樂圖〉、〈一條金色的光痕〉

《詩集》收錄徐志摩罕見人提起的〈一小幅窮樂圖〉，自由詩，二十五行，3節，押寬鬆尾韻，分節點來自語調換氣與結構轉折之需要：

巷口一大堆新倒的垃圾，

大概是紅漆門裡倒出來的垃圾，

其中不盡是灰，還有燒不盡的煤，

不盡是殘骨，也許骨中有髓，

骨坳裡還黏著一絲半縷的肉片，

還有半爛的布條，不破的報紙，

兩三梗取燈兒，一半枝的殘烟；

這垃圾堆好比是個金山，

山上滿僂著尋求黃金者，

一隊的襤褸，破爛的布裰藍襖，

一個兩個數不清高掬的臀腰，

有小女孩，有中年婦，有老婆婆

一手挽著筐子，一手拿著樹條，

深深的彎著腰不咳嗽，不嘮叨，

也不爭鬧，只是向灰堆裡尋撈，

向前撈撈，向後撈撈，兩邊撈撈，

肩挨肩兒，頭對頭兒，撥撥挑挑，

老婆婆撿了一塊布條，上好一塊布條！

有人專撿煤渣，滿地多的煤渣，

媽呀，一個女孩叫道，我撿了一塊鮮肉塊頭，

回頭熬老豆腐吃，好不好？

一隊的襤褸，好比個走馬燈兒，

轉了過來，又轉了過去，又過來了，

有中年婦，有女孩小，有婆婆老，

還有夾在人堆裡趁熱鬧的黃狗幾條。

　　陳西瀅（本名陳源，1896-1970）說：「志摩的詩幾乎全是體製的輸入和試驗。經他試驗過的有散文詩，自由詩，無韻體詩，駢句韻體詩，奇偶韻體詩，章韻體詩。雖然一時還不能說到它們的成功與失敗，它們至少開闢了幾條道路。」〈一小幅窮樂圖〉的冷靜敘述與悲憫胸懷，翻新了世人眼中自戀的浪漫詩人形象。不動聲色的語調，自由揮灑的場面調度，鏡頭忽近忽遠，旁白參

雜對話，不加議論的紀實影像，手法獨樹一格。

徐志摩〈一條金色的光痕〉全詩以浙江硤石地區方言書寫，是早期新詩相當前衛的語言實驗：「……昨日子我一早走到伊屋裡，真是罪過！／老阿太已經去哩，冷冰冰歐滾在稻草裡，／野勿曉得幾時脫氣歐，野嘸不人曉得！／我野嘸不法子，只好去去喊攏幾個人來，／有人話是餓煞歐，有人話是凍煞歐，／我看一半是老病，西北風也作興有點歐；──／為此我到街上來，善堂裡格位老爺／本里一具棺材，我乘便來求求太太，／做做好事，我曉得太太是頂善心歐，／頂好有舊衣裳本格件把，我還想去／買一刀錠箔；我自己屋裡野是清白歐」。以「非典型漢語」書寫的新詩，是對胡適強調的「國語的新詩」之突破與擴張，地方語言包含豐富的異質性文化和語言表情，不應該被定於一尊的官方語言（以北京音為標準的國語）所淹沒。

13、朱湘長篇敘事詩〈貓誥〉、孫毓棠〈寶馬〉

《詩集》也選了朱湘的〈貓誥〉與魯迅的〈他〉，相當有編選眼光。貓誥是長篇諷諭敘事詩，寫於 1925 年，一百二十二行一氣到底，也算新詩體的嘗試。它不同於馮至的〈蠶馬〉、〈帷幔〉與〈吹簫人〉之處，是批評意識濃厚，現代性十足。馮至的三首長篇敘事詩，語調像說書：「我唱這段故事，／請大家切莫悲傷」（〈吹簫人〉）、「在兩百年前，尼庵裡一個少尼，／繡下了一張珍奇的帷幔」（〈帷幔〉）、「在那十年代真荒遠／路上少行車水上不見船」（〈蠶馬〉），將民間故事材料形塑成新詩形式，故事本身內容精采；但作者並未賦予舊材料新內涵，詩人意識並未參與到詩歌空間中，只能算是次生性文本，原創性不足。朱湘的〈貓誥〉，故事新編，主旨別出新裁：「我姓因為從三苗公起

頭／便同中國的帝王結了釁，／所以一直皆是卷而藏之，／將不求聞達的宗旨堅持。／貓家人才算得天之驕子，／那般白種人何足以語此：／因為他們把時計製造成，／不過是近百年來的事情，／但我們在這五百萬年中／一直是用著計時的雙瞳。」諷喻性十足，語調傳承自魯迅小說中的「阿Q」。當魚飯被狗搶走後，小貓聆聽老貓最後的詰誡，「有一句話終身受用不竭，／便是老子說的大勇若怯！」朱湘將哭笑不得的社會現象與世態人心，以頗為幽默的手法隨處點撥，閱讀樂趣橫生。

孫毓棠（1910-1987）詩集《寶馬》出版於1939年，收錄長篇歷史敘事詩〈寶馬〉，全詩七百六十三行，敘述漢武帝派李廣利將軍西征大宛國的故事，以及兩國對於「寶馬」所象徵的環境資源的爭奪。孫毓棠以其歷史學家豐富的文史知識，將全詩經營得既雄偉又富麗，韻律優雅：「西去長安一萬里草莽荒沙的路，／在世界的屋脊上聳立著蔥嶺的／千巒萬峰。峰頂冠著太古積留的／白雪，瀉成了澀河，滾滾的濁濤，／盤崖繞谷，西流過一個叢山環偎的／古國。」可惜歷史眼界相對保守，批評意識無以落實；沒有當代史識做支撐的詠史詩，徒然繪製一幅華麗的烏托邦織錦，是漢民族豐功偉業歷史圖像的再複製。此詩寫於對日抗戰最艱鉅時期，卻未能展開歷史性對照，只是緬懷古代先祖之光，淡化古往今來戰爭的血腥本質。相對而言，朱湘的〈貓誥〉之「誥」，小處著眼反面設喻，鏤刻出民族性格不堪之一面，正足以為內鬥窮凶惡極外侮處處退讓的軍閥混戰時代，提供一面明鏡。

14、魯迅〈他〉

〈他〉是魯迅（本名周樹人，1881-1936）極少數的分行新詩文本，發表於1919年4月的《新青年》（六卷四號）。廢名說：「我

曾問了幾位朋友的讀後感，大家有一個公共的感覺，說這首詩好像是新詩裡的魏晉古風。……這首詩所給我的，是『感彼柏下人』的空氣。」（廢名〈魯迅的新詩〉）

〈他〉　魯迅

一

「知了」不要叫了，
他在房中睡著；
「知了」叫了，刻刻心頭記著。
太陽去了，「知了」住了——還沒有見他，
待打門叫他——鏽鐵鏈子繫著。

二

秋風起了，
快吹開那家窗幕。
開了窗幕，會望見他的雙屬。
窗幕開了，一望全是粉牆，
白吹下許多枯葉。

三

大雪下了，掃出路尋他；
　　這路連到山上，山上都是松柏，
　　他是花一般，這裡如何住得！
不如回去尋他，——阿！回來還是我家。

廢名對此詩另有解釋：「俟堂係魯迅先生自己起的齋名，從他人的『待死堂』三個字變成兩個字。在《新青年》寫隨感錄同新詩都署名『唐俟』，又是從俟堂變來的，唐有此姓，又唐者功不唐捐之唐，意云空等候。」魯迅文本中經常出現「墳」之象徵與「埋掉自己」的衝動，在這首詩裡可以找到微妙的心理吐露。

我對〈他〉的看法是，此乃一幅自畫像，「他」是「我」的心理鏡像投射。第一段有一個隱匿的敘述者發聲：一方面嫌蟬聲太吵，另一方面又記取蟬聲的提醒。連續性的「知了」聲，既是環境音響也來自心靈提點，自我叩問：「我知道了嗎？」待表相之我真要去尋找發出惑問的深層之我──「他」，「鏽鐵鍊子繫著」，一間荒蕪的心房。第二段，期待歲月積澱後，我總會與「他」見面，窗簾偶然掀開，「一望全是粉牆」，地面唯有衰朽的枯葉，隱喻心靈依舊荒蕪。第三段場景是寒冬，「掃出路尋他」是拯救自己的最後努力，結果來到了松柏林：「古老的墓園」；這裡出現了別有意味的一行，「他是花一般，這裡如何住得！」，要理解這一行須從全詩的章法布置著眼。詩的三段場景分別是夏、秋、冬，獨缺春。春天生機勃發是「生命」的象徵，「花」的意象指歸也與此有關。對深層之我的追尋，實際上是對生命本義的探問；然而「春天」與「花一般的他」從頭到尾都是缺席的存有，靈魂漫遊最後只能回來「我家」。死亡是一種「墳」，心靈之孤獨與荒蕪也是一種「墳」，魯迅的生命追尋之路答案是無路可走，魏晉之風從這裡散發出來。

「五四運動」被標誌為中國現代性開端，它不只是一個歷史事件，更牽連社會改造、政治變革與新文化運動。滿懷絕望意緒的〈他〉發表於「五四運動」前夕，流露魯迅對於歷史變局的深刻知見，問題意識比同代人更加深刻。魯迅的亂世洞觀不是憑空

想像，時代還將持續墜落……。

二、1927-1949年，歷史變局下的新詩

（一）緒論

1927-1949年，中國進入更加詭譎的變局，從歷史脈絡而言，1927年是一個關鍵年度。1926年中國仍然處於軍閥割據局面，奉系軍閥占據直隸與東北，直系軍閥割據長江中下游與福建、江西，閻錫山在山西稱王，馮玉祥據有陝西、寧夏，湖南省長趙恆惕也屬於獨立勢力，國民黨僅能控制兩廣。1925年3月12日孫文逝世，1925年7月中國國民黨成立國民政府於廣州，組織國民革命軍。1926年7月1日黨中央頒布北伐動員令，9日誓師，國民革命軍兵分三路北上，1927年2月18日攻下杭州，3月23日南京光復，北伐軍抵達上海郊區。

3月24日爆發「南京事件」，由共產國際駐中國代表鮑羅廷協助、中共黨員周恩來主持，指揮武裝的工人糾察隊攻擊英、美、日領事館及外國學校、教堂、醫院，一些商店與住宅被劫，金陵大學副校長美國人文懷恩被殺，英國領事翟比南受傷，兩名英國人與法、義傳教士各一人被殺。長江英美軍艦向城內發炮，中國軍民死傷三十餘人。周恩來組織「上海市民政府」，準備建立一個能抵制廣州國民政府北伐軍的革命政權。

4月2日，國民黨中央議決對共產黨徒採取抓捕監管的緊急處置，執行過程導致數量眾多的激進學生、工會農會成員、左派分子慘遭殺害，謂之「清黨」。4月6日張作霖派人搜查北平的蘇聯大使館，獲蘇聯唆使中共行動的文件，逮捕匿藏於大使館內的中共黨員五十八人，李大釗等二十人被處絞刑。4月12日上

海國民黨軍強制收繳工人糾察隊武器引發衝突，工人死傷三百餘人，史稱「四一二事件」。13 日十萬上海產業工人舉行罷工會後遊行，國民黨軍向密集的人群開槍掃射，死亡人數超過五千人。此次國民黨武力清共得自上海黑幫勢力協助，以暴制暴被人詬病。8 月 1 日中共指揮「南昌暴動」，國共兩黨全面決裂。「1927年 4 月，國民黨清黨後，對於反共的國家主義派，即中國青年黨繼續取締，梁啟超一派仍備受壓迫。1928 年 8 月，青年黨領袖曾琦致書國民黨，責一黨專政。1929 年 3 月，與梁有淵源的中國憲政黨，函勸國民黨取消黨治，速開國民會議。5 月國民黨禁止紀念『五四運動』，胡適 7 月發表〈我們什麼時候才有憲法〉。1930 年 3 月魯迅等人成立『左翼作家大同盟』。」（郭廷以《近代中國史綱》）

　　1931 年 9 月 18 日「九一八事變」爆發，1932 年 1 月 2 日，日軍入錦州，東北一百天內淪陷。1937 年 7 月 7 日「盧溝橋事變」，中國進入全面抗戰階段；1945 年 8 月 15 日日本無條件投降，第二次國共內戰隨即展開。1949 年 10 月 1 日中華人民共和國在北京成立，蔣中正控制的國民黨軍政集團退守臺澎金馬。

　　就文學場域而言，1930 年 3 月 2 日「中國左翼作家聯盟」在上海成立，象徵文學環境開始走向複雜化、社會化與意識形態化，文學不再只是單純的個人書寫，與逐漸高漲的「集體意志」產生割捨不斷的牽連，文學革命逐步變形為革命文學。1932 年 3 月，現代書局經理張靜廬，主動函請有編刊物經驗的年輕文人施蟄存（本名施德普，1905-2003）來滬統籌，創辦一份文學刊物，5 月，大型文學雜誌《現代》創刊於上海；因淞滬戰爭日軍砲轟之故，上海的經濟、文化、民生遭到致命打擊，《現代》雜誌成為當年上海唯一的文藝刊物，也是民初時期真正帶有開放性現代印記的

文學雜誌。初版三千冊五天銷售一空，旋又加印三千冊；最高鋒時期，《現代》雜誌銷售量達到一萬四千冊。第一卷、第二卷（共十二期）由施蟄存主編，第三卷一期至第六卷一期（共十九期）施蟄存與杜衡（本名戴克崇，1907-1964）合編（杜衡負責小說與雜文編選）。「不久，現代書局資方分裂，張靜廬退出書局，另外去創辦上海雜誌公司。（總經理）洪雪帆病故。現代書局落入流氓頭子徐朗西手裡，1934年11月施蟄存與杜衡自動辭職，放棄《現代》編務。徐朗西請汪馥泉接手主編，這之後的《現代》，可以說完全是另一刊物。但只出版了兩期，因現代書局歇業而停刊。」（金理《從蘭社到《現代》》）該雜誌引進現代主義思潮，推崇現代意識的文學創作，對民初時期的現代文學影響深廣。創刊主編施蟄存以小說知名，著重描寫人物的心理意識流動，是「新感覺派」主要作家之一。他在〈創刊宣言〉上聲明：「因為不是同人雜誌，故本誌並不預備造成任何一種文學上的思潮、主義，或黨派。因為不是同人雜誌，故本誌希望能得到中國全體作家的協助，給全體的文學嗜好者一個適合的貢獻。因為不是同人雜誌，故本誌所刊載的文章，只依照編者個人的主觀為標準。至於這個標準，當然是屬於文學作品的本身價值方面的。」

《現代》因施蟄存的審美眼光銳利，發掘了不少文學新人。「施蟄存、杜衡與戴望舒在20、30年代的上海號稱『文壇三劍客』，施的年齡最大，所以又被戲稱為『施老大』，紀弦回憶道：『而他也的確是足以當自由文藝陣營「大哥」之稱而無愧。他主編《現代》，選稿極嚴，只看作品，不講交情；只重視作品的藝術價值，而不管「意識」的「正確」與否……使優秀人才不致於被埋沒，而無名作家終於有出頭的日子』，『我和徐遲等「現代派詩人群」，當初不也都是為施老大所賞識和發現出來的麼？』」

（金理《從蘭社到《現代》》）。《現代》雜誌停刊於 1935 年 5 月，三十一期《現代》雜誌的作者群，除了海派作家之外還有不少的京派作家、左翼作家、自由主義者，較全面地體現 1930 年代的現代文學面貌。《現代》雜誌刊登了許多讓人「無法捉摸」的新異作品，其中的「現代派詩人」包括：戴望舒、李金髮、廢名、艾青、卞之琳、何其芳、施蟄存、路易士、徐遲、林庚、陳江帆、金克木、李心若、鷗外鷗、侯汝華等人。1933 年 11 月《現代》第四卷第一期，施蟄存回覆讀者「是否為詩？」的質問：「《現代》中的詩是詩，而且是純然的現代詩。它們是現代人在現代生活中所感受的現代的情緒，用現代的詞藻排列成現代的詩形。……《現代》中的詩大多是沒有韻的，句子也很不整齊，但它們都有相當完美的肌理（Texture）。」（施蟄存〈又關於本刊中的詩〉）

1936 年 6 月，北平師範大學國文系學生吳奔星（1913-2004）與英語系學生李章伯（本名李月華，1906-1993），兩個湖南同鄉借北平湖南會館為社址創辦《小雅》詩刊，至 1937 年 3 月承印《小雅》的印刷廠被查封，共出版了六期詩刊（五、六期為合刊）。新詩作者有：李金髮、施蟄存、路易士、林庚、吳奔星（宮草、東方亮）、李章伯、水天同（靳冰）、李長之、侯汝華、李心若、林英強、李白鳳、羅念生、吳興華等。1936 年 9 月，因左頰生疔瘡從日本回國的路易士（本名路逾，抗戰勝利後改筆名為紀弦，1913-2013），邀約韓北屏、常白、沈洛在蘇州組成「菜花社」，出版一期《菜花》詩刊（菜花四瓣象徵四人合作），11 月改名為《詩誌》又接續出版了三期，1937 年 3 月停刊。詩人群有路易士、韓北屏、常白、路曼士、吳奔星、鷗外鷗、李長之、李章伯、李白鳳、侯汝華、李心若、林英強、南星等。

戴望舒 1932 年赴法國留學，1935 年返國。1936 年 10 月 10 日，

他在上海創辦《新詩》月刊，是繼《現代》之後現代派詩歌的主要陣地；創刊時戴望舒出一百大洋，路易士、徐遲各出五十大洋。《新詩》月刊引起詩壇的廣泛關注與支持，實際主編：戴望舒，卞之琳、孫大雨、梁宗岱、馮至掛名編委，執行編輯：路易士、徐遲。這份大型詩刊登載國內的新詩創作、外國當代詩譯作、有關詩歌問題的討論文章等，共出十期；因盧溝橋事變爆發，1937年7月停刊。路易士（紀弦）回憶：「（戴望舒）想把我和徐遲也補上去，使成為七人編委。這在他本是一番好意。但我年少氣盛，率直地拒絕了。心想，一個詩人，必須憑其作品而存在。如今我已成名，難道還要來他一個『捐官』不成？花五十塊錢，買一個編委，我不幹的。徐遲做人比較隨和，講話也比我婉轉點，就說：『我們兩個幫忙校對，跑印刷廠，寄書，拉稿，是義不容辭的。但是編委名單還是照原案吧。』」（《紀弦回憶錄》）《新詩》月刊延續《現代》雜誌開創的現代主義精神，發表作品的詩人有：卞之琳、何其芳、廢名、林庚、曹葆華、徐遲、路易士、戴望舒、李白鳳、金克木、吳興華等。

　　1937年7月中國進入連綿八年的烽火年代，11月北方三所名校：北京大學、清華大學與南開大學，師生徒步聯合南遷，1938年春抵達雲南昆明，三校合併為「西南聯合大學」。西南聯大聚集不少優秀的新詩開創者，如聞一多、朱自清、馮至、李廣田、卞之琳等，也培育出新一代詩人群。抗戰勝利後，1947年7月杭約赫（1917-1995，本名曹辛之）等人在上海星群出版公司創辦《詩創造》月刊，出版「創造詩叢」十二種。因內部意見分歧，1948年6月杭約赫等人另辦《中國新詩》月刊，杭約赫、辛笛、陳敬容、唐祈、唐湜為編委，出版「森林詩叢」八種；他們與畢業於西南聯大的穆旦、鄭敏、杜運燮、袁可嘉匯合，自稱是「一

群自覺的現代主義者」。上述九位詩作者，1981年因出版了九人詩選《九葉集》，而被統稱為「九葉詩派」。

　　1937年9月11日，胡風（本名張光人，1902-1985）在上海創辦《七月》雜誌（週刊，出版三期），10月在武漢復刊（改為半月刊），至1938年7月16日出版三集共十八期，因戰火逼近停刊一年。1939年7月轉至重慶改為月刊，至1941年9月出版至第七集1-2期合刊為止。《七月》前後出版三十二期共計三十冊（27、28期與31、32期為合刊），毫無疑問是抗戰年代期刊中辦刊最有毅力、戰鬥性最強的刊物。胡風敬仰的精神導師為魯迅，辦刊宗旨為「民族革命戰爭中的大眾文學」。《七月》刊登雜文、詩歌、劇本、抗戰紀實通訊、抗日英雄特寫等，最能體現《七月》現實主義精神的還是詩，艾青〈雪落在中國的土地上〉、蘇金傘〈我們不能逃走〉等抗戰名詩都首刊於《七月》。

　　1942年胡風編輯《七月詩叢》第一輯，出版帶有強烈批判性的詩人作品，包括胡風、艾青、田間、阿壠、綠原、鄒荻帆等，第二輯有牛漢、賀敬之等人。《七月》雜誌詩人群與《七月詩叢》作者，後來被統稱為「七月詩派」。

　　1927年至1949年間的新詩場域，一方面，新詩呼應時代變化而產生具有「主觀戰鬥精神」（胡風之言）的作品；另一方面，新詩走向更加個人化道路，出現風格鮮明更具現代性的詩章。注重美學意識的詩人以何其芳、卞之琳、施蟄存、廢名為代表，戴望舒發表了他的最佳作品〈眼之魔法〉。敏感於社會議題的詩人以艾青、穆旦、綠原為代表，紀弦〈吠月的犬〉與吳興華〈寒夜〉從特殊角度涉及這個命題。《小雅》詩刊以吳奔星（宮草、東方亮）、水天同（靳冰）的風格最有特色，前者美學意識卓越後者批評意識鮮明。本文最後以魯迅〈墓碣文〉與聞一多〈奇蹟〉，

兩首黑暗／光明相互渴求的詩章，作為民初新詩（1917-1949）桂冠上的寶石，闡釋其文化溯源意識。

（二）美學意識、社會意識、文化溯源意識

1、美學意識的詩

（1）何其芳〈預言〉

〈**預言**〉　何其芳，1931

這一個心跳的日子終於來臨，
你夜的嘆息似的漸進的足音，
我聽得清不是林葉和夜風私語，
麋鹿馳過苔徑的細碎的啼聲。
告訴我，用你銀鈴的歌聲告訴我
你是不是預言中的年輕的神？

你一定來自溫郁的南方，
告訴我那兒的月色，那兒的日光，
告訴我春風是怎樣吹開百花，
燕子是怎樣痴戀著綠楊。
我將合眼睡在你如夢的歌聲裡，
那溫馨我似乎記得又似乎遺忘。

請停下，停下你長途的奔波，
進來，這兒有虎皮的褥你坐，
讓我燒起每一秋天拾來的落葉，
聽我低低唱起我自己的歌。

那歌聲將火光樣沉鬱又高揚，
火光樣將落葉的一生訴說。

不要前行，前面是無邊的森林，
古老的樹現著野獸身上的斑紋，
半生半死的藤蟒蛇樣交纏著，
密葉裡露不下一顆星。
你將怯怯地不敢放下第二步，
當你聽見了第一步空寥的回聲。

一定要走嗎，等我和你同行，
我的足知道每條平安的路徑，
我將不停地唱著忘倦的歌，
再給你，再給你手的溫存。
當夜的濃黑遮斷了我們，
你可不轉眼地望著我的眼睛。

我激動的歌聲你竟不聽，
你的足竟不為我的顫抖暫停，
像靜穆的微風飄過這黃昏裡，
消失了，消失你驕傲的足音……
啊，你終於如預言所說的無語而來
無語而去了嗎，年輕的神？

何其芳（本名何永芳，1912-1977）的〈預言〉六行體 6 節，
一行四頓，押尾韻；另一首〈花環〉四行體 3 節，〈砌蟲〉五行

體 3 節，都是一行四頓也押尾韻。何其芳的詩重視韻律，但沒有非常嚴格，算是寬鬆韻式。〈預言〉每一行的字／音數介在 9-14 之間，每行維持四頓節奏，適宜朗誦與記憶，這是〈預言〉能夠廣為流傳的有利因素。

〈預言〉六行體的基本架構分為兩部分，1-4 行塑造基本詩意單元，5-6 行是轉化詩意單元。以第一節為例：前四行獨白語調，敘述心靈中聽到的某種無名聲響，後二行是設問語調，渴望與此無名的聲響交談。這個聲音不是具體的外在聲音，不是風吹葉顫，不是細碎蹄聲，它是心靈冥想的聲音。詩人一邊想像它來自何方，模擬它的行為與氣息，一邊告誡前程可能隱藏的陷阱，「不要前行，前面是無邊的森林」。〈預言〉之敘述模式是心靈自我對話，「你可不轉眼地望著我的眼睛」，如果靈魂能夠回望身體，身心或將整合為一。

「我激動的歌聲你竟不聽」，出現戲劇化轉折。第六節同樣是 4＋2 結構，前四行塑造基本詩意：從「你竟不聽」到「足音消失」，敘述生命失落感，身心再度分離，表達靈魂不可捉摸的情態。後二行轉化詩意：「你終於如預言所說的無語而來／無語而去」，闡述心靈神祕沉默之本質，與青春消逝無蹤之失落感。

〈預言〉帶有典型的象徵主義風格，情境朦朧聲韻纏綿的手法，影響了後來的郭路生（筆名食指，1948-）；文革時期郭路生常去何家拜訪，請益詩學。

（2）卞之琳〈音塵〉

〈音塵〉 卞之琳，1935濟南

綠衣人熟稔的按門鈴
就按在住戶的心上：
是游過黃海來的魚？
是飛過西伯利亞來的雁？
「翻開地圖看，」遠人說。
他指示我他所在的地方
是那個虛線旁那個小黑點。
如果那是金黃的一點
如果我的坐椅是泰山頂，
在月夜，我要猜你那兒
準是一個孤獨的火車站。
然而我正對一本歷史書。
西望夕陽裡的咸陽古道，
我等到了一匹快馬的蹄聲。

綠衣人是轉化修辭，指郵差。郵差送達信函——按門鈴，「就按在住戶的心上」，隱喻敘述者對音信的盼望。

「音塵」指人的音聲蹤影，比「音信」包藏更多形色。「魚雁傳書」指魚腹藏書與雁足繫書兩類，魚雁因而通指書札，此亦轉化修辭。「驛馬」，長程傳遞用馬匹，中途設置驛站供人馬休息；當代驛站則是「火車站」，火車為長途郵遞重要工具。「綠衣人」、「魚」、「雁」、「火車站」、「快馬」，一系列的音塵變奏。

或許心有所思而於幻覺中聽聞來音,「黃海來的魚?」、「西伯利亞來的雁?」敘述者正在辨聽音信方位。5-7行的地理搜尋乃企圖在現實中為思念定位,呈現的卻是「虛線旁那個小黑點」,冰冷而漆黑。8-11行是空間換位,視點從現實的室內切換到夢想的泰山頂,在夢想的月夜,訊源被設想成「孤獨的火車站」,因月光遍照呈露金黃,從那裡將傳遞什麼訊息到達「住戶的心上」?最後三行,詩篇又作一次時間轉換,從今時回溯古代,夕照裡的咸陽道,等待者面西企望,終於抵達的音信竟由快馬傳付,豈不蒼茫痛快!李白云:「咸陽古道音塵絕」,卞之琳說:「我等到了一匹快馬的蹄聲」。書寫此詩的卞之琳住在濟南,想念一位遠方的佳人(遠人),如此解讀可落實為情詩。

　　視點跳轉、時空切換是卞之琳詩學主要特徵,情思收攝在極簡形式中,從簡處看繁,以小象大。比如〈雨同我〉:

> 「天天下雨,自從你走了。」／「自從你來了,天天下雨。」／兩地友人雨,我樂意負責。／第三處沒消息,寄一把傘去?//我的憂愁隨草綠天涯:／鳥安於巢嗎?人安於客枕?／想在天井裡盛一隻玻璃杯,／明朝看天下雨今夜落幾寸。

　　張曼儀〈卞之琳年表簡編〉:「五月作〈妝臺〉、〈路〉、〈雨同我〉、〈白螺殼〉、〈淘氣〉及〈燈蟲〉;在杭州把本年所作詩十八首加上先兩年各一首編成《裝飾集》,題獻給張充和,手抄一冊,本擬交戴望舒的新詩出版社出版,未果。」從卞之琳1937年年表所示,將〈雨同我〉視為兩地情書,未嘗不可。卞之琳擅長從個人侷限的內心拓望到天涯,「天下雨」賦有時代涵義,

兩個月後中日大戰一觸即發。1938年8月31日，卞之琳與何其芳等人抵達延安，「九月初，在周揚安排下與何其芳、沙汀等往見毛主席，毛鼓勵作家到前方戰鬥生活中去。」（〈年表〉）卞之琳與何其芳從此變成天差地別的另一種人。

　　卞之琳（本名卞季陵，1910-2000），出生於江蘇海門湯家鎮。富有形上哲思的詩意探索使卞之琳常被誤解，有「晦澀詩人」的稱號，實則卞詩玄思跳蕩豈受尋常推理設限。卞之琳翻譯過法國詩人瓦雷里、艾呂雅、阿波里奈爾的詩；他的詩重視空間音色與情境轉換，得益於法國詩人瓦雷里（Paul Valery，1871-1945）「純詩」理念的啟發。「純詩是濃縮於觀察中的幻想，應該有利於確定整體詩的觀念。」、「在這種作品中，任何散文的東西都不再與之沾邊，音樂的延續性，永無定止意義間的關係永遠保持著和諧，彼此間思想的轉換與交流似乎比思想本身更為重要，線條藝術便包含了主題的現實。」（瓦雷里〈論純詩〉）

（3）施蟄存〈銀魚〉、〈烏賊魚的戀〉、〈枯樹〉

　　〈銀魚〉　施蟄存，1932.6.1

　　橫陳在菜市場裡的銀魚，／土耳其風的女浴場。／／銀魚，堆成了柔白的床巾，／魅人的小眼睛從四面八方投過來。／／銀魚，初戀的少女，／連心都要袒露出來了。

　　〈烏賊魚的戀〉　施蟄存，1936.4.10

　　春天到了，／烏賊魚也有戀愛。

在海藻的草坪上，／在珊瑚的森林中，／烏賊魚作獵豔的散步。

烏賊以十隻手／——熱情的手，／顫抖地摸索著戀愛，／在溫暖的海水的空氣裡。

但這是徒然的。／雖有十隻手也無濟於事。

美麗的小姑娘，／結隊地行過。／她們都輕捷地，／像一縷彩雲，／閃避了他的魯莽的牽曳。

烏賊魚以自己的墨瀋，／在波紋的箋紙上，／寫下了他的悲哀／——戀的悲哀。

但在夕幕雲生的時候，／海上捲起了風暴，／連他的悲哀的紀錄，／也漂散得不留一點蹤影。

　　浪漫優雅的詩情，甚至帶有異國風味，出乎意料之外的 1930 年代新詩章；心靈自由兼語言純淨，修辭在樸素中自然泛溢華彩，留白恰到好處滋生蘊藉深遠之美。施蟄存以主編《現代》雜誌與寫作新感覺派小說聞名，少數新詩發表於《現代》雜誌，但生前始終未曾結集出版。2012 年華東師範大學的《施蟄存全集》出版，一代作家的面貌才完整呈現。我最先閱讀的施蟄存作品是單行本《唐詩百話》，傳統文化的涵養深厚，很晚才品賞到他的新詩；不知何故，他的新詩作品極少被選入各種詩選。如同他的小說，施蟄存的新詩也注重心理描繪，「初戀的少女，連心都要袒露出

來了」，「但這是徒然的。雖有十隻手也無濟於事」，對男女戀人的心理洞察非常到位。（土耳其風的）女浴場、（四面八方的）小眼睛、（初戀的）少女，三個意象前後遞進引發聯想；橫陳的身體，聚焦於眼睛，再轉換為心，從銀魚牽連到少女的心，無形中勾引出「袒露」二字。施蟄存稱呼〈銀魚〉為「意象抒情詩」，誰曰不宜。「烏賊魚作獵豔的散步」，有點笨拙又不堪寂寞的男子，「魯莽的牽曳」導引出「戀的悲哀」，用「十隻手」描繪「徒然」二字，形象多麼生動。「橫陳」、「墨瀋」皆書面語詞，運用得自然適度。

施蟄存，浙江杭州人，1923年入上海大學就讀，1926年秋與同學戴望舒、杜衡一起加入共產主義青年團。1927年上海發生「四一二事件」，國民黨展開武力清黨行動，《申報》上公布的共產黨嫌疑分子清單，三人皆榜上有名。1937年7月抗戰爆發，施蟄存輾轉任教於雲南大學、廈門大學、江蘇學院、暨南大學。1952年被分配到華東師範大學中文系任教，1957年被劃為右派，轉而寫作舊詩詞與從事古典文學、金石文字研究。1980年代之後，施蟄存早年的現代主義文學創作，又重新被挖掘出來得到重視。施蟄存晚年回憶說：「我也拋棄了文學，轉移興趣於金石文字。自己也覺得這是一個諷刺。從前魯迅放下了古碑，走出老虎尾巴來參加革命；我也原想參加革命，或說為革命服務，結果只落得躲在小閣樓中抄古碑。」（施蟄存〈懷念李白鳳〉）一個左翼作家中的自由主義者，想必是不合時宜的存在；按施蟄存自己的說法是：「我們自己覺得我們是左派，但是左翼作家不承認我們。我們標舉的是，政治上左翼，文藝上自由主義。」（施蟄存〈為中國文壇擦亮「現代」的火花〉）

施蟄存新詩作品不多，1927年至1943年間才二十四首（有

些抗戰時期作品，因戰亂遷徙丟失一部分）。按詩人自道：「新詩則受到象徵派、意象派的影響，摹仿之跡顯然。」（施蟄存〈《紈扇集》小引〉）除上述影響因素之外，他的詩文字精練耐人尋味，頗得古典漢詩詩學精粹。「施蟄存曾經說過『中文是家學』，他家世代儒生，父親是位秀才，古典文學的學養甚深，詩文、書法俱佳，他從小跟著父親習字誦文，從《古文觀止》到《昭明文選》，再到父親書箱中藏著的《白香詞譜》、《草堂詩餘》，他都讀得津津有味，樂在其中，打下了紮實的古典文學根基，並愛上詩詞，自己學著填詞，得過『神似江西』的讚譽。入上海大學後，古典文學老師是俞平伯，『俞平伯老師講過《詩經·卷耳》，指導我研究《詩經》的路子。』」（王宇平《現代》之後——施蟄存1935-1949年創作與思想初探》）。施蟄存的〈枯樹〉寫於抗戰期間福建長汀，文字練達典雅，思想沉厚深邃，在宏觀視域中吞吐動蕩的歷史煙雲：

〈枯樹〉　施蟄存，1943.3.2長汀

幽谷中曉霧未散，／你是一支纖細的華表；／但在黃昏的煙靄裡，／人說你是猙獰的魑魅。

雖然是茅屋裡的老樵夫，／每次想在你身上試試利斧，／但終於他會嘆一口氣。／「且留下，他比我祖父還老。」

做賦的才人如今何往？／九原可作，也該自悔失言。／桓
大司馬曰：「樹猶如此。」／豈知你還至今健在。

但是誰曾聽見過你的嘆息，／為了一千年的楞腹／還折磨
不壞的皮膚，／陽春與隆冬，一般的禁受？

隨他說是華表或是鬼怪，／你既不凌人，亦未嘗諛墓／盛
衰之間並沒有一髮距離，／便嘆息也猶嫌多事！

〈枯樹〉的用典模式類似同時期受困北平的吳興華，但聲
韻沒有吳興華那般嚴謹。「九原」義同九泉／黃泉，「桓大司馬」
即東晉・桓溫（312-373），「樹猶如此」源出劉義慶（403-444）
《世說新語・言語》：「桓公北征經金城，見前為瑯琊時種柳，
皆已十圍，慨然曰：『木猶如此，人何以堪！』」；梁・庾信
（513-581）〈枯樹賦〉借用：「桓大司馬聞而嘆曰：『昔年移柳，
依依漢南，今看搖落，悽愴江潭，樹猶如此，人何以堪！』」。
施蟄存〈枯木〉再轉喻之，賦予枯木中國傳統文化的象徵義蘊；
詩意敘述中，傳統文化不但沒落甚至被指責為魍魅，時人不惜
要砍斷它。「凌人、諛墓」之說，形容中國文明榮辱不屈的精
神，相當貼切。「盛衰之間並沒有一髮距離」表達詩人雙重的
歷史意識：從敘述表層看，盛衰之間剎那生變，誰也阻止不了；
從敘述裡層想，凡盛衰者只是人事與政統，道統自身長青毋庸
嘆息。

（4）吳奔星〈超人之歌〉、〈雨天〉

〈**超人之歌**〉　吳奔星，1937.1.27北平

有一天，我將廢棄醜惡的船
以赤足在水上行走：
爬過水之丘陵，
越過水之谿谷。
我的路是玻璃質的：
我可以目空一切，
無慮於人世之所險惡！
我永遠踏著新鮮的未來，
再不把光陰鈕成一個球。
在我的下面：
有天才的音樂家，
合奏各色各樣的歌；
牠們的音波微癢著我的足心，
我乃有彈性的款步；
我披著鑲有寶石的藍色的紗，
我乃有瀟灑的舞姿。
我不復歌詠上帝，
上帝卻歌詠著我：
它是我的桂冠詩人，
頌詞油滑於玻璃質上，
　　　　　　永遠，永遠！
我的彈性的款步呢，

我的瀟灑的舞姿呢，

永遠，永遠！

〈超人之歌〉發表於《小雅》詩刊（五、六期合刊）之開篇，署名東方亮，〈社中人語〉（編輯後記）提到：「本刊自第二年起，將有大的改革。一、人事方面完全由東方亮先生負專責。東方先生去夏歸自法國，對詩極有興趣。」然而東方亮事實上即仍在清華大學就讀的主編吳奔星，何須扯這個謊？後記中提到另一線索：「已付排的東方亮先生的〈詩論匡謬〉一文（約一萬言，為引申《文化與教育旬刊》一一九期吳立華〈詩論匡謬〉一文而作。）因論及國防詩歌及民族文藝，『言論偏激』，為此間『新聞檢查所』，勒令『抽出』！」此即當時帶有批評意識的作者不得不勤換筆名自我保護的間接證據。《小雅》出完五、六期合刊後，因承印刊物之印刷廠被有關當局查封，不得不停刊。

吳奔星在《小雅》中以本名發表之詩作二十九首，以宮草為名發表十二首，署名東方亮者唯有〈超人之歌〉；這首詩的風格與吳奔星、宮草的詩風判若兩人。「醜惡的船」對應於「人世之險惡」，這是好懂的；然而「赤足在水上行走」寓意何在？關鍵詞是「上帝／桂冠詩人」，上帝（桂冠詩人）所歌詠之「我」，當然就是「詩」，唯有詩堪稱「超人」，以款步之舞姿，伴以各色各樣的音樂，永遠踏著新鮮的未來。吳奔星把「詩」抬高到超越「詩人」的無上位階，詩人不過是為詩服務的「它」，且將節奏韻律下抑為「牠」，以此顯示作者的詩觀。

吳奔星的詩觀賦有形上思維，寫出一批不同凡響的詩，有別於當時兩種時代風尚：社會寫實詩與文化修辭詩。〈雨天〉乍看如一首溫馨情詩，細觀之彷彿象徵化抒情，卻都不似：

〈雨天〉　吳奔星，1936.7.20北平

雨絲來自汝之蛾眉，／我已懷遠道之歸思，／只恐來時之
路已荊花棘草，／古渡亦已滄桑於昔時！

天際舒卷的閒雲，／似結褵時外衣之襤褸；／我將安於命
定的窮窶，／惜汝淡泊之雀斑。

歸去來兮──／長風將報汝以佳訊；／請泡清茶一杯，調
以生疏的吻／迎我於失修的柴門。

「汝之蛾眉」可上溯於晚唐・溫庭筠（812-870）〈菩薩蠻〉：
「小山重疊金明滅，鬢雲欲度香腮雪。」古人以自然山水形容
美人容顏，今人將美人容顏還原自然山水；詩既非寫景也非造
境，而是對境（雨天之景）自由冥想。「似結褵時外衣之襤
褸」與「調以生疏的吻」，跨越現實邊境而有幽眇之遐思，隱約流
露詩人潛意識心跡，最為奧美。短詩〈被〉同樣具有這種魔魅
之力：「是創世紀之紅浪，／那敢孤獨浮游呢？／乘方舟以俱去，
／珍珠之眼遂如海上之燈塔了。」紅浪之前文乃北宋・李清照
（1084-1155）〈鳳凰臺上憶吹簫〉：「香冷金猊，被翻紅浪」，
詩人結合創世紀與方舟之喻，以小象大，形成一股反差劇烈的
夢想張力。

（5）戴望舒〈眼之魔法〉

〈眼之魔法〉　戴望舒，1936.10.19

在你的眼睛的微光下
迢遙的潮汐升漲：
玉的珠貝，
青銅的海藻……
千萬尾飛魚的翅，
剪碎分而復合的
頑強的淵深的水。

無渚崖的水，
暗青色的水；
在什麼經緯度上的海中，
我投身又沉溺在
以太陽之靈照射的諸太陽間，
以月亮之靈映光的諸月亮間，
以星辰之靈閃爍的諸星辰間，
於是我是彗星，
有我的手，
有我的眼，
並尤其有我的心。

我晞曝於你的眼睛的
蒼茫朦朧的微光中，

並在你上面，
在你的太空的鏡子中
鑑照我自己的
透明而畏寒的
火的影子，
死去或冰凍的火的影子。

我伸長，我轉著，
我永恆地轉著，
在你永恆的周圍
並在你之中……

我是從天上奔流到海，
從海奔流到天上的江河，
我是你每一條動脈，
每一條靜脈，
每一個微血管中的血液，
我是你的睫毛
（它們也同樣在你的
眼睛的鏡子裡顧影）
是的，你的睫毛，你的睫毛，

而我是你，
因而我是我。

1936年6月戴望舒與穆時英的妹妹穆麗娟結婚，10月《新詩》月刊創刊；《新詩》第二期戴氏發表〈眼之魔法〉，此詩收入《災難的歲月》時易名為〈眼〉。開頭兩行是全詩詩眼，將「眼睛的微光」比擬「月」，牽動心靈的潮汐。3-7行鋪陳心靈景觀，迷人的瑰麗的想像。敘述者自願沉溺於此眼眸之光海中，變成一顆「彗星」，一顆受恆星引力差遣而環行的光體，一種想像的心靈景觀。光體的核心是「我的心」，因「你的太空的鏡子」而自我鑑照，察知自己「透明而畏寒的火的影子」，摹寫作者因愛情挫傷經驗而瑟縮的心靈情態（戴望舒剛結束與施蟄存妹妹施絳年悲劇式單戀）；但此眼之魔法充實我，我在永恆之光中飛行、沐浴；親近你，成為你，（以睫毛）護衛你；「而我是你，／因而我是我」，兩人融合為一，重獲生命價值與尊嚴，因於愛情。

　　〈眼之魔法〉將超現實主義的想像情境與溫柔婉轉的語調結合，中西詩學交會光采煥發，是戴氏詩篇的最高成就。戴望舒詩的思想，是民初時期較有深度的論述之一，雖屬短札形式但詩性醇厚。戴望舒〈論詩零札〉選：

4

詩的韻律不在字的抑揚頓挫上，而在詩的情緒的抑揚頓挫上，即在詩情的程度上。

8

新的詩應該有新的情緒和表現這情緒的形式。決非表面上的字的排列，也決非新的字眼的堆積。

10

舊的古典的應用是無可反對的，在牠給予我們一個新情緒的時候。

13

詩是由真實經過想像而出來的，不單是真實，亦不單是想
像。

14

詩應當將自己的情緒表現出來，而使人感到一種東西，詩
本身就像是一種生物，不是無生物。

　　1917年號召文學革命之後，詩體、語體往解放之路邁進，詩
押韻不押韻、分行不分行不再是約束；然而胡適強調形式上的「語
氣自然，用字和諧」與內容上的「新精神，新內容」，並沒有解
決「什麼是詩？」的基本問題。廢名重視「詩的內容」，傾慕詩
的想像空間，矯正了新詩運動初期偏愛寫實的弊端；而戴望舒更
進一步調和真實與想像。唾棄新字眼的堆積與字的抑揚頓挫，也
能擴大解釋為將詩從美文與韻文的桎梏中脫離出來。視「詩」為
一種生命體，是更具美學意義的說法；也能呼應廢名之言：「中
國的新詩，如果要別於別的一切而能獨立成軍，我想這樣的一種
自由的歌唱。」、「最要緊的自然還是生命，生命的洪水自然會
衝破一切，水也自然要流成河流。」（廢名〈籠〉詩後註解）兩
人從不同向度隱約觸及「詩」的本質，美學意識比同時期其他詩
人更加深刻。

（6）廢名〈雪的原野〉

　　〈雪的原野〉　廢名，1947

　　雪的原野，
　　你是未生的嬰兒，

明月不相識，

明日的朝陽不相識，——

今夜的足跡是野獸麼？

樹影不相識。

雪的原野，

你是未生的嬰兒——

靈魂是那裡人家的燈麼？

燈火不相識。

雪的原野，

你是未生的嬰兒，

未生的嬰兒，

是宇宙的靈魂，

是雪夜一首詩。

　　廢名的前期作品〈洋車夫的兒子〉曾被選入《詩集》，署名馮文炳（本名），詩藝還不成熟。廢名的新詩創作噴湧於1931年，那年不知何故催生了上百首詩。〈雪的原野〉是廢名詩歌生涯（1922-1948）後期代表作，典型的寫意詩風格；詩跡混沌，難以辨明其思想秩序與心靈軌跡，承襲自古典詩學的造境將詩提昇到精神場所。「未生的嬰兒」在襁褓之前，「雪的原野」是還沒有被人為干擾的大自然，故曰「今夜的足跡是野獸」。靈魂飄搖其上漫遊其間，尋找稀微燈火的依靠，尋找一支書寫的筆。「夜深／人間之鼾息／驚動一枝萬年筆」（廢名〈止定〉），萬年筆超越人文界域，與天地之混沌精神相接，廢名稱其為「宇宙的靈魂」，傳遞亙古以來的存有之光；無以名之，強名為「詩」。

　　廢名的詩富有中國藝術精神，佛教理念、道家思想與儒學倫

理都是他所看重的文明寶藏，對古典漢詩涉獵頗深，成就他獨樹一幟的詩歌面目。廢名有一篇文章〈講一句詩〉，談到晚唐‧李商隱（813-858）的七言絕句〈月〉：「過水穿樓觸處明，藏人帶樹遠含清，初生欲缺虛惆悵，未必圓時即有情。」對於難懂的第二句，廢名扼要地闡釋：「相傳月亮裡頭有一位女子，又相傳月亮裡頭有一株樹，那麼我們看著〇像一面鏡子似的，裡面實藏著有人而且有一株樹。月亮到什麼地方就帶給什麼地方以『明』，而其本身則是一個隱藏，『藏人帶樹遠含清』，世間哪裡有這麼一個美麗的藏所呢？世間的藏所哪裡是一個虛明呢？只有詩人的想像罷了。」從這段話可看出新詩人與舊詩人的心靈相映，也能釐清廢名的詩學根源。廢名的新詩正是「藏人帶樹遠含清」，文字清明詩意混沌，難以一眼看透。

2、社會意識的詩
（1）水天同〈與友人書〉

〈與友人書〉　　水天同，1929.6.1北平，《清華週刊》463期

我們找著祖先掩埋之心了，／遂慟哭其側，／或跳踉大叫，不克喘息，／自以為熱烈美麗極了。

讚美什麼自然？／無非「月到天心，風來水面」，／即大聲「在十字街頭挑戰」，／亦不過掄板斧的戰將一員。

我倦怠之靈魂，／明白並憐憫這一切把戲，／所以毫不責備，／遂來此渺無人跡之荒園。

我在這陰鬱的天空之下，／暫伴著寒鴉沉睡，／無成就亦無羞愧，／等候鷗梟來歌詠這黑夜。

〈與友人書之二〉　水天同，1934青島，《人生與文學》創刊號

東邊用文字造一堵牆，／西邊用文字造一堵牆，／兩下裏在牆頭上張望，／辨不清對方是何模樣。

大官小官在高興著，／民族要復興了！憑藉／牆上標語，口頭的吶喊，／新耶路撒冷又戴上了王冠。

張口待哺的少爺小姐，／說是有強烈的智識慾，／我餵飽了別人的肚腸，／自己的飢餓向誰商量？

黑暗在何方？／還不是自己的眼底心上？／我亦想起造一堵文字牆，／恐寒夜襲來，仍無法抵抗。

　　水天同（筆名斲冰，1909-1988），出生於甘肅省蘭州市，1923年考上清華學堂（後改名清華大學留美預備部），1929年畢業後赴美，1930年進康乃爾大學，1933年獲哈佛大學文學碩士後赴德、法深造一年，1934年6月回到中國。水天同就讀清華大學時即發表大批文藝作品，曾任學生自治會會刊《清華週刊》總編輯。1935年起又在清華學堂時期高一屆同學柳無忌（1907-2002，柳亞子之子，耶魯大學博士）主編的《人生與文學》（1935.4-1937.4，出版十期）上發表文章。水天同在〈自述〉中

曾言：「從 1933 年到 1939 年，我也曾跟著瑞恰慈博士學了點語義學和文藝批評。」瑞恰慈（I. A. Richards，1893-1979）是「新批評派」理論創始人之一，其著作：《文學批評原理》、《科學與詩》、《實用批評》、《柯爾律治論想像》、《修辭哲學》在文學界影響巨大。

1929-1931 年，瑞恰慈受邀來清華大學外文系任教，1936 年 4 月又來中國從事「基本英語 Basic」（將英文詞彙壓縮到五百至八百個簡單詞並精簡語法，以利世界性推廣）的教育工作，一待三年，直到戰亂劇烈不得不返美任教於哈佛大學。水天同或許在美國與民初時期，都得到瑞恰慈之指導，批評文章相當犀利。1936 年 4 月水天同在《新中華》半月刊發表〈胡梁詩論〉提出自己的新詩見解，反駁胡適與梁實秋之論爭：

> 詩是一種經驗，是兩種心理間的一個作用，一種過程，其中包括作者與讀者兩種心理，所以「明白」、「晦澀」云云都非固定的標準，若不將作者的意向與讀者的才能、經驗等一齊算在帳內，加以考慮，而僅僅架起幾個空洞的術語，以號召天下，這是沒有用的。如胡先生「意境要平實」之說，梁先生且知其「有未盡然」，這就是很好的一個例子，胡先生自以為他的詩當得起「明白清楚」四個字了，但第一，胡先生不過寫了許多「胡適之體」的白話而他和他的朋友們認為那是詩；第二，天下盡有一輩子不認得「太行山」的人，我們是埋怨「太行山」三字太難呢？還是說那些人活該呢？
>
> 兩位先生的共同缺點是沒弄明白——他們似乎從未想過——什麼是詩，並且什麼是詩的語言，所以到了這個年

頭還想把詩和白話運動併為一談，梁先生居然還在「白話詩」這個不值得一顧的術語上大做文章。不知白話之話與詩的語言是大有分別的，而且就是白話本身也不只一種。胡先生的白話不與梁先生的盡同，梁先生的白話不與X、Y、Z的盡同，話猶如此，何況詩的語言了。

水天同的見識既平實又深刻，但放諸當時動亂的歷史環境，似乎沒有引起足夠重視。

〈與友人書〉寫於 1929 年，水天同出國之前；〈與友人書之二〉寫於 1934 年，作者剛從歐洲回國。兩首詩都是四行詩 4 節的格式，第一首詩末有附註：「友人遠道來函，責余不事創作，惟費時於『斷爛朝報』。嗚呼！余豈得已哉？余不得已也！為詩答之。」可見詩人對時代局勢與社會議題相當關注，寫過不少時事評述；詩人對朋友之回應並非理直氣壯的議論，而是詩意非凡。「祖先掩埋之心」呼應「渺無人跡之荒園」，是作者對傳統文化核心價值淪沒的形象思維；接著刀鋒一轉：對於抽象之天心耽溺與具象之現實叫囂，率皆視為「臨場表演」的世俗把戲。但詩人知音何其稀罕，惟暗夜貓頭鷹之陰鬱悲鳴回應。

〈與友人書之二〉對應的時代場景是 1934 年，民國局勢更加混亂濁惡，直教有見識的文化人懷抱憂傷。「自己的飢餓向誰商量？」迴響著五年前「祖先掩埋之心」的文化憂慮，別人的肚腸／自己的飢餓隱含外來／本土思潮激盪的對照，思想層級更加深化；反諷「民族復興」之說，也承續了「這一切把戲」的觀點。但詩人更加絕望之處在於「溝通交流」之不可能；國民黨人築起一道牆，共產黨人也築起一道牆，而旁觀者繼續逐起第三道牆，可乎？「寒夜」將至，詩人之預言如是深邃。

（2）艾青〈群眾〉

〈**群眾**〉　艾青，1940重慶

電波在電線上鳴響，在靜空中鳴響
像用兩手按住十個二十個鋼琴的音鍵
我的心裡也常有使我自己震耳欲聾的聲音
一直從裡面衝出，鳴響在空中

一滴水常使我用驚嘆的眼凝視半天
我的前面突然會湧現浩淼的大江
只要我的嘴一張開我就喘急
好像萬人的呼吸都從這小孔出來

當我用手按著自己跳動的脈搏
我的心就被洶湧的血潮所沖蕩
他們的痛苦與慾求和我如此糾纏不清
他們的血什麼時候流進了我的血管

那邊是什麼──那麼多，那麼多
無數的腳，無數的手，無數攢動的頭顱
在窗口，在街上，在碼頭上，在車站
他們在做什麼？想什麼？願望著什麼

這是可怕的奇蹟：當我此刻想起了
我已不復是自己，而是一個數字

這數字慢慢地蛻變著，龐大著
──直到使我愕然而痙攣

我靜著時我的心被無數的腳踏過
我走動時我的心像一個哄亂的十字街口
我坐在這裡，街上是無數的人群
突然我看見自己像塵埃一樣滾在他們裡面

　　艾青（本名蔣正涵，1910-1996）的〈群眾〉寫於直奔延安之前，詩裡還保留著一顆赤子之心，稚氣與血性的生命力組合相當有魅力。四行詩 6 節，四行的語言動能模式為上聯下聯並列式。以第一節為例：前兩行電波由裡向外散播，後兩行心波亦由裡向外散播。「十個二十個鋼琴的音鍵」，就像兩人聯彈或雙鋼琴演奏，十指齊下的強音旋律。第一節到第五節的章法布置是漸次增強情感的音量：一、裡面空中／裡面空中。二、一滴水大江／我的嘴萬人的呼吸。三、我的手我的心／他們的痛苦他們的血。四、個體的多／地點的多。五、單數我／複數我，推盪到最高潮，「使我愕然而痙攣」。第六節，我與群眾被推演成我就是群眾。「群眾」的寓意非常複雜，人民組合？團結力量大？集體意志？社群幻想？群眾連結個人也消泯個人；沒有人知道「塵埃」集結起來的力量會有多大？或多渺小？究竟是轉機？還是危機？
　　艾青詩一貫的浪漫主義氛圍，浪漫現實主義在中國。

（3）路易士〈吠月的犬〉

〈吠月的犬〉　　路易士，1942上海

載著吠月的犬的列車滑過去消失了。
鐵道嘆一口氣。
於是騎在多刺的巨型仙人掌上的全裸
　少女們的
　　有個性的歌聲四起了……
不一致的意義，
非協和之音。
仙人掌的陰影舒適地躺在原野上。
原野是一塊浮著的圓板哪。
跌下去的列車不再從弧形地平線爬上來了。
但打擊了鍍鎳的月亮的淒厲的犬吠卻又被彈回來，
吞噬了少女們的歌。

　　路易士即紀弦，〈吠月的犬〉是其民初時期名作。詩篇主
要場景：月夜與吠犬，源出超現實主義畫家米羅（Joan Miró，
1893-1983）1926年同名畫作。詩從米羅畫作「求取存在意義」
的叩問主題，衍伸出更複雜的想像場景，超現實風濃烈。
　　1924年在法國發起超現實主義並發表宣言的布勒東（André
Breton，1896-1966）曾言：「夢與現實這兩種看來如此之矛盾的
狀態會變成一種絕對的現實，一種超現實。」、「在目前的社會
形態裡，內在現實與外在現實是矛盾的。我們在這矛盾中見著了
人類不幸的根源和人類行為的根源。我們給自己規定的任務，就

是在任何情況下都勇敢地正視這兩種現實。」（布勒東〈什麼是超現實主義〉）。理解超現實主義以夢境聯想的手法，衝破現實理性對心靈的制約，有助於進入本詩：將「多刺的巨型仙人掌」與「全裸的少女們」並置在荒涼溫暖共存的怪誕世界。

紀弦 1964 年在〈狼之獨步〉中曾以狼嗥對存有作出叩擊：「而恆以數聲悽厲已極之長嗥／搖撼彼空無一物之天地，／使天地戰慄如同發了瘧疾，／並刮起涼風颯颯的，颯颯颯颯的：／這就是一種過癮。」〈狼〉詩的叩問是獨具個性的自我擴張，藉以確定虛渺此在的位置，天地迴響的只是詩人一己的浪漫情懷。〈吠月的犬〉之建構具有更廣大的象徵涵義：時間軸「列車出發與消逝」，空間軸「原野與鍍鎳的月亮」，意義軸「犬吠聲打擊月亮，吞噬了歌」。「少女們的有個性的歌」是全裸的夢騎在多刺的現實上才能夠發聲的，醜刺與潤美同時並存。詩人正視著存在的實相──「不一致的意義，非協和之音」，從宏觀的視角俯瞰大地。1942 年的中國社會充斥各種矛盾，中日戰爭方酣，國共內鬥較勁。「太平洋戰爭起，香港淪陷，1942 年重返上海，生活異常艱苦，全靠親友接濟。」（〈紀弦小傳〉）身處亂世的詩人對社會現實與人生意義，做出頗具深度的探問與詮釋。

〈吠月的犬〉是一首現代派詩歌，具有開放性意向闡釋空間寬闊。假設：「載著吠月的犬的列車」隱喻人的一生，人生實有涯際且不能復返──「跌下去的列車不再從弧形地平線爬上來了」；但因迴響「悽厲的犬吠」，不妥協的自由意志劃過長空，一切人類靈魂的勤墾織造絕非徒勞。如果從另一個角度來詮釋，「擊打」與「吞噬」是帶有悲劇意識的語詞，「吠月」則是人類囂張狂妄的慾望外顯，「少女們的歌」被吞噬，隱喻自由與夢想之消泯，草繪一幅時代的變形圖像。〈吠月的犬〉自我意識與社

會意識糾結難分，個人潛意識與集體潛意識交相震盪，一首毫無疑問的超前時代的傑作。

（4）吳興華〈寒夜〉

〈寒夜〉　吳興華，1944.3.4北平

冬夜嚴霜結滿了天空，
風在枯枝間悲泣。
如一艘妖魔的船橫過聳動的大海，
被風推動著，搖著。
失去了固有的路程，
出現在檐上一弧新月。

於是我想起寒微的單衣
與因風起伏的湖水，
隱現在月下她與她
稀微的香氣，
她頎長的身體與蒼白的手
如隸屬於一個死人
無知覺的自放於水裡。

星在她鬢上，花在她笑靨間
（唉，唉如此的稀少）
而無止息的流過，不認識晝夜，
她指隙間船邊的暗水；
片刻跳身出熱情外

我面對永恆而戰慄。

當身心僵硬在冷酷的歲月裡，
當多霧的背景把一切細節淹沒，
她纖瘦敏感的手回向我來，當身心僵硬在，網滿了
可傷的脈管。
如新春的犁翻起固執的泥土，
穿過我塞滿奇字古書的記憶
留下一長道深溝
為未來辛苦的禾黍。

2009年《廢名集》六大卷出版、2014年《穆旦詩文集》（增訂版）面世，2017年《吳興華全集》姍姍來遲；廢名（1901-1967）、穆旦（1918-1977）、吳興華（1921-1966），三位詩人的文本出版史各具傳奇。穆旦早被公認為大詩人，毋庸置疑；廢名的散文與小說，比起他的詩擁有更多知音；吳興華則是新詩史上一個異類，他的古典抒情詩比廢名的寫意詩更加晦澀難解。一般人對吳興華新詩的印象，是他著重聲韻與用典的文本，對於〈寒夜〉這樣的自由體新詩，應該會感到驚訝。吳興華被曾任燕大西語系系主任的哈羅德・謝迪克（Harold Shadick，1902-1993）譽為：「吳興華是我在燕京教過的學生中才華最高的一位，足以和我在康奈爾大學教過的學生哈德羅・布魯姆相匹敵。」哈羅德・布魯姆是西洋文學批評界響叮噹的人物！吳興華又被燕京大學同學宋淇（筆名林以亮，1919-1996）推崇為：「陳寅恪、錢鍾書、吳興華代表三代兼通中西的大儒，先後逝世，從此後繼無人，錢、吳二人如在美國，成就豈可限量？」

吳興華天生過目不忘還能一心三用，十六歲（1937年）破格考入燕京大學，在學期間父母相繼過世，1941年從燕大畢業後留校任教。1943年燕大被日軍封校後，吳興華喪失教職，回到北平杭州會館借住的小屋子裡，與老祖母和其他六個兄姊弟妹共同生活，吃日本人配給的，由豆餅、花生皮、樹皮混和研磨的麵粉烘烤的窩頭；一邊看書一邊寫詩，苦中作樂，這是書寫〈寒夜〉時的社會環境。吳興華弟弟吳興邦（吳言）說：「老祖母去世後，三姊得了肺結核。不久五姊、四哥也倒下了，兩姊先後病故，四哥病到1960年代去世。」（衛毅、李穎〈歷史──尋找吳興華〉）吳興華不久也感染肺結核，家貧買不起藥難以痊癒，以致放棄哈羅德・謝迪克為他安排去美國深造的機會。1966年文革方興，曾任北大西語系副主任的吳興華被勒令在烈日下勞動，因討要一杯水止渴，被紅衛兵強灌陰溝水而致昏迷，再被不斷踢打後棄置不顧，家人趕抵現場送醫不治。

　　抗戰末期，中國文明精神如「她」，曾經是綰結星髻笑靨如花的佳人，如今，宛如一位寒夜嚴霜中自溺暗水的麻木將死之人。當我面對永恆而戰慄之時，她，「纖瘦敏感的手回向我來」，彷彿「新春的犁翻起固執的泥土」，挽救了我僵硬的身心。「留下一長道深溝／為未來辛苦的禾黍」，形象化的祈禱詞，表達詩人意欲挽救時代厄運與復興傾頹文明的深刻渴望。

（5）穆旦〈活下去〉

　　〈活下去〉　穆旦，1944.9重慶

　　　活下去，在這片危險的土地上，
　　　活在成群死亡的降臨中，

當所在的幻象已變猙獰，所有的力量已經
如同暴露的大海
凶殘摧毀凶殘，
如同你和我都漸漸強壯了卻又死去，
那永恆的人。

彌留在生的煩憂裡，
在淫蕩的頹敗的包圍中，
看！那裡已奔來了即將解救我們一切的
飢寒的主人；
而他已經鞭擊，
而那無聲的黑影已在蘇醒和等待
午夜裡的犧牲。

希望，幻滅，希望，再活下去
在無盡的波濤的淹沒中，
誰知道時間的沉重的呻吟就要墜落在
於詛咒裡成形的
日光閃耀的岸沿上；
孩子們呀，請看黑夜中的我們正怎樣孕育
難產的聖潔的感情。

　　〈活下去〉寫於對日抗戰末期，民族面臨生死存亡關頭。此詩運用了五重對比意象：「活在成群死亡的降臨中」、「你和我都漸漸強壯了卻又死去」、「即將解救我們一切的飢寒的主人」、「於詛咒裡成形的日光閃耀的岸沿」、「孕育難產的聖潔的感

情」，寓希望於絕望之中，生存的不確定感瀰漫。這是一片「危險的土地」，「幻象」變得猙獰，意謂著現實已無路可逃。危險也有內外雙重涵義，一個是（生的煩憂）的心理現實：「在淫蕩的頹敗的包圍中」；一個是（成群死亡降臨）的歷史現實：「凶殘摧毀凶殘」。但詩人說：「活下去」！穆旦以卓絕的自由意志，將〈活下去〉高舉在時代狂濤之上，讓後來者看見抗戰末期，一個人與一個民族掙扎求生之苦；主體之分裂與重整來回拉鋸著發出聲聲哀嚎，讀之令人動容。

穆旦詩呈現複雜的心理音色來回動盪，艾青詩是單向度敲擊的主旋律聲響，兩人的詩對照比較差異立顯。但〈活下去〉與〈群眾〉有一共同點，跳脫個人心靈的囚籠，個體意識與社會意識融匯在時代場景中；這是真正歸屬於那一代人的詩章，呈現歷史環境的巨大壓力與徬徨掙扎的心理實情。

穆旦（本名查良錚，1918-1977），出生於天津，1935年就讀清華大學外文系，1937年西南聯大時期受教於著名詩論集《朦朧的七種類型》作者燕卜蓀（William Empson，1906-1984），深刻領略當代英詩之美。穆旦詩章的詩學根源，是他投注心力研究與翻譯的現代派詩人：葉慈（W. B. Yeats，1865-1939）、艾略特（T. S. Eliot，1888-1965）、奧登（W. H. Auden，1907-1973）。

（6）唐祈〈女犯監獄〉

〈女犯監獄〉　唐祈，1946重慶

我關心那座灰色的監獄，

死亡，鼓著盆大的腹，

在暗屋裡孕育。

進來，一個女犯牽著自己的
小孩：走過黑暗的甬道裡跌入
鐵的柵欄，許多烏合前來的
女犯們，突出陰暗的眼球，
向你漠然險惡的注看——
她們的臉，是怎樣飢餓、狂暴，
對著亡人突然嚎哭過，
而現在連寂寞都沒有。

牆角裡你聽見撕裂的呼喊：
黑暗監獄的看守人也不能
用鞭打制止的；可憐的女犯在流產，
血泊中，世界是一個乞丐
向你伸手，
嬰胎三個黑夜沒有下來。

啊！讓罪惡像子宮一樣，
割裂吧：為了我們哭泣著的
這個世界！

陰暗監獄的女犯們，
沒有一點別的聲響，
鐵窗漏下幾縷冰涼的月光，
她們都在長久地注視

死亡——

還有比它更恐怖的地方。

　　唐祈 1940 年代初曾旅行甘肅、青海一帶遊牧區，寫出新詩史上最早的一批當代邊塞詩，富有草原風光的抒情詩清新飄逸。抗戰勝利前後，作者在重慶任中學教員，受時代動亂的強大壓迫，風格劇變，寫下另一批深刻的現實主義作品，冷靜批判中蘊藏悲憫胸襟，情感深邃觸動人心。

　　〈女犯監獄〉寫於 1946 年重慶，發表於《中國新詩》1948年第三期。從書寫場域與作者的意識形態傾向推測，「女犯監獄」的敘述場景很有可能是國民政府軍統局關押中共地下黨員的「渣滓洞」看守所，位處重慶郊外，十六間男牢二間女牢，最多關押過三百多人。全詩的主調是黑色：暗屋、黑暗的甬道、陰暗的眼球、黑暗監獄、三個黑夜、子宮、死亡，全詩唯一的白：「鐵窗漏下幾縷冰涼的月光」，被鐵窗劃破的冰冷的慘白襯托出黑寒罪惡的監獄氛圍。本詩的藝術形象撼人得力於對照式的修辭手法，如「死亡，鼓著盆大的腹，／在暗屋裡孕育。」，「孕育」指向誕生，整座監獄懷抱的不外乎「死亡」，將對立的事物放在一起，達成鮮明的對比效果。聲音與沉寂則是另一種對照：「對著亡人突然嚎哭過，／而現在連寂寞都沒有。」這兩行是增語，補敘女犯們臉上的漠然，以過去經歷的「嚎哭」對比當刻無聲無息的麻木。「對著亡人突然嚎哭過」是記憶中隱藏的哭聲，預示下一節戲劇性的現場：「牆角裡你聽見撕裂的呼喊」，三晝夜的哀呼催人心肝。呼喊之淒慘連「黑暗監獄的看守人也不能用鞭打制止」，此句是從反面設喻，形容難產過程的痛苦比鞭打更加劇烈，令人印象深刻，有切膚之痛。

唐祈（本名唐克蕃，1920-1990），江蘇蘇州人，畢業於西北聯大歷史系，「九葉詩派」成員，「中國民主同盟」成員，文革中被批鬥受盡折磨。著有詩集《詩第一冊》、《九葉集》（九人合著）、《勞歌行》、《唐祈詩全編》等。

（7）陳敬容〈邏輯病者的春天〉

〈邏輯病者的春天〉節選　陳敬容，1947

一

流得太快的水／像不在流，／轉得太快的輪子／像不在轉，／笑得太厲害的臉孔／就像在哭，／太強烈的光耀眼，／讓你像在黑暗中一樣／看不見。／完整等於缺陷，／飽和等於空虛，／最大等於最小，／零等於無限。／終是古老又古老，／這世界卻彷彿永遠新鮮；／把老祖母的箱籠翻出來，／可以開一家漂亮的時裝店。

二

多少形象、姿勢、符號和聲音，／我們早已厭倦；咦，／你倒是一直不老呵，這個藍天！／溫暖的春天的晨朝，／陽光裡有轟炸機盤旋。／自然是一座大病院，／春天是醫生，／陽光是藥，／叫疲敝的靈魂蘇醒，／叫枯死的草木復活。／我們有一千個倦怠，一萬個累，／日子無情地往背脊上堆；／可春天來了，也想／伸一伸懶腰，打兩個呵欠。／儘管想像裡有無邊的綠，／可是水、水、水呵，／我們依舊懷抱著／不盡的渴。

陳敬容（1917-1989），原名陳懿範，筆名藍冰、成輝、默弓，四川樂山人，「九葉詩派」成員。1934年底她獨自離家前往北京，在北京大學和清華大學中文系旁聽，1935年開始寫詩，1947年出版詩集《交響集》，民初時期風格突出的女詩人。〈邏輯病者的春天〉語調從容，觀察深邃反諷辛辣，現代感強烈的詩章。「邏輯病」是詩人自創的新名詞，諷刺國民黨軍政集團以口號治國，詩篇顯影精神停滯空轉的時代整體病徵。

（8）綠原〈凱撒小傳〉

〈凱撒小傳〉　綠原，1948武漢

凱撒想用金字塔的影子測示自己的威嚴，
當他望見沉睡的斯芬克斯和一隻飛過的新燕——

「哦你，只有你的永存才配和我相比較。
我不信一隻燕子會銜來一個春天。」

斯芬克斯在夢中微笑著，燕子飛著又唱著……
凱撒的獨白被尼羅河的咆哮捲走了。

要理解綠原1948年的〈凱撒小傳〉，需要探索他過去的詩章。1946年綠原寫道：「印刷機在霧中滾響著油墨，／報紙編輯在製造著謠言，／麻木的生命們在霧中／找尋泥土做痛苦的麵包」（〈霧〉），「雨落著，落著微雨／落在我的手上／手裡是我想發給他的信／可是他失蹤了」（〈微雨〉）。「失蹤」是暗殺的另一說詞，1946年發生李公僕、聞一多被國民黨特務暗殺事件，

「找尋泥土做痛苦的麵包」是沉鬱難言的時代悲傷。1944年綠原的〈給天真的樂觀主義者們〉是一首一百六十九行當頭棒喝的長詩,「我的心臟究竟泡浸在什麼裡面呢,是演現在世界各處的悲慘的歷史吧?/是的,是那悲慘的歷史像洪水一樣衝擊著,而人不能是一塊水成岩……」詩篇發出人道主義式的怒吼,也間夾著共產主義理念。「這些人犯了罪,勇敢地用生命賠償這社會的損失……/這些人的口號不再是:『打倒機器』……」大膽地觸及人民革命議題。革命竟轉眼成真!1948年綠原寫出〈凱撒小傳〉,「凱撒的獨白被尼羅河的咆哮捲走了」,蔣中正及其獨裁政權居然在短短幾年間山崩地裂,「一隻燕子會銜來一個春天」,令人難以置信的翻天覆地的歷史變局。

綠原(本名劉仁甫,1922-2009),他的第一部詩集是1942年的《童話》,瘂弦曾稱讚《童話》是流麗自然的「天籟」,說「五四以降,像這樣天真爛漫晶瑩剔透的可愛小詩,實在絕無僅有」(瘂弦〈濺了血的童話〉)。綠原一生命運轉變之劇烈,是時代高壓加諸個體生命之魔術。1955年胡風被黨中央打成「胡風反革命集團」的頭子,綠原被定為二十三名「胡風骨幹分子」之一,繫獄七年,那只是悲慘命運的開端。胡風不過是堅持自己的文藝理論觀點卻被批為反革命,綠原只因為與胡風通過一封無關政治的請教信也被刻意誣陷。比國民黨專制獨裁更嚴酷的共產黨極權政體,緊接著出現在中國。

3、文化溯源意識的詩

(1)魯迅〈墓碣文〉

朱自清主編的《詩集》收錄魯迅的〈他〉,但遺漏了魯迅的整部《野草》(出版於1927年)。《野草》內容早已全數發表,

朱自清不可能沒有讀過；沒選的理由應該是文體的認知差異，朱自清將《野草》文本視作散文而非詩。現在，越來越多文學史家與評論家，將《野草》定位為散文詩集；我傾向於將《野草》的部分文本視為散文詩，而非全部文本。

「屠格涅夫散文詩最初在《歐洲的使者》上發表時共五十首。總名原是 Sanilia 一個老人的手記。Sanilia 一字是拉丁文，有著『衰老』的意思。後來《歐洲的使者》的編輯 Stasulivitch 得到作者的同意改用了《散文詩》的題名，沿用至今，本名反為人忘卻了。」（巴金譯《散文詩》〈後記〉）類似的文學情況，魯迅《野草》的寫作初衷，在〈題辭〉中也敘述得很明白：「我以這一叢野草，在明與暗，生與死，過去與未來之際，獻於友與讎，人與獸，愛者與不愛者之前作證。為我自己，為友與讎，人與獸，愛者與不愛者，我希望這野草的死亡與朽腐，火速到來。要不然，我先就未曾生存，這實在比死亡與朽腐更其不幸。去罷，野草，連著我的題辭！」《野草》寫作傾向於自遣悲懷，原先並未設定文體格式。〈題辭〉敘述中有一個奇特的節點：「要不然，我先就未曾生存」，彷彿「寫作」乃置之死地而後生的一種生命舉措；這種寫作精神，我認為是「詩歌精神」的化身。正因此，《野草》的諸多文本，有一種「解構自我／重整世界」的文本能量流貫著，讀了讓人精神振奮，令心靈得到轉化新生。時光的流逝是盲目的，生命的活動也是盲目的；但詩的決定性經驗阻斷盲流與盲動，轉化身心靈重整信念，催生整體性價值，此乃詩的審美精神。《野草》中的〈墓碣文〉正是這樣一首真正的詩，作者以語言意識之傾聽／召喚重整精神空間。

〈墓碣文〉　魯迅，1925

　　我夢見自己正和墓碣對立，讀著上面的刻辭。那墓碣
似是砂石所製，剝落很多，又有苔蘚叢生，僅存有限的文
句——

　　……于皓歌狂熱之際中寒；於天上看見深淵。于一切
眼中看見無所有；于無所希望中得救……
　　……有一游魂，化為長蛇，口有毒牙。不以嚙人，自
嚙其身，終以殞顛……
　　……離開！……

　　我繞到碣後，纔見孤墳，上無草木，且已頹壞。即從
大闕口中，窺見死屍，胸腹俱破，中無心肝。而臉上卻絕
不顯哀樂之狀，但濛濛如烟然。
　　我在疑懼中不及迴身，然而已看見墓碣陰面的殘存的
文句——

　　……抉心自食，欲知本味，創痛酷烈，本味何能知？
……
　　……痛定之後，徐徐食之，然其心已陳舊，本味又何
由知？……
　　……答我。否則，離開！……

　　我就要離開，而死屍已在墳中坐起，口唇不動，然而
說——

「待我成塵時，你將見我的微笑！」

我疾走，不敢反顧，生怕看見他的追隨。

如果將魯迅1919年的詩篇〈他〉定位為「叩問生命的本義」，1925年的〈墓碣文〉則是「叩問民族靈魂的精髓」，墓碣文即靈魂的最終審判。

〈墓碣文〉內含正、反、合的結構布置——

正：狂熱／中寒，天上／深淵，一切眼中／無所有，無所希望中／得救；將民族的靈魂本色歸宿於寒冷、黑暗、虛無、絕望。

反：因絕望故／自嚙其身，抉心自食／欲知本味，心已陳舊／本味何由知；失心而復尋心，食心又復失心，更加絕望。

合：待我成塵／你將見我的微笑，我疾走／生怕他的追隨；懼怕我亦成為死屍，夢境變成現實。

「微笑」是生命的象徵，「成塵」則是絕對的虛無；魯迅的叩問極為徹底，甚且預告了民族的未來命運。魯迅之悲觀與孤獨，源自批評意識尖銳與現實環境摩擦劇烈，但他堅強戰鬥之覺悟是建立在大愛之上，並渴望未來的和平。「是的，青年的魂靈屹立在我眼前，他們已經粗暴了，或者將要粗暴了，然而我愛這些流血和隱痛的魂靈，因為他使我覺得是在人間，是在人間活著。」魯迅在《野草》最後一章〈一覺〉中如是說。亂世之中的魯迅，不過是不想麻木苟活而已；而一個孤獨的清醒者，注定是要抵抗到底。看清（中國社會）當下存有真相的魯迅，內心蘊藏著希望的種子（溯源心靈的故鄉），此乃終極觀照。魯迅關懷的不是一時一地的相對性價值，而是生命在世存有的普世價值；此一「超越性價值」，在魯迅看來是超越文化先在於文化的，以此之故，魯迅反對禮教「吃人」（《狂人日記》）。

（2）聞一多〈奇蹟〉

　　聞一多在 1928 年 1 月《死水》出版後詩歌寫作即中斷，1930 年 12 月 10 日，他寄信給朱湘和饒夢侃（1902-1967）談到他新寫了一首詩：「足兩三年，未曾寫出一個字來，今天算破了例。……本意是一道商籟，卻鬧成這樣鬆懈的一件東西。也算不得『無韻詩』，那更是談何容易。」此詩即聞一多 1930 年代唯一的新詩〈奇蹟〉，它是經常被遺漏的聞氏詩歌登頂之作：

　　〈奇蹟〉　聞一多，1930

　　　我要的本不是火齊的紅，或半夜裡
　　　桃花潭水的黑，也不是琵琶的幽怨，
　　　薔薇的香；我不曾真心愛過文豹的矜嚴，
　　　我要的婉變也不是任何白鴿所有的。
　　　我要的本不是這些，而是這些的結晶，
　　　比這一切更神奇得萬倍的一個奇蹟！
　　　可是，這靈魂是真餓得慌，我又不能
　　　讓他缺著供養，那麼，即便是秕糠，
　　　你也得募化不是？天知道，我不是
　　　甘心如此，我並非倔強，亦不是愚蠢，
　　　我是等你不及，等不及奇蹟的來臨！
　　　我不敢讓靈魂缺著供養。誰不知道
　　　一樹蟬鳴，一壺濁酒，算得了什麼；
　　　縱提到烟巒，曙壑，或更璀璨的星空，
　　　也祇是平凡，最無所謂的平凡，犯得著

驚喜得沒主意，喊著最動人的名兒，
恨不得黃金鑄字，給裝在一支歌裡？
我也說但為一闋鶯歌便噙不住眼淚，
那未免太支離，太玄了，簡直不值當。
誰曉得，我可不能不那樣：這心是真
餓得慌，我不得不節省點，把藜藿
權當作膏粱。

　　　　　可也不妨明說，祇要你——
祇要奇蹟露一面，我馬上就拋棄平凡
我不再瞅著一張霜葉夢想春花的豔
再不浪費這靈魂的膂力，撥開頑石，
來誅求碧玉的溫潤；給我一個奇蹟，
我也不再去鞭撻著「醜」，逼他要
那份背面的意義；實在我早厭倦了
那些勾當，那附會也委實是太費解了。
我祇要一個明白的字，舍利子似的閃著
寶光；我要的是整個的，正面的美。
我並非倔強，亦不是愚蠢，我不會看見
團扇，悟不起扇後那天仙似的人面。
那麼

　　我等著，不管等到多少輪迴以後——
既然當初許下心願時，也不知道是在多少
輪迴以前——我等，我不抱怨，祇靜候著
一個奇蹟的來臨。總不能沒有那一天
讓雷來劈我，火山來燒，全地獄翻起來
撲我，……害怕嗎？你放心，反正罡風

吹不熄靈魂的燈，願這蛻殼化成灰爐，

不礙事，因為那，那便是我的一剎那

一剎那的永恆：──一陣異香，最神祕的

肅靜，（日，月，一切星球的旋動早被

喝住，時間也止步了）最渾圓的和平……

我聽見閶闔的戶樞春然一響，

傳來一片衣裙的窣窣，──那便是奇蹟──

半啟的金扉中，一個戴著圓光的你！

　　〈奇蹟〉四十八行，不分節連續體，每行音尺、字數不再那
麼拘謹，寬鬆韻體詩而非嚴格韻體詩；因為採取寬鬆格式，〈奇
蹟〉的精神內涵自由地揮灑出來。這首詩的結構採三段論式，另
起一段處換行排版。第一段從反面設喻，借用三個文化符號：

　　「一樹蟬鳴」，典出初唐四傑之一駱賓王（640-684）〈在獄
咏蟬〉：「西陸蟬聲唱，南冠客思侵。那堪玄鬢影，來對白頭吟。
露重飛難進，風多響易沉。無人信高潔，誰為表余心？」駱賓王
任待御史時因直言而獲罪入獄，此處取其行事「高潔」不與濁流
合謀，不畏獲罪之意。

　　「一壺濁酒」，典出盛唐大詩人杜甫（712-770）〈登高〉：
「風急天高猿嘯哀，渚清沙白鳥飛迴。無邊落木蕭蕭下，不盡長
江滾滾來。萬里悲秋常作客，百年多病獨登臺。艱難苦恨繁霜鬢，
潦倒新停濁酒杯。」此為杜甫晚年臥病夔州之作，此處取其關懷
時局卻志不能伸，抱病之身窮愁「潦倒」之意。

　　「一闋鶯歌」，典出英國浪漫派詩人濟慈〈夜鶯歌〉：「在
這青林中，在這半夜裡，在這美妙的歌聲裡，輕輕的挑破了生命
的水泡，啊，去吧！同時你在歌聲中傾吐了你的內蘊的靈性，放

膽的盡性的狂歌，好像你在這黑暗裡看出比光明更光明的光明，在你的葉蔭中實現了比快樂更快樂的快樂。」（徐志摩譯），取其嘔心泣血地吟唱愛戀靈性之歌，聞一多所謂「最動人的名兒」即濟慈之「內蘊的靈性」。

「我不能不那樣」意思是：因為靈魂之飢餓我也曾經執迷於此，包括：火齊的紅，桃花潭水的黑，琵琶的幽怨，薔薇的香，文豹的矜嚴與白鴿的柔順。這些語詞分別指涉：熱情、友情、相思、迷戀、莊嚴肅穆與純潔善良；但我渴望的不止於此，而是「這些的結晶」。「李白乘舟將欲行，忽聞岸上踏歌聲，桃花潭水深千尺，不及汪倫送我情」，聞一多化用了盛唐・李白（701-762）〈贈汪倫〉對深摯友情的答贈，「桃花潭水的黑」轉喻友情深厚之感。

「煙巒」與「曙壑」是兩個形象化修辭，意指連綿不絕的雲山與日出山坳之晨景；書面語之精粹豐美，不是我手寫我口那樣的大白話能夠企及。聞一多此詩之修辭手段，破除胡適所提倡新詩「不用典」與偏愛「俗字俗語」的迷思。〈奇蹟〉之運用文化典故與書面語修辭，其動機是文本的內在需求；此詩有文化溯源之企圖，也藉由互文結構來厚實文本縱深。

第二段語調一轉，「祇要奇蹟露一面，我馬上就拋棄平凡」；相對於奇蹟而言，第一段敘述的人生體驗、精神堅持與心靈珍惜，都算不了什麼。第二段借用兩個文化典故：

「剖開頑石，來誅求碧玉」，典出東周末年和氏獻璧的歷史故事，此處取其甘心奉獻自我煎熬之意；下接「不再去鞭撻著『醜』」，指涉批判現實的徒勞作為，前後呼應。

「團扇」，典出漢成帝失寵之妃班婕妤（前48-2）〈怨歌行〉：「新裂齊紈素，鮮潔如霜雪。裁為合歡扇，團團似明月。初入君

懷袖，動搖微風發。常恐秋節至，涼颷奪炎熱。棄捐篋笥中，恩情中道絕。」用其「棄捐」意，反面設喻，凸顯依附之不牢靠，喪失主體性。

此一奇蹟之象徵形式是「舍利子似的閃著寶光」，「舍利子」是修成正覺的聖者經過火煉之後的精神結晶體，象徵「無上覺性」，內涵是「整個的，正面的美」。第三段延續此精神目標，堅心持志，「不管等到多少輪迴」，發大願力，排除一切障礙超越一切苦難，我願等待：「一剎那的永恆」。奇蹟有兩個主要特徵：「神祕的肅靜」與「渾圓的和平」。此一奇蹟來自何處？「我的一剎那」照鑒「戴著圓光的你」，人與天相接應。此一超越性連結不是宗教性體驗，而是通過文化溯源意識展開的終極觀照，是詩人想像裡正大光明精神之如如現前。

〈奇蹟〉是一首「現代頌詩」。清・阮元（1764-1849）在〈釋頌〉中指出：「何以三頌有樣，而風雅無樣也？風雅但弦歌笙間，賓主及歌者皆不必因此而為舞容。惟三頌各章皆有舞容，故稱為頌。」南宋・朱熹（1130-1200）《詩經集傳》亦言：「頌者，宗廟之樂歌，大序所謂美盛德之形容，以其成功告於神明者也。蓋頌與容古字通用故，序以此言之。」凡人類古文明，「詩」之起源皆與祭典儀式有關，藉由儀式歌舞劇，人心與天心相接應。〈詩大序〉曰：「詩者，志之所之也。在心為志，發言為詩。」「在心為志」，心靈傾聽過程，「發言為詩」，心靈召喚過程；「古頌詩」通過傾聽與召喚，人天精神相接，「現代頌詩」亦如是。

三、鏈結傳統，超越革命，警惕全球化

胡適《嘗試集》出版於 1920 年 3 月，第一部新詩集。胡適提倡白話新詩，並完成半部《白話文學史》（只及於唐與唐之前）來支持他的看法。朱光潛（1897-1987）為文〈替詩的音律辯護〉，對胡適的白話文學史觀提出異議：「我們驚訝的不在其所取而在其所裁。我們不驚訝他拿一章來講王梵志和寒山子，而驚訝他沒有一字提及許多重要詩人，如陳子昂，李東川，李長吉之類；我們不驚訝他以全書五分之一對付〈佛教的翻譯文學〉，而驚訝他講韻文把漢魏六朝的賦一概抹煞，連〈北山移文〉、〈蕩婦秋思賦〉、〈閒情賦〉、〈歸去來辭〉一類的作品，都被列於僵死的文學；我們不驚訝他用二十頁來考證〈孔雀東南飛〉，而驚訝他只以幾句話了結〈古詩十九首〉，而沒有一句話提及中國詩歌之源是《詩經》。……他的根本原則是錯誤的，他的根本原則是什麼呢？一言以蔽之，『做詩如說話』，這個口號不僅是《白話文學史》的出發點，也是近年來新詩運動的出發點。」

1925 年朱光潛到蘇格蘭愛丁堡大學及法、德等地留學，1933 年秋返國，應胡適之邀在北京大學任教，課餘組織「讀詩會」，主編《文學雜誌》。《詩論》一書初版於 1943 年，增訂版 1947 年；1987 年列為《朱光潛全集》第三卷時添加幾篇附錄，但內容皆為 1947 年之前所作。民初時期有關古詩、新詩的詩學論述，《詩論》是值得參考的精闢文獻。朱光潛分判詩與散文，「不單在形式，也不單在實質；它是同時在形式和實質兩方面見出來的。就形式說，散文的節奏是直率的無規律的，詩的節奏是低徊往復的有規律的；就實質說，散文宜於敘事說理，詩宜於歌詠性情，流露興

趣。……在敘述語中事盡於辭，理盡於言；在驚嘆語中語言只是情感的縮寫字，情溢於辭，所以讀者可憑想像而見出弦外之響。這是詩和散文的根本分別。」將敘述語與驚嘆語的本質與功能做出區分，是比較新穎的看法；但將敘述語歸於散文獨有，驚嘆語歸於詩，並因此判定詩宜於抒情，而散文宜於敘事，則觀點保守，窄化詩歌的審美空間；為何不能以敘述語而經營詩之天地？古今中外成功的詩範例甚多。朱光潛傾向於詩之「理」與「事」應融會在「情」中，是比較傳統的看法，也容易將敘事詩、議論詩、哲理詩貶低於抒情詩之下。

朱光潛認為詩的妥善定義是「有音律的純文學」，提出音律的幾重價值。第一重：「帶有困難性的音律可以節制豪放不羈的情感想像，使它們不至於一發不可收拾。情感想像本來都有幾分粗野性，寫在詩裡，它們卻常有幾分冷靜、肅穆與整秩，這就是音律所鍛鍊出來的。」作者的節制觀明顯戴著儒家的文化眼鏡看待慾望本身，難以符應文化現代性的開放需求。第二重：「有規律的音調繼續到相當時間，常有催眠作用，『搖床歌』是極端的實例。一般詩歌雖不必盡能催眠，至少也可把所寫的意境和塵俗間許多實用的聯想隔開，使它成為獨立自足的世界。詩所用的語言不全是日常生活的語言，所以讀者也不至以日常生活的實用的態度去應付它，他可以聚精會神地觀照純意象。」詩語言的催眠作用和詩歌空間的獨立性，都是頗有深度的提法；但此審美效應是否只能產生於「有規律的音調」，不無疑問。

第三重：「音律的最大價值自然在它的音樂性。音樂自身是一種產生濃厚美感的藝術。」作者花了更多篇幅來論述詩與音樂的關係，歸納為兩點，一個是音律的節奏之美，一個是音律的牽情作用；並區分詩的兩種節奏：「詩的節奏是音樂的，也是語言

的。這兩種節奏分配的分量隨詩的性質而異：純粹的抒情詩都近於歌，音樂的節奏往往重於語言的節奏；劇詩和敘事詩都近於談話，語言的節奏重於音樂的節奏。它也隨時代而異：古歌而今誦；歌重音樂的節奏而誦重語言的節奏。」對於詩的節奏的審美分析將音樂節奏與語言節奏並舉，意思是：「詩既用語言，就不能不保留語言的特性，就不能離開意義而去專講聲音。」這是相當客觀的論定。

朱光潛的詩的定義，堅持兩個元素：「音律」與「純文學」，重音律是中國抒情傳統影響下的產物，強調音樂節奏動心感物的功能。純文學強調純粹審美經驗，駁斥胡適與陳獨秀側重語言溝通功能的實用取向。但「有音律的純文學」從形式與內容來定位「詩」，還是相當保守的思想進路；依此標準來回看魯迅的〈墓碣文〉與聞一多的〈奇蹟〉，朱光潛之詩的座標便顯其偏狹。我則傾向於將創造性經驗與精神性信念結合來定義詩；是魯迅：「要不然，我先就未曾生存」之獨特經驗與聞一多：「我要的本不是這些，而是這些的結晶」的精神取向之統合；依黃粱的詩學語言是：「決定性經驗」與「整體性價值」。

朱光潛關於書面語和口語的觀點，澄清新詩的白話迷思。「以文字的古今定文字的死活，是提倡白話者的偏見。散在字典中的文字，無論其為古為今都是死的；嵌在有生命的談話或詩文中的文字，無論其為古為今，都是活的。」、「說話所用的字在任何國都很有限，通常不過數千字，寫詩文時則字典中的字大半可採用。沒有人翻字典去說話，但是無論在哪一國，受過教育的人讀詩文也不免都常翻字典，這簡單的事實就可以證明『寫的語言』比較『說的語言』豐富了。」這論調只是常識，但新詩百年來似乎少人當真，遂變成文化奇譚。

胡適現實主義的文學觀與實用主義的語言觀，有其適應時代需求與推展運動的格局限制；胡適想像中的新文學是既通俗又寫實，只注重當下語境曲解文學傳統的畸形嬰。但回顧二十世紀初期舊文學普遍的保守性格，白話新文學確實更能呼應時代變化，牽引時人心靈。朱光潛也寫道：「『寫的語言』比『說的語言』也比較守舊，因為說的是流動的，寫的就成為固定的。『寫的語言』常有不肯放棄陳規的傾向，這是一種毛病，也是一種方便。它是一種毛病，因為它容易僵硬化，失去語言的活性；它也是一種便利，因為它在流動變化中抓住一個固定的基礎。」、「詩應該用『活的語言』，但是『活的語言』不一定就是『說的語言』，『寫的語言』也還是活的。」這是持平之論。

　　但朱光潛仍然認為，詩的語言應該是「寫的語言」，理由是：「因為寫詩時情思比較精煉。」呼應他對詩的定義。書面語確實有豐富的文化積澱優勢，但口語活化詩語質、拓寬詩語域的潛能不能被低估。新詩未來的發展將證明「口語詩」也是一條寬廣之途；當然，它不是唯一選擇也不能標榜為最佳選擇。

　　漢語新詩之擘建，與民族新生與文化再造之時代趨勢緊密連結。新詩開端於「革命」，又不可避免地與「全球化」潮流交會，喪失自信的「漢語文化」恐將併入強勢擴張的「全球化」，因而弱化與傾頹。但漢語文化的基因構造了「漢語詩歌」的血肉筋骨，是任誰也殺不死的呼息；他出入於詩人的喜怒哀樂與舉手投足，他豐盈詩篇的同質性因子並接納異質性因子。理想的漢語新詩未來之路：鏈結傳統，超越革命，警惕單一主體的全球化，參與締造多元主體的全球化，迎接現代性挑戰發揚詩歌精神。

　　「詩」，無論古今中外只有一種，歸根溯源都牽涉到審美鑑真、道德試煉與精神信念。詩之能量場，蘊藏美學意識、社會意

識與文化溯源意識，是抒懷寄情、現實索隱與終極觀照之統一體，古人謂之風、雅、頌。「詩無邪」乃指涉：詩之生發的基礎與方式，直指人心守護人性；「詩言志」意謂著：純粹心靈的趨向，探索邊界拓寬邊界。詩，實乃傾聽與召喚，在無何有之鄉天人相接應，光明朗現大滌生命，魯迅之〈墓碣文〉如是說，聞一多之〈奇蹟〉亦如是。

【參考文獻】

陳獨秀等主編，《新青年》第一卷至第六卷（北京：新青年雜誌社，1915-1919 年）

朱自清主編，《中國新文學大系 8・詩集》（新北：業強出版社，1990 年臺一版）

胡適，《文學改良芻議》（臺北：遠流出版公司，1986 年）

胡適，《嘗試集》（臺北：遠流出版公司，1986 年）

魯迅著；楊澤主編，《魯迅散文選》（臺北：洪範書店，1995 年）

劉半農著；瘂弦主編，《劉半農文選》（臺北：洪範書店，1977 年）

徐志摩，《徐志摩全集》（上海：上海書店，1995 年）

徐志摩，《志摩的詩》（天津：百花文藝出版社，2005 年）

聞一多，《聞一多全集》（武漢：湖北人民出版社，1993 年）

聞一多，《紅燭》（北京：華夏出版社，2002 年）

廢名著；王風編，《廢名集》（北京：北京大學出版社，2009 年）

廢名著；陳建軍、馮思純編，《廢名詩集》（臺北：新視野圖書，2007 年）

朱湘，《石門集》（天津：百花文藝出版社，2005 年）

戴望舒，《望舒詩稿》（天津：百花文藝出版社，2005 年）

戴望舒著；瘂弦主編，《戴望舒卷》（臺北：洪範書店，2011 年）

戴望舒，《戴望舒詩全集》（北京：現代出版社，2015 年）

馮至，《綠衣人・伍子胥》（上海：復旦大學出版社，2006 年）

艾青著；艾丹編，《時代：艾青詩選》（北京：中國青年出版社，2015 年）

卞之琳，《雕蟲紀歷 1930-1958》（北京：人民文學出版社，1984 年增訂版）

卞之琳著；張曼儀編選，《卞之琳》（臺北：書林書店，1992 年）

何其芳，《何其芳詩全編》（杭州：浙江文藝出版社，1995 年）

吳興華，《森林的沉默：詩集》（桂林：廣西師範大學出版社，2017 年）

施蟄存，《北山詩文叢編》（上海：華東師範大學出版社，2012 年）

穆旦，《穆旦詩文集》（北京：人民文學出版社，2014 年增訂版）

綠原，《綠原自選詩》（北京：人民文學出版社，1998 年）

瘂弦，《中國新詩研究》（臺北：洪範書店，1981 年）

藍棣之編選，《九葉派詩選》（北京：人民文學出版社，1992 年修訂版）

梁實秋，《談聞一多》（臺北：傳記文學出版社，1967 年）

朱光潛，《詩論》（合肥：安徽教育出版社，1997 年）

楊義等，《中國新文學圖志》（北京：人民文學出版社，1996 年）

梁宗岱，《詩與真》（臺北：臺灣商務印書館，2002 年）

金理，《從蘭社到《現代》》（上海：東方出版中心，2006 年）

王宇平，《《現代》之後——施蟄存 1935-1949 年創作與思想初探》（臺北：秀威資訊，
　　2008 年）

蕭學周，《為新詩賦形：聞一多詩歌語言研究》（北京：北京大學出版社，2014 年）

賀麥曉著；陳太勝譯，《文體問題：現代中國的文學社團和文學雜誌（1911-1937）》（北
　　京：北京大學出版社，2016 年）

吳心海，《小雅：從爛縵胡同走出來的《小雅》詩刊及詩人》（新北：遠景出版公司，
　　2017 年）

林庚著；潘西堂整理，《中國新文學史略》（北京：北京商務印書館，2017 年）

楊芳芳編，《新月派詩選》（武漢：長江文藝出版社，2006 年）

公木主編，《新詩鑑賞辭典》（上海：上海辭書出版社，1991 年）

張默、蕭蕭主編，《新詩三百首》（臺北：九歌出版社，1995 年）

洪子誠、奚密等主編，《百年新詩選（上）：時間和旗》（北京：生活・讀書・新
　　知三聯書店，2015 年）

屠格涅夫著；巴金譯，《散文詩》（哈爾濱：北方文藝出版社，2008 年）

卞之琳編譯，《英國詩選》（長沙：湖南人民出版社，1983 年）

瓦雷里著；葛雷、梁棟譯，《瓦雷里詩歌全集》（北京：中國文學出版社，1996 年）

柳鳴九主編，《未來主義・超現實主義・魔幻現實主義》（新北：淑馨出版社，1990 年）

馬・布雷德伯里、詹・麥克法蘭編，胡家巒等譯，《現代主義》（上海：上海外語
　　教育出版社，1992 年）

紀弦，《紀弦回憶錄》（臺北：聯合文學出版社，2001 年）

郭廷以，《近代中國史綱》（香港：中文大學出版社，2008 年）

馮克著；陳瑤譯，《簡明中國現代史 1912-1949》（北京：九州出版社，2016 年）

余杰，《1927：反共之年》（臺北：主流出版有限公司，2023 年）

第二章【民初＋共和國新詩1933-1996】
抗戰年代的詩與改朝後詩人歷史反思

一、歷史脈絡與時代環境簡述

　　1937年7月7日，「盧溝橋事變」爆發。7月17日蔣中正發表〈對於盧溝橋事件之嚴正表示〉，宣布全面抗戰。1945年9月2日，日本外相重光葵、參謀總長梅津美治郎代表日本政府向盟軍統帥麥克阿瑟將軍投降，9月9日，日本中國派遣軍總司令岡村寧次向中華民國陸軍總司令何應欽投降，中日戰爭結束。1947年2月15日聯合國提出報告草案，詳述中日戰爭八年遭受的破壞：估計戰爭死亡人數逾九百萬，因戰爭死於疾病及受傷人數達數百萬。面對這一場長期而慘烈的戰爭，詩人們的思維與感受如何透過詩歌傳達？為時代留下什麼歷史證詞？

　　抗日戰爭方結束，「第二次國共內戰」隨即展開，1949年10月1日中國共產黨在北京宣告成立中華人民共和國。絕大多數民初時期的詩人選擇留在家鄉，坦然面對新政權。1950年之後新中國發生一系列超乎世人想像的歷史震盪：十七年時期（1949-1966，鎮反、土改、反右、三面紅旗）過後，緊接著文革時期（1966-1976，紅衛兵、破四舊、上山下鄉、清理階級隊伍、一打

三反）。經歷大變局，從民國跨越到共和國的詩人們感思產生什麼變化？極少數從大陸遷移到臺灣的民初詩人，1949年後他們的歷史回顧又如何？本章選擇代表性詩人與詩篇進行對照性求索。

二、抗戰年代的詩

（一）艾青：復活的土地

〈復活的土地〉節選　艾青，1937.7.6

就在此刻，／你──悲哀的詩人呀，／也應該拂去往日的憂鬱，／讓希望甦醒在你自己的／久久負傷著的心裡：／／因為，我們的曾經死了的大地，／在明朗的天空下／已復活了！／──苦難也已成為記憶，／在它溫熱的胸膛裡／重新漩流著的／將是戰鬥者的血液。

本詩寫於1937年7月6日，「盧溝橋事變」前夕。作者艾青，浙江金華人，1929年以勤工儉學方式赴巴黎學習繪畫，1932年回國，7月因參加左翼美術運動被捕，判刑六年（1935年10月出獄）。他的詩帶有浪漫現實主義的激情特徵，「久久負傷著」、「重新漩流著」、「戰鬥者的血液」、「復活的土地」，都是語調濃重的情感加強版詩語。〈復活的土地〉迴響著詩人對於國家受侮之鬱悶與渴望振奮的反抗激情。〈雪落在中國的土地上〉寫於1937年12月28日，此時中華民國首都南京已淪陷，國民政府遷都重慶。「雪落在中國的土地上，／寒冷在封鎖著中國呀……／／透過雪夜的草原／那些被烽火所囓啃著的地域，／無數的，土地的墾殖者／失去了他們所飼養的家畜／失去了他們肥沃的田

地／擁擠在／生活絕望的汙巷裡」。這首詩以「雪落在中國的土地上，／寒冷在封鎖著中國呀……」四次反覆加深情緒感染力，敘述哀慟之情，也表達詩人與受難的人們站在一起的決心。

1938年5-6月的廣州市與11月底的桂林市，皆經歷了日軍的狂轟濫炸，都市斷垣殘壁人民死傷慘重。身處桂林的艾青為戰爭之殘暴留下詩的證詞：

〈死難者畫像〉節選　艾青，1938.12.1

在池的那一邊
橫陳著一個未死的人
他的頭和臉
已完全被包紮在白布裡
白布滲透了血
他是連最後的叫喊聲也不能發出了
而他的肚子
卻緩慢地起伏著
呼吸在痛苦裡
呼吸在仇恨裡……

就在這未死的人的腳邊
擺著另外一個人──
怎樣說他是一個人呢
他只剩下了胸部以上的一段肉體
胸部以下的
肚子、

腿、

腳、

還有兩隻勞動的手

都到哪兒去了呢？

在亂髮裡嵌著慘白的臉

黃色的牙齒露在外面

又是一個中年的婦人

她的家屬來了

把一扇板門放在她的身邊

然後把她僵硬了的身體抬到門上

看見她的被炸開了的後腦

血已浸濕了一片土地

他的家屬在解脫她的衣服了

又解開她的內衣

噫，她是一個孕婦……

〈死難者畫像〉以節制的語調傳達深沉的悲哀，運用分鏡式的影
像畫面，遠景、近景、特寫穿插流動，在無聲的動態畫面裡時
而加入幾句旁白，強化戲劇性與情感張力。上引詩段的風格具
有現代主義式的冷冽疏離，不！這是刻意為最後一段醞釀情緒：
「而池邊／池邊還有被彈片劈斷了的柳樹／和頹然倒在地上的電
桿／和一個蒙滿灰土的大洞／這是多麼深的一個大洞啊／就在這
大洞裡／日本法西斯土匪為中國人民／深深地埋下了／仇恨的種
子」，浪漫現實主義風格一以貫之，略微煽情地滲入了民族主義
情緒。艾青詩的語言具有情感渲染效應與煽惑群眾魅力，這是他

的風格特色。

（二）田間、方冰：「晉察冀邊區」抗日詩篇

田間（本名童天鑒，1916-1985），安徽人。1934 年加入中國左翼作家聯盟，「盧溝橋事變」爆發後從日本回國，秋天寫成〈給戰鬥者〉，表達反抗侵略的決心。1938 年春夏間他去到延安加入中國共產黨，與當地文藝界朋友發起「街頭詩」運動，年底到共產黨控制的「晉察冀邊區」當戰地記者。1937 年 11 月 15 日，田間發表〈自由，向我們來了〉刊登於在武漢出版的《七月》第三期：「悲哀的／種族，／我們必需戰爭呵！／九月的窗外，／亞細亞的／田野上，／自由呵──／從血的那邊，／從兄弟屍骸的那邊，／向我們來了，／像暴風雨，／像海燕。」語調短促剛強發出斬釘截鐵之聲。1938 年書寫的〈假使我們不去打仗〉，更在全國範圍廣泛流傳，堪稱抗日戰爭名篇：

> 假使我們不去打仗／敵人用刺刀／殺死了我們，／還要用手指著我們骨頭說：／「看，／這是奴隸！」

聞一多評論田間為「時代的鼓手」，所言不虛。詩人牛漢（1923-2013）說起：「田間昂奮的激情，奔跑的姿態，只有用短促而跳躍的節奏才可相應地表現出來」，「田間當年的詩是健壯而紅潤的，粗礪的語言有很大的爆發力，我有兩三年光景沉醉在他的戰鼓聲中。」（牛漢〈學詩手記〉）田間質樸明快的詩風，內蘊北方乾爽粗獷的風土氣息，具有強烈的迫面感和衝擊力。

另一位出生安徽，後來也奔向「晉察冀邊區」的詩人方冰（1914-1997），1940 年秋天寫就的〈山！山！〉，也呈現類似

的詩風；詩末注記「寫於反『掃蕩』中」，戰爭的聲響濃烈（1938年5月起，日軍在此邊區發動五萬人25路的大規模「掃蕩」）。

〈山！山！〉　方冰，1940秋

山！山！／一眼望不到邊，／像大海的波濤，／起伏，連綿。／／山連山，／山套山。／翻過一架山，／又是一架山……／／插箭嶺，／倒馬關，／九曲連環鳥迷路，／七十二盤鬼破膽。／／我們像／大海的魚兒，／自由自在／浪濤裡鑽。／／登高一呼，／萬山響應，／草木聽命，／山隨人意轉。／／任憑你／撒下天羅地網，／日本鬼子！／管叫你網破船翻

　　方冰1932年加入共產主義青年團，1938年冬抵達「晉察冀邊區」打游擊，同時擔任文宣工作，負責編輯《詩建設》雜誌，曾與田間等人共同發起「街頭詩」運動。「街頭詩」運動積極提倡抗戰的、民族的、大眾的詩歌，也叫牆頭詩或詩傳單，經常抄寫在村莊的門樓牆壁上，甚至岩石大樹上，或印成傳單散發給群眾；這是因應時代需要而興起的具有政治涵義的抗日詩歌。「我們寫詩……／我們不是在寫『詩』！／而是願意／在我們生命的奔流裡，／迸流出紅的鮮血。」（〈我們宣言〉節選）此詩發表在1938年10月26日「晉察冀邊區」《抗戰報》副刊《海燕》創刊號上，反映當時青年詩人反侵略的愛國情緒。

（三）穆旦：蛇的誘惑

　　穆旦抗戰時就讀西南聯大，1940年2月寫下一首情思極為複

雜的詩篇〈蛇的誘惑〉，副題「小資產階級的手勢之一」：

> 一個廿世紀的哥倫布，走向他
> 探尋的墓地
>
> 在妒羨的目光交錯裡，垃圾堆，
> 髒水窪，死耗子，從二房東租來的
> 人同騾馬的破爛旅居旁，在
> 哭喊，叫罵，粗野的笑的大海裡，
> （聽！喋喋的海浪在拍擊著岸沿。）
> 我終於來了──
>
> 老爺和太太站在玻璃櫃旁
> 挑選著珠子，這顆配得上嗎？
> 才兩千元。無數年青的先生
> 和小姐，在玻璃夾道裡，
> 穿來，穿去，和英勇的寶寶
> 帶領著飛機，大炮，和一隊騎兵。
> 衣裙窸窣，響著，混合了
> 細碎，嘈雜的話聲，無目的地
> 隨著虛晃的光影飄散，如透明的
> 灰塵，不能升起也不能落下。

「哥倫布」寓意發現者，詩人發現了什麼？「垃圾堆，髒水窪，死耗子，破爛旅居」與百貨公司「玻璃櫃裡的珠寶」形成對比，強烈的階級差異。穆旦將未來稱為「墓地」，在貧苦與貪婪交錯

的社會現象背後，人民屍橫遍野，具有亡國威脅的殘酷戰爭正在逼近大後方，而這裡群集著偏安苟活者。

> 自從撒旦歌唱的日子起
> 我只想園當中那個智慧的果子：
> 阿諛，傾軋，慈善事業，
> 這是可喜愛的，如果我吃下，
> 我會微笑著在文明的世界裡遊覽，
> 戴上遮陽光的墨鏡，在雪天
> 穿一件輕羊毛衫圍著火爐，
> 用巴黎香水，培植著暖房的花朵。
>
> 那時候我就會離開了亞當後代的宿命地，
> 貧窮，卑賤，粗野，無窮的勞役和痛苦……
> 但是為什麼在我看去的時候，
> 我總看見二次被逐的人們中，
> 另外一條鞭子在我們的身上揚起：
> 那是訴說不出的疲倦，靈魂的
> 哭泣

本詩借用「失樂園」的象徵。穆旦將「阿諛，傾軋，慈善事業」視為誘惑人心的禁果，吃下禁果者享受文明世界的愜意生活：「巴黎香水，培植著暖房的花朵」；它的對立面是：「貧窮，卑賤，粗野，無窮的勞役和痛苦」，間接烘托出社會的兩極分化現象，資產階級之富裕享樂與無產階級之貧窮痛苦。文本暗示著：造就此種分化的歷史因素是當時國民黨統治階級的腐敗——「阿

諛，傾軋，慈善事業」。詩人從三方面切剖統治集團的心理傾向與行為模式：「阿諛」影射大批的奴才與官僚，「傾軋」形容黨人爭權奪利，「慈善事業」是針對偽善面孔的反諷語。詩人將首都西遷與學生流亡視為初度被逐，將大後方資產階級腐敗靡爛的生活視為二度被逐。「『我是活著嗎？我活著嗎？我活著／為什麼？』」——年青的流亡學生穆旦發出了對自我與世界的道德質疑；「另外一條鞭子在我們身上揚起」，現實與心理的雙重折磨催促著詩人的靈魂反思與精神成長。〈蛇的誘惑〉現代主義色彩濃厚，它的命題考察與敘述形式都不是單向度的，呈現穆旦詩蘊蓄思想深度與注重空間結構的詩學特徵。

　　1942 年 2 月，從西南聯大畢業的穆旦參加了中華民國遠征軍，隨杜聿明將軍的軍隊前往緬甸戰場擔任翻譯。由於英軍提早撤退，遠征軍右翼遭日軍包圍，5 月 9 日第五軍被迫退入野人山區，在熱帶雨林中迷路，飽受痢疾、螞蝗、蚊蠅與飢餓的交攻，十萬遠征軍最後只剩四萬餘人安全撤離。穆旦一路上忍受逼人瘋狂的飢餓，最長曾經斷糧八天，抵達印度時差點因「飢餓之後的過飽」而死去。1945 年 9 月，穆旦回顧這段經歷寫下〈森林之魅——祭胡康河谷上的白骨〉，這首詩的結構布置分成兩部分，第一部分是森林與人的對話，第二部分是祭歌。第一部分的對話呈現二重奏旋律：森林（自然）—人（社會）、生命（虛無）—死亡（實存）。

森林（自然）：

　　沒有人知道我，我站在世界的一方。／我的容量大如海，隨微風而起舞，／張開綠色肥大的葉子，我的牙齒。／沒有人看見我笑，我笑而無聲，／我又自己倒下來，長久的

腐爛，／仍舊是滋養了自己的內心。

人（社會）：

離開文明，是離開了眾多的敵人，／在青苔藤蔓間，在百年的枯葉上，／死去了世間的聲音。

生命（虛無）：

像多智的靈魂，使我漸漸明白／它的要求溫柔而邪惡，它散佈／殘疾和絕望，和憩靜，要我依從。／在橫倒的大樹旁，在腐爛的葉上，／綠色的毒，你癱瘓了我的血肉和深心！

死亡（實存）：

無言的牙齒，它有更好聽的聲音。／從此我們一起，在空幻的世界遊走，／空幻的是所有你血液裡的紛爭，／一個長久的生命就要擁有你，／你的花你的葉你的幼蟲。

詩的視域極具魅惑力，它視文明社會為「眾多的敵人」的離散聚合體，視森林為自足且寬容一切的整全統一體；生命的本質被凸顯為「血液裡的紛爭」，死亡則被詮釋作「長久的生命」。產生如是思想有兩個因素：一個是穿越「森林之魅」死中求生的經驗洗禮，另一個是對人性本質的洞察。

第二部分祭歌的寫法比較傳統，悼祭亡靈，同時追憶一段歷史：

在陰暗的樹下，在急流的水邊，

逝去的六月和七月，在無人的山間，
你們的身體還掙扎著想要回返，
而無名的野花已在頭上開滿。

那刻骨的飢餓，那山洪的沖擊，
那毒蟲的齧咬和痛楚的夜晚，
你們受不了要向人講述，
如今卻是欣欣的林木把一切遺忘。

過去的是你們對死的抗爭，
你們死去為了要活的人們生存，
那白熱的紛爭還沒有停止，
你們卻在森林的週期內，不再聽聞。

靜靜的，在那被遺忘的山坡上，
還下著密雨，還吹著細風，
沒有人知道歷史曾在此走過，
留下了英靈化入樹幹而滋生。

本詩的主題探索超越戰爭經驗與叢林冒險，聚焦於人文與自然的
對比。比較特殊的一行是：「那白熱的紛爭還沒有停止」，涵義
頗為難測；這首詩完成於中日戰爭剛結束而國共內戰隨即展開之
際，蘊藏著詩人的歷史懸念。

（四）戴望舒：我用殘損的手掌

　　戴望舒出生於杭州，1929 年 4 月出版了第一本詩集《我底記

憶》，集子裡的〈雨巷〉受到葉聖陶極力推薦，傳誦一時。1932年 11 月赴法留學，1935 年春天在西班牙旅遊時，參加西班牙群眾的反法西斯遊行，西班牙警方通知了法國警方，於是學校將他開除並遣送回國。

1936 年 10 月，戴望舒在上海創辦了《新詩》月刊，這是民初詩壇上重要的文學期刊之一。抗日戰爭爆發後，戴望舒轉至香港主編《大公報》文藝副刊，創辦《耕耘》雜誌，1938 年春主編《星島日報》副刊《星座》。1939 年戴望舒在香港與身在廣西桂林的艾青合編《頂點》詩刊，只出版一期，因 1939 年 9 月艾青離開桂林而終止。1941 年 12 月 25 日香港淪陷，戴望舒因在報紙編發抗戰詩輯被日警逮捕入獄，1942 年 4 月 27 日寫下〈獄中題壁〉詩，不久被葉靈鳳保釋出獄。

戴望舒雖然同情左派陣營，在左派文人提倡「國防文學」的時候，他為了維護詩歌藝術不惜與左派對立；他尖銳批評了國防詩歌的偏狹、粗糙，認為那些國防詩歌論者「不瞭解藝術之崇高，不知道人性的深邃」。戴望舒通法語、西班牙語和俄語，歐洲文學文本的翻譯質量俱佳；譯詩集《洛爾伽詩鈔》1956 年由作家出版社出版，對後來朦朧詩一代人產生不少影響（但朦朧詩人們卻未曾讀過戴望舒詩作，此為歷史弔詭）。

戴望舒在香港監獄中受到日警酷刑摧殘，出獄後寫了〈我用殘損的手掌〉，描繪個人遭難與國家破碎的悲憤心情，以抒情筆調詠唱沉慟哀歌：

〈**我用殘損的手掌**〉 戴望舒，1942.7.3

我用殘損的手掌

摸索這廣大的土地：
這一角已變成灰燼，
那一角只是血和泥；
這一片湖該是我的家鄉，
（春天，堤上繁花如錦障，
嫩柳枝折斷有奇異的芬芳）
我觸到荇藻和水的微涼；
這長白山的雪峰冷到徹骨，
這黃河的水夾泥沙在指尖滑出；
江南的水田，你當年新生的禾草
是那麼細，那麼軟……現在只有蓬蒿；
嶺南的荔枝花寂寞地憔悴，
盡那邊，我蘸著南海沒有漁船的苦水……
無形的手掌掠過無限的江山，
手指沾了血和灰，手掌黏了陰暗，
只有那遼遠的一角依然完整，
溫暖，明朗，堅固而蓬勃生春。
在那上面，我用殘損的手掌輕撫，
像戀人的柔髮，嬰孩手中乳。
我把全部的力量運在手掌
貼在上面，寄與愛和一切希望，
因為只有那裡是太陽，是春，
將驅逐陰暗，帶來蘇生，
因為只有那裡我們不像牲口一樣活，
螻蟻一樣死……那裡，永恆的中國！

從個人遭遇起興，作者凝視著自己被虐損的手掌，聯想起中國半壁河山被日寇侵凌。「我觸到荇藻和水的微涼」、「這黃河的水夾泥沙在指尖滑出」，都與手的觸覺有關；「嶺南的荔枝花寂寞地憔悴，盡那邊，我蘸著南海沒有漁船的苦水……」，象徵主義味道濃厚；「嶺南的荔枝花」指涉大陸東南方的國土，因淪陷而憔悴；「盡那邊」，帶著關懷語調的遙望西南方；「我蘸著南海沒有漁船的苦水……」，表達詩人力有未逮之感。

　　「只有那遼遠的一角依然完整」指涉中國大西南，只有這一角國土依然完好無缺。「我用殘損的手掌輕撫」，表達內心的關注，像男子對愛人依戀，嬰孩對母親懷想，再度發揮手的觸覺想像。有評論者將「遼遠的一角」詮釋為抗戰時期中共盤據的「解放區」（「陝甘寧邊區」與「晉察冀邊區」）不符歷史事實。在戴望舒書寫此詩的 1942 年，陝甘寧邊區正如火如荼地進行「延安整風」；除王實味被批為「托派」遭到囚禁之外，數千名奔赴延安的年輕人被迫相互檢舉，刑訊逼供後承認自己是「國民黨特務」，遭到關押甚至殺害。而晉察冀邊區的游擊隊正在荊棘遍野的山區，與日軍接連發動的「鐵壁合圍大掃蕩」、「五一大掃蕩」進行艱辛慘烈的「反掃蕩」。將兩地解放區視為「溫暖，明朗，堅固而蓬勃生春」的抗戰勝利希望所在，無異痴人說夢。

　　戴望舒雖然加入過共產主義青年團，是個具有進步思想的文化人，但從《戴望舒詩全集》的所有生平詩作中，看不到任何讚揚共產黨／共產主義的左傾字眼。他的詩一向注重修辭、聲韻與意象，始終堅持抒情詩人的本色。1949 年 3 月戴望舒抵達北平，10 月共和國成立後受邀擔任新聞出版總署國際新聞局法文科科長，從事編譯工作，1950 年 2 月 28 日在北京猝然病逝。

（五）路易士：火與嬰孩

　　路易士（本名路逾），祖籍陝西奉縣出生於河北清苑，少年時曾居住揚州多年，畢業於蘇州美專。1933 年以「路易士」筆名自費出版第一本詩集《易士詩集》，抗戰勝利始用「紀弦」為筆名。1948 年紀弦從中國大陸來臺灣，1949 年起任教於臺北成功中學，1953 年獨資創辦《現代詩》季刊。1956 年元月 16 日，紀弦在臺北發起「現代派」，加盟者一百一十五人。在官方鼓吹「戰鬥文藝」，反共抗俄文學甚囂塵上的 1950-1960 年代，紀弦對現代主義運動的開路需要相當的勇氣與堅持。1976 年紀弦赴美定居，依然寫作不輟，2013 年以一百零一歲高壽辭世。

　　1937 年「八一三淞戰」爆發，路逾全家逃到武漢，1938 年輾轉流亡香港，不久接替杜衡任《國民日報》副刊《新壘》主編。1941 年底香港淪陷，1942 年夏天路逾全家重返上海，生活異常艱苦，全靠親友救濟。〈火與嬰孩〉寫於 1944 年的上海，隱喻性的寫法相當奇特，布置夢與現實交錯的空間結構，藉由嬰孩的眼睛洞觀人類的爭戰：

> 夢見火的嬰孩笑了。
>
> 火是跳躍的。火是好的。
>
> 那火，是他看慣了的燈火嗎？
>
> 爐火嗎？
>
> 火柴的火嗎？
>
> 也許是他從未見過的火災吧？
>
> 正在爆發的大火山吧？
>
> 大森林，大草原的燃燒吧？

但他哇的一聲哭起來了：
他被他自己的笑聲所驚醒，
在一個無邊的暗夜裡。

燈火、爐火、火災、火山爆發、森林大火，終於野火燃遍大地。
「他被他自己的笑聲所驚醒」是全詩關鍵語，反諷人類玩火自焚。
全詩無一字涉及戰爭，然而深入戰爭之因果，極具創意且帶有批
判意味的現代主義詩歌。這首詩的寫作背景是 1944 年 8 月 19 日
路逾的第四個男孩出生，「他最喜歡看火，因此我寫了這首詩。」
（《紀弦回憶錄》）詩人自有獨特的轉喻能力。

〈火災的城〉寫於 1936 年戰爭前夕的上海，可視作〈火與
嬰孩〉前導，詩人洞見一場滔天大火即將遍地焚燃，況且沒有消
防隊能滅火；而真正的火源是每一個在場者，包括「我」：

從你的靈魂的窗子望進去，／在那最深邃最黑暗的地方，
／我看見了無消防隊的火災的城／和赤裸著的瘋人們的
潮。／／我聽見了從那無限的澎湃裡響徹著的／我的名
字，愛者的名字，仇敵們的名字，／和無數生者與死者的
名字。／／而當我輕輕地應答著／說「唉，我在此」時，
／我也成為一個可怕的火災的城了。

（六）綠原：給天真的樂觀主義者們

綠原，湖北黃陂人，抗戰時期流亡重慶。1941 年底與鄒荻帆、
曾卓等人共同創辦「詩墾地」文學社團，1942 年進入重慶復旦大
學外文系就讀。綠原 1944 年 12 月寫就長詩〈給天真的樂觀主義
者們〉，八段一百六十九行，語言新穎的詩文本，一首反諷意味

濃厚的政治諷諭詩。這首詩有三個重要特色：批評意識尖銳的交談語調、非定向敘述模式、開放性詩歌空間。第一段：

> 群眾們，可愛的讀者們，我站在你們面前冷淡地讀這篇詩。／可是叫我從哪兒讀起，讀到哪兒為止呢。不幸引用了這磷光四射的文字？／而且我將慚愧，如果我真的下流到惹你們大噪：聽哪，／魔鬼在陽光下面對人類大搖大擺地朗誦諷刺小品了……／且慢申斥我的奇談吧，可愛的讀者，你可能回答麼——／呼吸在戰爭下面的中國人民，有多少個愉快，有多少個淒惶？／多少人在白晝的思維裡，在夜晚的夢幻裡，進行組織「罪惡」和解散「真理」？

> 向你們吹牛撒謊的，在非淪陷區匆忙地、緩慢地跳著野獸派的舞……／而沉思的人們都有點兒悲哀……／請不要生氣，哎，我們的身分不過是／——尚未亡國的「四強之一」。

　　這首詩寫於中日戰爭時期的臨時首都：重慶。從辛辣的反諷語調看得出魯迅散文的影響，跳躍式的語言動能模式，敘述視域忽東忽西變化靈活。寫作此詩時中日戰爭雖然已到末期，實際上中方軍隊採取防守態勢，仍然無力反攻（戰爭局勢直到1945年4月才真正逆轉，主因乃盟軍逼近日本本土）。重慶歷經日本空軍的無數次大轟炸，構成了本詩的時代背景。1940年2月穆旦〈蛇的誘惑〉影射的大後方糜爛生活，直到1944年12月，在綠原眼中依然沒有改善：「在非淪陷區匆忙地、緩慢地跳著野獸派的舞」。綠原的社會觀察將穆旦的「阿諛，傾軋，慈善事業」，推

擴為「進行組織『罪惡』和解散『真理』」與「向你們吹牛撒謊」，影射偏安重慶的國民政府對左派勢力的暗中圍剿，且經常掩飾真相虛報戰功。「這磷光四射的文字」、「跳著野獸派的舞」，火藥味十足的詩語言。

> 大街上，員警推銷著一個國家的命運／這是一片寶島：貨幣集中者們像一堆響尾蛇似地互相呼應／破裂的棺材怎樣也掩不住屍體的臭氣和醜樣子！／紳糧們照樣歡迎民眾們大量獻金……／保甲長照樣用左腳跪在縣長面前，用右腳踢打百姓：如此類推，而成衙門……／你看，一些精神蔓長著鬍鬚的丑角兒嚶嚶哭泣起來了……／在泥濘的時間走廊上，他們用虛無主義的酒灌醉自己，避免窗外的噪音。／他們非常苦悶，常常用手按住自己的脈搏檢查自己的病症，／有時不覺將自己的思想孵化出變節的幼蟲！／讓他們的腦袋像雞蛋一樣碎裂；讓他們的勇敢同懦怯像蛋黃同蛋白一樣分開！／我的心臟究竟浸泡在什麼裡面呢，是演現在世界各處的悲慘的歷史吧？／是的，是那悲慘的歷史像洪水一樣沖擊著，而人不能是一塊水成岩……

「員警國家」被解構為「大街上，員警推銷著一個國家的命運」，形容發戰爭財的邪惡奸商為「貨幣集中者們像一堆響尾蛇似地互相呼應」。從「演現在世界各處的悲慘的歷史」，可看出作者的共產主義思想傾向。

非定向敘述模式形成一種複調的敘述軌跡，豐富敘述內涵，例如第三段開端：

例如，每次空襲解除了，慶祝常常比哀悼更熱烈……／只有這樣一回，一位紳士抱著他的夫人憂愁地從私人防空洞出來，有些人大喊：／——可惡的鬼子，可惡的鬼子，一位中國貴婦被炸彈嚇昏了……／僕歐跟著：「老爺，公館平安，巴兒狗活著呢。」／（請恕我這個沒有身分證的公民吧，他沒有福氣接近貴人；因此，他這兩行詩或許像幻想一樣錯誤。）／可是，那些小市民們（一群替罪羔羊）呢，可愛的讀者，我很知道／他們是怎樣觸霉頭的。看吧，街道扭歪了，房屋飛去了。／一顆男人的頭顱像爛柿似的懸掛著……／一隻女人的裸腿不害羞地擺在電線一起……／一個孩子坐在土堆上，凝望天空的灰塵，沒有流淚……／啊，可愛的讀者，你還想打聽「大隧道慘案」的內幕嗎？

複調敘述的一端指向國家最高領導：蔣中正與宋美齡的第一家庭（包含哈巴狗），另一端指向：飽受大轟炸驚嚇的悲慘小市民；在描繪大人物的尊貴嘴臉時也勾勒出小人物的低賤無奈。這一段結束於敘述者的堅定意志與思想反撲：

何況這兩三年連空襲都沒有了，哦，可愛的讀者，／誰敢仔細研究這一堆酪酊到蠕滑地嘔吐著黏質的肉蟲呢？／在中國，誰能快樂而自由？就是這些天國的選民。信不信由你。／然而，今天，地獄的牧者率領一群哀軍來了，不要憐憫！／要用可怖的悲慘驚嚇這些選民！要將唾沫吐在他們的粉臉上！／日曆撕完了，時鐘停擺了，可愛的讀者，向他們挑戰！

「向他們挑戰」塑造出開放性意指，逼迫讀者反思。從思想面而言，青年詩人綠原將國民黨統治階層反諷為「天國的選民」，將毛澤東與共產黨人形容為「地獄的牧者率領一群哀軍」，這是對威權（包括權力與階級）的顛覆。從意志面而言，一位思想激進的學生他的革命意志銳利如刀鋒，立志劈斷時代巨岩，他的膽識與勇氣究竟從哪裡來？從「這一堆酩酊到嚅滑地嘔吐著黏質的肉蟲」來，綠原堅信腐朽的統治階級必定敗亡。詩人曾卓（1922-2002）評價說：「在四十年代，特別是在抗戰勝利前後，綠原的詩在大後方是起到了相當大的影響的：在進步的學生運動的集會上被朗誦，在許多年輕的讀者中流傳，也廣泛地受到了文藝界的重視。」

這首詩一路上不斷地逼問讀者：是否你以為我的見解十分荒謬？你還想打聽什麼內幕？你還想做一個旁觀者嗎？

> 可愛的讀者，我不過是一個不相干的旁觀者。／注視著一顆子彈旋轉過去的胸脯，我不得不／祝福死者：來世不可在黑巷裡咬傷一位貴婦人的戴鑽石的手指；／也祝福活著的人：永遠踏著薔薇色的旅途，切莫逢見竊賊和土匪！

年輕的綠原（22歲），以創新的語言成就這首令人耳目一新的時代傑作，映現中日戰爭時期非淪陷區生動鮮活的社會影像。

（七）艾青：黎明的通知

艾青〈黎明的通知〉列於《我愛這土地：艾青抗戰詩集》最後一首，書寫於1942年。這首詩明顯流露共產主義「世界革命」的理想：「我將帶光明給世界／又將帶溫暖給人類」。1932年5

月，艾青在上海加入「中國左翼美術家聯盟」，與畫家江豐等人籌組「春地藝術社」、「春地畫會」。1932 年 7 月，法租界巡捕房密探衝入畫室逮捕了十三名青年畫家，將艾青、江豐等「政治犯」引渡給國民黨當局，他們被指控意圖顛覆政府判處有期徒刑六年。1933 年 3 月艾青在獄中寫出了〈蘆笛〉：「今天，／我是在巴士底獄裡，／不，不是那巴黎的巴士底獄。／蘆笛並不在我的身邊，／鐵鐐也比我的歌聲更響，／但我要發誓──對於蘆笛，／為了它是在痛苦的被辱著，／我將像一七八九年似的／向灼肉的火焰裡伸進我的手去！／在它出來的日子，／將吹送出／對於凌侮過它的世界的／毀滅的詛咒的歌。」（節選）詩篇表現出對於國民黨政府專制獨裁的痛恨。

1935 年艾青出獄，1937 年抗日戰爭爆發後，艾青到武漢、西安、桂林等地參加抗日救亡活動。1940 年抵達重慶，任育才學校文學系主任。1941 年艾青赴延安。從 1941 年 3 月至 1945 年 9 月，艾青一直在延安生活，進入丁玲領導的「中華文藝界抗敵協會延安分會」工作。延安整風時，艾青受情勢所迫不得不低頭迎合毛澤東的意志。1942 年 6 月 9 日，在批判王實味的鬥爭中，艾青即席長篇發言；七天後，將發言整理為長篇文章〈現實不容許歪曲〉，將王實味稱為「我們思想上的敵人」和「我們政治上的敵人」。1943 年夏末，艾青被吸收為中國共產黨黨員。〈黎明的通知〉寫於艾青留駐延安的 1942 年，它是一首帶有政治宣傳印記的文本，雙行體 32 節。

〈黎明的通知〉節選　艾青，1942

請叫醒每個人／連那些病者與產婦／／連那些衰老的人們

／呻吟在床上的人們／／連那些因正義而戰爭的負傷者／和那些因家鄉淪亡而流離的難民／／請叫醒一切的不幸者／我會一並給他們以慰安／／請叫醒一切愛生活的人／工人，技師以及畫家／／請歌唱者唱著歌來歡迎／用草與露水所摻合的聲音／／請舞蹈者跳著舞來歡迎／披上她們白霧的晨衣／／請叫那些健康而美麗的醒來／說我馬上要來叩打她們的窗門／／請你忠實於時間的詩人／帶給人類以慰安的消息／／請他們準備歡迎，請所有的人準備歡迎／當雄雞最後一次鳴叫的時候我就到來／／請他們用虔誠的眼睛凝視天邊／我將給所有期待我的以最慈惠的光輝／／趁這夜已快完了，請告訴他們／說他們所等待的就要來了

「黎明的通知」！？聽起來有點毛骨悚然，政治宣傳總是不自覺地帶著肉麻兮兮的口吻，這是文學為政治服務的典型文本。「我」在此地代表共產黨；「黎明」不是意指中國抗戰勝利之到來，而是宣稱共產主義之必勝。他對「每個人、他們」宣稱他的全人類之愛，「帶給人類以慰安」。究竟1949年10月中共建政之後帶給中國人的是什麼樣的慰安？改朝後詩人的遭遇與詩歌內涵能告訴我們什麼？

三、改朝後詩人歷史反思

（一）穆旦，1956-1976詩篇

穆旦1949年自費赴美國留學，在芝加哥大學研究生院攻讀文學，1953年拒絕友人對他的勸說：留在美國或遠赴臺灣，夫婦兩人堅持回祖國服務。詩人回國後受聘於天津南開大學外文系，

教學之外勤於詩歌翻譯，希望貢獻所長。1957年共產黨展開「黨內整風」和「反右運動」，穆旦發表〈葬歌〉、〈九十九家爭鳴記〉進行自我檢討，但發表後依然備受批判。1958年穆旦被指為「歷史反革命」調大學圖書館工作，受到監督與管制，1966年文革爆發再度受到批判並下放勞改。1972年2月農場勞改結束，穆旦回到圖書館，擔任抄卡片、洗廁所等工作。穆旦1975年詩興再起，創作〈蒼蠅〉、〈妖女的歌〉、〈「我」的形成〉、〈神的變形〉等一批新作。1977年2月突發心臟病去世。

〈妖女的歌〉　穆旦，1975（《穆旦詩全集》標記1956）

一個妖女在山後向我們歌唱，
「誰愛我，快奉獻出你的一切。」
因此我們就攀登高山去找她，
要把已知未知的險峻都翻越。

這個妖女索要自由、安寧、財富，
我們就一把又一把地獻出，
喪失的越多，她的歌聲越婉轉，
終至「喪失」變成了我們的幸福。

我們的腳步留下了一片野火，
山下的居民仰望而感到心悸；
那是愛情和夢想在荊棘中的閃爍，
而妖女的歌已在山後沉寂。

「妖女的歌」典故來自「希臘神話」，後人用「海妖／女妖之歌」比喻蠱惑人心的言論。〈妖女的歌〉承襲這個象徵脈絡，她要求跟隨者獻出一切：自由、安寧、財富，而我們「一把又一把地獻出」。懷抱著愛情與夢想，我們一路披荊斬棘，「留下了一片野火」。「我們」比喻一代人，「野火」形容破壞一切的毀滅能量。但一代人奉獻青春甚至犧牲生命得到了什麼？「喪失」，意味著一無所有。人們一方面尊崇一方面恐懼的妖女是誰？毫無疑問是指涉毛主席，他所允諾的共產主義理想早已煙消雲散，從來就是謊言與騙局。

　　〈妖女的歌〉風格沉鬱批評意識尖銳，而〈蒼蠅〉一詩即興意味濃厚：「我們掩鼻的地方／對你有香甜的蜜。／自居為平等的生命，／你也來歌唱夏季；／是一種幻覺，理想，／把你吸引到這裡，／飛進門，又爬進窗，／來承受猛烈的拍擊。」（〈蒼蠅〉節選）「愛情，夢想」換了另一組字眼「幻覺，理想」，意義相似；而結局不只是「喪失」而是「承受猛烈的拍擊」，一代又一代菁英陷溺在政治意識形態沼澤裡，被剝奪了思想權、言論權、參政權，甚至生存權。

　　〈問〉　穆旦，1976

　　　我衝出黑暗，走上光明的長廊，
　　　而不知長廊的盡頭仍是黑暗；
　　　我曾詛咒黑暗，歌頌它的一線光，
　　　但現在，黑暗卻受到光明的禮讚：
　　　　心呵，你可要追求天堂？

多少追求者享受了至高的歡欣，
因為他們播種於黑暗而看不見。
不幸的是：我們活到了睜開眼睛，
卻看見收穫的希望竟如此卑賤：
　　　心呵，你可要唾棄地獄？

我曾經為唾棄地獄而贏得光榮，
而今掙脫天堂卻要受到詛咒；
我是否害怕詛咒而不敢求生？
我可要為天堂的絕望所拘留？
　　　心呵，你竟要浪跡何方？

　　〈問〉是一個良知未泯的詩人歷盡滄桑之後的鏡中顯影。我衝出黑暗，走上光明的長廊，此「黑暗」喻指民初時期國民黨政府之腐敗；長廊的盡頭仍是黑暗，此「黑暗」是喻指共和國時期共產黨政權之邪惡。鏡子一方面顯影了詩人的心路歷程，一方面顯影了歷史真相。我曾經「唾棄地獄」而贏得榮光，而今卻享受著「天堂的絕望」；詩人自問：「心呵，你竟要浪跡何方？」，這個天問糾纏著一代又一代解放後有良知的靈魂。

　　穆旦懷抱著對祖國之愛回來，但歸國後受盡屈辱，對共產主義烏托邦徹底幻滅；而詩人敢將自己的覺醒書寫下來，勇氣非凡。1977年穆旦去逝，1996年《穆旦詩全集》、2006年《穆旦詩文集》出版，2014年《穆旦詩文集》再出增訂版，詩人的成就猶待後來者發掘。（穆旦詩專論呈示於下卷第八章）

（二）艾青，1941、1978-1979詩篇

　　1941年3月艾青在周恩來的鼓勵下去了延安，在丁玲領導的「中華文藝界抗敵協會延安分會」工作，11月任延安《詩刊》主編。共和國成立後，艾青擔任過《人民文學》副主編、全國文聯委員等職。1957年夏天，「丁、陳反黨集團」被批鬥，丁玲打電話給艾青，希望他能在開會時說幾句公道話。會上丁玲被斥為投降分子、搞個人崇拜，和黨鬧分裂；艾青發言說：「文藝界總是一伙人專門整人，另一伙人專門被整。不要搞宗派！不要一棒子打死人！」1958年2月，艾青被開除黨籍並撤銷一切職務；他被劃為「右派」後，輾轉在黑龍江省林場和新疆生產建設兵團勞動改造十多年，文革中也受盡折磨。文革結束後艾青重獲寫作自由，1979年平反，歷任中國作家協會副主席、國際筆會中國中心副會長等職，1996年病逝。

　　2015年由艾青的四子艾丹主編的《時代：艾青詩選》，從五百多首艾青詩作中挑選出五十首代表作。編前語中艾丹說：艾青「留下不少的傳世之作，也夾雜有應景詩、命題詩，好比泥沙之中，間有點點閃爍」，這是實情。1941年11月初，艾青被志丹縣推選為參議員，參加「陝甘寧邊區」參議會，在會場，艾青寫出歌頌共產黨領袖的〈毛澤東〉一詩，12月16日，艾青又創作了〈時代〉。這本重要的詩選集取名《時代》有其深意，因為〈時代〉這首詩披露了艾青當時的矛盾心理。

　　〈時代〉節選　艾青，1941

　　我的心追趕著它，激烈地跳動著

像那些奔赴婚禮的新郎
——縱然我知道由它帶給我的
並不是節日的狂歡
　　和什麼雜耍場上的哄笑
卻是比一千個屠場更殘酷的景象
而我卻依然奔向它
帶著一個生命所能發揮的熱情

我不是弱者——我不會沾沾自喜
我不是自己能安慰或欺騙自己的人
我不滿足那世界曾經給過我的
——無論是榮譽，無論是恥辱
也無論是陰沉的注視和黑夜似的仇恨
以及人們的目光因它而閃耀的幸福
我在你們不知道的地方感到空虛
我要求更多些，更多些呵
給我生活的世界
我永遠伸張著兩臂
我要求攀登高山
我要求橫跨大海
我要迎接更高的讚揚，更大的毀謗
更不可解的怨恨
　　和更致命的打擊——
都為了我想從時間的深溝裡升騰起來……

沒有一個人的痛苦會比我更甚

我忠實於時代，獻身於時代，而我卻沉默著

不甘心地，像一個被俘虜的囚徒

　　艾丹的編前語提到，「關於詩歌的創作，艾青的觀念是：『樸素、單純、集中、明快。』」，從上引詩段觀察所言不虛。〈時代〉相當明朗地傳達出艾青的心靈困境：階級鬥爭「比一千個屠場更殘酷的景象」是誰也躲不掉的，這是共產黨徒的宿命。艾青身處其中無法迴避只能勇往直前，迎接一切讚揚與毀謗；艾青所不知道的是，他的「被俘虜」將終其一生，自由了不可得。儘管艾青在黨的高壓下不得不作違心之論，不得不寫虛無的禮讚，但至少他的妥協是自覺的。

　　艾青在文革結束後寫了一批新作，最重要的是 1978 年 8 月 27 日發表於《文匯報》的〈魚化石〉，艾青將自己比喻為不幸遇到火山噴發／地震變動，被埋進海底的魚化石：「但你是沉默的，／連嘆息也沒有，／鱗和鰭都完整，／卻不能動彈；／／你絕對的靜止，／對外界毫無反應，／看不見天和水，／聽不見浪花的聲音。／／凝視著一片化石，／傻瓜也得到教訓：／離開了運動，／就沒有生命。」艾青不甘心地沉默著，就算高舉英雄旗幟也難以有所作為了；「中國作協副主席」、「詩壇泰斗」的虛名無法彌補他被葬送的黃金歲月。〈盆栽〉一詩，艾青擺脫了浪漫現實主義侷限，以象徵性的手法寫出心靈遭受的時代酷刑：

〈盆栽〉節選　艾青，1979

好像都是古代的遺物

這兒的植物成了礦物

主幹是青銅，枝椏是鐵絲

連葉子也是銅綠的顏色

在古色古香的庭院

冬不受寒，夏不受熱

用紫檀和紅木的架子

更顯示它們地位的突出

其實它們都是不幸的產物

早已失去了自己的本色

在各式各樣的花盆裡

受盡了壓制和委屈

生長的每個過程

都有鐵絲的纏繞和刀剪的折磨

任人擺佈，不能自由伸展

　　艾青與共產黨之間的政治情結糾纏著他的一生，這對一個詩人來說既是榮耀也是噩夢，他的英雄主義式的崇高感與共產主義的烏托邦幻覺有某種共通性，也讓他的歷史反思總是殘留著盲區，無法徹底。詩的浪漫現實主義存在著敘述單向度與意義平面化的危機，內涵被侷限在現象表層無法穿透現實核心，當普羅大眾的掌聲落幕之後，詩歌紙面總有一天會被戳破。

（三）綠原，1970-1996詩篇

　　1942年綠原的詩作已相當引人注目，胡風在桂林編輯《七月詩叢》，主動邀請將他的詩作選入第一輯，年底為他出版首部詩集《童話》。1944年綠原在大學裡被國民黨政府徵召為來華協

助抗日的美軍當譯員，在短期譯訓班結業後將分配到「中美合作所」，他為此寫信請教胡風是否可去，胡風對「中美合作所」的性質不瞭解，建議他不去。當局因他未報到向校方下達通緝令。他聞訊躲避，胡風介紹他化名到川北的岳池縣一所中學教書。十多年後，這封請教信成了胡風通過他勾結國民黨的「鐵證」，綠原被打成「美蔣特務」。1955 年 6 月 10 日，《人民日報》公佈了〈關於胡風反革命集團的第三批材料〉，對胡風文藝思想的批判上升為政治事件，綠原被定為二十三名「胡風骨幹分子」之一，關押七年。1962 年 6 月 5 日，綠原因「認罪態度好」而獲釋，被安排到人民文學出版社編譯所擔任德語文學編譯。1969 年中秋節，人民文學出版社全體人員被下放湖北咸寧，綠原再遭十年磨難，1980 年才獲平反。平反後的綠原翻譯與創作持續不斷，1983 年任人民文學出版社副總編輯，1988 年退休。

綠原寫於文革中的〈重讀《聖經》——「牛棚」詩抄第 n 篇〉，是瞭解綠原心境的重要文本：

〈重讀《聖經》〉節選　綠原，1970

我當然佩服羅馬總督彼拉多：
儘管他嘲笑「真理幾文錢一斤？」
儘管他不得已才處決了耶穌，
他卻敢於宣布「他是無罪的人！」

我甚至同情那倒楣的猶大：
須知他向長老退還了三十兩血銀，
最後還勇於悄悄自縊以謝天下，

只因他愧對十字架的巨大陰影……

讀著讀著，我再也讀不下去，
再讀便會進一步墮入迷津……
且看淡月疏星，且聽雞鳴荒村，
我不禁浮想聯翩，惘然其帶著黎明……

今天，耶穌不止釘一回十字架，
今天，彼拉多絕不會為耶穌講情，
今天，瑪麗婭·馬格達蓬註定永遠蒙羞，
今天，猶大絕不會想到自盡。

這時「牛棚」萬籟俱寂，
四周起伏著難友們的鼾聲。
桌上是寫不完的檢查和交代，
明天是搞不完的批判和鬥爭……

「到了這裡一切希望都要放棄。」
無論如何，人貴有一點精神。
我始終信奉無神論：
對我開恩的上帝──只能是人民。

綠原閱讀《聖經》不是因為信仰，只因為它是牛棚中唯一能到手
的書籍；但聖經中人物的受難情結吸引了綠原，令他對自己的遭
遇與時代環境作出比較：「今天，耶穌不止釘一回十字架」，這
是相當尖銳的歷史批判，象徵「真理」之淪亡。「讀著讀著，我

再也讀不下去／再讀便會進一步墮入迷津……」，一種留白的筆法，在冰山底下隱藏著心靈的無限遐思。綠原寄望於「人民」未免過度樂觀，但至少不會讓自己被「絕望」打垮。

　　綠原晚年最重要的詩篇是二百四十五行的八段長詩〈人淡如菊〉，這首詩獻給知心詩友曾卓，同為「胡風集團案」的無辜受難者。「唱著，唱著／遠大的海和它／壯美的波──／不料前面是陡坡／陡坡變成絕壁／絕壁下面是深谷／於是歌聲跌得粉碎」，理想與現實落差巨大的敘述情境類同於穆旦的〈問〉。詩篇結束於：「我們不再唱／不再奔跑／不再尋找／不再講昆蟲的實用主義──／故鄉就在我們的心裡／我們流連忘返於湖邊／湖水粼粼，隱約迴響起／那支久已失落的／靈魂之鳥的歌／歌濃如酒而／人淡如菊」，將朋友之間的無言情誼（人淡如菊）視為時代劫奪不了的永恆歸宿；「故鄉就在我們的心裡」，綠原相信人性之善依舊存在，無法被現實利益剝奪取代。儘管「人心一顆顆蹲著，如一座座飾彩的地獄」，儘管「我如一個盲人」。

〈人淡如菊〉**8之4**　*綠原*，1996

難怪昨夜／落星如雨／荊棘在燃燒／呼嘯的火光照出／人心一顆顆蹲著，如一座座／飾彩的地獄／天真的歌手昏厥／於溫柔的冰窟／迷途的候鳥退飛而／撞死在透明的岩壁上／冤魂在沸水中／如雞蛋在哭泣……／我不得不和你／分手，從咫尺一步走到／天涯，天涯就是／天之涯，我才知道／什麼叫做／別離；兩顆曾經／以Y字形光痕邂逅／於太空的隕石而今／呈V字形流散／然後是黑暗──／我如一個盲人／凝視空洞而堅實的黑暗／達二十年……

2009 年，凝視黑暗長達二十年的綠原逝世，生前決定喪事從簡不舉行告別儀式。

1940 年代的綠原曾經是思想激進奮發有為的青年，不但在社會行動上也在書寫實踐上衝鋒前進，〈人淡如菊〉固然詩意深邃但終歸心態保守。綠原早期的〈給天真的樂觀主義者們〉，展現了充滿可能性的詩歌空間；它原本可以走得更高遠更深刻，然而歷史條件不曾給它機會，令人扼腕嘆息。

（四）紀弦1969〈一元論〉、穆旦1976〈神的變形〉

紀弦是個頗具個性的自由主義文人，對於共產黨的意識形態宣傳沒有好感，對於國民黨的專制獨裁也難以認同。他的詩風有如天馬行空，非現實意識濃厚；常將個人語境與時代語境融會，詩的心理意識相當複雜。

1969 年，身處臺北的紀弦寫出〈一元論〉，對存有的探究更加深入：

〈一元論〉　紀弦，1969臺北

「別瞧著我青面獠牙奇形怪狀的
不順眼！」撒旦說：「我也是上帝
造的。信不信由你，牧師們。……
當你們的教會尚未成立，
你們的教堂尚未蓋好，在當初，
上帝早就給了我以無比之魔力
足以毀滅十萬個安東尼的，使我
敢於和祂作對，甚至造祂的反，

乃是藉以考驗考驗祂的創世，

這既成的宇宙，一切萬有，

究竟具有若何意義，若何價值，

夠不夠堅強的，算不算完美的：

諸如一朵玫瑰，一棵檳榔樹，

一隻孔雀，一尾熱帶魚，一匹狼，

一個渦狀星雲，一塊隕石，

一座燈塔，一條船，一具打字機，

一種酒，或一位詩人的眼淚──

那是當他自一無神論者之噩夢

忽然覺醒而皈依了上帝的瞬間

山泉一般汩汩流出來的。」

從「一無神論者之噩夢」，我推測本詩的文學意圖隱藏著對於時代巨變之反思，「無神論」的國度通常指涉共產主義中國。1969年的中國大陸，「文化大革命」正慘無人道地大規模掃蕩，從過往無神論之催眠中覺醒的詩人，皈依了上帝（一元），找到信仰的依靠。

這首詩讓我想起穆旦寫於1976年11月的〈神的變形〉，「我們既厭惡了神，也不信任魔，／我們該首先擊敗無限的權力！」但事與願違，「總是絕對的權力得到了勝利！／神和魔都要絕對地統治世界，／而且都會把自己裝扮得美麗。」詩篇最後對共產黨一黨專政的「絕對權力」進行了釋義，它以「美麗的形象」現身，以「種種幻術」蠱惑人心。〈神的變形〉節選：

而我，不見的幽靈，躲在他身後，

不管是神，是魔，是人，登上寶座，

我有種種幻術越過他的誓言，

以我的腐蝕劑伸入各個角落；

不管原來是多麼美麗的形象，

最後……人已多次體會了那苦果。

「不管是神，是魔，是人」，一旦登上寶座，人類的權力私慾，便凌駕在生命意義與文明價值之上，「伸入各個角落」腐蝕一切；苦果是：道德淪喪倫理敗壞，傳統文化盡皆摧殘，虛無大張旗鼓四處瀰漫。雖因戰亂而分居兩岸，紀弦從無神論的噩夢中覺醒，流出「詩人的眼淚」，穆旦澄清了時代病徵及其「苦果」，終究都不負「詩人」之名。

【參考文獻】

艾青，《我愛這土地：抗戰詩集》（北京：中國青年出版社，2015 年）

艾青著；艾丹編，《時代：艾青詩選》（北京：中國青年出版社，2015 年）

穆旦，《穆旦詩全集》（北京：中國文學出版社，1996 年）

穆旦，《穆旦詩文集》（北京：人民文學出版社，2014 年增訂版）

戴望舒，《望舒詩稿》（天津：百花文藝出版社，2005 年）

戴望舒，《戴望舒詩全集》（北京：現代出版社，2015 年）

綠原，《綠原自選詩》（北京：人民文學出版社，1998 年）

紀弦，《紀弦詩拔萃》（臺北：九歌出版社，2002 年）

紀弦著；丁旭輝編，《紀弦集》（臺南：國立臺灣文學館，2008 年）

須文蔚編選，《臺灣現當代作家研究資料匯編：紀弦》（臺南：國立臺灣文學館，2011 年）

公木主編，《新詩鑑賞辭典》（上海：上海辭書出版社，1991 年）

張默、蕭蕭主編，《新詩三百首》（臺北：九歌出版社，1995 年）

洪子誠、奚密等主編，《百年新詩選（上）：時間和旗》（北京：生活・讀書・新知三聯書店，2015 年）

劉揚烈，《詩神・煉獄・白色花》（北京：北京師範大學出版社，1991 年）

韋曉東，《以筆為槍：重讀抗戰詩篇》（南京：南京師範大學出版社，2015 年）

第三章【共和國新詩1949-2017】
共和國新詩的政治體質與受難心靈

前言

　　中華人民共和國新詩，簡稱共和國新詩。共和國新詩人，依據文學活動的起始年代，區分四代。這些詩人群新詩文本有一個共同的文化特徵：政治體質與受難心靈。它的塑造因是中共極權政體對人性／心靈的長期壓迫與思想／言論之嚴厲管控，詩人基於對「人」的價值之反思，與揭穿虛無、抵抗虛無之強烈渴求，而呈現政治／反政治的思維辯證與抒懷寄情。

　　「第一代詩人」，指 1949 年至 1966 年間已有詩歌經歷的詩人。文革時期開始寫詩的「第二代詩人」，後來匯聚成「今天詩群」與「朦朧詩群」；他們的詩文本，一方面受到「毛話語」的影響而潛藏激情性吶喊，一方面因閃避政治審查而呈現晦澀面目。「第三代詩人」發源於 1980 年代，受改革開放後相對寬鬆的政治環境與前行代詩人探索「人」之價值的激勵，詩文本普遍帶有文學革新意圖與邊緣美學特質；民間文本的氣質濃厚，與官方文本形成文化對峙。「第四代詩人」在 1989 年「六四事件」之後躍上新詩舞臺，他們首先面臨市場經濟商業大潮之衝擊，接

著又承接網際網路新興場域提供的機遇，詩的形式與內涵更加多元化，詩篇的批評意識持續推進。

還有一些前行代詩人，從年齡來說歸屬第一代詩人，1949 年共和國成立後寫作中斷或被迫轉向，多年後復因政治環境鬆綁再度寫詩，特別劃分於「歸來的詩人」。「歸來」的面貌相當複雜，主要含義是「倖存」，每個倖存者彼此的生命經歷也十分迥異；遭遇政治鬥爭洗禮的詩人，災難過後，多數呈現身心靈傷殘狀態，依然勇敢提起詩筆，恢復記憶重整心靈。

本章第一部分列舉前四代詩人與歸來的詩人，環繞政治體質與受難心靈之命題，選錄代表性詩文本，顯現共和國新詩歷史序列的文化概貌。第二部分乃林昭專題評述，從生命經歷與文本特質闡述「林昭」所象徵的文化意義。最後總結共和國新詩的詩歌精神：見證歷史真相，守護核心價值。

一、共和國新詩歷史序列的文化概貌

共和國新詩作者人數眾多，我依據歷史序列，選擇重點詩人選錄代表詩篇，顯現新詩文化的核心特徵：政治體質與受難心靈，草繪其歷史流變中不變的文化圖像。

（一）第一代詩人

第一代詩人：1949-1966 年間的新詩作者。代表詩人：蘇金傘、艾青、穆旦、蔡其矯、鄭敏、綠原、牛漢、流沙河、林昭、昌耀。穆旦是橫跨民初與共和國，兩個時期都有巔峰之作的大詩人，昌耀是詩歌經歷橫跨第一代到第四代，寫詩不輟質量兼具的大詩人，兩人都遭遇不公正的政治性迫害。流沙河 1957 年因發表〈草

木篇〉被點名批判，而後長時間沉潛。昌耀 1955 年 6 月高中畢業後響應「開發大西北」號召，赴青海參加墾荒工作，寫詩歌頌邊疆景觀，卻因描述沼澤裡「殘缺的車輪」受盡屈辱。林昭 1960 年因牽涉「星火案」被捕，監禁黑獄多年寫下血書數十萬字，兩首長詩猶如聖山一般巍峨高昂。穆旦「反右運動」中被迫埋葬自我寫出〈葬歌〉。

1、穆旦〈葬歌〉節選，1957

> 這時代不知寫出了多少篇英雄史詩，
> 而我呢，這貧窮的心！只有自己的葬歌。
> 沒有太多值得歌唱的：這總歸不過是
> 一個舊的知識分子，他所經歷的曲折；
> 他的包袱很重，你們都已看到；他決心
> 和你們並肩前進，這兒表出他的歡樂。
> 就詩論詩，恐怕有人會嫌它不夠熱情：
> 對新事物嚮往不深，對舊的憎惡不多。
> 也就因此……我的葬歌只算唱了一半，
> 那後一半，同志們，請幫助我變為生活。

2、流沙河〈草木篇之毒菌〉，1957

> 在陽光照不到的河岸，他出現了。白天，用美麗的彩衣，
> 黑夜，用暗綠的磷火，誘惑人類。然而，連三歲孩子也不
> 去採他，因為，媽媽說過，那是毒蛇吐的唾液……

3、昌耀〈林中試笛之車輪〉，1957

> 在林中沼澤裡有一只殘缺的車輪
> 暖洋洋地映著半圈渾濁的陰影
> 它似有舊日的春夢，常年不醒
> 任憑磷火跳躍，蛙聲喧騰
>
> 車隊日夜從林邊滾過
> 長路上日夜浮著煙塵
> 但是，它卻不再能和長路熱戀
> 靜靜地躺著，似乎在等著意外的主人……

4、林昭〈獻給檢察官的一束玫瑰花〉，1962

> 向你們，
> 我的檢察官閣下，
> 恭敬地獻上一朵玫瑰花。
> 這是最有禮貌的抗議，
> 無聲無息，
> 溫和而又文雅。
> 人血不是血，滔滔流成河！

（二）第二代詩人

第二代詩人：1966-1980 年間起筆的新詩作者。代表詩人：黃翔、郭路生、北島、芒克、多多、周倫佑、胡寬、嚴力、楊煉、顧城。黃翔、周倫佑文革時期開始寫詩，黃翔「民主牆運動」時期成立「啟蒙社」，後來遭到放逐，周倫佑「六四事件」後被關

押。郭路生筆名食指，他的詩具有象徵主義氛圍，文革時流傳廣泛影響深遠。北島、芒克、多多、楊煉、嚴力、顧城屬廣義的「今天詩群」，北島詩格律謹嚴，芒克抒情浪漫，多多詩藝精湛，楊煉注重文化意識，嚴力現代意識濃厚，顧城詩神祕奧美。胡寬英年早逝生前未受重視，風格前衛批評意識尖銳。

1、芒克〈天空〉節選，1973

1

太陽升起來，／天空血淋林的／猶如一塊盾牌。

2

日子像囚徒一樣被放逐。／沒有人問我，／沒有人寬恕我。

3

我始終暴露著。／只是把恥辱／用唾沫蓋住。

4

啊，天空！／把你的疾病／從共和國的土地上掃除乾淨。

2、北島〈回答〉，1978

卑鄙是卑鄙者的通行證，／高尚是高尚者的墓志銘，／看吧，在那鍍金的天空中，／飄滿了死者彎曲的倒影。

冰川紀過去了，／為什麼到處都是冰凌？／好望角發現了，／為什麼死海裡千帆相競？

我來到這個世界上，／只帶著紙、繩索和身影，／為了在審判前，／宣讀那些被判決的聲音：

告訴你吧，世界／我──不──相──信！／縱使你腳下有一千名挑戰者，／那就把我算作第一千零一名。

我不相信天是藍的，／我不相信雷的回聲，／我不相信夢是假的，／我不相信死無報應。

如果海洋注定要決堤，／就讓所有的苦水都注入我心中，／如果陸地注定要上升，／就讓人類重新選擇生存的峰頂。

新的轉機和閃閃星斗，／正在綴滿沒有遮攔的天空，／那是五千年的象形文字，／那是未來人們凝視的眼睛。

3、顧城〈「運動」〉節選，1983

「運動」，是終於出現的空氣
　　是八月後，一個夏天
　　蘆葦的記憶
「運動」，是鐵絲網上縮小的
　　屍體，娃娃寫下的字
「運動」，是買菜隊伍中，
　　突然出現的蜥蜴
　　用四隻腳在建築上爬著
「運動」，是打破頭顱的士兵
　　一個人和一群
「運動」，是那條虛幻的手臂
　　　　指的道路

「運動」，是一個毫無希望的婚姻
　　一場老也不停的雨
　　老也不搬走的水泥構件

4、楊煉〈水第三〉節選，1985

忘記如何去愛的軀體浮上來像沉船的殘骸

水中的破木板
隱忍在綠藻裡終於默默無言
寂靜是一個謎　當風暴遠去在我心底咆哮
片片礁石隨波逐流
不知該如何去死卻早已死去

自作孽不可活
悔恨這隻投向山林的鳥回家的鳥
悔恨這片暮色　那片暮色中不變的海
在這個港口　我離開了
被慾望劫持一付破碎白骨　不配寬恕
母蛇像白花花的腦子般抽搐
產下擁擠的卵
從靈耗到靈耗一條冰封的水平線

（三）第三代詩人

　　第三代詩人：1980 年後躍上新詩舞臺的作者。代表詩人：于堅、王小妮、翟永明、柏樺、蕭開愚、呂德安、孟浪、陳東東、韓東、張棗、楊黎、龐培、車前子、西川、海子、臧棣、馬永波、

余怒、伊沙、朱文。1980年代創辦了：《他們》、《非非》、《日日新》、《海上》、《一行》、《女子詩報》、《北回歸線》等民間詩刊。此一世代名家輩出風格多元，于堅、王小妮堪稱中流砥柱，柏樺詩蘊藉深遠，蕭開愚視野宏闊，孟浪詩富有正義精神，韓東哲理深邃，車前子的語言實驗一支獨秀，西川的議論詩別出心裁，伊沙的口語詩直探人心，余怒詩試探存在的界線。

1、于堅〈無法適應的房間〉節選

> 我無法適應這個房間　它的氣味令我噁心
> 它的窗簾令我盲目　它的水和器皿使我更加乾渴
> 它的玫瑰是醜惡的　它的椅子像陷阱　它的鹽有劇毒
> 它的貓對我懷有惡意　它的鴿子是魔鬼養的群雞
> 我不習慣它的門　不習慣它的聲音　不習慣它的床
> 它的光芒對眼睛是有害的　它的布令皮膚痛苦

2、王小妮〈致乾涸的河道〉

> 推單車的人走在水的痕跡上
> 車把上串著三條魚。
> 他走一走就停下來按按魚的眼睛
> 看它們是否還活著。
>
> 魚們最後拚力跳出來
> 它們認識這河道
> 它們最想逃回水的懷抱。
> 活靈靈的身體摔打著泥地
> 像已經燃著了引信的手榴彈。

河道裡的魚
屍體上的屍體
夕陽長長的，給它們覆蓋送葬的金箔。

推車人用草把捆起它們
繼續走在枯腸一樣的河道裡。

3、韓東〈兒歌〉

把你的小嘴向他張大
像等待媽媽餵食的小烏鴉

當翅膀落下兩邊的扶手
是隔壁河馬舅舅在練習歌唱

牙醫，牙醫，收集痛苦的歌詞
並將眼淚滴在所有的喇叭花上

4、西川〈黑暗〉節選

是什麼構成這歷史——這個蒙面人
昨夜露宿在耶路撒冷
今夜已翻越過帕米爾高原

他帶來盲目的力量
摧毀星星的堡壘
也把繁殖和瘋狂隱瞞

但你舉火照見的只能是黑暗無邊

留下你自己，耳聽滴水的聲音

露水來到窗前

（四）第四代詩人

第四代詩人：1990年後展現獨特風格的新詩作者。代表詩人：何三坡、張執浩、沈葦、啞石、唯色、楊鍵、藍藍、吉狄兆林、周瓚、安琪、李龍炳、宇向、呂約、朵漁、蘇非舒、巫昂、杜綠綠、鄭小瓊、肖水、昆鳥。1990年代創辦了：《現代漢詩》、《東北亞》、《詩鏡》、《獨立》、《陣地》、《翼》、《詩參考》等民間詩刊。第四代詩人精神最卓越者首推楊鍵、吉狄兆林、李龍炳，楊鍵是聖人系譜的當代典型，吉狄兆林是英雄系譜的現代標竿，李龍炳是農民詩人的卓越典範。藍藍、呂約、朵漁、肖水是值得觀察的未來指標。

1、楊鍵〈暮晚〉

馬兒在草棚裡踢著樹樁，

魚兒在籃子裡蹦跳，

狗兒在院子裡吠叫，

他們是多麼愛惜自己，

但這正是痛苦的根源，

像月亮一樣清晰，

像江水一樣奔流不止……

2、李龍炳〈巨人傳〉節選

站在巨人的肩膀上

對山水施肥

一群小人在對面群毆，最小的那一個
轉了幾個彎，才掉進糞坑

有老年人過來教訓他
大意是，可以吃肉，不准吃屎

早起的菩提樹
哭了一分半鐘，笑了一分半鐘，三分鐘恰到好處

過來幾個化過妝的人
其中只有一個人的臉對得上號

破碎的，不忍卒讀的，被野獸舔過的，時間的果實
滾動在一個公共的展廳

3、朵漁〈週年〉

鮮花一週，暴徒一週，這是誰的
一週週？娶親一週，劊子手一週
王陽明的一週，韓非子的一週
江一週，王一週，這樣下去
有意思嗎？這樣下去
腫脹的意志深不可測

我決計和你們翻臉

我決計直來直去。

4、巫昂〈祖國〉

這五十九年
乾淨得跟沒有一樣
冰箱冰凍了1949年
父母吃了大部分
他們吃剩的繼續冷藏
而我們每天都在開那扇冰箱門

（五）歸來的詩人

「歸來的詩人」寫詩年代甚早，但經歷政治運動被關押或勞改，因而中斷了詩歌創作。代表詩人；蘇金傘、艾青、蔡其矯、穆旦、唐祈、鄭敏、曾卓、綠原、牛漢、木心。他們的文學活動被歷史切分為不相續的兩部分；前一部分屬於民初時期，後一部分在文革期間（1966-1976）甚至改革開放後（1978年）才重新點燃。艾青改革開放後地位崇高，但詩歌無以為繼。蔡其矯1957年因浪漫詩篇慘遭批判，1978年復出詩壇。穆旦文革末期寫出堪稱奇蹟的一批作品。鄭敏在歸來者中相當突出，詩與思想皆有所成。綠原、牛漢老當益壯新作不斷。木心1982年起遊學歐美，詩風迴異於長居國內的詩人。從文本生產時斷時續的狀態而言，他們自成一個詩群體：「歸來的詩人」。

1、艾青〈盆栽〉節選

如今卻一切都顛倒
少的變老，老的變小

為了滿足人的好奇
標榜養花人的技巧
柔可繞指而加以歪曲
草木無言而橫加斧刀
或許這也是一種藝術
卻寫盡了對自由的譏嘲

2、蔡其矯〈祈求〉節選

我祈求知識有如泉源，
每一天都湧流不息，
而不是這也禁止，那也禁止；
我祈求歌聲發自各人胸中
沒有誰要製造模式
為所有的音調規定高低；
我祈求
總有一天，再沒有人
像我作這樣的祈求！

3、鄭敏〈詩人與死之十一〉節選

冬天已經過去，幸福真的不遠嗎
你的死結束了你的第六十九個冬天
瘋狂的雪萊曾妄想西風把
殘酷的現實趕走，吹遠。

在冬天之後仍然是冬天，仍然
是冬天，無窮盡的冬天

今早你這樣使我相信，糾纏

不清的索債人，每天在我的門前

4、綠原〈放棄〉節選

你向世界宣布／你一無所有而又／無所不有：／你甚至沒
有一杯清水／澆滅燃燒的口渴／你卻富足而慷慨到幾乎／
可以邀請天下窮人／光臨茅舍一同喝粥：於是／你平凡的
幸福可以／向世界證明／放棄即／擁有

（六）「歸來的詩人」受難經歷簡述

穆旦病逝於 1977 年 2 月，一生詩章足以為後世典範。鄭敏
1979 年後重拾詩筆收穫豐碩，詩論也交出可觀成績。木心 1982
年遊學美國，2006 年回家鄉烏鎮定居，在臺灣與中國都出版了作
品集，我也將他隸屬於「歸來的詩人」。廢名與吳興華活到文革
初期，但新詩書寫受到政治環境之壓抑，1950 年之後詩筆挫折，
嚴格說來只能算是「民初詩人」。

郭沫若雖然號稱紅色中國第一文人，但共和國時期多浮濫之
作，新詩成就奠基於民初時期，說他是民初詩人比較精確。馮
至 1958 年出版《西郊集》，1959 年出版《十年詩抄》，但其詩
歌高峰是 1942 年出版的《十四行集》。卞之琳 1951 年出版《翻
一個浪頭》，1979 年出版《雕蟲紀歷 1930-1958》，詩歌高峰也
止於 1942 年的《十年詩草 1930-1939》。辛笛（本名王辛笛，
1912-2004）1983 年出版了《辛笛詩稿》，詩歌高峰卻是 1948 年
的《手掌集》。何其芳 1979 年出版了《何其芳詩稿》，詩歌成
就也停滯於 1945 年的《預言》與《夜歌》。林庚（1910-2006）
主要的四本詩集也都出版於民初時期，後來從事文學史與古典文

學研究，成績斐然。上述幾位詩人在共和國成立之後的詩歌生命，全都顯著地萎縮而非壯盛。共和國新詩的前輩詩人們，普遍受到政治環境的劇烈衝擊，只是個人遭遇／價值堅持各有不同；有人改行艱難呼吸，有人軟弱服從屈膝，有人慘遭監禁勞改，有人被迫毀壞心靈。

1950 年至 1957 年間，歌功頌德的詩氾濫整個共和國詩壇，1957 年 11 月《詩刊》登出郭沫若〈月裡嫦娥想回中國〉，將馬屁拍到奇幻天空。艾青是影響深遠但毀譽參半的詩人，民初時期出版了十一本詩集，著名者有：1936 年《大堰河——我的保姆》、1939 年《他死在第二次》、1943 年《黎明的通知》等。1950 年後艾青一連出版了：1950 年《歡呼集》、1952 年《新詩論》、1953 年《寶石的紅星》、1955 年《艾青詩選》、1955 年《黑鰻》、1956 年《春天》、1957 年《海岬上》，可謂紅透半邊天。1957年 6 月「反右運動」展開，艾青慘遭批鬥停筆二十年，1980 年才推出新詩集《歸來的歌》，詩歌生命大起大落蔚為文化奇觀。

「胡風案」、「反右運動」與「文革」時期被批鬥的詩人眾多，例舉幾位代表詩人，簡述受難經歷：

蘇金傘，1937 年詩稿刊登於《七月》雜誌，1955 年因「胡風案」無端被牽連，「反右運動」與「文革」中受難。

艾青，因同情丁玲被整肅的遭遇，1957 年被開除黨籍劃為右派勞改，「文革」中受難。

穆旦，因參加中國遠征軍與留美經歷，1958 年被宣布為「歷史反革命」勞動改造，「反右運動」與「文革」中慘遭迫害。

蔡其矯，1957 年因浪漫詩篇慘遭批判，詩風被迫轉向，1962年被關押，「文革」中受難。

鄭敏，「文革」初起，因紅衛兵要脅而放棄詩歌寫作，將詩

集付之一炬。

曾卓、綠原、牛漢，1955 年因「胡風案」無端被牽連，「反右運動」與「文革」中受難。

木心，1956 年被關押半年，1971 年入獄十八個月，1977-1979 年遭軟禁。

流沙河，1957 年發表〈草木篇〉被批鬥，「反右運動」劃為右派勞改，「文革」中遭到迫害。

昌耀，因〈林中試笛〉描述沼澤裡腐朽的車輪，被惡意誤讀，「反右運動」劃為右派，「文革」中長期接受勞改。

上述代表性詩人之受難，絕大部分罪名乃無中生有，僅流沙河之〈草木篇〉，內容隱藏著批評意識，但那是呼應毛澤東「百花齊放，百家爭鳴」助黨整風的號召而寫，批判內涵符合事實。共和國新詩的核心特徵：政治體質與受難心靈，在選錄的詩人文本中昭然若揭；它是一個無法隱匿也不能閃躲的根本命題，在詩人舉筆的瞬間，讓這支筆沉重無比。這個歷史性命題使共和國詩人們歷盡坎坷受盡折磨，它催促詩人寫下曲折隱晦深沉多變的詩章，也拘限詩人對多元題材的美學探索。無論是意識形態的壓迫或生活環境的挑戰，詩人始終無畏地言說，見證歷史真相，守護核心價值，這是上蒼賦予詩人的神聖使命。

二、共和國詩人受難象徵：林昭

除了上述詩人，還有一位被主流歷史敘事遺忘的詩人，被稱為「祭壇上的聖女／中華聖女」的林昭（本名彭令昭，1932-1968），我將她視為共和國詩人受難象徵。林昭詩文是內蘊深刻的批判，自由意志堅定，且無畏於極權政體壓迫的歷史性文獻。

（一）林昭家庭背景與性格特徵

中國人民解放軍上海市公檢法軍事管制委員會刑事判決書
一九六七年度滬中刑（一）字第16號

反革命犯林昭，又名彭令昭、許萍，女，卅六歲，江蘇省蘇州市人，住本市茂名南路一五九弄十一號。

反革命犯林昭出身於反動官僚家庭，一貫堅持反革命立場。一九五九年積極參加以張春元為首組織的反革命集團，拘捕後，又擴展反革命組織，發展成員。為此，於一九六五年五月三十一日由原上海市靜安區人民法院判處徒刑二十年。

但反革命犯林昭在服刑改造期間，頑固地堅持反革命立場，在獄中繼續進行反革命活動，大量書寫反革命日記、詩歌和文章，惡毒地咒罵和汙蔑我黨和偉大領袖毛主席，瘋狂地攻擊我無產階級專政和社會主義制度。無產階級文化大革命開展後，林犯反革命破壞活動更為猖獗，繼續大量書寫反革命文章，竭力反對和肆意詆毀我無產階級文化大革命運動。尤其不可容忍的是，林犯竟敢明目張膽地多次將我刊登在報紙上的偉大領袖毛主席光輝形象用汙血塗抹。與此同時，林犯還在獄中用汙血在牆上、報紙上塗寫反革命標語，高呼反革命口號和高唱反動歌曲，公然進行反革命鼓動，反革命氣焰極為囂張。

在審訊中，林犯拒不認罪，態度極為惡劣。

反革命犯林昭，原來就是一個罪惡重大的反革命分子，在服刑改造期間，頑固堅持反革命立場，在獄內繼續進行反革命活動，實屬是一個死不悔改、怙惡不悛的反革

命分子。為誓死保衛偉大領袖毛主席，誓死捍衛戰無不勝的毛澤東思想，誓死保衛以毛主席為首的黨中央，加強無產階級專政，茲根據中華人民共和國勞動改造條例第七十一條和中華人民共和國懲治反革命條例第二條、第十條第三款之規定，特判決如下：

　　判處反革命犯林昭死刑，立即執行。

中國人民解放軍上海市公檢法軍事管制委員會

1968年4月19日

　　1968年4月29日林昭被槍決於上海。2018年3月，林昭逝世五十週年前夕，美國Basic圖書出版公司出版連曦博士英文新著《血書：毛澤東時代中國的殉道者林昭鮮為人知的故事》。5月8日自由亞洲電臺播出張敏專訪美國杜克大學神學院教授連曦訪談第三部分，連曦談到林昭思想的意義：

　　　傳統上中國知識分子跟統治者的關係，幾千年來一直是在「君臣之道」裡面，就是孔子說的「君使臣以禮，臣事君以忠」。「君臣之道」有一個特點，是君和臣認同同一個道德體系、同一個價值體系；即使臣有諫言，甚至是「死諫」時，他還是肯定這樣一個道德體系。這個道德體系的核心就是孔子說的：「為政以德，譬如北辰，居其所而眾星共之」。

　　　到了共產革命的時代，到了毛澤東時代，孔子說的那種「北辰」已經變為是馬克思主義了，馬克思主義已經成為中共統治的「北辰」。林昭是在這個思想體系之外，她找到另外一個道德「北辰」，就是「基於基督教信仰的自

由主義和人道激情」，這是林昭自己的話。所以我覺得，在中共統治時代，林昭作為知識分子最早公開地摒棄了「君臣之道」。

1965 年 5 月 31 日林昭以「反革命罪」判 20 年徒刑，由上海第一看守所押至上海提籃橋監獄。6 月 1 日林昭刺破手指用鮮血寫了〈判決後的申明〉：「這是一個可恥的判決，但我驕傲地聽取了它！」7 月 14 日至 12 月 5 日間，林昭書寫了《十四萬言書》，其中〈致人民日報編輯部的信（之三）〉如下：

> 這怎麼不是血呢？！陰險地利用著我們的天真、幼稚、正直，利用著我們善良單純的心地與熱烈激昂的氣質，予以煽惑，加以驅使；而當我們比較成長了一些開始警覺到現實的荒謬、殘酷，開始要求著我們應有的民主權利時，就遭到空前未有的慘毒無已的迫害、折磨與鎮壓。怎麼不是血呢？我們的青春、愛情、友誼、學業、事業、抱負、理想、幸福、自由……我們之生活的一切，這人的一切幾乎被摧殘殆盡地葬送在這個汙穢、罪惡而更偽善的極權制度恐怖統治之下，這怎麼不是血呢？！這個玷汙了祖國歷史與人類文明的罪惡政權可謂完全是以鮮血所建立、所鞏固、所維持下來的，而滋潤著、灌溉著、培植著它的這一片中國人的血海裡我輩青年所流的血，更是無量無際汪洋巨涯！
>
> 作為人，我為自己的完整、正直而乾淨的生存權利而鬥爭那是永遠無可非議的。作為基督徒，我的生命屬於我的上帝，我的信仰。為著堅持我的道路或者說我的路線，

上帝僕人的路線，基督政治的路線，這個年輕人首先在自己的身心上付出了慘重的代價！這是被你們索取的，卻又是為你們付出的！為什麼我不能選擇更簡單的道路呢？作為林昭的個人悲劇那是也只好歸咎於我所懷抱之這一份該死的人性了。「凌霜勁節千鈞義，揮刃英謀一念仁！」（〈秋聲辭〉）先生們，人性——這就是仁心呵！為什麼我要懷抱乃至於對你們懷抱這麼一份人性，這麼一份仁心呢？歸根到底又不過是本著天父所賦與的惻隱、悲憫與良知，難道這就構成了我的錯誤嗎！

在接觸你們之最最陰暗、最最可怕、最最血腥慘屬的權力中樞——罪惡核心的過程裡，我仍然還察見到、還不全忽略你們身上偶然有機會顯露出來的人性閃光，從而察見在你們的心靈深處還多少保有著未盡滅絕的人性！在那些時候我更加悲痛地哭了！我哭你們之擺脫不了罪惡，而乃被它那可怕的重量拖著愈來愈深地沉入滅亡之泥沼的血汗的靈魂！

自由，誠如一位偉大的美國人所說：它是一個完整而不可分割的整體，只要還有人被奴役，生活中就不可能有真實而完滿的自由！何況——這一點不知那位偉大的美國人可也有些體會及之，反正事實就是：只要生活中還有人被奴役，則除了被奴役者不得自由，即奴役他人者同樣不得自由！

　　林昭基督教信仰從何而來？是1961年5月林昭與同囚一室的基督徒俞以勒（女，傳教士的女兒，因信仰入獄），一起背誦《聖經》，探討基督精神？還是1958年6月林昭在中國人民大

學新聞系資料室監督勞動期間，每週日一大早去教堂做禮拜的薰染？或 1947 年 9 月林昭轉入蘇州教會學校景海女中就讀高二時受洗皈依基督教的結果？林昭 1946 年就讀萃英中學（現蘇州市第五中學），1947 年年初與林寶銓、程伯皋等人成立「文青聯誼會」，創辦《初生》月刊，5 月林昭以「歐陽英」為筆名發表的〈黃昏之淚〉可視為最早線索。一個剛滿十五歲的少女對「丈夫處世分立功名，立功名分慰平生」與「對酒當歌，人生幾何？譬如朝露，去日苦多」心存質疑，林昭說：「這些慨嘆又有什麼意思」之後，她寫道——

　　哦，不要想！婷婷命令著自己，為什麼要想呢？不想也夠煩惱的了。為著想制止思潮的奔馳，婷婷霍的站了起來。

　　房中已經差不多黑暗了，一切傢俱什物都籠在一層悲愁的暗灰色的氛圍裡，充滿著黃昏的哀傷和氣息。

　　婷婷走到窗前，開了窗。

　　遙遠的天際，散著幾片嬌豔的紅霞，然而暮色已經侵蝕了他們的美麗，鮮明的紅色逐漸褪色，變得陳舊而平凡，一些微弱的光線，從視窗裡射進這小小的房間。

　　婷婷覺得寂寞而空虛，似乎生命中的灰色，和這黃昏的灰色起了共鳴，她的眼光無聊地在房中打轉，轉了兩個圈兒，停留在角落裡的一張小圓桌上面，那裡有一個聖母像和一瓶花。

　　婷婷過去拿起了瓶裡的花，誰知道才一碰到花枝，那些憔悴的花朵，就紛紛的碎了，落在圓桌上，落滿了一桌子。

她望著那些花瓣，不知所措地鬆了手，花枝也跌落在桌子上。

「……一旦春盡紅顏老，花落人亡兩不知。」婷婷低吟著，眼光掠了一下聖母像，是那麼美麗，那麼端莊，浴在黃昏的微光裡，更顯得聖潔而莊嚴，她的眼光定住在這聖母像的臉上。

忽然婷婷跳過去，猛力關上了窗，又撲到圓桌上去，喃喃自語道：「黑暗，我要黑暗，在這個時代……黑暗的時代。」

她哭了，淚珠一滴滴的流下，滴在花枝上，滴在花瓣上，滴在聖母像上……。

房中已經是完全黑暗了！

文章浸染著決絕的意志與信仰的氛圍，婷婷義無反顧地願望與黑暗時代同在，意謂著她相信光明的力量足以將黑暗啟明。林昭如此驚人的堅定信念從何而來？家中為何會有聖母像的存在？發表於《初生》月刊第三期的〈代與代〉透發出林昭另一種性格特徵，為理想奉獻的革命激情，這種特質傳承自何處？

〈代與代〉節選　林昭，1947.6

我們只有一條路，就是改造國家，改造社會。當然待我們改造好了以後，我們的上一代早已死了，我們這一代或許也將要死去，然而，我們的小弟弟小妹妹，能夠過陽光下的生活了。

這種生活是我們上一代所不曾夢想到的，也是我們這

一代朝夕憧憬著的。那時候，沒有貪官汙吏，沒有奸商，有的只是善良的民眾，善良的風氣，善良的社會，那該是何等地好啊！這是我們的希望，但希望是可能成功實現的，如果不忽視現實、嚮往未來的話，使它成為事實的責任，卻在我們這一代身上，我們決不能再苟安一時了。即使我們能在這種「荊棘滿地，豺狼肆威」的時代中苟安自己，可是，請為我們的小弟弟小妹妹想想吧，他們該怎樣才好？我們眼看著幸福從上一代那兒飛走，從我們這一代的身旁悄然隱去，難道還忍著它再遺忘我們的小弟弟小妹妹？不，我們必須奮起。

上一代已經腐蝕了，我們用不到再姑息他們，我們自己也並不健全，然我們一定要用我們的血汗我們的生命，作為磚石木材，為我們的小弟弟小妹妹去建設一個新的世界。當然我們會死去，然而「人生自古誰無死」，這樣的死，總比呆在被別人擺布的環境裡默默死去，要好得多。

祝福那些天真的孩子，我們的小弟弟小妹妹。

林昭一輩子的精神面貌在一個少女身上已顯露無遺，而孕育這種精神的根源來自時代環境與家庭背景。

林昭的父親彭國彥（1901-1960），出生書香世家，祖上數代都是翰林與御史，林昭祖父曾擔任審判廳廳長、檢察長等職。彭國彥出生於江蘇揚州，1922 年考取東南大學（1928 年更名中央大學）政治經濟系，畢業論文是《愛爾蘭自由邦憲法評述》，畢業後留校任助教。1927 年 3 月北伐軍攻占南京，東南大學被迫停課。1928 年 9 月江蘇省政府在南京舉辦第一屆文官選試，典試委員「南社」領袖葉楚傖（1887-1946），拔擢彭國彥為第一名，彭

就任（一等縣）吳縣縣長，但只任職了九個月。「據林昭妹妹回憶其父因為無法適應官場的遊戲規則，被人從富庶的江南一路北擠。先遷任無錫江陰（二等縣），再北上徐州丕縣（三等縣），最後乾脆兩袖清風掛靴回家。」（趙銳《祭壇上的聖女》）1930年 3 月 20 日《蘇州明報》報導稱：「前吳縣縣長彭國彥氏，在位以崖岸廉政著稱，自於去歲七月間，橫遭前民政廳長繆斌橫加逮捕褫職。」1932 年 5 月時任江蘇省政府祕書的彭國彥，又被新上任的省主席顧祝同抓捕入獄二十八個月，1934 年 9 月無罪釋放。彭國彥從此遠離政治，居家翻譯政治經濟學著作。

1930 年 7 月彭國彥與許憲民（1911-1975）結婚，1932 年 1 月 23 日（自由日，農曆 1931 年 12 月 16 日）彭令昭在蘇州出生，令昭者，效學中國第一個女史學家東漢・班昭（49-120）。許憲民兄長許金元（1906-1927）為中共蘇州獨立支部書記，1927 年受命參與籌備中共江蘇省政府，4 月 10 日晚召開會議時，遭國民黨偵緝隊逮捕祕密殺害。許憲民年輕時即受兄長感召，對共產黨革命事業懷抱熱情積極參與，加入中國共產主義青年團。抗戰時林昭跟隨父母流亡長沙、貴州、上海。許憲民曾任抗日游擊隊上海松滬三區專員，1944 年被逮捕，關押於上海日本憲兵司令部76 號監獄，林昭還陪著母親先後兩次住過監獄。

1948 年秋，許憲民認識中共地下黨員陳偉斯，通過電訊局的關係竊聽國民黨往來電訊交給陳偉斯，還從工商自衛隊為地下黨搞來八、九支槍。因其為革命立功頗多，1949 年共和國成立後，許憲民擔任了蘇州市汽車公司副董事長、蘇州公共汽車公司副經理，也是中國國民黨革命委員會（民革）蘇州市委副主任、市政協委員、中國民主同盟（民盟）成員。

1945 年日本投降後，彭國彥先後任職於南京、上海中央銀

行。林昭妹妹彭令範回憶：「在上海工作期間，中央銀行有不公開的福利規定，員工皆可定期分得小金條一塊，轉手即可獲利豐厚。眾人求之惟恐不得，彭國彥卻認為這是不義之財，斷然予以拒絕。」（趙銳《祭壇上的聖女》）1949年上海解放後彭國彥再次失業，由於曾經在國民黨黨部祕書長葉楚愴手下擔任文書科長，也加入過國民黨，沒人敢用他。許憲民逼他去找工作，他只好講：「伯夷、叔齊不食周粟。」1952年夫妻協議離婚，1955年彭國彥因「歷史反革命」被判刑，1956年宣判無罪，1958年因「歷史反革命」判社會管制五年監外執行，彭國彥淪落為社會邊緣人，棲身臭水溝旁的毛坯房裡。1960年10月24日林昭被捕，彭國彥喃喃自語：「我們家完了！我們家完了！」一個月後吞老鼠藥自盡。

林昭的性格，顯然盡收了父親剛正清廉的儒士風範，與母親為理想不惜犧牲的革命精神。但林昭的基督教誨最初孕育於何處？許憲民早期有信佛傾向，林昭曾跟母親去靈巖山方丈處，母親將她放在廟中小住數日。林昭的基督信仰是否源自熏習西洋文化的父親？彭國彥精通英語、俄語，粗通日語；1928年4-9月間曾短暫投奔宣稱信仰基督教的馮玉祥將軍麾下。景海女中是美國衛理公會在中國開辦的三大女校之一，傳教士在蘇州地區人數眾多極為活躍。林昭告訴過同在中國人民大學新聞資料室工作的甘粹說：「自己少年時就讀於教會學校，當時每個星期日所有學生都必須到教堂做禮拜，而平時也有很多機會接觸中外信徒，所以從小對基督精神就不陌生。只是那時候覺得革命理想壓倒一切，年輕人必須承擔起救國救民的歷史使命，於是毅然唱起軍歌投奔革命。」（趙銳《祭壇上的聖女》）

（二）北大「五・一九」與毛澤東「反右運動」

1946 年林昭就讀萃英中學時，與一群進步學生搞「大地圖書館」、成立「文青聯誼會」、創辦《初生》月刊。母親發現女兒逐漸激進左傾，1947 年暑假主動將她轉學到景海女中就讀，在學時林昭由美國傳教士受洗，也按學校規定每週日進教堂做禮拜讀經。1948 年春天，吳縣中學（今蘇州高中）學生唐崇侃等組織「大眾讀書會」閱讀馬、列、毛著作，林昭是積極參與者。9 月在景海中學教師中共地下黨員陳邦幸介紹下，在蘇女師支部楊顯老師處，林昭加入中國共產黨。1949 年，林昭與朋友李璧瑩因過於活躍上了蘇州城防指揮部「學生黑名單」，組織通知她們必須立即撤離蘇州，林昭因為母親是「國大代表」自認安全沒有離開，嚴重違反黨紀以致失去黨籍。

1949 年 6 月林昭畢業後家人希望她去讀大學，林昭自作主張考取位於無錫的中共青年搖籃「蘇南新聞專科學校」；母親不准，林昭深夜跳窗逃跑，在院子大門邊打不開門栓，被母親追回。第二天，林昭與母親談判，當著母親的面寫下「活不來往，死不弔孝」的字據，抄起包裹投奔革命而去。1950 年 5 月至 1951 年 5 月，林昭共參加四次土改、一次征秋、兩次動員參加志願軍、三次發放土地證。1952-1953 年林昭被分配到《常州民報》工作，經領導批准後準備參加高考；1954 年 8 月，林昭以江蘇省最高分考上北大中文系新聞專業。1956 年北大黨委決定創辦一個學生綜合性文藝刊物《紅樓》，林昭列名編委。1957 年 3 月出版的《紅樓》第二期〈編後記〉裡，林昭寫道：「我們希望能在《紅樓》上聽到更加嘹亮的歌聲，希望我們年輕的歌手，不僅歌唱愛情、歌唱祖國、歌唱我們時代的全部豐富多彩的生活；而且也希望我們的

歌聲像熾烈的火焰，燒毀一切舊社會的遺毒，以及一切不利於社會主義的東西。」

1957 年 4 月 30 日毛澤東在天安門城樓上邀請民主黨派負責人座談，號召他們對黨和政府的缺點大膽提出批評，說道：「知無不言，言無不盡；言者無罪，聞者足戒；有則改之，無則加勉。」1957 年 5 月 1 日，《人民日報》刊載中共中央《關於整風運動的指示》，號召黨外人士大鳴大放。中共中央宣傳部長陸定一也在北大召開的學生座談會傳達毛澤東的講話，要同學以「不怕撤職、不怕開除、不怕離婚、不怕坐牢、不怕殺頭」的「五不怕」的精神與決心，以幫助黨「清除官僚主義、宗派主義、主觀主義」，即「除三害」。5 月 15 日毛澤東寫了〈事情正在起變化〉發給黨內幹部閱讀，指示方針：「現在右派的進攻還沒有達到頂點，他們正在興高采烈。我們還要讓他們猖狂一個時期，讓他們走到頂點。他們越猖狂，對於我們越有利。」

5 月 19 日中午，北大「五‧一九」民主運動的第一張大字報出現在大飯廳朝南窗戶上，落款「歷史系一群團員和青年」（許南亭匿名書寫）：「青年團全國第三次代表大會，清華有代表，北大有沒有？如果有，是誰？誰選的？他能不能代表我們的意見？」數學系陳奉孝看到這張大字報，立即約同學一起擬訂〈自由論壇〉貼上牆，提出五項主張：「取消黨委負責制，成立校務委員會，實行民主辦校」、「取消祕密檔案制度，實行人事檔案公開」、「取消政治課必修制，改為政治課選修」、「取消留學生內部選派制度，實行考試選拔制度」、「開闢自由論壇，確保言論、集會、出版、結社、遊行示威的自由」。哲學系龍英華也在大飯廳馬路東面簡易宿舍牆上，貼出〈一個大膽的建議〉，建議開闢民主牆。

下午六點多，大飯廳東牆上出現一長幅紅底黑字的詩體大字報〈是時候了〉（共兩首），標題下署名沈澤宜、張元勳，還各自寫了學號以示負責。這張大字報充滿激情引起轟動，彷彿號召人們去助黨整風，驅除三害矯正歪風。北大學生追求民主的詩情陸續被激發出來，一時不可遏止：

沈澤宜〈是時候了1〉節選，1957.5.19北大大字報

我的詩／是一支火炬，／燒毀一切／人世的藩籬。／它的光芒／無法遮攔，／因為／它的火種／來自──／「五四」！！！

張元勳〈是時候了2〉節選，1957.5.19北大大字報

昨天我還不敢／彈響沉重的琴弦。／我只可用柔和的調子／歌唱和風和花瓣！／今天，我要唱起心裡的歌，／作為一支巨鞭／鞭笞死陽光中的一切黑暗！

沈澤宜〈民主，自由──目的〉，1957.5.23北大《廣場》第二期

即使奪去我腦中的知識，／即使剝掉我身上的衣裳，／即使用劍砍傷我的肢體，／把我扔在冰冷的地上，

我還會感到快樂，滿足，／還會暢快地呼吸，歌唱。／因為沒有那無形的鞭子／鞭鞭落在自由的心上！

即使給我堂皇的宅第，／即使給我財富和榮光，／即使永遠有鮮花美酒，／讓我生活在地上天堂，

我還會覺得貧窮，不幸，／還會默默地獨自憂傷。／因為老爺們粗暴的雙手／緊緊地卡住我的頸項。

民主，自由──目的，／爺娘生下我給我的權利！／我決不願意犧牲分毫，／除非為了祖國的土地。

北大「五・一九」民主運動時期出現的新詩，要以 5 月 29 日發表的張元勳〈兄弟，聽我說〉詩意最為深沉。這首詩設定了一位虛擬讀者，他是「受了委屈的兄弟」，他在兩年前因為某事件被批判在學校裡抬不起頭來。某事件乃指起源於 1955 年 5 月的「胡風反革命集團案」，7 月中共利用「胡風案」大張旗鼓發動全國性「肅反運動」，揭露出各種「壞分子」、「反革命嫌疑分子」，還發現甚多的「小集團」；經擴大審查，被整肅人數二十一萬四千人遍及各階層。張元勳對這位兄弟述說懺悔並請求寬恕，因為自己對他有過誤解曾經加入欺辱他者的鬥爭行列；而這些遭遇是張元勳當下正在經歷的親身體會（5 月 20 日開始校內各種反民主批判即接踵而來）。〈兄弟，聽我說〉以同理心進行換位思維的語言策略，比起直接自我訴情，歷史見識更加廣闊，思想情感更加深邃：

張元勳〈兄弟，聽我說〉，1957.5.29北大大字報〈人之歌2〉

昨天的夜裡我翻轉不眠，
走廊下塗出這頁詩篇。
如今我把它雙手舉起
　　獻給你受了委屈的兄弟，
我靜候著你對我的發言。

兩年了在我們的一生中，
兩年的時間本不算長。
但對於你，鐘擺的響聲
　　皆如笨重緩慢的腳步走過身旁。

兩年來你如無母的孩子
　　任人嘲罵也飽嚐冷白的目光。
除了活著的權利之外，
其餘的一切對於你似乎已經消亡。
你從此變得沉默，
像尊無人過問的石像。

只因為你正直開朗，
不愛把應說的話在心底埋藏。
你不會在某些人的耳朵邊日夜輕唱頌歌，
你更不會顛倒是非，忘卻了良心，
硬說春天裡沒有寒冷，

硬說黃連味道甜得似糖。
有人說眼鏡蛇的毒唾能立刻毒死
　　　一個健康的生命，
　　　鴆鳥的毒羽，氰化鉀的殺勁
都能使鮮紅流動的熱血
　　　立刻凝結在活潑跳動的心臟。
但，這一切可惡的毒物看起來還算善良，
——偏見與惡意，嫉妒與誹謗，
懷著不可告人的個人的慾望，
把別人的身體當成向上爬的梯子，
把無恥惡劣的巨足踐踏著別人的脊梁，步步直上……
就是這些更恐怖的東西，
會使一個善良人的身體
　　　以致他自己的名字與心靈一起
被割碎而死亡；
而這些人也因此立下大功，吃得肥胖！

而你，我的正直的兄弟，
兩年前你就遭到了這樣的中傷！
於是有人把你當成仇敵，
還用粗大的手指指點著你的鼻梁
　　　罵你是「混蛋」「反革命分子」還有什麼「黑幫」
從此，便有一雙惡劣的巨足踏在你的背上；
從此，你便俯首無聲地熬度著奴隸式的時光，
　　　而從此，你更失掉了天賦的權利——
你不敢為自己的遭遇哭泣！

你的眼淚只能在深夜裡偷溅在臉上。
兩年前，我每夜聽見你在床上睡得不好，
你常在夢中驚呼，或夢中痛哭到天亮。
哭醒後你多麼惶恐
　　像又犯了一次罪過，
你不敢正視別人的眼光！

我和你本來是兄弟一般的朋友，
知春亭下我們曾促膝地暢談到夜色蒼茫。
春天裡你和我湖水上蕩起雙槳；
天冷了，你給我送來棉布衣裳。
我病了，高燒中念著江南的媽媽，
你坐在床邊守著我直到天亮。
秋天裡你帶來了故鄉的石塊，
送給我還說人應該像它一樣堅強。

美好的事物如雪花般消亡。
兩年前我盲從地投給你敵意的目光。
我太信那些老爺式的黨員了，
我與他們一起，罵你是「反革命分子」的「黑幫」。
鬥爭會上，你帶著多麼深沉的悲痛向我凝望！
從此，我們不再交談，兩年來像陌生人一樣。
兩年來，你一如既往，
去年冬天你依舊借給我棉布的衣裳，
初秋的夜裡，你輕輕地為我蓋好，踢去的棉被。
……，……

但我覺得你在對我諷刺，
我曾公開地告訴過你，「我不喜歡這樣」
今天，我懂了
我深信我給你留下了多麼深刻的創傷。

我曾經無意地碰傷了弟弟的腿，
如今弟弟長大了他變成終身的殘廢。
我對著殘廢的弟弟，心裡懷著說不出的不安，
我知道是我毀壞了他完美的肢體，
給他一生中留下了不可彌補的缺憾。
我曾向長大的弟弟痛哭過，
就像我是弟弟他是哥哥。
我哭著向他祈求最大的寬恕，
也同時要求他給我任何的毒罰與折磨。
對於殘廢了的弟弟
我的一生都犯了無法彌補的孽罪！
對於你我的兄弟今天我懷著同樣的自愧。

我正好碰傷了弟弟的腿讓他殘廢終生，
我也曾多麼無情地刺傷了你的心靈。
近來的日子我夜夜不眠
　　隨時隨地我都看著你微笑的臉。
我知道我錯了，
我應向你祈求最嚴肅的責備。
我曾幾次鼓足勇氣但我的話幾次都逗留在唇邊。
是時候了，我的正直的受了傷的兄弟！

把我的詩篇獻到你的面前。

我等待著你最嚴肅的譴責，

這樣我才能得到最大的慰安。

是時候了，我的正直的兄弟，

你不應再如兩年來的沉默，

你應大膽地笑，大膽地哭，

向著我們的今天，

大膽地發言。

　　1957 年 6 月 8 日毛澤東起草〈組織力量反擊右派分子的猖狂進攻〉，「人民日報」發表社論〈這是為什麼？〉，「反右運動」正式敲響。全國被打成右派的人數，有幾種統計數字：五十五萬（官方數字）、七十二萬（陳毅報告）、一百二十萬（連曦《血書》）、三百二十一萬（沈澤宜《北大，五‧一九》引解密文件）。北大師生，七百五十五人被打成「右派」，八百一十一人被打成「中右」，這些人被開除公職與學籍，發配於窮山惡水、荒原大漠，直到 1978 年後才陸續得到平反。

　　1957 年 12 月 25 日清晨，《廣場》主編張元勳（1933-2013）被祕密逮捕，判刑八年，刑滿後強留在勞改隊「繼續改造」。《廣場》副主編沈澤宜（1933-2014）1958 年 2 月被定為「極右分子」留校察看，8 月本該畢業因「政治不及格」北大拒發畢業證書，後被分配到陝北榆林，不收，再分配至分子洲，不留，第三次分到周家鄉。1961 年大躍進時期到處餓死人，沈澤宜在日記裡寫了一首舊體詩〈無題〉：「鳳闕崢嶸白日低，萬方同慶我心迷。隴西又起千家哭，劍外重傳滿路啼。」（節選）反諷非常時期修建人民大會堂等十大建築，文革時被人檢舉揭發，1968 年 10 月以

「現行反革命」逮捕入獄關押一年多。

〈我被押進土牢等待處決〉　沈澤宜

我被押土牢等待處決
西塞娜熱淚交流前來探監
法官，她父親慌忙趕來阻攔
痛罵女兒竟敢愛上一個囚犯

爸爸，她說，你總把那樣的人送上斷頭臺
姑息、縱容真正的惡棍
你信奉的從來就不是法律
還自以為執法如山濟世救民

是的，爸爸，我愛他如同熱愛真理
他愛這個國家這些黎民
我知道你既不相信更不會改
我只能用生命為他作證

說完，她雙手捧下了頭顱
我聽見處子的血潮水般從大地流過

關於「西塞娜」，詩人自己做過解釋：「這是一個呼告語，她是一個中國女孩的名字，她生長在西塞山前的廣漠水陸地區。『西塞』採自唐代湖州詩人張志和的『西塞山前白鷺飛』，作為複姓；『娜』採自蒲松齡《聊齋誌異》中狐女嬌娜的名字，嬌娜

既為我所熱愛，又為我所崇奉。」沈澤宜接受訪問時說：「既然一生都只是一場空白等候，那麼就讓我把原本應該奉獻給一位女性的讚美與感激之情，轉而奉獻給所有我始終仰望卻無法接近的女性群體，讓這永恆女性的救贖之光撫平我創傷，潔淨我靈魂，引領我上升。這就是一部《西塞娜十四行》的來由，它就是我吐出的絲。」（趙銳《祭壇上的聖女》〈附件三〉）1969 年 12 月 9 日，沈澤宜被遣返湖州原籍受當地群眾監督勞動改造，頂著「右派」的帽子淪為社會底層賤民；1979 年平反，1980-2002 年任教於湖州師範學院。這位當年林昭戀慕過的北大才子、跳高冠軍、合唱團領唱，竟然光棍了一輩子。

　　1957 年夏天，林昭被開除團籍保留學籍，留校勞動查看；林昭刮下兩盒火柴頭上的磷吞服自殺，獲救後她大喊：「我絕不低頭認罪！」因態度惡劣判勞教三年。副系主任羅列憐惜其體弱多病經常咳血，留她在學校苗圃勞動。苗圃勞動期間，林昭與著名的右派學生譚天榮（「百花學社」社長）一起參加 1958 年 2 月發起的「除四害運動」（消滅蒼蠅、蚊子、老鼠、麻雀的全國性勞動），北大師生捧著盛滿肥皂沫的臉盆一起打蚊子。譚天榮回憶：「她打了一天的蚊子對我說：『我一整天心裡都感到好笑，笑這瘋了的黨。』那個時候我只感到痛苦，從來沒有像她這麼去想這個黨瘋了。」（胡杰《尋找林昭的靈魂》）1958 年 6 月 21 日，北大中文系新聞專業併入中國人民大學新聞系，林昭在新聞系資料室監督勞動，由王前女士領導，還有一名右派學生甘粹（1932-2014）也分發至此。甘粹經常陪林昭去王府井教堂做禮拜，林昭為他講解《聖經》。1959 年甘粹向校方提出結婚申請被拒絕（右派不能談戀愛，何況結婚），組織刻意發配他去新疆，林昭病情加重申請回上海養病；9 月

26 日甘粹送林昭上火車後，獨自前往新疆接受未知的命運，一去二十年。

　　林昭在新聞系資料室監督勞動期間，最重要的成果是寫了兩首長詩：〈普洛米修士受難的一日〉與〈海鷗之歌〉。

（三）林昭〈普洛米修士受難的一日〉

　　普洛米修士（Promêtheús），古希臘神話人物，原意為「先見之明」。普洛米修士與智慧女神雅典娜共同創造了人類：普洛米修士用泥土雕塑出人的形狀，雅典娜灌注以靈魂。當時眾神之王宙斯禁止人類用火，人間生活艱辛；普洛米修士從光明之神阿波羅處盜火幫助人。宙斯為懲罰人類，打開「潘朵拉的盒子」，讓疾病、災禍流布人間，再將普洛米修士鎖在高加索山的懸崖上，每天派一隻鷹去吃他的肝，又讓他的肝每天重新長出來，以此折磨他，但普洛米修士始終堅挺不屈。

　　林昭以「反右運動」中眾多右派分子的受難經歷，借古希臘神話英雄的形象與故事，傳達「人」永不停息的自由渴望與精神信念。文本中的眾神之王宙斯象徵獨裁者毛澤東，普洛米修士象徵「反右運動」中始終堅持人的價值，不向極權政體屈服的受難者。這是一首具有象徵意味的敘事長詩，全詩長達三百六十五行分作三段，情節扣人心弦結構嚴謹，受難者的形象塑造既深沉又鮮活，顯現林昭卓越的藝術能力與思想深度。

〈普洛米修士受難的一日〉　林昭，1959（艾曉明、朱毅
三校，黃梁再校）

（一）

阿波羅的金車漸漸駛近，
天邊升起了嫣紅的黎明，
高加索的峰嶺迎著朝曦，
懸崖上，普洛米修士已經蘇醒。

隨著太陽的第一道光線，
地平線上疾射出兩點流星：
——來了，那宙斯的懲罰使者，
牠們哪天都不誤時辰。

……嬌麗的早晨，你幾時才能
對我成為自由光明的象徵？……
釘住的鐐鏈像冰冷的巨蛇，
捆得他渾身麻木而疼痛。

呼一聲拍起翅膀，他身旁
落下了兩團猙獰的烏雲，
銅爪猛紮進他的肋骨，
他沉默著，把牙齒咬緊。

牠們急一嘴慢一嘴啄著

凝結的創口又鮮血殷殷，

胸膛上裂成了鋸形的長孔

袒露出一顆焰騰騰的丹心。

全詩以黎明場景作為開端，但清晨帶來的不是光明與希望，
而是劇烈的痛苦。林昭塑造出「受難者第一形象」：被巨蛇般鐐
鏈捆住的英雄，他的胸膛鋸形般開裂，丹心袒露。「丹心」最
著名的前文是宋末抗元烈士文天祥（1236-1283）〈過零丁洋〉
詩：「人生自古誰無死，留取丹心照汗青」，南宋愛國詩人陸游
（1125-1210）〈金錯刀行〉亦云：「千年史冊恥無名，一片丹心
報天子」；上溯曹魏・阮籍（210-263）〈詠懷詩〉：「丹心失恩澤，
重德喪所宜」也能見其身影，在漢語文化中承擔了孤臣孽子赤誠
之心的歷史性重量。

兀鷹們停了停，像是在休息，

儘管這種虐殺並不很疲困，

——有的是時間，做什麼著急，

他沒有任何抵抗的可能。

啊，這難忍的絕望的等待，

他真想喊：「快些，不要磨人！」

但他終於只保守著靜默，

誰還能指望鷹犬有人性？

戲弄犧牲者，對犧牲者是殘酷，

對戲弄者卻是遊戲，刺激而陶情。

一下，啄著了他活生生的心，
他痙攣起來，覺得胸腔裡
敲進了一根燒紅的長釘；
一下，一下，又一下，再一下，
兀鷹們貪婪地啄咬又吞吃，
新鮮的熱血使牠們酩酊。

赤血塗紅了鷹隼的利喙，
牠們爭奪著，撕咬那顆心，
它已經成為一團變形的血肉，
只還微微躍動著、顫抖著生命。

痛楚灼燒著他每一根神經，
他喘息著，冷汗如水般流淋，
哪兒有空氣啊，他吸入的每一口，
都只是千萬支纖細的鋼針。

犄曲的指爪掐透了手臂，
緊叩的牙齒咬穿了嘴唇，
但受難者像岩石般靜默，
聽不到一聲嘆息或呻吟。

鐐銬的邊緣割碎了皮肉，
岩石的鋒稜磨爛了骨筋，
大地上形成了鏽色的血痕，
勾勒出受難者巍然的身形。

為什麼兀鷹啄殺的不是肝而是心，因為「心」象徵靈魂，心被撕咬形容靈魂反覆遭到折磨。「酖酖」形容嗜血者的變態心理，形象化那些幫凶們被權力異化的嘴臉。「受難者第二形象」的形象思維有兩個焦點，一個是形容呼吸像吞吐「千萬支纖細的鋼針」。一個是旭日投射在大地上的「鏽色的血痕」，巍然的身影沁染著「鏽」與「血」，被持久折磨且血肉模糊的一副身軀之影。不直言痛苦而曲言吞吐鋼針，不直面「形」而偏照「影」，藝術手法高妙。

　　　　對著蒼穹他抬起雙眼，
　　　　天！你要作這些暴行的見證！
　　　　可是他看到了什麼？……在那裡，
　　　　雲空中顯現著宙斯的笑影。

　　　　讓他笑吧！如果他再找不到
　　　　更好的辦法來對我洩恨；
　　　　如果他除此以外就再不能夠
　　　　表現他君臨萬方的赫赫威靈；

　　　　如果他必需以鷹隼的牙爪，
　　　　向囚徒證明勝利者的光榮；
　　　　那麼笑吧，握著雷霆的大神，
　　　　宙斯！我對你有些憐憫！

　　　　啄吧！受命來懲治我的兀鷹，
　　　　任你們蹂躪這片潔白的心胸，

犧牲者的血肉每天都現成，
吃飽了，把毛羽滋養得更光潤。

對於被鎖鏈捆綁的勇士，
對於失去抵抗能力的囚人，
對於一切不幸被俘的仇敵，
你們的英武確實無可比倫。

受難者開始反客為主，加害者與受害者的主從位置被顛覆。勝利者淪為被憐憫的低賤者，顯現犧牲者的靈魂潔白而崇高。「不幸」與「英武」是反諷語，詩人是揭起語言大旗的反抗者。

是聽清了受難者無言的心聲，
還是辛辣的味覺使牠們眩暈，
牠們激怒了，猛一下四爪齊伸，
那顆傷殘的心便被扯著兩份。

普洛米修士昏暈了，他好像
忽然向暗黑的深淵下沉，
胸膛裡有一團地獄的烙鐵，
燒烤著，使他的呼吸因而停頓。

第一段暫時休止於「受難者第三形象」：向地獄般深淵沉墜的「傷殘的心」；這顆心，像燒紅的「烙鐵」般令人窒息。「扯著兩份」、「深淵下沉」、「烙鐵燒烤」、「呼吸停頓」，普洛米修士就此屈服了嗎？但看下回。

（二）

高加索山嶺清涼的微風，
親吻著囚徒焦裂的嘴唇，
花崗岩也在顫動而嘆息，
它想把普洛米修士搖醒。

山林女神們悄然地飛落，
像朵朵輕盈美麗的彩雲，
用她們柔軟濕潤的長髮，
揩拭受難者胸前的血腥。

她們的眼眶裡滿含淚水，
她們的聲音像山泉低吟——
醒來，醒來喲！可敬的囚人，
生命在呼喚著：你要回應。

鷹隼啄食了你的心肺，
鐵鏈捆束著你的肉身，
但你的靈魂比風更自由，
你的意志比岩石更堅韌……

　　「受難者第四形象」站上舞臺，鐵鍊捆得了肉身屈服不了靈魂，他有比「風」更自由的靈魂，比「岩石」更堅韌的意志。「囚人」是一個受難者，但他得到微風、花崗岩與山林女神的眷顧，天地之間他不孤獨。

忽然間正北方響起雷聲，
太陽隱烏雲翻慘霧雰雰，
女神們驚叫了一聲「宙斯！」
倉惶地四散隱沒了身形。

來了，輕車簡從的宙斯，
兩肩上棲息著那對兀鷹，
他在普洛米修士頭邊降落，
俯下身察看囚徒的創痕。

看著那紋絲無損的鎖鏈，
看著那血鏽班班的岩層，
唇邊泛起一個滿意的微笑，
他嘲弄地問道：「怎麼樣，嗯？」

囚徒從容地看了他一眼，
目光是那麼鋒利和堅定；
宙斯不由得後退了一步，
覺得在他面前無處存身。

儘管他全身被釘在岩上，
能動彈的只有嘴巴眼睛；
儘管他躺在這窮山僻野，
遠離開人群，無助而孤零。

但這些都安慰不了宙斯，

對著他只覺得刺促不寧，
——他到底保有著什麼力量？
竟足以威脅神族的生存！

獨裁者與受難者展開「無形對話」，一邊是嘲弄的微笑，一邊是從容的回看；一邊是刺促不寧的心，一邊是鋒利堅定的目光。

「怎麼樣？」他又重複了一句，
口氣已變得親切而和溫，
山頂上是不是嫌冷了一些？
不過這空氣倒真叫清新。

「可恨是這兩頭扁毛孽畜，
聞到點血就說啥都不聽，
我早已叫牠們適當照顧，
不知道牠們有沒有遵行？」

「有什麼要求你不妨提出，
能夠辦到的我總可答應……」
普洛米修士靜靜地回答：
「多謝你無微不至的關心。

有什麼要求？囚犯——就是囚犯，
鎖鏈和兀鷹都無非本分。
只望你收起些偽善，行麼？
那對我真勝似任何酷刑。」

宙斯裝作像不曾聽清，
「啊？——我看你有些情緒低沉，
那又何必呢？回頭處是岸，
不怕有多大罪悔過就成。

你不想再回到奧林匹斯，
在天上享受那貴富尊榮？
你不想重新進入神族家庭，
和我們同優遊歡樂昇平？」

「可以答覆你，宙斯，我不想，
我厭惡你們的歌舞昇平！
今天我遭受著囚禁迫害，
但我不認為自己是罪人。」

「好吧。那你總還希望自由，
總也想解除懲罰和監禁，
難道你不嚮往像平常時日，
隨心意飛天過海追風駕雲？」

「長話短說罷，你到底要怎麼？
是的，我酷愛自由勝似生命，
可假如它索取某種代價，
我寧肯接受永遠的監禁。」

「不過是這樣，普洛米修士，

我們不願人間留半點火星，
火只該供天神焚香燔食，
哪能夠給賤民取暖照明！

當初是你從天上偷下火種，
現在也由你去消滅乾淨，
為了奧林匹斯神族的利益，
你應當負起這嚴重的責任！

還有，由於你那從前種種的能力，
（宙斯矜持地咳嗽了一聲）
據說你預知神族的毀滅，
知道誰將是暴亂的首領。

我們不相信會有這種事，
要推翻神族──夢也作不成！
我們將統治宇宙萬世一系，
永保著至高無上的權能。

但也許真有那樣的狂徒，
竟想叫太陽從西邊上升──
如果你確有所知，就該實說，
讓我們早下手懲治叛臣。

普洛米修士，你怎不想想，
你屬於神族，並不是凡人。

大河乾池塘裡也要見底，
樹倒了，枝和葉怎能生存！」

「那麼你已經感到了不穩，
是嗎？宙斯，這個真是新聞。」
普洛米修士微微地一笑，
宙斯居然也顯示了困窘。

「閒話且慢說，普洛米修士，
接受不接受，你趕快決定。」
「我不能。」普洛米修士答道，
平靜地直視宙斯的眼睛。

這一段鋪陳「有形對話」，澄清「囚犯」並不是「罪人」。
普洛米修士正因為「先見之明」的天賦而引起獨裁者的妒恨，他
預知暴政必將瓦解；受難者懷抱堅定信念，故能不受威脅利誘所
屈服。「酷愛自由勝似生命」，是受難者之所以遭難的根本原因，
也是驅使普洛米修士盜火的動機；「盜火行動」在此演繹為脫離
束縛追求自由的自覺性行為。「我不能！」直接了當的回答讓獨
裁者陷入窘境。

「火本來只應該屬於人類，
怎能夠把它永藏在天庭？
哪怕是沒有我偷下火種，
人們自己也找得到光明。

人有了屋子怎會再鑽洞？
鳥進了森林怎會再投籠？
有了火就會有火種留下，
颶風刮不滅，洪水淹不盡。

火將要把人類引向解放，
我勸你再不必白白勞神；
無論怎麼樣，無論哪一個
想消滅人間的火已經不成。

神族專橫的統治哪能持久，
你難道聽不見這遍野怨聲？
賤民的血淚會把眾神淹死，
奧林匹斯宮殿將化作灰塵！

何必問未來暴動誰是首領，
要伸張正義的都是你敵人，
你自己種瓜得瓜種豆得豆，
說不定弒你的就是你至親。」

「住口！停止你惡毒的詛咒！」
宙斯兩眼冒火臉色變青，
他揚起雷電槌劈空一擊，
平地上霹靂起山搖地震。

從「盜火」主題推衍出「普世價值」主題，而普世價值的核心是「自由」，人意欲從黑暗中解放得到光明；「火」象徵光明，也指涉解放束縛得到自由。「本該屬於人類」即「普世價值」，人類文明的精神之核。「眾神專橫的統治」與「奧林匹斯宮殿」形容中共獨裁政體，它必將「化作灰塵」，這是詩人的預言。

「警告你，我不會輕易饒恕，
切莫要太信任我的寬仁！」

「誰會把你和寬仁聯到一起？
那簡直辱沒了宙斯的英名。」

「用不著再跟我說長道短，
一句話：你到底答不答應？」

「重要的並不是我的意願，
我無法改變事情的進程。」

「你就這麼肯定我們要失敗，
哼，瞧著吧，神族將萬世永存！」

「何必還重複陳舊的神話，
問問你自己可把它當真。」

「誰道我勝不過賤民叛徒？

誰敢造反我就把它蕩平！」

「我知道在這方面你最英武，
但走多了夜路准碰上冤魂。」

「你只能用詛咒來安慰自己！」
「這不是詛咒，而是未來的顯影！」

「未來怎樣已經與你無涉，
你還是先想法救救自身。」

「你可以把我磨碎，只要你高興，
但絲毫救不了你們的厄運！」

「你的頭腦是不是花崗岩石？」
「不，是真理保守了它的堅貞。」

「這麼說你要與我為敵到底？」
「被你認作敵人我感到光榮！」

　　這一段闡釋林昭對「革命／反革命的真理論辯」。按馬克思無產階級必勝的演化理論，暴力性階級鬥爭是革命的內在需要，共產黨終將掌握歷史主導權，反黨反革命者都是逆反歷史潮流的叛徒。但林昭說：「我無法改變歷史的進程」，詩人堅信的真理是人道主義和普世價值，而非以暴力鬥爭摧毀人性，以謊言、神話鞏固權力；共產主義者捏造的「歷史進程」被顛覆與改寫，真

理顯現了它的兩大特徵：堅貞與光榮。

> 「我叫你到地獄裡去見鬼！」
> 宙斯怒火萬丈吼了一聲，
> 雷電槌對準普洛米修士打去，
> 只聽得轟隆隆像地裂天崩。

> 半邊山峰向深谷裡倒下，
> 滿空中飛沙走石伴著雷鳴，
> 電光像妖蛇在黑雲中亂閃，
> 真好比世界末日地獄現形。

> 宙斯揮動著手中的槌子，
> 獰笑著騰身飛上了層雲，
> 「難道說我治不了你？等著！
> 不叫你死，剝皮抽你的筋！」

> 然而他還總是不大痛快，
> 甚至不感到復仇的歡欣──
> ……一種陰冷的絕望、恐懼，
> 深深地盤踞在他的心胸……

第二段以「轉折性反諷」收束。加害者身形高大掌握無邊權力，然而內心陰暗、絕望而恐懼；受害者傷痕累累被鎖鏈捆住，然而自由信念堅定不移。

（三）

紫色的黃昏向山後沉落，
灰暗的暮靄一點點加深，
殘損的山峰卻依然屹立，
夜空襯出它深黑的剪影。

普洛米修士悠悠地醒轉，
頭顱裡一陣陣嗡嗡亂鳴，
砂石埋沒了他半個身子，
血汗糊住了他一雙眼睛。

頭上有溫熱的液體流下，
鼻孔裡撲入濃厚的血腥，
他伸出浮腫而木僵的舌頭，
舔著自己的血來潤濕嘴唇。

他用力撐開黏連的眼皮，
看見了幾點稀朗的疏星，
下弦弓，淡淡地抹在天際，
夜風送來了雜樹的清芬。

　　時間是黃昏轉向暗夜，受難者的種種折磨被省略了，僅顯示
災禍過後不屈者承受的不堪結果。第三段開端拈出「受難者第五
形象」：沙石埋沒了他半個身子。「殘損的山峰」暗示暴力摧殘
之劇烈，肉體又何以堪受？夜來臨，疏星、下弦月、微風，空氣

中瀰漫著草木香氛，撫慰了受難者的身心。

> 啊夜，你是多麼寧靜，
> 大地啊，你睡得多麼深沉。
> 越過廣袤的空間，我看見，
> 五穀的田野，繁花和森林，
> 江湖水灩灩似銀，大地母親，
> 你好像披著幅奇麗的繡錦。
> 從遠古到如今，你每時每日
> 滋養哺育著億萬的生靈。
> 多少人辛勤地開闢與墾殖，
> 大地，你一天天煥發著青春。
> 可是為什麼，你年年血淚，
> 只是給眾神貢獻出祭品！
> 我喝過流在你身上的水，
> 清澈的水是那麼苦澀而酸辛；
> 你胸中迸發出沉重的嘆息，
> 你憔悴了，還有你的子孫。
>
> 什麼時候，大地，你才能新生，
> 才能擺脫被榨取的命運？
> 啊，萬能的人類永恆的母親！
> 我胸中膨脹著對你的愛情，
> 我知道，一旦你開始覺醒和翻騰，
> 巍峨的奧林匹斯將冰消雪崩……

一個嶄新的元素出現了：「人類永恆的母親」，她是沉淪已久的「大地」。她是廣袤的田野與森林，錦繡大地哺育著億萬生靈；當人類被眾神壓榨與欺凌，人類永恆的母親變得既憔悴又酸辛。大地上的子孫嘆息著，大地上的詩人發出呼喚：大地與大地上的生民啊！你要開始「覺醒和翻騰」！我以澎湃的愛向你呼喚，傾聽我吧！回應我吧！極權政體不會長久。

　　　　遠遠地，在沉睡的大地上，
　　　　暗黑中出現了一線光明，
　　　　「火！」普洛米修士微笑地想著，
　　　　痛楚、飢渴，霎時都忘個乾淨。

　　　　那一點化成三點、七點、無數，
　　　　像大群飛螢在原野上落定，
　　　　但它們是那麼皎紅而灼熱，
　　　　使星月都黯然失去了晶瑩。

　　　　這麼多了……好快！連我都難相信，
　　　　它們就來自我那粒小小的火星，
　　　　半粒火點燃了千百萬億處，
　　　　光明，你的生命力有多麼旺盛！
　　　　燃燒吧！火啊，別再困在囚禁中。

　　大地回應著普洛米修士：「暗黑中出現了一線光明」，那是螢火，從一點幻化成無邊無際。詩人從「螢火」聯想到「火星」，從困頓的心中點燃起希望的火苗。「別再困在囚禁中」，這是詩

人向大地與生民祈願，也是自我祝禱。

> 我祝願你──
> 燃燒在正直的書生的燈盞裡，
> 讓他們憑你誦讀真理的教訓，
> 把血寫的詩篇一代代留下，
> 為歷史悲劇作無情的見證；
> 燃燒在正義的戰士的火炬上，
> 指引他們英勇地戰鬥行軍，
> 把火種遍撒到萬方萬處，
> 直到最後一仗都凱旋得勝；
> 燃燒，火啊，燃燒在這漫漫的長夜，
> 衝破這黑暗的如死的寧靜，
> 向人們預告那燦爛的黎明；
> 而當真正的黎明終於來到，
> 人類在自由的晨光中歡騰，
> 火啊，你要燃燒在每一具爐灶裡，
> 叫寒冷、飢餓永離開人們，
> 讓孩子拍起手在爐前跳舞，
> 老年人圍著火笑語殷殷……

這是一段「祈禱詞」，祈望人們不但要誦讀真理，書寫詩篇，見證歷史，更要投入戰鬥贏得凱旋，讓晨光重獲自由與光明之義！讓溫暖和笑語驅趕走寒冷與飢餓！

> 凝望那大野上滿地燈火，

臆想著未來光輝的前景，
就像正遨遊在浩渺的太空，
他覺得精神昂揚而振奮。

今晚，有多少人在燈下奮筆，
記載人民的苦難和覺醒
多少人正對燈拔劍起舞，
火光映紅了多少顆急跳的心！

詩人從「大地燈火」聯想到「遍地野火」；野火在地層下流竄，必將衝決地表的壓制。「拔劍起舞」的是無數的覺醒者，在想像的燈火映照中，無數顆「心」重新被激活而奮起！

人啊！我喜歡呼喚你，響亮的
高貴的名字，大地的子民，
作為一個弟兄，我深情地
呼喚：人啊，我多麼愛你們！
你們是渺小的，但是又偉大；
你們是樸拙的，但是又聰明；
你們是善良的但是當生活
已經不能忍受，你們將奮起鬥爭！

起來啊！拋棄那些聖書神語，
砸爛所有的偶像和香燈，
把它們踩在腳下，向奧林匹斯
索還作一個自由人的命運！

能忍受嗎？這些黑暗的

可恥的年代，結束它們！

不懼怕雅典娜的戰甲，

不迷信阿波羅的威靈，

更不聽宙斯的教訓或恫嚇，

他們一個都不會留存。

人啊，眾神將要毀滅，而你們

大地的主人，卻將驕傲地永生。

那一天，當奧林匹斯在你們

的千丈怒火中崩倒，我身上的

鎖鏈也將同時消失，像日光下的寒冰。

那時候，人啊，我將歡欣地起立，

我將以自己受難的創痕，

向你們證明我兄弟的感情；

我和你們一起，為著那

奧林匹斯的覆滅而凱歌歡慶……

　　從受難者到解放者，從奴隸到自由人；詩人將「人」與「我」連結起來，這是詩篇的書寫動機。只有「人」重新得到自由，成為大地的主人國家的主人，「我」身上的鎖鏈才會消解。而連結起「人」與「我」的是什麼呢？唯有「愛」，這是抵抗暴力的根本力量。

在澎湃如潮的灼熱的激情裡，

普洛米修士翹望著黎明，

他徹夜在粗礪的岩石上輾轉，
傾聽哪兒有第一聲雞鳴。

這些黎明仍會有兀鷹飛來，
但他將含笑忍受一切非刑，
因為，隨著每一個血腥的日子，
那個真正的黎明正刻刻迫近……

「受難者最後形象」現身，詩篇的核心主題裸裎：盜火者普洛米修士／詩人林昭推動黑暗向黎明的赤誠與激情，將召喚一代又一代的同盟兄弟，覆滅極權暴政！奪回自由與光明！

〈普洛米修士〉書寫於 1959 年，發表於 1960 年 1 月甘肅天水的地下刊物《星火》第一期，1960 年 7 月，刊物主事者，下放農村的「右派學生」蘭州大學中文系學生譚蟬雪（1934-2018）與歷史系學生張春元（1932-1970）先後被捕，《星火》雜誌被抄收。〈普洛米修士〉埋沒了四十四年，2004 年在民間詩人李蘊珠與李橋的努力搜尋下，影印件重新出土，但秩序錯雜內文缺漏。2010 年「星火案」倖存者譚蟬雪再次找到《星火》原刻本，基本復原當年〈普洛米修士〉與〈海鷗之歌〉樣貌。

如果沒有 1957 年北大「五‧一九」民主運動期間，青年詩人們僥倖留存的詩篇，與穆旦、蔡其矯、流沙河、昌耀、郭世英、黃翔在各地零星閃爍的暗夜星火，十七年時期（1949-1966）的共和國新詩，就僅剩荒唐拙劣的新民歌與樣板詩。郭沫若被文革初期慘遭凌虐致死的兒子郭世英，評價為「裝飾我們時代的最大屏風」，就是時代的最佳註解。十七年時期出現林昭血淚斑斑的詩篇，只能說是一個奇蹟！〈普洛米修士〉爭自由反極權的抗暴精

神，正是共和國新詩的核心旋律，它的前導是穆旦的〈神魔之爭〉（1941／1947），當魔說：「而我，永遠的破壞者」，神反駁：「不，它不能破壞，一如／愛的誓言。」也接續於〈神的變形〉（1976）：「哪裡有壓迫，哪裡就有反抗」，「我們既厭惡了神，也不信任魔，／我們該首先擊敗無限的權力！」，但事與願違，「總是絕對的權力得到了勝利」。穆旦以客觀精神呈現歷史真相，但內心堅挺絕不屈服，與林昭激進昂揚的進取精神是兩種不同典型。

林昭1959年對螢火、燈火、星火燎原的光明想像，與2013年新生代詩人昆鳥（1981-）〈玻璃中的光〉的光明想像也呈現世代差異：「男孩在一塊玻璃上擦著夏天／泛著鹽礆的大路白得晃眼／人的汗和牛馬的尿築起的大路／在正午閃爍著白骨的磷光／男孩的眼珠融化了，流進了玻璃／混沌的光明中響起巨大的心跳／／但那男孩已經走了／已被分娩到另一世界／所以在這裡，整個午後的蟬鳴／都在一塊過於透明的玻璃上／撞得七零八落」。「擦玻璃」顯然是一個象徵，對光明之渴望；一瞬間，男孩感受光中顯現一條「大路」，聽見了光的心跳，玻璃溶解，男孩流進光明淨域中。但兩首詩有一個共通點，就是無畏死亡而正向光明，並因此奪回生命的主導權。

（四）林昭〈海鷗之歌〉

林昭另一首長詩〈海鷗之歌〉，同樣寫於人大新聞系資料室勞動時期。〈海鷗之歌〉預計刊載於《星火》第二期（已刻版尚未油印），「星火案」爆發數十人被捕。林昭1959年9月將此詩寄給蘭州大學學生孫和（孫和妹妹是林昭北大中文系同學），輾轉至張春元處傳閱時，詩題是：〈海鷗——不自由毋寧死〉。全詩二百零八行一氣呵成，但以星點分隔為六段，詩後附有魯凡

（顧雁化名）之〈跋〉。〈海鷗之歌〉與〈普洛米修士〉皆以四行詩為基準，但結構規範非定型化，自由度很大；兩詩都押尾韻一韻到底，協律，屬於寬鬆韻體詩。

〈**海鷗之歌**〉　林昭，1959（艾曉明、朱毅三校，黃梁再校）

灰藍色的海洋上暮色蒼黃，
一艘船駛行著穿越波浪，
　　滿載著帶有鐐鏈的囚犯，
　　去向某個不可知道的地方。

囚徒們沉默著凝望天末，
深陷的眼睛裡閃著火光，
　　破碎的衣衫上沾遍血跡，
　　枯瘠的胸膛上布滿鞭傷。

船啊，你將停泊在哪個海港？
你要把我們往哪兒流放？
　　反正有一點總是同樣：
　　哪兒也不會多些希望！

我們犯下了什麼罪過？
殺人？放火？黑夜裡強搶？
　　什麼都不是──只有一樁：
　　我們把自由釋成空氣和食糧。

暴君用刀劍和棍棒審判我們，
因為他怕自由像怕火一樣；
　　他害怕一旦我們找到了自由，
　　他的寶座就會搖晃，他就要遭殃！

昂起頭來啊！兄弟們用不著懊喪，
囚禁、迫害、侮辱……那又有何妨？
　　我們是殉道者，光榮的囚犯，
　　這鐐鏈是我們驕傲的勳章。

　　第一段的核心意象是一艘流放之船，船上的囚徒們指涉被
「反右運動」判刑下放勞改的右派們，他們犯了什麼罪？追求自
由，因為自由是生命的基本需求就像「空氣和食糧」；而「自由」
對暴君（指涉獨裁者毛澤東）而言就像「火」一樣危險。〈海鷗
之歌〉對自由／火的關係思維與〈普洛米修士〉類似，鐐鏈／勳
章是對比意象的運用，反差強烈。

一個蒼白的青年倚著桅檣，
彷彿已支不住鐐鏈的重量，
　　他動也不動像一尊塑像，
　　只有眼睛星星般在發亮。

夢想什麼呢？年輕的伙伴？
是想著千百里外的家鄉？
　　是想著白髮飄蕭的老母？
　　是想著溫柔情重的姑娘？

別再想了吧，別再去多想，
一切都已被剝奪得精光，
　　我們沒有未來，我們沒有幻想，
　　甚至不知道明天見不見太陽。

荒涼的海島，陰暗的牢房，
一小時比一年更加漫長，
　　活著，鎖鏈伴了呼吸的節奏起落，
　　死去，也還要帶著鐐鏈一起埋葬。

　　第二段陳述被流放者的絕望之情，素描「一個蒼白的青年」的當下處境：他如同一尊塑像，身體僵硬唯有靈魂之窗還在放光；遙想流放者的未來：人與鐐鏈同住牢房，歸宿墓穴，日子漫長而陰暗。這一段預示航船的目的地：荒涼的流放之島。從「海鷗」、「流放之船」、「海島」的構思，顯現林昭的詩歌空間構造裡有濃厚的西方文化涵養；〈普洛米修士〉選擇希臘神話塑造詩歌空間也是如此。中國是大陸型帝國，往內陸擴張是歷史常態，向海洋發展始終難以成功；林昭選擇海鷗、海洋、海島的詩歌場景，鋪陳她渴望逃離大陸的拘求，以海洋來拓寬對自由的想像。

　　我想家鄉麼，也許是，
　　自小我在它懷中成長，
　　它甘芳的奶水將我哺養！
　　　　每當我閉上了雙目遙想，
　　　　鼻端就泛起了鄉土的芳香。

我想媽媽麼，也許是，
媽媽頭髮上十年風霜，
憂患的皺紋刻滿在面龐，
　　不孝的孩兒此去無返日，
　　老人家怕已痛斷了肝腸！

我想愛人麼，也許是，
我想她，我心中的仙女，
我們共有過多少美滿的時光，
　　怎奈那無情棒生隔成兩下，
　　要想見除非是夢魂歸鄉。

我到底在想什麼，我這顆叛逆的
不平靜的心，它是如此剛強；
　　儘管它已經流血滴滴，遍是創傷，
　　它依然叫著「自由」，用它全部的力量。

自由，我的心叫道：自由！
充滿它的是對於自由的想望……

像瀕於窒息的人呼求空氣，
像即將渴死的人奔赴水漿，
像枯死的綠草渴望雨滴，
像萎黃的樹木近向太陽，
像幼兒的乳母喚叫孩子，
像離母的嬰孩索要親娘。

我寧願被放逐到窮山僻野，
寧願在天幕下四處流浪，
寧願去住在狐狸的洞裡，
把清風當被，黃土當床，
寧願去撿掘松子和野菜，
跟飛鳥們吃一樣的食糧。
我寧願犧牲一切甚至生命，
只要自由這塊寶在我的身旁。
我寧願讓滿腔沸騰的鮮血，
灑上那冰冷的枯瘠的土地，
寧願把前途、愛情、幸福，
一起拋向這無垠的波浪。
只要我的血像瀝青一樣，
鋪平自由來到人間的道路，
我不惜把一切能夠獻出的東西，
完完全全地獻作她自由的牲羊。

多少世紀，多少年代啊，自由！
人們追尋你像黑夜裡追求太陽，
父親在屠刀的閃光裡微笑倒下，
兒子又默默地繼承父親的希望；
鋼刀已經被犧牲者的筋骨磕鈍，
鐵鏽也已經被囚徒們的皮肉磨光。
多難的土地啊，浸潤著血淚，
山般高的白骨砌堆成獄牆，
埋葬的墳墓裡多少死屍張著兩眼，

為的是沒能看見你，自由的曙光。

你究竟在哪裡？自由！你需要多少代價？

為什麼你竟像影子那麼虛妄？

永遠是恐怖的鐐銬的暗影，

永遠是張著虎口而獰笑的牢房，

永遠是人對他們同類的迫害，

永遠是專制——屠殺——暴政的災殃。

不，你存在，自由啊！我相信你存在，

因為總是有了實體才造成影像，

怎麼能夠相信千百年來

最受到尊敬的高貴的名字，

只不過是一道虛幻的虹光。

那一天啊自由，你來到人間，

帶著自信的微笑高舉起臂膀，

於是地面上所有的鎖鏈一齊斷裂，

囚犯們從獄底裡站起來歡呼解放，

那一天啊，千百萬為你犧牲的死者，

都會在地底下盡情縱聲歡唱，

這聲音將震撼山嶽和河流，

深深地撼動大地的胸膛，

而那些帶著最後的創傷的屍體，

他們睜開的雙眼也會慢慢閉上。

那一天，我要狂歡，讓嗓子喊得嘶啞，

不管我是埋在地下還是站在地上，

不管我是活人還是在死者的行列裡，

我的歌永遠為你──自由而唱。

上一段是客觀敘述他者，這一段換作自我獨白。第三段的主旋律有三道：第一道是對自由渴望的形象化形容，以空氣、水漿、雨滴、太陽、孩子、親娘類比人對自由的本能需求。第二道把自由意志往歷史層面擴張，「山般高的白骨砌堆成獄牆，／埋葬的墳墓裡多少死屍張著兩眼」，將無數世紀無數人民在專制／自由的歷史性抗爭底下累積的噩夢層層掀開。第三道彙整了前兩道旋律，譜出「不自由毋寧死」的詩篇核心旋律，它掙斷「地面上所有的鎖鏈」，喚醒「千百萬犧牲的死者」，共同為自由謳歌。林昭揭舉「實體先於影像」的思想，對作者與讀者而言都極為重要，它源自詩人堅定不移的精神信仰。

> 遠遠地出現了一個黑點，
> 年輕人睜大眼對它凝望，
> 聽見誰輕聲說：是一個島，
> 他的心便猛然撞擊胸膛。
>
> 海島啊！你是個什麼地方？
> 也許你不過是海鷗的棧房，
> 也許你荒僻沒有人跡，
> 也許你常淹沒在海的波浪。
> 但是這一切又算得什麼？
> 只要你沒有禁錮自由的獄牆，
> 只要你沒有束縛心靈的枷鎖，
> 對於我來說你就是天堂。

勇敢的黑眼睛燃燒著光芒，
他走前一步（鐐銬叮噹作響）
暗暗地目測著水上的距離，
對自由的渴望給了他力量。

我能夠游過去麼？能還是不？
也許押送者的槍彈會把我追上，
也許沉重的鐐銬會把我拖下水底，
也許無涯的波濤會叫我身喪海浪，
我能游到那裡麼？能還是不？
我要試一試──不管會怎麼樣！
寧可做逃犯葬身在海底，
也強似在囚禁中憔悴地死亡。
不管付出什麼代價，在我死去之前，
也得要吸一口自由的空氣，
即使我有卅次生命的權利，
我也只有全都獻到神聖的自由祭壇上。

別了，鄉土和母親！別了，愛我的你！
我的祝福將長和你們依傍，
別了，失敗的戰友！別了，不屈的伙伴！
你們是多麼英勇又多麼善良，
可惜我只能用眼睛和心擁抱你們，
願你們活得高傲死得堅強！

別了，誰知道也許這就是永別，

但是我沒法──為了追蹤我們的理想，

啊！自由，宇宙間最最貴重的名字，

只要找到你，我們的一切犧牲，

便都獲得了光榮的補償……

　　第四段的主旋律是敘述者（一個年輕的囚徒）準備反抗枷鎖纏身的命運，在航船與海島之間，「自由」顯現一個稍縱即逝的機會，遠遠的海上黑點是囚徒生與死的全部賭注。林昭以強烈無比的修辭：「即使我有卅次生命的權利，／我也只有全都獻到神聖的自由祭壇上。」闡釋她自由高於一切的價值信念。林昭說到做到，她在不久的未來，將以駭人聽聞的獄中抗爭行動把自己奉獻在「自由祭壇」上。

他握緊雙拳一聲響亮，

迸斷的鐐銬落在甲板上，

他像飛燕般縱到欄邊，

深深吸口氣投進了海洋。

槍彈追趕著他的行程，

波浪也捲著他死死不放，

那個黑點卻還是那麼遙遠……

他只是奮力地洄向前方。

海風啊！為什麼尖嘯狂號？

海浪啊！為什麼這樣激蕩？

臂膊像灌了鉛那麼沉重，

年輕的逃犯用盡了力量。

最後一次努力浮上水面，
把自由的空氣吸滿了肺臟，
馬上，一個大浪吞沒了他，
從此他再沒能游出水上。

押送者停止了活靶射擊，
追捕的小艇也收起雙槳。
難友們化石般凝視水面，
無聲地哀悼壯烈的死亡。

……年輕的伙伴，我們的兄弟，
難道你已經真葬身海洋？
難道我們再聽不見你激情爽朗的聲音？
再看不見你堅定果決的面龐？
難道我們再不能和你在一起戰鬥，
為爭取自由的理想獻出力量？
海浪啊！那麼高那麼涼，
我們的心卻像火炭一樣！
聽啊！我們年輕的兄弟，
悲壯的輓歌發自我們的心房：
記得你，無畏的英烈的形象，
記得你，為自由獻身的榜樣，
記得你啊，我們最最勇敢的戰士，
在一場力量懸殊的戰鬥中，

你從容自若地迎接了死亡。

海浪啊，請撫慰我們年輕的兄弟，

海風啊，把我們的輓歌散到四方，

像春風帶著萬千顆種子，

散向萬千顆愛自由的心房……

　　第五段是流放者中最最勇敢的囚徒開始了爭自由的果敢行動，不畏艱難與犧牲，掙脫鐐銬的束縛游向自由的彼岸。詩篇塑造一個象徵性的人物刻畫其作為，他的行動目的是樹立一個精神標竿，把自由的種子撒播向四方。一首激昂而悲壯的「烈士輓歌」，人類爭取自由的歷史向來如此，不是嗎？林昭在詩歌中預見了自己的命運。

那是什麼？——囚人們且莫悲傷，

看啊！就在年輕人沉沒的地方，

一隻雪白的海鷗飛出了波浪，

展開寬闊的翅膀衝風翱翔。

就是他，我們不屈的鬥士，

他衝進死亡去戰勝了死亡，

殘留的鎖鏈已沉埋在海底，

如今啊，他自由得像風一樣。

啊！海鷗，啊！英勇的叛徒，

他將在死者中蒙受榮光，

他的靈魂已經化為自由——

萬里晴空下到處是家鄉！

最後一段「雪白的海鷗」現身了！「寬闊的翅膀衝風翱翔」、「自由得像風一樣」、「萬里晴空下到處是家鄉」，共同喻擬了「自由」之聖潔、廣闊與不羈精神。「他衝進死亡去戰勝了死亡」是何等英勇的行動！何等高貴的情操！林昭終將以自己的死諫，喚醒滔滔濁世的貪生者與懼死者之良知良能嗎？

整體而言，〈海鷗之歌〉的語言策略與抒情模式，比〈普洛米修士〉更容易被理解被感受；相對而言，〈普洛米修士〉的結構布置與形象思維更加曲折與複雜。兩件文本，一首以「聖徒受難」為核心烘托爭自由之理念與精神，一首以「人間囚犯」的形象昇華為海鷗翱翔的自由象徵，藝術形象之塑造各具特色，藝術能力之展現同樣高超。

（五）林昭被捕與「星火案」

林昭在 1959 年 9 月 26 日回上海養病，甘粹到新疆後發現進了艱辛的農二師勞改營，冒死逃回上海欲與林昭在一起，但林昭母親堅決反對，一星期後沒有戶口與生活來源的「右派分子」只好重返新疆。林昭上海養病時期，與蘭州大學物理系研究生顧雁（上海人，1935-）、歷史系學生張春元（河南人，1932-1970）建立聯繫並會面。林昭母親風聞女兒與激進學生交往，將她帶回蘇州。1960 年年初，林昭終於有機會與落魄潦倒的父親深入交談。「她第一次認真的和崇尚西方法治的父親平心靜氣地交談，醒悟父輩的追求，對自己的革命熱情進行了反思。」（趙銳《祭壇上的聖女》〈林昭年譜〉）

正當總路線、大躍進、人民公社這「三面紅旗」插遍全國，

1959 年至 1961 年間，共和國爆發了令人寒顫的大饑荒，官方歷史稱「三年自然災害」，但深究其實是政治性人為災禍。

　　一九五八年，蘭州大學將部分右派送往農村勞動改造。三十六名右派學生、兩名研究生和化學系講師胡曉愚，共三十九人，分別到了武山、天水兩縣的農村。

　　武山縣自然條件很好，天水至蘭州的鐵路和渭河從東至西橫穿縣境。渭河兩岸的北山和南山之間，是幾十里寬的平川。可是到了農村，學生們才知道農民是多麼貧窮。他們看到十三四歲的女娃沒有衣服穿，光著屁股在村裡走動。特別是人民公社和「大躍進」導致了更大的災難。開始是「撐開肚子吃飯，鼓足幹勁生產」，從一九五九年十月中旬起糧食忽然緊張起來。公社食堂每人每天的糧食從六兩、五兩、四兩減到二兩。人們開始餓死。到了五九年底，糧食就沒有了，食堂僅有大白菜給農民充饑。到六〇年二月間，就完全沒有吃的了。以物理系右派學生何之明勞動的渭河北岸百泉公社百泉大隊（今百泉村）為例，一千多人餓死了近三分之一。

　　這是蘭州大學右派學生們捲入政治漩渦的背景。

　　　　　　　　　　──丁抒〈林昭與《星火》雜誌〉節選

　　張春元、顧雁等人興起了辦刊物的念頭，武山縣的右派學生們合伙買了一部油印機印成首期的《星火》雜誌（十六開本，三十多頁），其中發表了林昭的長詩〈普洛米修士受難的一日〉。張春元發表〈農民、農奴和奴隸──當前農村剖視之一〉，解釋農村出現新興階層──農村無產者的前因後果。化學系學生向承

鑒〈目前形勢及我們的任務〉一文揭露造成社會慘狀的原因：「人民公社化運動實際上是整風、反右運動的必然產物，統治者為了使人民馴服，對人民群眾物質、精神的一切所有實行徹底的剝奪，使人世依附它，並強迫以軍事組織形式將農民編制起來，實行奴隸式的集體勞動。」他們四處搜集各地黨政負責人和民主黨派負責人名單，企圖將一封公開信發送給中共各省（市）委書記。顧雁在〈發刊詞〉中指出：「為什麼曾經是進步的共產黨執政到十年就變得如此腐化反動，在國內怨聲鼎沸，叛亂四起；在國外陷入處處楚歌的境地呢？這是由於把全民的天下當做私有財產，事無巨細，清一色由黨員來管理的結果。這是由於建立偶像迷信壓制民主，形成中央集權法西斯統治的結果。這也是由於政治寡頭們狂妄自大、指鹿為馬、一味倒行逆施的結果。這樣的獨裁統治硬要稱做社會主義的話，應該是一種由政治寡頭壟斷的國家社會主義，與納粹的國家社會主義屬於同一類型，而與真正的社會主義毫無共同之點。」（節選）

〈林昭案加刑材料摘錄〉中記載著：

（林昭）主要罪行：留校察看後，不思悔改，書寫反動長詩〈海鷗〉汙蔑攻擊反右鬥爭，並寄給蘭州的右派分子孫和進行散布。

蘭州反革命集團為首者張春元，59年下半年專程來滬聯繫，即氣味相投，表示盡力支持。張回蘭州前，林贈與一本現代修正主義綱領草案及自己寫的（惡毒攻擊黨和社會主義制度）反動長詩〈普洛米修士受難的一日〉。後張春元、顧雁參考此書公然提出「要在中國實現一個和平、

民主、自由的社會主義社會」並將林之反動長詩編印在反動的《星火》刊物上。

張春元的未婚妻譚蟬雪（1934-2018）出生廣東開平，試圖將饑荒實情向外界曝光，1960 年 6 月底預備偷渡香港計劃未成被捕，7 月中旬張春元南下營救譚蟬雪亦被捕。「由於他們是右派，沒有合法身分證，他們曾私刻蘭州大學黨委、天水地方政府的公章，偽造介紹信，出門時用的是假證件。當局逮捕譚蟬雪、張春元後花了兩三個月才弄清其真實身分。」（丁抒〈林昭與《星火》雜誌〉）9 月 30 日武山、天水的這批學生全部被抓，同時還搜捕了數十名對中共不滿、支持他們的當地農民。1960 年 10 月 24 日林昭因兩首詩牽涉其間，以「陰謀推翻人民民主專政罪」在蘇州落網。1961 年 12 月初，「星火反革命集團案」二十五人被判刑，張春元無期徒刑，向承鑒十八年徒刑，顧雁十七年徒刑，譚蟬雪十四年徒刑。武山縣委副書記杜映華因為與這些學生有過交流，判刑五年，刑滿後留在監獄「就業」當工人。1970 年 3 月張春元被指控「在監內進行第二次反革命活動」，杜映華與張春元用紙條傳遞消息，兩人被處決於蘭州。

在林昭母親努力下，1962 年 3 月 5 日，當局同意林昭保外就醫，母親和妹妹彭令範去上海靜安分局接她，林昭堅決不肯回家。「在分局的門房內折騰了半天，姊姊對母親說：『你怎麼這樣天真，他們放我出去仍要抓我進來的，何必多此一舉！』後來公安人員說，你們想法把她帶走就是了。但姊姊拖住了桌子腿執意不走，我和母親根本拉她不動。最後由母親請一位朋友家裡的花匠來，硬把她按上三輪車載回家裡。」（彭令範〈姊姊，你是我心中永遠的痛〉）9 月在蘇州，林昭與從勞改農場釋放回來的「摘

帽右派」黃政，共同起草《中國自由青年戰鬥同盟》的綱領和章程，林昭還制定〈行動計劃〉、〈初期組織形式〉等文件；11月8日林昭再度入獄，因於上海提籃橋監獄不許親人探監。林昭受到日夜雙手反銬（甚至兩副反銬，時而平行時而交叉）的非人道待遇；最長紀錄發生在第四次鐐銬：1964年11月10日至1965年5月26日，長達一百九十八天。1965年5月31日法院以「反革命罪」宣判林昭二十年徒刑，林昭拒不認罪，數度自殺絕食，公然喧囂反動口號，書寫大量反革命日記、詩歌、文章，1968年4月19日加刑改判死刑。她在接到判決書時，留下最後一份血寫的遺書：〈歷史將宣告我無罪！〉。

　　1965年12月24日刑滿之後的張元勳，依然被強留在勞改隊裡「繼續改造」；1966年5月6日，張元勳藉一年只准一次的回鄉探親假，以「林昭未婚夫」的名義，偕同許憲民來到監獄探望。在二十名武裝軍警列隊戒備中，林昭渾身縞素出場，「她的臉色失血般地蒼白與瘦削，窄窄的鼻梁及兩側的雙頰上的那稀稀的、淡淡的幾點雀斑使我憶起她那花迎朝日般的當年！長髮披在肩膀上，散落在背部，覆蓋著可抵腰間，看來有一半已是白髮！披著一件舊夾上衣（一件小翻領的外套）已破舊不堪了，圍著一條『長裙』，據說本是一條白色的床單！腳上，一雙極舊的有絆帶的黑布鞋。最令人注目而又不忍一睹的是她頭上頂著的一方白布，上面用鮮血塗抹成的一個手掌大的『冤』字！這個字，向著青天，可謂『冤氣沖天』！」、「她說：『我怎麼能抵擋得了這一群潑婦的又撕、又打、又掐、又踢，甚至又咬、又挖、又抓的瘋狂摧殘呢？每天幾乎都要有一次這樣的摧殘，每次起碼要兩個小時以上，每次我都口鼻出血、臉被抓破、滿身疼痛，衣服、褲子都被撕破了，鈕扣撕掉，有時甚至唆使這些潑婦扒掉我的衣

服，叫做「脫胎換骨」！那些傢伙（她指著周圍）在一旁看熱鬧！可見他們是多麼無恥，內心是多麼骯髒！頭髮也被一絡一絡地揪了下來。』說到這裡，林昭舉手取下頭上的『冤』字頂巾，用手指把長髮分理給我看：在那半是白髮的根部，她所指之處，乃見大者如棗，小者如蠶豆般的頭髮揪掉後的光禿頭皮。」（張元勳〈北大往事與林昭之死〉）

1966 年 5 月 16 日史無前例的文革展開，林昭母親許憲民被批鬥、毆打、抄家，停發工資，9 月服利眠靈自殺，獲救。12 月底妹妹彭令範獲准探監，這是林昭與外界的最後聯繫。

（六）林昭獄中血書

林昭最初被捕時關押在上海靜安分局，入獄一年多後才被允許寫信給家人；母親每次探監都很沮喪，因為得知林昭在獄中表現很壞。林昭每次寫信都向家人索要白被單，家人後來才知道，林昭用牙刷柄在水泥地上磨尖後刺破血管，把被單撕成一條條用來寫血書，手腕、手臂上全是切口留下的疤痕。林昭曾對妹妹說：「如果需要，我還是要寫血書，因為讓血流到體外比向內心深處流容易忍受。」1968 年 4 月 29 日上午，林昭被三、四個武裝人員從病床上強行架起，立即開了公審大會，隨後祕密槍決，當時體重不足七十磅。

林昭獄中書寫的〈鮮花開在悲壯的五月〉、〈基督還在世上〉、〈不是練習——也是練習〉、〈練習二〉、〈練習三〉等，作為罪證還鎖在官方檔案庫裡。少數外流資料中有一封索食信〈齋齋我〉，字字血淚，可當作「詩的真實」來閱讀：

見不見的你弄些東西齋齋我，我要吃呀，媽媽！給我

燉一鍋牛肉，煨一鍋羊肉，煮一隻鹹豬頭，再熬一、二瓶豬油，燒一副蹄子，烤一隻雞或鴨子，沒錢你借債去。

......

魚也別少了我的，你給我多蒸上些鹹帶魚，鮮鯧魚，鱖魚要整條的，鯽魚串湯，青魚白蒸——總要白蒸，不要煎煮。再弄點鰲魚下飯。

月餅、年糕、餛飩、水餃、春捲、鍋貼、兩面黃炒麵、粽子、糰子。糧票不夠你們化緣去。

酥糖、花生、蜂蜜、枇杷膏、烤麩、麵筋、油豆腐塞肉、蛋餃，蛋炒飯要加什錦。

香腸、臘腸、紅腸、臘肝、金銀肝、鴨肫肝、豬舌頭。

黃鱔不要，要鰻魚和甲魚。統統白蒸清燉，整鍋子拿來，鍋子還你。

——等等，放在汽車上裝得來好了。齋齋我，第一要緊是豬頭三牲，曉得吧媽媽？......

嘿！寫完了自己看看一笑！——塵世幾逢開口笑？小花須插滿頭歸！還有哩：舉世皆從忙裡老，誰人肯向死前休！

致以女兒的愛戀，我的媽媽！

不讓你來，你看見到我的信請略寫幾筆寄我，親愛的媽媽，我不相信他們。

一月十四日燈下

這難道不是詩？當然是詩！林昭在獄中餓壞了，無論身體或心靈；身體極餓顯現於對豐盛食物的幻想，心靈極餓流露於渴望得到關懷者的信。舉國蒙昧濁世滔滔，一個清潔的靈魂在人間煉

獄中，依然保持她的貞定之心，剛正之魂。彭國彥自盡後，林昭在襯衣上以血畫下靈位，放置於牢房牆角祭拜；「第一要緊是豬頭三牲，曉得吧媽媽？」暗中表達了思親之情，她甚至不敢明說，因為信件要經過層層檢查；林昭加刑材料中標記了彭國彥是「反革命」，反革命不允許被同情。

〈自誄〉　林昭，1964.2血書

眼枯見骨，心死成灰，抱病鬱痛，天乎冤哉。
家國多難，予生也哀，素絲欺墨，歧途方回。
失足自憐，回頭百年，初心似水，指證蒼天。
永晝頻迫，夙夜憂煎，意存碧落，恨窮黃泉。
作賊奈河，百身莫贖，坐令我眾，遘此楚毒。
風塵寂寞，天涯淪落，黍離歌殘，銅駝沒綠。
故劍茫茫，故園就荒，舉世無道，我適何邦。
窮途猖狂，載哭興亡，九畹荒穢，五內摧傷。
百慮重憂，謂我何求，慟念來日，血淚交流。
已歌燕市，無慚楚囚，子期不見，江波悠遊。
惡不能報，憤不忍說，節不允改，志不可奪。
書憤瀝血，明志絕粒，此身似絮，此心似鐵。
自由無價，年命有涯，寧為玉碎，以殉中華。
山川梓鼓，河嶽鳴笳，魂化杜鵑，腸斷桑麻。
風雨長宵，平旦匪遙，捐生取義，豈俟來朝。
志節皓皓，行狀皎皎，正氣凜冽，清名孔昭。

「誄」是哀祭韻文，〈自誄〉乃林昭自我哀祭。四言詩具有

莊重內斂的語調節奏與精神氣質，文言書面語簡練大氣，一步一腳印深沉哀婉的歌吟聲音，聽者聞其聲如見其人，詩人身影及其真誠詠嘆如在目前。詩中運用了不少古典漢詩的文化象徵符號：「素絲」、「歧途」、「黍離」、「銅駝」、「九畹」、「燕市」、「楚囚」、「杜鵑」、「桑麻」，將當代歷史經驗與傳統文明精神銜接起來，煞煞風雨聲從遠古浩蕩傳來迎面撲送。「自由無價，年命有涯，寧為玉碎，以殉中華」，後來被陰刻在林昭墓石背面。

〈自由頌〉　林昭，1965獄中絕食甦醒後血書題壁

生命我所重，愛情彌足珍；但為自由故，敢惜而犧牲。
生命似嘉樹，愛情若麗花；自由昭臨處，欣欣迎日華。
生命巍然在，愛情永無休；願殉自由死，終不甘如囚。
生命蘊華彩，愛情熠奇光；獻作自由祭，地久並天長。

此詩演繹匈牙利愛國詩人裴多菲・山多爾（Petőfi Sándor，1823-1849）詩句：「生命誠可貴，愛情價更高；若為自由故，兩者皆可拋。」不同者，林昭將愛與自由等價齊觀。自由的對立面是極權，極權體制能限囿人身自由摧毀生命，但無法禁制生命對人間懷抱大愛，這是自由的永恆勝利。林昭「自由之愛」的堅定信念，強烈對比於中國共產黨「解放之恨」的殘酷實踐。

中共建政之初，「政府鼓勵民眾寫信給警察和報紙，揭發鄰居或朋友，並可獲得獎勵。」，「在河北，解放之後的一年內，有兩萬多人被祕密處決。不久，各地殺人規模開始迅速擴大。」（馮克《解放的悲劇》引河北省檔案館資料）1950年3月中共發出〈關於剿滅土匪建立革命新秩序的指示〉，10月通過〈關於鎮

壓反革命活動的指示〉，開始動用軍隊進行「鎮壓反革命運動」。「毛規定了一個大概的殺人指標，作為各地行動的依據。毛認為，總的來說，通常應該殺掉總人口的千分之一，但這個比例可以根據各地的情況上下浮動。各地對殺人的情況進行統計後上報中央，中央有時會要求殺得更多。例如：一九五一年五月，廣西的殺人比例已經達到了千分之一•六三，但中央仍指示要多殺些。貴州因為發生了較多的民眾反抗事件，因此向中央申請殺掉千分之三，而柳州地區則要求提高到千分之五。」（馮克《解放的悲劇》）鎮反運動持續到 1953 年。1954 年 1 月 14 日公安部副部長徐子榮一份報告稱：「鎮反運動以來，全國共捕了 262 萬餘名，其中共殺反革命分子 71.2 萬餘名，關了 129 萬餘名，先後管制了 120 萬。捕後因罪惡不大，教育釋放了 38 萬餘名。」毛澤東也說：「殺了 70 萬，關了 120 萬，管了 120 萬」。薄一波 1952 年秋提到，鎮反運動被殺者超過二百萬人。

1950 年 6 月，第一屆中國人民政治協商會議第二次會議上，毛澤東堅持以發動群眾暴力鬥爭的方式推行土改運動，6 月 30 日頒佈《土地改革法》，「土地改革運動」如火如荼展開。「至一九五一年底，全國被剝奪財產的地主超過一千萬人，百分之四十以上的土地被重新分配。至於土改運動中到底有多少人被殺，則永遠是個未知數。從一九四七年到一九五二年間，至少有一百五十萬至兩百萬人死亡，此外還有數百萬人被貼上剝削階級和敵人的標籤，一生吃盡了苦頭。」（馮克《解放的悲劇》）1953 年起，中共實施土地集體所有制，強制施行農產品統購統銷政策和農業合作化運動，再次剝奪農民無償分得的土地。

林昭以鮮血書寫〈自由頌〉，表達詩人獻身祭壇的決心。林昭對探監的張元勳說：「我隨時都會被殺，相信歷史總會有一天

人們會說到今天的苦難！希望你把今天的苦難告訴給未來的人們！並希望你把我的文稿、信件搜集整理成三個專集：詩歌集題名《自由頌》、散文集題名《過去的生活》，書信集題名《情書一束》。」《過去的生活》是思想反省，《自由頌》是理想追求，《情書一束》是愛之懷抱，三者共同組成了林昭的精神宏圖。從林昭的生命史與文本建構觀察，其精神圖像除了個人堅毅不屈的性格，也內蘊著基督教信仰與中國傳統文化，三者缺一不可。「作為一個有良知和勇氣的北大學生，她是我們中一個最偉大的代表，在她身上紀錄著一個國家、一個民族最深重的苦難。作為一個實有的象徵，她是使所有志在推進中國民主化的志士仁人的一個永垂不朽的榜樣。而榜樣的力量應該是無窮的。沈澤宜2008.8.20」（趙銳《祭壇上的聖女》附件三）

　　林昭的妹妹回憶往事：「1968 年 5 月 1 日，我從鄉下回滬休假。下午二時左右，我聽到有人在樓下叫母親的名字，我就開門出去，上來一位公安局人員，他問是林昭家屬嗎？收五分錢子彈費。母親問：『什麼？』，我非常冷靜地從抽屜裡拿出五分錢給他；當母親意識到發生了什麼事後立即昏厥過去。」（彭令範〈姊姊，你是我心中永遠的痛〉）

三、見證歷史真相，守護核心價值

　　中共建國以來，不斷推動暴力血腥的階級鬥爭，假借人民民主專政（無產階級專政）之名實行一黨專政的極權體制，剝奪1954 年頒布的《五四憲法》保障之法律平等權、宗教活動權、言論自由權、公民的選舉權與被選舉權。極權主義政治正向壓迫詩人言說之自由，並反向擴張詩人言說之邊界；政治體質與受難心

靈從裡到外將詩人纏繞，並滲透到詩篇的字行之間。這些無畏時代環境壓迫的詩篇，從 1950 年代連貫到二十一世紀，定格了既真實又虛無的連結個人小敘述與國族大敘述的決定性瞬間。

　　政治體質與受難心靈，不是觀察中國百年新詩的唯一視域，卻是最重要的視域。抗戰年代的民初詩人，政治體質與受難心靈即很鮮明。共和國詩人從第一代至第四代，政治體質與受難心靈更加顯著。歸來的詩人，政治體質萌芽於民初時期，受難心靈流露於共和國時期，前後相續。但真正的詩人無懼政治意識形態的壓迫，堅持自由寫作，彰顯「見證歷史真相，守護核心價值」的詩歌精神。

【參考文獻】

許覺民編，《林昭，不再被遺忘》（武漢：長江文藝出版社，2000 年）

許覺民編，《走近林昭》（香港：香港明報出版公司，2006 年）

胡杰，〈解說詞全文〉《尋找林昭的靈魂》DVD（香港：香港中文大學中國研究服務中心，2003 年）

張元勳，《北大一九五七》（補充版）（香港：香港明報出版公司，2005 年）

孟浪、余杰編，《詩與坦克》（香港：晨鐘書局，2007 年）

趙銳，《祭壇上的聖女——林昭傳》（臺北：秀威資訊，2009 年）

甘粹，《北大魂：林昭與「六・四」》（臺北：秀威資訊，2010 年）

沈澤宜，《北大，五・一九》（香港：天行健出版社，2010 年）

譚蟬雪，《星火：蘭州大學「右派反革命集團案」紀實》（美國：國史出版社，2016 年電子版）

連曦，《血書：林昭的信仰、抗爭與殉道之旅》（新北：臺灣商務印書館，2021 年）

馮克著；蕭葉譯，《解放的悲劇：中國革命史 1945-1957》（新北：聯經出版公司，2018 年）

芒克，《芒克的詩》（北京：人民文學出版社，2009 年）

北島，《守夜》（香港：牛津大學出版社，2009 年）

顧城著；顧工編，《顧城詩全編》（上海：上海三聯書店，1995 年）

楊煉，《易》（臺北：現代詩季刊社，1994 年）

韓東，《重新做人》（重慶：重慶大學出版社，2013 年）

西川，《開花》（臺北：秀威資訊，2015 年）

朵漁，《感情用事》（成都：四川文藝出版社，2016 年）

李龍炳，《李龍炳的詩》（成都：四川文藝出版社，2011 年）

巫昂，《乾脆，我來說》（太原：北岳文藝出版社，2013 年）

昆鳥，《公斯芬克斯》（上海：上海人民出版社，2016 年）

張清華主編，《中國當代民間詩歌地理》（北京：東方出版社，2015 年）

第四章【共和國新詩1963-1998】
從地下文學到先鋒詩歌

一、發跡於文革時期的地下文學

（一）文革話語：紅衛兵詩歌

　　《寫在火紅的戰旗上——紅衛兵詩選》是共和國「文化大革命」的產物，編定於1968年12月，內收文革之初1966-1968年，三年間全國範圍內寫作的紅衛兵詩歌九十八首。這本歷史性詩選是由當時北京的《紅衛兵文藝》編輯部獲「官方」許可，出版發行的結集，詩篇內容反映了一個時代階級鬥爭的血腥殘暴和恐怖激情。「按著滴血的傷口，／朝著北方，你英勇地倒下了……／鮮豔的毛澤東思想紅衛兵的袖章，／已被滾燙的熱血浸透！／／一把血淋淋的尖刀，插進了你的咽喉！／……白色的花圈和輓聯，／已經擺滿你躺下的街頭。／……你親愛的媽媽，一滴眼淚也沒有，她咬著不屈的嘴唇，和我們一起遊行示威，／迎著朝霞，走在最前頭……」詩題為〈請鬆一鬆手——獻給抗暴鬥爭中英勇犧牲的戰友〉，它反映的時代氛圍是1967年「七‧二〇事件」前後湖北省武漢地區的武鬥風暴：

　　　3、4月份，「工人總部」與「百萬雄師」兩派組織的衝突

白熱化，戰鬥流血事件頻頻發生，最後導致震動全國的反對「中央代表團」事件──「七・二○事件」。王力被定名為保守派的「百萬雄師」群眾包圍，武漢軍民一起湧上街頭，數千輛大卡車載著頭戴柳條帽、手持長矛的工人、農民，以及駐武漢部隊指戰員排成四路縱隊，舉行示威遊行，「打倒王力」的口號響徹武漢三鎮上空。7月27日中共中央、中央軍委、中央文革發出〈給武漢市革命群眾和廣大指戰員的一封信〉，支持造反派打倒陳再道。同日，撤銷武漢軍區司令陳再道、政委鍾漢華的職務。武漢軍區所轄獨立師被打成「叛軍」，徐向前元帥等人被誣為「黑後臺」。湖北全省在「七・二○事件」後被打傷殘打死的幹部、軍人、群眾達184,000餘人。（楊健《文化大革命中的地下文學》）

殘酷的武鬥流血衝突的背後是政治集團的權勢角力，在共產主義思想指導下，人的身體與意識均被籠罩在「階級鬥爭」之中，緣此而產生了暗昧躁進的以「文革話語」書寫的紅衛兵詩歌。「撒！撒！撒！／撒下的火種要開花。／撒！撒！撒！／撒下的仇恨要爆炸！／撒下的利刃光閃閃，／刀刀向著劉鄧殺！」、「拿起滾子，用足力氣，／壓過去！壓過去！壓過去！／……啊，革命的壓路機，／你開鬧！開鬧！開鬧！」對文革運動的反思必然引發掙脫「集體話語」的獨立意識，拋棄極左的語彙與思維，尋索自由表達的契機；文革時期的「地下文學」，即民間建立「個人話語」的努力。共和國先鋒詩歌的緣起必須安放在這個位置觀察，才能明瞭其後所衍伸的一系列文化命題和歷史脈動所象徵的意義。

（二）裂變與覺醒：地下文學

1、伸張自由意志的地下文學

地下文學是與官方文學對峙的文化現象，它彰顯被壓抑的、被排斥的另類話語，潛伏的真實聲音在地層下艱難流竄；它以豐富強悍的生命力穿透文化專制的重重查禁，為時代悲劇留下證詞。它通過一系列的痛苦裂變產生心靈覺醒，進而形成最初的批評意識。由於極權政治的高壓統治塑造的殘酷現實，與文革階級鬥爭對文化實存的摧殘掃蕩造成文化參照系匱缺諸多因素，使得地下文學的探索多數侷限於體制內部的道德區分，或將災難歸諸特定時期的思想辯證，難以真正觸及極權政體的邪惡本質。在這種情況下，自由意識在寫作中的作用往往面目模糊，當自我意識得到局部伸張時也就難以把持追求精神自由的堅定立場。這也造成了 1978 年底創刊的《今天》文學雜誌，1980 年被迫停刊後無以為繼的局面。創辦者之一芒克曾經說過：

> 我想到我們當初之所以要辦《今天》，就是要有一個自己的文學團體，行使創作和出版自由的權利，打破官方的一統天下。我和北島私下也多次說過，決不和官方合作。現在抓的抓，散的散，看到我們想幹的事就這樣收場，怎不叫人感到失望！最困難的情況都挺過來了，但有的人終於還是經不住俗慾的誘惑。
>
> 北島和我有過議論。他主張盡可能在官方刊物上發表作品，這同樣會擴大我們的影響。他有他的道理。但我認為這最多只能是個人得點名氣，於初衷無補。（芒克，《傾向》9期）

《今天》文學雜誌創刊對以官營「遵命文學」為代表的意識形態話語形成第一次強烈衝擊，它出現的時代背景是文革剛剛結束文化專制稍稍鬆綁的短暫空隙。1978年底在北京「民主牆運動」時期崛起了一批民間刊物，包括《啟蒙》、《今天》、《四五論壇》、《沃土》、《北京之春》、《中國人權同盟》、《探索》，此即所謂「七大民刊」；這些民刊旋即在1979年被定性為非法刊物、反動刊物遭到取締。《今天》文學雜誌由北島（本名趙振開，1949-）、芒克（本名姜世偉，1950-）、黃銳（1952-）共同創辦於1978年12月23日，1980年9月12日被官方勒令停刊，公開發行了九期，1980年10-12月又油印了三期《今天文學研究會（內部交流資料）》。《今天》持續二年的文學活動最引人注目者，是催生了被評論者籠統稱呼的「朦朧詩」。它重新挖掘被殘酷歷史壓抑許久的生活情感、人性尊嚴、個體心靈，文化傳統諸命題，對「人」的基本價值的確認引發全國性共鳴。對這一股新詩潮，謝冕（1932-）稱呼為「一批新詩人在崛起」，孫紹振（1936-）進一步衍伸為「新的美學原則在崛起」。深究其實，在審美價值求索的背後隱約貫穿著「自由意志」伸張的命題，它對極權政體實施的文化專制造成潛在威脅。

　　在《今天》文學雜誌與《今天文學研究會（內部交流資料）》，曾經刊登詩作的年輕詩人依序有：舒婷、芒克、北島、方含、艾珊、江河、齊雲、凌冰、吳銘、阿丹、飛沙、小青、南獲、程建立、易名、古城、白日、晨星、夏樸、洪荒、楊煉、英子、顧城、嚴力、白夜（多多），較年長詩人有二位：喬加（蔡其矯）、食指（郭路生），其中年輕詩人被統稱為廣義的「今天詩群」。1988年12月《今天》創刊十週年頒發《今天》文學獎給多多（本名栗世征，1951-），這是多多參加《今天》文學雜誌活動的唯一紀

錄，多多本人並不認同自己屬於「今天詩群」。

　　廣義的「朦朧詩群」，以 1985 年出版的《朦朧詩選》（春風文藝出版社）為標誌，除北島、芒克、顧城、舒婷、江河、楊煉之外，還收錄了梁小斌、傅天琳、李鋼、王小妮、徐敬亞、呂貴品、駱耕野、邵璞、王家新、孫軍武、葉衛平、程剛、謝燁、路輝、島子、車前子、林雪、曹安娜、孫曉剛的詩作。

2、地下文學時期的詩人簡介

　　由於歷史條件的侷限性，地下文學時期的詩文本，「自由」通常以比較模糊的隱喻形態呈現，從極權體制對自由的禁制，對身體、思想、心靈無所不在的侵擾占領的直覺體驗上作出或悲沉、或憤怒、或懷疑的回應。依年代序，列舉地下文學時期的四位詩人進行歷史性回顧：

（1）郭世英（1941-1968）

　　郭世英是中國共產黨重要文化旗手郭沫若之子。郭世英在 1963-1965 年間接受勞動改造的西華農場黑板報上，留下一首曾經被誤解為兒歌的沉慟悲歌〈小糞筐〉，其內涵至今仍未獲得照明：「小糞筐，／小糞筐，／糞是孩兒你是娘。／迷人的糞合成了堆，／散發五月麥花香。／／小糞筐，／小糞筐，／清晨喚我來起身，／傍晚一起回床旁。／／小糞筐，／小糞筐，／你給了我思想，／你給了我方向，／你我永遠在齊唱。」

　　郭世英 1962 年進入北大哲學系就讀。當時全國掀起運用「一分為二」觀點解決一切問題的哲學熱潮，郭世英在這種氣氛下組織同學認真討論了許多疑惑，他們把自己命名為：X 小組（按郭世英的說法，X 是未知數）。他們研究：社會主義的基本矛盾是

不是階級鬥爭？大躍進是成功了還是失敗了？毛澤東思想能不能一分為二？什麼是權威？等等。這裡顯示出自由意志的初步伸張，自覺地撥開政治意識形態密不通風的圍困，探索生存意義和人的價值等基本命題。

郭世英思想敏銳，對時代鬥爭的氛圍感受強烈，心中常存無法開解的矛盾；1963年3月6日在心理課堂上他寫下了一首心理自剖的詩，顯現他的坦誠性格：「我是一塊石頭／還是一個惡魔／剛剛吸乾了自己的血漿／卻又把毒刺／伸向了那顆幼弱的心窩／……／我是什麼？／是石頭？／魔？／我恢復了一刻的青春／用別人的心痛」（〈我是一塊石頭〉節選）。郭世英將社會批判建立在自我批判之上，詩歌富有真情實感。

X小組的討論不久被檢舉，主要成員張鶴慈、孫經武各判勞動教養兩年，郭世英按「人民內部矛盾處理」下放農場勞教一年（期滿他自動再延一年，我推測他不想沾家庭背景的光，渴望與伙伴們刑期一致）。二年勞改後郭世英從北京大學轉學到農業大學就讀，但遭遇同學的孤立與人身攻擊。1967年4月7日，郭世英的弟弟郭民英在軍中以衝鋒槍自戕，心痛之餘郭世英寫下極度糾結的哀悼詩：

〈獻給郭民英〉節選　郭世英，1967

蛇／黑色　透明的黑色／白色的閃光　冰冷的閃光／纏住了　我的心／兩隻張大的眼睛／纏住了　我的心／越來越緊了／四處亂抓的兩隻手／沒有　什麼也沒有／喉頭裂開了／聲帶撕開了／發不出聲／掙獰地從胸中／擠出可怕的聲音／嗯……呵……啊／微弱的聲音／怕人的聲音／想要

撒地打滾╱掙扎著翻身╱石頭　壓著　無力翻╱無力╱冰冷的蛇　纏著心╱漫漫的蠕動╱冰冷的蛇　冷笑的面孔

　　郭民英有藝術天分，曾經是中央音樂學院的學生，因為帶錄音機到學校聽西洋音樂被同學檢舉，感到環境的巨大壓力遂決定棄藝從武，參加海軍行列，最後仍然逃脫不了軍中思想檢查的重壓。民英的死讓郭世英對社會環境更加絕望，詩裡流露出來的痛苦幾乎是雙倍的重量；但這種痛苦卻不是因為死亡，而是因為周圍「冷笑的面孔」。全詩結束於：「啊！那是自己的身體╱一隻手撕開了　自己的身體╱抓住了蛇！　抓住了心！╱用力　回身╱撕開了╱啊！　那是自己的身體╱一隻手撕開了自己的身體╱抓住了蛇！抓住了心！╱用力　回身╱碎了　碎了　碎了╱心　心　碎了╱碎了　碎了　碎了╱世界　世界碎了╱只剩下兩隻眼睛╱恐怖的眼睛」。這首詩寫出文革初期，人在無形牢獄中身體與心靈所承受的恐怖煎熬。

　　郭世英對來家裡探訪的知心朋友周國平（1945-）說：「這件事一出，對於我們又是一個階級烙印！我們班的同學想整我，這下多了一條理由。」不久郭世英就出事了，直接因素是他打電話給朋友時說了幾句英語，被同學聽見誣衊他裡通外國，慘遭暴力學生的恐怖私刑。「1968年4月22日在農業大學私設的牢房中，他被四肢捆綁在椅子上，輪番批鬥，連續三天三夜，受盡人身凌辱。然後，人反綁著從關押他的三樓窗口中，『飛』出來……死時年僅26歲。」（楊健《文化大革命中的地下文學》）

　　郭世英在農場勞動中肯定掏過糞，引發靈感──糞筐是娘、糞是孩兒，糞筐怎麼能給人思想給人方向呢？這是對極權體制最凌厲的諷刺！它迫害人的身心，強制所有個人應合它──齊唱；

人的存在被集體異化為一堆糞，任糞筐操作搬運。這首詩的情感重量和思想深度瓦解了政治意識形態的禁錮，揭穿中共極權體制的真面目。郭世英的父親郭沫若，在兒子死後，「為了寄托和排遣哀情，在幾個月的時間裡，他天天端坐在書桌前，用毛筆抄寫世英在農場期間的日記和家書。」（周國平《歲月與性情》）

（2）黃翔（1941-）

　　1978 年 10 月 10 日，黃翔與路茫等人從貴州來到北京，次日在王府井大街原《人民日報》門口張貼第一份《啟蒙》大字報，並散發第一份民刊《啟蒙》。11 月 24 日在天安門廣場，黃翔宣布成立解放後第一個民主社團「啟蒙社」，並親自在天安門廣場懸掛出兩條大型標語：「毛澤東必須三七開」、「文化大革命必須重新評估」，為共和國民牆運動掀開序幕。這其間，他將創作於文革中的長篇〈火神交響詩〉全稿以大字報形式張貼在王府井大街，首度公開反對偶像崇拜和個人迷信，第一次響亮地提出人的尊嚴和精神自由的命題：「啊火炬　你伸出了一千雙發光的手／張大了一萬條發光的喉嚨／／喊醒大路　喊醒廣場／喊醒一世代所有的人們──／／被時間遺忘和忘了時間的／思想像機械一樣呆板的／／情感像冰一樣凝固的／血像冰一樣冷的／／臉上寫著憤怒的沉靜的／嘴角雕著失神的絕望的／／生命像春天一樣蓬勃的／充滿青春活力的／／還有那些濺滿汙泥的躑躅的腳／和那些成群結隊徘徊的影子／／連同那些蒙著塵沙的眼睛／和那些積滿著汙垢的心／／啊火炬　你用光明的手指／叩開了每間心靈的暗室」（黃翔〈火炬之歌〉，1969）。

　　黃翔以詩章直面批判文化大革命與極權體制：

〈我看見一場戰爭〉節選　黃翔，1969

我看見一場戰爭　一場無形的戰爭

它在每一個人的臉部表情上進行著

在無數的高音喇叭裡進行著

在每一雙眼睛的驚懼不定的

眼神裡進行著

在每一個人的大腦皮層下的

神經網裡進行著

它轟擊著每一個人　轟擊著每一個人身上的

生理的和心理的各個部分和各個方面

它用無形的武器發動進攻　無形的刺刀

大炮和炸彈發動進攻

這是一場罪惡的戰爭

它是有形的戰爭的無形的延續

它在書店的大玻璃櫥窗裡進行

在圖書館裡進行　在每一首教唱的歌曲裡進行

在小學一年級的啟蒙教科書上進行

在每一個家庭裡進行　在無數的群眾集會上進行

在每一個動作　每一句臺詞都一模一樣的

演員的藝術造型上進行

我看見刺刀和士兵在我的詩行裡巡邏

在每一個人的良心裡搜索

　　這些詩篇當時引起極大騷動，黃翔回憶當時情景：「搞民主
牆的時候和他們都很熟，那時他們還沒成名，顧城見到他時張開

雙臂給了他一個擁抱，激動地說：『〈世界在大風大雨中出浴〉簡直是中國的惠特曼！』不久顧城和楊煉約好在前門等他，他因忙失約了，後來顧城寫信給他說：『我們像等候英雄似的在前門等了你兩個鐘頭。』」（秋瀟雨蘭〈荊棘桂冠〉）

黃翔1968年寫下的〈野獸〉，可以作為瞭解黃翔抗暴心境與精神狀態的重要參考，一隻始終活在被壓抑被追補狀態下不斷突圍的猛獸：

> 我是一隻被追捕的野獸
> 我是一隻剛捕獲的野獸
> 我是被野獸踐踏的野獸
> 我是踐踏野獸的野獸
>
> 一個時代撲倒我
> 斜乜著眼睛
> 把腳踏在我的鼻梁架上
> 撕著
> 咬著
> 啃著
> 直啃到僅僅剩下我的骨頭
>
> 即使我只僅僅剩下一根骨頭
> 我也要哽住一個可憎時代的咽喉

黃翔1980年〈並非失敗者的自述〉一文，陳述他被侮辱被迫害的經過：其父黃先民早年留學日本為國民黨將領，1948年國

共瀋陽戰役中被俘，關押後祕密槍決。黃翔跟著貧病交加的養母長大，從小被定性為有罪（黑五類），沒有資格念中學。十八歲時受不了環境的閉塞，擅自遠離家鄉尋找新世界，卻被以「畏罪潛逃的現行反革命分子」誣告監囚三年多；因為找不到「法律」根據判刑，又被送去「勞動教養」。勞教解除後回到社會上，成為沒有戶口、沒有工作的邊緣人。黃翔自陳：「我的檔案像鬼影一樣到處跟蹤著我，糾纏著我。它被放在廣大的社會環境中，人們一看見它，就視我為『階級敵人』──他們假想中的然而卻被當了真的『敵人』。啊！痛苦！我像一隻野獸一樣到處被『追逐』。」黃翔的抗暴激情緣自看透時代殘酷的根本因素：文化蒙昧和極權專制。文革一爆發，黃翔立刻被打入「現行反革命分子」，他的兒子感冒，醫院拒收，收了也無心為「狗崽子」診治，後來莫名其妙病逝。黃翔不顧一切衝出監牢來到停屍間：「我揭開小小的棺蓋，見他七孔流血地躺在木板上，眼睛流血！鼻孔流血！嘴巴流血！耳朵流血！嘴裡還插著根管子，是抽肚子裡的氣的。我不忍看這種慘狀，我哭了，嚎啕大哭了；然而我的哭也沒有獲得允許。」、「我的孩子的死亡，是一個人的死亡，是成千上萬血肉和精神的嬰兒的死亡！它是我自傳中永遠不乾涸的血滴。」（黃翔〈並非失敗者的自述〉）

黃翔的自由意志始終頑強，僅管被送過精神病院，接受麻木神經的痴呆性「政治治療」，前後六次關進監獄，最終被中共當局放逐，現今在美國流浪。但黃翔自由了嗎？黃翔的自由意識是生命意識的自然奔湧，在他的詩篇裡有很清晰的線索：「自由從逃離它自身中重獲自己。／夢境邊緣的焦灼衝擊中心／平靜的一瞬恣肆／永恆」（黃翔〈自由從逃離它自身中重獲自己〉），這是具有審美精神的自由理想境界。黃翔1997年赴美定居後，精

神躁動卻沒有緩和下來，他的浪漫激情似乎呈現過度膨脹的傾向，「自由」顯然在一個追索自由者身上成為悖論。要解釋這個現象唯有從精神醫學入手，或許時代的殘酷壓力已經在生命底層結構上造成無法痊癒的傷痕，必需以凸顯自我來平衡生命前期的被壓抑情結，這恍惚是時代沉重悲劇的一面鏡像。

（3）郭路生（1948-）

　　郭路生誕生於中共革命幹部家庭，1948 年 11 月 12 日他的母親在行軍路上分娩，母子被送到中共控制的「冀魯豫軍區」流動醫院後才剪斷臍帶，故起名郭路生。1979 年 2 月郭路生以「食指」的筆名發表〈相信未來〉、〈命運〉、〈瘋狗〉於《今天》文學雜誌第二期，「食指」有不畏別人背後指點，表達抗爭與自我解嘲之意。郭路生 1971 年 2 月從軍進野戰部隊通訊營，1972 年底變得沉默寡言，1973 年被專家診斷為精神分裂症，病情時好時壞，1990 年起長住北京第三福利院（精神醫療院），2002 年離開療養院回家休養。郭路生的精神鬱悶與黃翔的精神躁動成極端對比。1998 年 6 月「詩探索金庫」首卷推出《食指卷》後大為轟動，8 月，郭路生又榮獲「文友文學獎」。這與黃翔 1994 年自付書號款與作家出版社（同一家出版社）正式簽約出版第一部詩文集《狂飲不醉的獸形》，卻在印刷前夕被勒令禁止書款沒收，恰成有趣對照。郭路生來自中共幹部家庭，又被尊崇為「文革詩歌第一人」，他在歷史時刻 1968-1969 年廣泛流傳的幾首名作：〈相信未來〉、〈這是四點零八分的北京〉、〈魚兒三部曲〉，詩情之誠懇溫厚曾經帶給迷茫人心難得的慰藉：

〈相信未來〉節選　郭路生，1968

當蜘蛛網無情地查封了我的爐臺，
當灰燼的餘煙嘆息著貧困的悲哀，
我依然固執地鋪平失望的灰燼，
用美麗雪花寫下：相信未來。

當我的紫葡萄化為深秋的露水，
當我的鮮花依偎在別人的情懷，
我依然固執地用凝露的枯藤，
在淒涼的大地上寫下：相信未來。

我要用手指那湧向天邊的排浪，
我要用手掌那托起太陽的大海，
搖曳著曙光那枝溫暖漂亮的筆桿，
用孩子的筆體寫下：相信未來。

我之所以堅定地相信未來，
是我相信未來人們的眼睛──
她有撥開歷史風塵的睫毛，
她有看透歲月篇章的瞳孔。

　　但郭路生的詩經常出現一種特徵：自我獨白與心靈封閉。從
1979 年的〈熱愛生命〉：「我下決心：用痛苦來做砝碼，／我有
信心：以人生作天秤，／我要秤出一個人生命的價值，／要後代
以我為榜樣：熱愛生命。」到 1987 年的〈受傷的心靈〉：「不得已，

我敞開自己的心胸／讓你們看看這受傷的心靈──／上面到處是磕開的酒瓶蓋／和戳滅煙頭時留下的疤痕」，差不多是在一種自我囈語狀態下生命逐步萎縮的歷程。他無力面對這個世界，只有蹲踞在自己的沉默裡。看到郭路生在心靈拘囚與生活拘囚之外又被加掛了世俗眼光的第三重拘囚，我內心有著無以名狀的悲傷；因為我尊敬他的詩，尤其是寫於 1974 年的〈瘋狗〉，它蘊藏了一整個時代的哀鳴：

> 受夠無情的戲弄之後，
> 我不再把自己當成人看，
> 彷彿我成了一條瘋狗，
> 漫無目的地遊蕩人間。
>
> 我還不是一條瘋狗，
> 不必為飢寒去冒風險，
> 為此我希望成條瘋狗，
> 更深刻地體驗生存的艱難。
>
> 我還不如一條瘋狗！
> 狗急它能跳出牆院，
> 而我只能默默地忍受，
> 我比瘋狗有更多的辛酸。
>
> 假如我真的成條瘋狗
> 就能掙脫這無形的鎖鏈，
> 那麼我將毫不遲疑地

放棄所謂神聖的人權。

　　這是令人戰慄的詩篇！文革中生命普遍被摧殘到絕境，人性毫無尊嚴可言，做人比做一條狗還更可憐。作者在悲慟之餘寧可放棄做人的權利來尋求想像中的解脫，而郭路生也確實辦到了，因為他在世俗意義上真正瘋進了精神病院，這才是郭路生作為一代詩人在人性尊嚴的啟示上無人可以取代的象徵意義。荒唐的是這一首詩卻在《食指卷》中被刪除，在創作目錄上年代移置為1978年，還莫名其妙加了一個副題：「致奢談人權的人們」。這就是所謂的歷史？這首詩的語境不可能出現於1978年，食指的個性也不會去指責他人。1978年的人權？難道是指涉「民主牆運動」，食指可真積極啊！是誰移花接木的傑作？唐曉渡主編的《在黎明的銅鏡中》和楊健《文化大革命中的地下文學》，都清楚標示寫作年代為1974年，也沒有副題。

（4）周倫佑（1952-）

　　周倫佑是1986年肇始的《非非詩刊》、《非非評論》主編。1986年興起的非非主義詩歌運動帶有強烈的變構文化框架的企圖，爭取表達自由的意志強烈。《非非詩刊》和《非非評論》第一期以民間獨立刊物的形式出版後引起廣大迴響，肯定與否定都極端強烈。1987年6月非非主義被官方點名批判，並對周倫佑任職的西昌農專發出「離職審查」指令。7月，《非非詩刊》、《非非評論》第二期照出不誤，1988年出版第三期、第四期。1989年「六四事件」後，周倫佑被西昌公安局以「反革命宣傳煽動罪」拘捕，併合「主編非法刊物」判三年勞教，1991年10月出獄。1992年10月周倫佑主編出版《非非》復刊號，其中刊載無比精

銳的詩作〈刀鋒二十首〉，和長篇詩論〈紅色寫作〉，明確提出：
「藝術所要實現的除了人的自由還有什麼呢？」之論點。1993 年
的《非非》六／七期合卷刊登的論文〈拒絕的姿態〉更大膽提出：
「拒絕他們的『作家協會』、『畫家協會』、『詩人協會』等等
這些腐敗藝術、壓制創造的偽藝術衙門。」之主張，展示令人敬
服的詩人本色。周倫佑隨即再遭壓制，1994 年 11 月他為敦煌文
藝出版社主編的「當代潮流：後現代主義經典叢書」第一輯（五
種），出版後被公安廳禁止發行。1996 年第二輯（五種）被要求
刪改主編姓名，周倫佑撰寫的〈前言〉也署以假名始獲放行（〈周
倫佑文學年表〉）。

　　非非主義的原初主旨既明確又單純，1984 年周倫佑創辦油印
詩刊《狼們》（後未印行）時，即標舉：「原始的，本能的，沒
有被馴化的生命意識的自由表達。」這樣的文學主張放置在任何
的文化環境中都具有正面意義，它能拓展傳統框架所缺乏的內涵
與質地，從而壯大文化精神。《非非》屢次被壓制，顯示出文化
專制這隻魔手才是停滯文化發展阻撓文明進程的禍首。《非非》
一再查禁一再復刊，關鍵人物當推周倫佑，《非非》集結了一批
具有創造活力、批評意識強烈的作者。「非非詩群」包括：藍馬、
楊黎、尚仲敏、何小竹、吉木狼格、陳亞平、陳小蘩、小安、邱
正倫、雨田等人。

　　周倫佑的詩歌寫作起步甚早，文革時期即完成三本手抄詩
選，曾在西昌一帶下鄉知青中傳抄流行。由於時代環境之殘酷，
這些詩只能簽署化名或假托為遺稿，避免作者成為國家暴力的受
害者。在那令人窒息的年代，周倫佑寫下了對於政治現實的深刻
反省：

〈試驗〉　周倫佑，1975

一隻公雞／被關在黑屋裡／周圍沒有一點光亮／／它渴求
光明／拍打翅膀，用喙／敲著四面的牆／／主人開了一孔
窗──／／一隻螢火蟲在窗前一晃／它高叫：天亮了／主
人潑它一碗冷水／／幾顆星星在窗口窺望／它高唱：天亮
⋯⋯／主人賞它一把石子／／月亮升起來了／它想了想，
說：天⋯⋯／主人賞它一頓棍棒／／天亮了，它沉默／錯
把白天當成了夜晚／主人說：這是一隻病雞

這是一首寓言詩，諷刺被長久禁制在時代黑屋裡的人與社會。
1976 年書寫的〈發現〉則提示陽光所象徵的光明、正直，對人類
靈魂的啟蒙作用：「瓦縫裡／漏下一點陽光／我趕緊用手捧起／
怕它撒到地上／一股熱流從我手上擴散／細胞加速分裂／血液加
速循環／肌肉感到了緊張／／陽光在手上跳蕩／我怕它從指縫間
／漏到地上／捧起來，喝下去──／一股熱流從我嘴裡擴散／舌
頭變得正直／大腦變得充實／心，變得滾燙」。

　　周倫佑成長於中國西南方偏僻的西昌小城，小學剛上四年級
沒多久即輟學，他和雙胞胎兄弟周倫佐在十一歲就參加社會勞
動，為多病的母親分擔家計。一方面是家庭貧困，上有一個罹患
精神病的哥哥下有兩個小弟，另一方面是因為他的父親周其良是
前國民黨政府高級官員，1962 年死於四川雷馬屏監獄。作為黑五
類分子的周倫佑，文革前後做過無數零工與民工，幹過文藝宣傳
隊的樂隊伴奏、廣播站播音員、製藥廠員工，靠著閱讀新詩選、
外國譯詩集、文藝理論、哲學思想等書（大部分是 1960 年代的
內部參考讀物），鍛鍊思考寫作新詩。「可以說，我那時的寫作

是在絕對孤立的狀態下進行的，身邊既沒有人可以進行藝術方面的交流，也沒有誰在寫作技巧上指點過我，一切全靠自己從閱讀與寫作實踐中摸索。……如同我以後的詩歌和理論寫作在形式和觀念上始終保持著一種『自我變構的張力』一樣，這一寫作特徵也貫穿在我『文革』時期的整個寫作過程中。」（周倫佑〈橫斷山脈反主流句法的人本蹤跡〉），周倫佑的反體制自覺與倡議「非非主義」，其來有自。

二、肇始於改革開放的先鋒詩歌

（一）1978年12月《今天》創刊

　　「中共於1977年8月第十一次人民代表大會宣布文化大革命結束，同年11月劉心武的小說《班主任》發表，標誌文藝界開始自我解凍，一年之後，盧新華的小說《傷痕》引起轟動，連同稍後出現的話劇《於無聲處》、小說《神聖的使命》，被視為接踵而至的傷痕文學的發端。然而，這些都不過是官方政治框架內的思想解放運動波瀾中的漣漪。與此同時，上層權力爭鬥引發了關於『兩個凡是』的討論，北京出現了西單民主牆，《北京之春》、《探索》、《四五論壇》等一批政論性刊物應運而生。」——這一段敘述引自徐曉（1954-）的回顧文章〈《今天》與我〉。

　　1978年底一個週末夜徐曉去看望趙一凡的路上，在人民文學出版社門口看到幾個正在摸黑張貼油印宣傳品的青年：北島、芒克、黃銳和陸煥星，他們張貼的是剛用手刻蠟版油印的第一期《今天》。徐曉經過介紹，很快便參與了《今天》的具體工作。徐曉後來成為被崇敬為《今天》老大哥的周郿英的夫人。周郿英1994年病逝後徐曉依靠寫作來連繫記憶與親情，加上徐曉本身也是文

革的受害者進過冤獄，使徐曉的這篇回憶文章在眾多的「今天舊話」中別具人性真實與歷史意識：

> 當年辦《今天》時，文革剛剛結束不久，我們也還太單純，為浩劫後的倖免於難而慶幸，對我們的奮鬥和抗爭充滿了幻想。但是《今天》連同整個中國民主運動很快被封殺了，更沒有料到，在《今天》創刊十年以後，中國發生了六四事件。震驚之餘，不能不自問：我們還需為我們的幼稚和膚淺付出怎樣慘痛的代價？毫無疑問，如果每個中國人不能像德國人記憶奧斯維辛的苦難和恥辱一樣記憶文革和六四，我們的民族必將長久地在漫漫自由之路徘徊。我們的子孫會給我們以同情，但未必會為我們而驕傲。任何漠視災難的成功，漠視犧牲的輝煌都沒有意義，歷史並不為頌歌留有過多的篇章。（徐曉《今天》40期）

《今天》是 1949 年中共建政之後，影響深遠的民間文學刊物，雖然只維繫了兩年，但「今天詩群」的歷史任務卻持續擴散，《今天》上的詩作陸續在全國性刊物上轉載引起廣泛注目。《文藝報》1980 年第 1 期刊登了公劉（1927-2003）的文章〈新的課題──從顧城同志的幾首詩談起〉，引起文藝界注意，開啟了朦朧詩的爭論；從朦朧詩的作品談，後續演變為有關文藝理論的爭辯。

（二）先鋒詩歌的歷史脈動（1978-1998）

1983 年 3 月徐敬亞（1949-）發表〈崛起的詩群──評我國詩歌的現代傾向〉引起爭論高峰，數以百計的文章「旗幟鮮明」

地抨擊它，徐敬亞被扣上了「反傳統」、「背離社會主義」等帽子。這樣的批評和討論持續到 1985 年漸平息。1990 年，《今天》移師海外復刊於挪威，〈復刊詞〉與 1978 年的發刊詞〈致讀者〉語境差異何在？反映了什麼樣的心路歷程？1996 年 12 月，徐敬亞完成一篇他對中國先鋒詩歌二十年來的慘痛回顧文章：〈隱匿者之光〉，對長期以來的政治嚴峻、存活艱辛、文化阻塞提出了深刻的反省。1998 年 5 月南京的先鋒詩人小說家朱文（1967-）發起一份針對共和國現存文學秩序及相關象徵符號的問卷調查〈斷裂：一份問卷〉，提出十三個判明一代作家基本立場的問題，尖銳地觸及到文化環境由於極權專制所引起的各種文化斷裂、歷史斷裂、心靈斷裂現象。我摘錄上述五個文件，進行文化闡釋與歷史判讀：

1、1978年《今天》發刊詞　作者：北島

> 歷史終於給了我們機會，使我們這代人能夠把埋藏在心中10年之久的歌放出來，而不致再遭到雷霆的處罰。我們不能再等待了，等待就是倒退，因為歷史已經前進了。……
>
> 在血泊中升起黎明的今天，我們需要的是五彩繽紛的花朵，需要的是真正屬於大自然的花朵，需要的是真正開放在人們內心的花朵。……
>
> 我們的今天，植根於過去古老的沃土裡，植根於為之而生、為之而死的信念中。過去的已經過去，未來尚且遙遠，對於我們這代人來講，今天，只有今天！（北島《今天》1期）

這三段節錄提出了四個命題，第一個是自覺地把握推動歷史的契機，這一點《今天》毫無疑問地做到了超出當年幾個地下文學青年所能想像的成績。新文學的歷史因為朦朧詩的出現而產生變革，鼓舞了一代人的寫作——「我們的激情自覺地跟隨《今天》的節奏突破了思想的制度化、類同化、典型化以及詞語的條目化、貧血化、『紅旗』化」（柏樺）。第二個命題是自我意識的抬頭，這一點也成績昭著，由自我意識甦醒而產生的審美意識更新，基本上衝決了前此時期單一模式下假大空的詩歌——「新詩，這個十年動亂中幾乎被異化到娼妓的藝術生命。」（徐敬亞），使文學園地納含了相對多元的色彩。第三個命題是信念，宣言中有一段「這一時代必將確立每個人生存的意義，並進一步加深人們對自由精神的理解。」這個命題正如本文第一部分轉述芒克的談話所顯示，沒有完成。《今天》被勒令停刊後，編輯部起草過一份呼籲書，請求文學前輩關注，一共發出了一百多份，都是文學界、思想界有名望、有影響的人物。可惜在時代的嚴峻氛圍下沒有獲得相應支援，只好中止爭取「言論自由」、「藝術自由」的努力，「自由」在這場歷史抉擇中被迫消隱。在後續的歷史發展中，「今天詩群」大部分在官方刊物上發表作品，個別人物也加入了官方組織。在朦朧詩贏得全國性影響力的同時，另一個爭取「精神自由」的原初命題卻在心靈意識自我設限下模糊掉立場，導致自由意志無以貫徹。《今天》誕生的意義在於揭舉先鋒精神，《今天》的汩沒也以先鋒意義的取消為標誌，爾後二十年先鋒詩歌價值混亂的歷史即肇因於淪喪了先鋒意義的中心指向：「在中國語境裡，自由意志的思考與探索」，這一點影響非常深遠。第四個命題是扎根傳統、邁向世界，從而確立文化的現代性。宣言中有云：「我們文明古國的現代更新，也必將重新確立中華民族在世界民族中

的地位。」、「不要僅僅用一種縱的眼光停留在幾千年的文化遺產上，而開始用一種橫的眼光來環視周圍的地平線了。」這個視野相當開闊，的確有助於文化發展。不過《今天》創刊所標舉的「現代意識」遭遇到保守立場的「傳統意識」的抵制，朦朧詩的一系列論爭，即陷落於傳統主義者與現代主義者無法溝通的困境。

2、1983年〈崛起的詩群〉 作者：徐敬亞

19世紀末到20世紀初，在西方各國出現了一個普發性的藝術潮流。電影中的無情節；音樂中的無調音樂；戲劇中的荒誕手法；美術作品中的抽象。詩歌……在這個歷程中出現了新的眾多流派。這股潮流統稱為「現代主義」藝術，廣泛蔓延，一百多年來，仍綿綿不絕。

這種以反古典藝術傳統面目出現的新藝術，注重主觀性、內向性，即注重表現人的自我心理意識，追求形式上的流動美和抽象美；他們反對傳統概念中的理性與邏輯，主張藝術上的自由化想像，主張表現和挖掘藝術家的直覺和潛在意識。我認為，這是繼文藝復興和浪漫主義運動之後，在世界範圍內文藝的一次重大變革，是人類物質文明發展到一個特定階段的產物。……

人類的藝術，要不要千秋萬代地圈限在現實主義與浪漫主義之中？要不要，或者可不可能，逐步地脫離「具象藝術」走向「抽象藝術」？再退一步說，允不允許出現一點「抽象藝術」──這不僅是對世界藝術的估價問題，也關係到我國文藝發展道路，關係到認識當前作品中已經出現的現象。（徐敬亞〈崛起的詩群〉）

徐敬亞的長論有個副題：「評我國詩歌的現代傾向」，全文刊載《當代文藝思潮》（1983 年 1 月），它的內涵強調詩的個性自我，注重想像力和心靈直覺、鼓勵多元流派發展，並指出了以現實主義作為單一尺度的僵化弊端，強力揭舉詩歌現代化的主張。全文刊出後遭到篇章數以百計，文字數以百萬計的全國性圍剿。這些疑似有計劃的反對論述，論述的典型內涵包括：「學外國的『沉渣』而數典忘祖，敗人胃口。」（臧克家）；「我還是堅持著：首先得讓人能看懂。」（艾青）；「不能向資產階級那些市儈低級的作品看齊，引進腐朽落後的個人主義。」（聞山）；「詩應是民族的，愈是民族的則愈是世界的。用『現代主義』代替一切是行不通的。」（賈漫）。這些論述觀點有一個共同的框架：傳統，下涉文化傳統（民族文化／西方文化）、道德傳統（人民大我／個人小我）、政治傳統（社會主義／資本主義）三個方向的爭執。徐敬亞在提到新詩的未來發展時強調：「五四新詩的傳統（主要指 40 年代以前）加現代表現手法，並注重與外國現代詩歌的交流，順這個基礎上建立多元化的新詩總體結構。」他的意思不外乎以西方文化作為參考座標帶動傳統文化向現代更新。這個觀點和《今天》發刊詞相互呼應，但整體思考更周全。徐文論點會被強力駁斥，根本原因是中國文化範型是一種道統、文統、政統相互緊密連結的超穩定結構，其中政治傳統主宰一切。向文化傳統要求更新無可避免地會觸動政治體制和權力網絡；反過來說政治體制結構不變，精神文明的現代化終究會持續延滯，並帶來更多的痛苦和夢魘。

徐敬亞的文論從今天的眼光審視，煥發一種初生之犢不畏虎的氣慨，尤其他對文革詩歌教條主義的批判，並從新詩多元發展的角度強調個人的心理意識、審美感受和自由表現的必要性，提

倡藝術應有「獨特的社會觀點，甚至是與統一的社會主調不諧和的觀點。」之主張，實已觸及心靈自由與表達自由的命題，為時代張開一扇足以瞭望自由遠景的窗戶。惜乎時代的暗昧依舊畏懼光明，急躁地關上了小窗。

3、1990年《今天》復刊詞　作者：北島

> 從停刊到復刊，十年過去了。過去的一切都是有意義的。因此，作為過去的一切的必要的延續，復刊的《今天》將不改初衷：反對文化專制，提倡文藝創作自由，主張中國文學的多元發展。我們不可能迴避社會和政治現實的河流，但我們確認文學是另一條河流，以至個人可以因此被流放到現實以外。

> 當然，《今天》不僅是過去的延續，它又是新的開始。十年前，《今天》面對的是一條廣闊的地平線，而如今，它面對的是一個無底的深淵。今天的文學不僅受到來自各方的挑戰，而且自身面臨深刻的危機：一直被用以證明人類存在的語言文字已墮入迷途，語言的顛覆者早已嚐到了流天的滋味。（北島《今天》10期）

歷經「六四事件」劇變之後，不少作家流亡海外，《今天》在北歐復刊，起初大 16 開本 108 頁，後改為 25 開本，維持在 200-300 頁之間。除 1990 年二期、1991 年三期之外，1992 年起以季刊形式正常出版不曾中斷。〈復刊詞〉提出兩個命題：反對文化專制、尋找語言的真實。兩者在 1990 年 5 月於挪威和瑞典兩地召開的「海外中國作家討論會」上有些線索可尋。《今天》第 11 期的〈討論會紀要〉一文紀錄了當年的研討內容：第一部

分是批評家兼小說家李陀（本名孟克勤，1939-）的專題發言，他總結中國當代文學發展有兩個重點，一個是現代漢語的發展。一個是對主流意識形態的解構和破壞，也可稱為對「毛文體」統治的破壞。第二部分討論流亡作家與海外新的社會及文化環境，許多作家的作品不可能回大陸發表，使他們面臨新的讀者何在之問題。大家感到前所未有的自由，同時自由又使人空虛，找不到創作的立足點。第三部分討論復刊後的《今天》不僅為海外作家們提供發表作品空間，同時也是大家在海外求生存的手段。並確認《今天》將以純文學刊物的面目出現，不刊載任何專以政治為內容的作品，並為廣義的漢語文學在世界文學中成大氣候作出努力。

以上的發言內容與〈復刊詞〉做對照，發現某種不協調之處。李陀的思考是針對1980年代共和國當代文學現狀之分析與回顧，雖然分析取樣的重點在小說，不過論述紮實；但海外作家與《今天》復刊的討論卻停留在一種自囿的生存環境中思考，沒有試圖切返與共和國當下文化處境如何呼應連繫這個關鍵命題。是否尋找語言的真實只侷限於海外作家的自我救贖？而反對文化專制是保持漢語文學魅力的重要標誌？這只是一個疑點，可以進行檢證。第 17 期由萬之（本名陳邁平，1952-）撰寫的〈編後語〉說出一種困境：「一個無法自慰的事實是，《今天》的讀者始終不很多，它的作者群也很有限。這一直給雜誌的存在價值和發展條件蒙上不安的陰影，使一個編輯對自己的工作意義產生疑慮。」（《今天》17 期）。拓展讀者群的命題到 1998 年年底仍無進展（36 期起一度轉到臺灣印刷發行，但實際販售數量有限），或許為了吸引讀者，43 期出現「金庸作品討論專輯」，這使《今天》作為先鋒文學雜誌的面目變得可疑。作者群不多也是致命點，統

計1997、1998兩年八期，詩歌作者七成是老面孔。《今天》雖然標榜純文學雜誌，它在共和國官方眼中仍屬嚴禁流通之列，這也是讀者、作者難以擴增的重要因素，它終究變成一份海外刊物，和中國語境脫節，「其生存的意義已經是另一回事了。」（芒克語）而共和國本土的先鋒詩群／民間詩刊仍在地層下流竄，隨時遭到查禁，幾近失語……

4、1996年〈隱匿者之光〉　　作者：徐敬亞

1-3【半世紀以來，中國官方詩歌的道路】

在1976年～1996年的二十年當中，在這個國家獲取商業流通證明的全部印刷製品和全部聲像製品中，詩，在大多數時間裡，一直嚴格地遵守了官方規劃的意識形態界限。它一年年為國家花費著固定的活動經費。每年都按時書寫著自己的年鑑，敷衍地評選出各種不同的詩歌獎項，召開若干次關於詩的專門研究會議。……這一詩歌體系，一直堅持了為國家、為政黨服務的價值準則。

1-5【對峙時代的開始】

躁動無序時代的詩，從此開始了一種長期的分裂與對峙。一方，被土地托舉著，在碧空如茵的原野上春綠秋黃：另一方，被埋在地層之下，額頭迎著砂子與石頭的磨擦，苦苦行走。二十年來，二者一直在地平線的上下兩側互望、廝殺、並存。它們之間格格不入的色彩，代表了這個國家中兩種不同人群對自身及全部歷史截然不同的體味。

1-6【我的兩點提醒】

一、我有必要提醒世人：當代中國對於藝術，包括對於詩歌的表面無視，絲毫也不表明它已經變

得文雅或寬容。整整二十年，中國現代詩生生
不滅，至今似乎已流落於自由、無羈的街頭。
然而它曾衝擊過的那一架沉重的文化機器，仍
固若金湯。它，只是偷偷沉默著。它，只要灌
注燃油，即會突然發動——整體的、固有的中
國文化，其實一直對現代詩冷眼旁觀，陰森地
保留著長久不散的批判特權。

二、站在另一個角度，我要感謝我光怪陸離的大
陸。在當今軟綿綿的時代，它依然為我珍奇地
保留著政治的嚴峻、存活的艱辛、文化的阻
塞！它以古典與現代的雙重壓力，日日糾正我
的言行。它使我痛苦，它使我獲得了遠離人群
的高遠衝動，這衝動，已經成為東方和西方幾
乎消失了的奢侈。難道，這不正是詩幸運的受
虐之地嗎？（徐敬亞《一行》22、23合期）

　　徐敬亞的〈隱匿者之光〉寫於1996年12月的深圳，距離他
被稱為大陸現代主義宣言的〈崛起的詩群〉一文（初稿寫於1981
年1月吉林大學），間距十六年。這兩篇將近兩萬言的重要文件
有幾個異同點，首先它們都懷抱強烈的使命感：「文學的前進是
波浪的湧進。即使有的波浪消失了，它的餘波也會無形、無限地
伸展。一種文學現象既已出現，它就一定在影響全局，在啟發下
一個時期的文化新人的藝術感覺……」、「走下去！前面什麼也
沒有，甚至沒有腳印，沒有道路。追求早已注定，開端已經降臨。
走，彷彿帶著使命。每一枝筆和每一個夜晚，都不會是徒勞無益
的，大地將默默地收下他們的果實，並記住那響亮、上升般的名

字——崛起的一代！」——以上節錄是文件二〈崛起的詩群〉全論結語部分，它的語調是高亢的，充滿希望自信，以驚嘆號收束。而文件四〈隱匿者之光〉之「我的兩點提醒」也是該文結論，語調沮喪而沉重，以疑問號把「受虐之地」帶向漫漫長夜。兩篇的行文風格也完全迥異，前文是理性的觀念論述，後文則是隱喻性的感覺抒寫——「第三世界中一個熱鬧非凡的農貿自由市場，只剩下一排排光禿禿的攤位。那些坐立不安的熱情的臀部，已扭動在可以兌換美元的一切人群與方式之中。甚至，它的對手也搖搖晃晃似有似無。一切，影影綽綽。」真是詩意非凡！它喻指的時代環境和吳明在〈後極權主義語境中的寫作〉一文所披露的一致：

> 正統極權主義本質上是無所顧忌的「全面專政」，「後極權主義」是強權和商業主義混合不分的「聯合專政」；在前者那裡作為經常手段的，在後者那裡則被保留為最後手段。從與日常寫作有關的角度看，「後極權主義」沿襲了正統極權主義的全部結構性制度，例如出版壟斷、報刊檢查等等，以表明它仍然擁有執法般的強力裁決權；然而，在對強力功能的運用上，卻很少像前者那樣，倚恃權力和意識形態本身的重量，以垂直支配的方式如入無人之境，而是表現出了更多的策略上的考慮，盡可能地利用中間環節從而使之具有盡可能大的彈性。（吳明《今天》36期）

吳明和徐敬亞以不同的書寫策略共同指出了 1990 年代共和國文化語境價值混淆意義模糊的關鍵因素。從徐敬亞的觀點看，表面上民間和官方的界線消失，公開發表越趨容易，事實上被允

許登場的不外乎：「某些中性的詩歌，成為點綴版面的現代裝飾。幸福的筆會在遊山擊水，緊密的團伙化為震後的瓦礫。榮譽性的詩集，正在設計封面，而在越洋的航線上，現代詩人正奔赴各種國際的詩歌節日。聲嘶力竭奮鬥的青年，似乎已進入了血糖豐盛、脂肪積累的中老年。」（徐敬亞）一個更無形的文化專制導演仍在背後操控一切，因而迫使詩歌寫作更趨散漫與虛無。在正視生存的難度與詩的難度雙重考量之後，徐敬亞提出了他的呼籲：「詩人要學會隱姓埋名式的生活。」、「有誰能像宗教一樣保持著自身的潔淨與修煉？」

「個人寫作」的口號在 1990 年代出現頻繁，它其實是一個偽命題；但在中國語境裡它特指從意識形態網絡撤退維持寫作純粹性，以個人話語抵制集體話語的侵蝕。「遠離人群」更與寫作本質無涉，不同的寫作性格自然會選擇個人與環境間不同的張力形態。但徐敬亞的失落感可以理解，他最終的期盼是寫作者的誠實，以抵抗意義與價值持續闕失的虛無化危機。徐敬亞的文章中一個比較值得商榷的命題出現在第四部分：

> 對於一個落後的國度，對於一個存有諸多缺陷的體制，並不是每一個藝術智者都心懷推翻它的狂想。他，只是心存種種彩色幻想的人。彩色幻想與不同的政見，都將敵對者指向現實，但它們的區別，猶如一堆積木與一只手槍。他，只是一伙自由的思想者，只是一伙無時不感到現狀與智慧、醜惡與文明不吻合之處的傢伙。他們潛入的地層，只是他們那覷視塵世的內心。政治，是一個相當不乾淨的概念。任何一類政治的任何一種不潔手段，都可能與詩人的內心發生劇烈的衝突。如果說「持不同政見」，那

麼，詩人對持不同政見者，也同樣地持著不同的政見。

　　詩人與政治的衝突，只能刺激詩人內心中最基本的良知，不可能觸動他的全部藝術。詩人，怎麼可能輕率地將自己全部的興奮之手，移到一只骯髒的臉盆上空？（徐敬亞《一行》22、23合期）

　　對政治的抗拒，主要是基於意識形態無所不在的侵擾占領，抵抗從童年起無形的長期灌輸對每個人所造成的「意識同構」的深度傷害——這種傷害經常出現在反極權政治者本身的獨裁性格上；也出現在反對極權主義強調寫作自由者的寫作風格上，以致於文本呈現出泛政治形態的主題類同化與意指僵硬化。從上述的理解我同意徐敬亞對政治的觀點。我疑惑的是「自由的思想者」和「他們那藐視塵世的內心」這兩句。我要反詰：「何謂塵世？」，引用徐敬亞自己的說辭：「一些衝過了界線的語言與身體已經被迫噤聲」，這是塵世之果。或如徐文對1980年代初時代氛圍的陳述：「一個僵硬的、嚴密無隙的文化系統對人類精神的壓抑，在禁錮的意義上，比一個非洲的軍人政權更令人窒息」，這是塵世之因。徐敬亞提出一堆積木與一只手槍的區別，主要針對1989年之前先鋒詩歌運動的現象觀察：詩人們並沒有顛覆體制的企圖，他們有別於反對專制追求民主法治的人士。從嚴格的「自由意識」的自覺上來看待這個說法有局部正確性，可是它仍然低貶了寫作的意義。文學只是對審美價值的追索嗎？當寫作導引人從意識框架出離，在心靈重整中追求審美意義的創新，它本身就是自由意志的伸張，它本身就是對自由場域的期待。意識形態框架、文化專制現實、極權主義政治是同型同構的組織，如何能在主觀的幻想中抖落？當寫作被侷限在想像自由而意志自由殘缺囿限的狀態

下，審美精神的終極意義必將落空。積木只能堆成限定意義中的城堡而永遠不能堆成「非城堡」，「自由的思想者」恐怕只是「自由幻想」的挪用而已。

5、1998年〈斷裂：一份問卷〉　擬定者：朱文

一、你認為中國當代作家中有誰對你產生過或者正在產生著不可忽略的影響？那些活躍於五十年代、六十年代、七十年代、八十年代文壇的作家中，是否有誰給予你的寫作以一種根本的指引？

二、你認為中國當代文學批評對你的寫作有無重大意義？當代文學評論家是否有權利或足夠的才智對你的寫作進行指導？

三、大專院校裡的現當代文學研究對你產生任何影響嗎？你認為相對於真正的寫作現狀，這樣的研究是否成立？

四、你是否重視漢學家對自己作品的評價，他們的觀點重要嗎？

五、你覺得陳寅恪、顧準、海子、王小波等人是我們應該崇拜的新偶像嗎？他們的書對你的寫作有無影響？

六、你讀過海德格爾、羅蘭·巴特、福科、法蘭克福學派……的書嗎？你認為這些思想權威或理論權威對你的寫作有無影響？它們對進行中的中國文學是必要的嗎？

七、你是否以魯迅作為自己寫作的楷模？你認為作為思想權威的魯迅對當代中國文學有無指導意義？

八、你是否把基督教、伊斯蘭教、佛教等宗教教義作為最高原則對你的寫作進行規範？

九、你認為中國作家協會這樣的組織和機構對你的寫作有

切實的幫助嗎？你對它作何評價？

十、你對《讀書》和《收獲》雜誌所代表的趣味和標榜的立場如何評價？

十一、對於《小說月報》、《小說選刊》等文學選刊，你認為它們能夠真實地體現中國目前文學的狀況和進程嗎？

十二、對於茅盾文學獎、魯迅文學獎，你是否承認它們的權威性？

十三、你是否認為穿一身綠衣服的人就像一隻青菜蟲子？

——（朱文《今天》43期）

在面對本文件之前再回到文件四和文件二，解讀一下為什麼徐敬亞兩篇文章語調差距那麼大？心境變化不提，書寫策略改變和文件二曾遭受過數以百計的文章圍剿應該有潛在關聯。文件四的隱喻形態書寫基本上是半封閉性的，只針對某種心靈知音發言。文件五是南京詩人小說家朱文（1967-）發起的「斷裂問卷」，也有特殊的針對性；它並不祈求一個泛性的統計，問卷的提問比回答更能彰顯調查行為的意義。問卷在1998年5月12日寄出，累計發出七十三份，到7月13日止回收五十五份。問卷調查對象以北京、上海、南京的年輕作家居多。根據答卷數據統計，除了第一題與第十題持六成左右的否定，第四題八成否定，其餘十題的否定性回答高達九成以上。這當然顯示出斷裂的事實，也呼應了文件四徐敬亞提出的「兩種不同人群對自身及全部歷史截然不同的體味。」之觀點。根據朱文的問卷說明與工作手記綜合析論，朱文的調查行為有三個重點值得討論。第一個是環境因素：這一代作家的形象被誤解乃至故意歪曲而使文學形象虛假化；於

是朱文明列了那些操縱文學秩序的力量進行反詰──主流作家、評論家、學院派、漢學家、知識界新偶像、西方文化思潮、中國文藝界權威、宗教思想、官方文藝機構、權威雜誌文刊、權威文學獎。似乎漏列了最龐大的一群？喔，不！朱文很巧妙地開了一個玩笑：青菜蟲子。隱喻的力量或者說詩的力量從這裡顯示出它的在場證明，隱喻書寫的功能和形成因素與文件四的論述相通──語言在框架邊緣被迫變形，並因此使框架現形。應該列印幾則針對第十三題的有趣回答──朱朱：「令我輕鬆的時刻到了，你似乎是在抽著大麻問我。」張旻：「我回答不了這個問題。我不喜歡穿一身綠衣服的人面色發綠的樣子。」郜元寶：「這種人，是殘忍和卑怯的完美統一。和平年代的猛士啊，哪有青菜蟲子那麼可愛。」

第二個值得討論的重點是：朱文運用問卷調查澄清了在同一時空下確實有不同立場的寫作存在，而這些寫作者敢於否定現存文學秩序的正當性。在這裡，朱文成功地使用了與公民投票有類似作用的問卷進行民意檢證，而使斷裂真相的說明更具說服力，它不但比朱文的個人直覺和徐敬亞的慘痛反省更具說服力；而且五十六人的邊緣說辭與龐大的主流說辭，兩種話語的有效性相等。因為它的立場明確、形象清晰，必要時也應該（我猜想）敢於接受更進一步的檢測、比較、辯論。而主流話語敢嗎？如果不敢，仍舊進行非理性的壓制，那就正好顯示文學秩序主導者的殘忍和卑怯。

第三個重點是心理因素：調查行為的動機──為了明確某種分野，為了讓人們知道在同一時空下有不同類型的寫作。這樣的區分首先是源於一種自我需要──這是朱文自己的說辭。朱文說：「我希望自己遵循一個簡單的原則：想到了就去做。文學作

為一個腐朽的名詞如果讓你感到厭煩，你不妨讓它有時成為一個動詞。」朱文的不尋常之處在於他以對自己誠實作為基點，推及應當對文化與社會誠實，並敢於或有智慧地選擇一種實踐方式彌合心理與行為間的差距，堅定地執守自由寫作，完成精神統合。我認為這就是自由意志的真正涵義：在心靈感知上做價值選擇，同時以意志能力貫徹實踐，中間沒有妥協猶豫；以朱文的話來說：「自斷退路堅持不斷革命和創新。」

朱文的「自斷退路」，不禁令人回想芒克當年所說的「決不和官方合作」。將近二十年飄逝，朱文會落得像1980年的芒克一樣孤立無援嗎？「朋友們都見不到了，只有老鄂每天下班來看我，用剩餘的錢盡量維持我的生活。那情景真夠淒涼……」（芒克語）。天無絕人之路，朱文後來轉向電影之編劇與導演，藝術成就依然可觀。

三、從魯迅到朱文

當我沉默著的時候，我覺得充實；我將開口，同時感到空虛。

過去的生命已經死亡。我對於這死亡有大歡喜，因為我借此知道它曾經存活。死亡的生命已經朽腐。我對於這朽腐有大歡喜，因為我借此知道它還非空虛。

生命的泥委棄在地面上，不生喬木，只生野草，這是我的罪過。

野草，根本不深，花葉不美，然而吸取露，吸取水，吸取陳死人的血和肉，個個奪取它的生存。當生存時，還是將遭踐踏，將遭刪刈，直至於死亡而朽腐。

但我坦然，欣然。我將大笑，我將歌唱。

我自愛我的野草，但我憎惡這以野草作裝飾的地面。

地火在地下運行，奔突；熔岩一旦噴出，將燒盡一切野草，以及喬木，於是並且無可朽腐。

——魯迅《野草·題辭》節選

本篇是魯迅散文詩集《野草》書前題辭，寫於 1927 年 4 月 26 日廣州。魯迅寫作題辭的心情在作者〈怎麼寫〉一文裡有所描繪：「我靠了石欄遠眺，聽得自己的心音，四遠還彷彿有無量悲哀，苦惱，零落，死滅，都雜入這寂靜中，使它變成藥酒，加色，加味，加香。」題辭寫作的時代背景：4 月 15 日蔣中正領導的國民黨在廣州進行武力清黨。魯迅為營救被捕的進步學生，參加中山大學系主任會議，爭議無效，乃於 4 月 20 日提出辭呈（魯迅當時任該校文學系主任兼教務主任）。魯迅在題辭中流露的孤零悲哀，與時代的廣漠黑暗有顯著關聯；魯迅說，生命的泥委棄在地面上，不生喬木，只生野草，這是我的罪過。魯迅抱持悲憫的胸懷說道：「我以這一叢野草，在明與暗，生與死，過去與未來之際，獻於友與仇，人與獸，愛者與不愛者之前作證。為我自己，為友與仇，人與獸，愛與不愛者，我希望這野草的死亡與朽腐，火速到來。」魯迅以斯辭為自己深埋的渴盼作證。渴盼什麼？「地火在地下運行，奔突；熔岩一旦噴出，將燒盡一切野草，以及喬木，於是並且無可朽腐。」按照文本的語境判讀，題辭有兩個重大涵義：一個是將《野草》獻給那些在「廣州四一五事件」武力清黨中的死難者（五千餘人被捕，二千一百餘人被殺），那些既遭踐踏又遭刪刈的野草；一個是深信地層下的火苗終有一天會爆發，改變朽腐的地貌。題辭雖然以隱喻形態書寫，1931 年 5 月上

海北新書局第七版，仍被國民黨書報檢查機關刪除（《野草》題辭注解）。更大的悲哀則是，經過一甲子的變遷，正當臺灣的國民黨政府宣布解除戒嚴，魯迅的作品全集終於可以正式出版之時（風雲時代出版公司的《魯迅作品全集》1989年10月臺灣初版），共和國又發生共產黨鎮壓愛國學生運動的「六四事件」，令人難以釋懷的殘酷的歷史循環。不同的政黨不同的時代，結局依舊是血腥黑暗。

我從魯迅作品中得到兩種認識：魯迅的全部作品顯示他是一個精神高度統合的「人」，一個心理與行為、意識與身體融合相符的人，自由意志貫徹他的一生。也因此，魯迅才能從個人對生命的誠實坦擴於對社會病徵、時代災難的沉痛悲憫與昂然批判。這種品行對長期處於封建體制壓迫下的民族非比尋常。中國人隱伏的精神分裂症是一種民族疾病，很難痊癒；因為在傳統的教育理念中（不管是家庭教育或學校教育）缺乏「自由意志」的命題，固定的價值規範霸占核心的生存區位，生命能自由活動的價值選擇空間非常窄小；在這樣的教育傳統之下，人如何能夠培養自覺選擇價值的能力從而建立個人精神體？中國文明能夠延續的最大力量是人際網絡緊密，黨性派性全球超強，實則多數人的個體精神都極端脆弱，此即時代悲劇反覆發生的溫床。在這樣的文化環境中，魯迅作為一個意志自由人格獨立的個人其孤獨可想而知。

何其有幸，魯迅題辭中煥發的精神質地，在七十年後找到相應的寫作者──朱文，誠實的心靈使朱文詩篇綻放生命的芬芳。朱文堅執語詞與心靈之間素面相見的本質關係，還原詩歌素樸的容顏；而悲憫的胸懷則使心靈之詩向無涯的天地蔓衍：

〈出了門你就在黑暗中〉節選　朱文

　　我們知道自己的罪過，在黑暗中行走不
　　為月光所能照亮。我們都感覺到上帝的
　　仁慈的界線，他憐憫不幸的人。所以你
　　在黑暗中出現了，東張西望，卻沒有永
　　久地留在路上。但出了門你就在黑暗中。

　　誰也不能說服你，除了你還不懂事的孩
　　子。你要把你的小天使拉扯成人，讓他
　　讀書，再和他商量這件已經過去的荒唐
　　的事情。黑暗在你夜深的雙眼裡，我試
　　著說更低的聲音，出了門你就在黑暗中。

文字在訴說著自己的意志，使詩歌散發出信仰般的力量。在這首
〈出了門你就在黑暗中〉，朱文將時代描述為一圃黑色的棉花地，
人彷彿走在烏雲的故鄉裡。「田埂，已經在棉花的海洋中漂走，
你只能走在一個正在慢慢消失的方向上。出了門你就在黑暗中。」
——朱文依靠的 1990 年代比魯迅身處的 1920 年代，心靈氛圍上
更加沒有歸宿感，悲哀更加遲緩，黑暗更加碩大。
　　朱文與魯迅曾經有過一次簡短的對談，此即朱文問卷的第七
題：你是否以魯迅作為自己寫作的楷模？你認為作為思想權威的
魯迅對當代中國文學有無指導意義？「思想權威」特指被執政者
以政治手段扭曲為「時代舵手」、「青年導師」的魯迅。這一題
的回答從統計數據上看：（1）98.2% 作家不以魯迅為自己的寫作
楷模；（2）91% 作家認為魯迅對當代中國文學無指導意義。但

從實際回答內容來品味，接近半數的人肯定魯迅的人格與作品。另一個顯而易見的事實是：魯迅的形象確實被政治歪曲了；共產黨扭曲他、國民黨壓制他、北洋軍閥政府通緝他，魯迅的偉大是毫無疑義的，誰能堅毅如此？朱文的回答富有詩意，他說：「讓魯迅到一邊歇一歇吧。」這個答案的闡釋空間很寬闊。從朱文的提問傾向分析，朱文有意凸顯「楷模」、「權威」、「指導」等壓迫性詞語，藉集體反撥表達人為規範對文學與寫作的蔽障，同時隱涉了一種新的價值標準：一種疏離於主流思潮偽價值體系之外，自覺的個人價值判斷。我只能猜測，或者我期望，詩人小說家魯迅與詩人小說家朱文在「自由意志」的命題上達成了隱密性的連結，從而再度開啟了意志自由之路。自由意志：「人的精神體能夠自覺選擇價值的能力。」這是一條時隱時現、富含歷史脈動與文化涵義的祕密小徑，它能在二十一世紀的中國語境中被拓寬成一條納含存有之光與普世價值的大道嗎？誰來為民前鋒？

【參考文獻】

楊健，《文化大革命中的地下文學》（北京：朝華出版社，1993 年）

吳思敬選編，《磁場與魔方》（北京：北京師範大學出版社，1993 年）

唐曉渡選編，《在黎明的銅鏡中》（北京：北京師範大學出版社，1993 年）

閻月君、高岩、梁雲、顧芳編，《朦朧詩選》（瀋陽：春風文藝出版社，1985 年）

黃翔，《狂飲不醉的獸形》（美國：黃翔，1994 年）

黃翔，《我在黑暗中搖滾喧囂》（臺北：唐山出版社，2002 年）

黃翔，《非記念碑：一個弱者的自畫像》（臺北：唐山出版社，2002 年）

食指編；林莽、劉福春選編，《食指卷》（北京：作家出版社，1998 年）

周倫佑，《在刀鋒上完成的句法轉換》（臺北：唐山出版社，1999 年）

莊柔玉，《中國當代朦朧詩研究》（臺北：大安出版社，1993 年）

魯迅，《野草》（臺北：風雲時代出版公司，1989 年）

朱文，《他們不得不從河堤上走回去》（唐山出版社，1999 年）

廖亦武主編，《沉淪的聖殿》（烏魯木齊：新疆青少年出版社，1999 年）

周國平，《歲月與性情：我的心靈自傳》（北京：人民文學出版社，2016 年）

芒克，《往事與《今天》》（新北：印刻文學，2018 年）

北島主編，《今天》文學雜誌 10、11、17、36、40、43 期（挪威、美國：今天雜誌社，
　　1990-1998 年）

貝嶺主編，《傾向》文學人文雜誌 9 期（波士頓：傾向雜誌社，1998 年）

嚴力主編，《一行》22、23 合期（紐約：一行社，1997 年）

發星主編，《獨立》15、16 合期（涼山州普格：發星工作室，2010 年）

第五章【民初＋共和國新詩1931-2007】
歸來者：倖存的詩人

前言、魚化石或懸崖邊的樹

　　1993 年，北京師範大學出版社推出一套六本的「當代詩歌潮流回顧 · 寫作藝術借鑒叢書」，其中一本《魚化石或懸崖邊的樹》，副題「歸來者詩卷」。主編謝冕（1932-）選了三十八位前行代詩人，依年齡序從蘇金傘（1906-1997）到昌耀（1936-2000）。「歸來者」詞源來自艾青 1980 年出版的詩集《歸來的歌》，這本詩集距離艾青的上一本詩集《海岬上》（1957 年），相距二十三年。中間發生了什麼事？反右運動、三面紅旗、文化大革命。因於千年難遇的政治癲狂症，這段時期共和國的新詩寫作呈現挫折狀態，1957 年之前動過筆的前行代詩人絕大多數長期停筆，甚至從此封筆。「歸來」的主題內涵相當複雜，主要含義是「倖存」，每個倖存者彼此的生命經歷也十分迴異，但核心挑戰都是如何真實地活下去活到底。經歷長期囚禁、體力壓榨與思想改造的洗禮，被迫在時代廢墟中沐浴的詩人，災難過後，多數呈現身心靈傷殘狀態，但依然勇敢地提起筆，恢復記憶重整心靈，值得敬重。「魚化石」與「懸崖邊的樹」分別來自艾青與曾卓的詩題，形象化地說明了他們的生命經歷與心靈狀況。有「歸來的詩人」自然也有

「不歸的詩人」，淪落此命運的作者也值得關注。本章選擇一位不歸者、十一位歸來者進行評述。

一、廢名（1901-1967）

　　王風主編的六卷本《廢名集》出版於 2009 年，第六卷附錄：馮榮光撰〈馮文炳生平年表〉，表前註明「馮文炳創作全盛期，以筆名廢名著稱。本表在其使用該筆名時期，（1926 年 7 月 -1950 年）稱廢名；此前此後，逕稱馮文炳。以與所引用作品的署名相合。」廢名，湖北省黃梅縣人，以小說家知名，《竹林的故事》、《桃園》、《橋》、《莫須有先生傳》都經周作人先生作序或跋。「我覺得廢名君的著作在現代中國小說界有他獨特的價值者，其第一的原因是其文章之美。」周作人認為廢名之文有「簡潔生辣」之風。廢名在北京大學「現代文藝」課的新詩講義《談新詩》，初版刊行於 1944 年，也由周作人作序。

　　1922 年馮文炳以本名發表第一首詩，1935 年《中國新文學大系‧詩集》收錄廢名一首詩。廢名的詩專輯因遭逢戰亂一直未正式出版，僅有 1944 年署名廢名、開元合集的《水邊》（新民印書館），收廢名詩十六首、開元詩十七首，1945 年開元編的廢名詩文輯《招隱集》（湖北大楚報社），收廢名詩十五首。這二本詩集是在廢名不知情的狀況下，由開元（本名沈揚，字啟無，1902-1969）私自編輯出版，並未列入〈馮文炳著作年表〉中。

　　馮文炳為什麼用廢名這個筆名？〈馮文炳筆名錄〉敘述 1926 年馮文炳廢棄本名的原因：「我的名字，算是我的父母對於我的遺產，而且善與人同，我的伙計們當中，已經被我發覺的，有四位是那兩個字，大概都是缺火罷，至於『文』，不消說是望其能

文。但我一點也不希罕，——幾乎是一樁恥辱，出在口裡怪不起勁。」、「從昨天起，我不要我那名字，起一個名字，就叫廢名。」1926 年 7 月 26 日，馮文炳以「廢名」發表第一篇文章。

廢名 1950 年後為何恢復成馮文炳？必須回到中華人民共和國成立後的時代變化方能明白。茲引〈廢名年表〉的相關敘事：「1949 年 1 月 31 日，北平和平解放，萬眾歡騰。廢名及時給故鄉的親人寫信，欣喜地告知家人北平的解放，城裡各學校照常上課，教師的待遇優厚等等。……春，廢名的姪子馮健男先生參加中國人民解放軍第四野戰軍南下工作團，廢名對此表示高興和讚許。本年至次年，在北大講授《詩經》」、「1950 年 6 月，在南方的姪子寫信來，告知他已經加入中國共產黨的消息。廢名回信說「大喜」，並告知姪子，止慈（廢名的女兒）在南開大學也入黨了。」、「1951 年 10 月，廢名和北京大學師生一道赴江西省萬安縣潞田鄉參加土地改革運動。」、「1952 年全國高等院校調整，廢名從北京大學調到東北人民大學（後改名吉林大學）中文系任教授。」、「1953 年患右眼視網膜脫離，到北京同仁醫院接受了手術治療後，返回長春。此後，馮文炳的眼睛半失明，帶上了一副特殊的眼鏡，並且不能夠低頭工作。」另據〈廢名生平年表補〉敘述：「長春第一汽車製造廠破土動工，廢名和東北人民大學的師生一起去勞動，心情很高興，勞動中突然感到右眼視力急遽下降，醫院檢查患視網膜脫離。」

1954 年馮文炳講授《文選習作》、《杜甫詩研究》，1955年講授《魯迅研究》，1956 年任中文系主任，講授《杜甫詩研究》。自從 1948 年廢名發表四首詩之後停頓詩筆九年，1957 年 2 月 17 日馮文炳罕見地寫了一首抒情詩：

〈工作中依靠共產黨〉　廢名

在我的窗前雪極深，／人聲極遠，／因為我住的地方像一個療養院，／我本來也是病人，／住在這裡為得我能更好地工作起見！／我熱情地工作，／我快樂地工作，／一年以來帶著病眼／我的勞動效率遠遠地超過我從前在舊時代做隱士以前，／我讓我的不能再有健康的右眼／像個病小孩一樣在那裡睡著了，／叫他不要醒不要喧，／左眼就像母親在旁邊／常常操作一個整天。／我有一個極大的心願，／就是要求共產黨同志幫助我，／讓我所承擔的這份事業也能達到完全，／我知道我決沒有什麼作用如果不依靠共產黨員！／在我的窗前雪極深，／人聲極遠，／我住的地方是祖國的東北邊，／我沒有故鄉之思，／我沒有家庭之念，／（這是偉大的社會主義制度在人們思想的表現！）／我一心總在工作上面，／我總想：在我的工作部門有哪些共產黨員？／窗前雪沒有人跡，／我笑著：／我有一顆溫暖的心，／工作中依靠共產黨員！

那隻不要醒不要喧的右眼大概就是（偏右的）廢名罷，睜開的左眼則是（左傾的）馮文炳，自覺地一分為二。鏟除人的故鄉之思與家庭之念，人究竟要歸宿哪裡？窗前沒有人跡，馮文炳成了無依無靠還堅持理想的唯一一個共產黨員；詩中的「療養院與病人」含藏深刻的隱喻，語調平淡反諷深邃。這難道不是無奈沉痛的雙向嘲謔？難道不是 2019 年以降的共和國從地方到中央都熱切響應與評議的「低級紅／高級黑」的先知版？

　　1958 年 1 月 26 日，《吉林日報》發表馮文炳在「中國作協

長春分會」1月11日「詩歌座談會」發言稿，標題〈談談新詩〉：
「我從前也是寫過新詩的，在一九三〇年寫得很不少，足足有兩百首，還準備出集子，並向許多詩人請教過，他們並且恭維我。有一次林庚提議出一人一首集，他並替我選了一首，我記得是什麼〈妝臺歌〉。從這一首的題目就可以看出我寫的新詩的內容了。我今天提這件事，是表明我確是寫過詩，有人證物證。然而我的詩我後來都毀了，我憑我的良心認為它毫無價值。」

〈妝臺〉出自廢名贈周作人詩手稿集，手稿封面標題《鏡》，副標題「常出屋齋詩稿第二集」，題了贈款：「藥爐老君爐前二十年五月二十日」。本集共收四十首詩，創作時間為 1931 年 4 月 15 日至 5 月 18 日，〈妝臺〉寫於 5 月 16 日：

　　　　因為夢裡夢見我是個鏡子，
　　　　沉在海裡他將也是個鏡子。
　　　　一位女郎拾去，
　　　　她將放上她的妝臺。
　　　　因為此地是妝臺，
　　　　不可有悲哀。

詩人曾經自我解釋：「其所以悲哀之故，彷彿女郎不認得這鏡子是誰似的。」（〈關於我自己的一章〉）當然啦！現實與夢境是兩回事；但有一點廢名沒有提到，「我」幹嘛沒事變成一面妝臺上的「鏡子」？敘述者潛意識渴望與女郎相會，現實中又不可得，「鏡子」是一個挺方便的偷覷中介。這是一首委婉曲折的情詩，蘊藉深遠。同一天，廢名還寫了另一首詩〈自惜〉：「如今我是在一個鏡裡偷生，／我不能道其所以然，／自惜其情，／自喜其

明淨。」現實與夢想的隔絕是古今中外詩歌的核心命題，詩人嘗言：「我確實是一個鏡子，而且不惜於投海」，鏡裡偷生等同詩裡偷生。「自惜其情」就是不忘初衷，夢想不可得，但夢想沒有被委屈過，詩篇呈現了 1931 年的詩人「廢名」之真容。

1958 年 8 月至 12 月，馮文炳寫了一份〈新民歌講稿〉：「學習新民歌，首先要學習毛主席《在延安文藝座談會上的講話》。是的，我們現在是嬰兒張口要母乳似的懂得要學習講話了。從 1942 年到 1958 年，由《講話》到新民歌的出世，時光是十六年，共產主義的花園給東風吹得盛開，出乎任何人的意外。我們還沒有工農化的知識分子，思想沒有得到很好的改造，但眼光應該是敏銳的，工農大眾的創作，在幾個月之內，無論數量，無論質量，呈千古未有之奇觀，這難道不是擺事實、講道理嗎？」

接下來，他陸續舉了當時各省風行的新民歌作品進行評述。「我們今天讀了新民歌才知道什麼叫做群眾的語言，什麼是群眾的思想感情，好比這一首歌：『黨是眼珠子，／社是命根子，／破壞黨和社，／當心腦瓜子！』（北京《農民報》）又如這一首：『白天上廁所，／晚上拿尿盤，／拉金，尿銀。』（《吉林日報》）這第三行四個字該是多麼豐富的語言，它的形象性極大，它能以極少的字付與極多的感情，表現農民愛惜一種東西，就是糞肥，而且必得在翻了身自己當家作主才有『拉金，尿銀』的海闊天空的神氣。這就叫做共產主義的風格，我們知識分子必須在這裡訓練我們的感覺，看是否如毛主席所教導我們的『由一個階級變到另一個階級』。」

不知道後人看了以上珍貴的歷史文獻有何感觸？尤其對照 1931 年的廢名與 1957 年的馮文炳，兩個時期的詩篇之後。當年的廢名，是前輩周作人與晚輩林庚最為看重的風格獨特的新詩人；

此時的馮文炳，必須隨時隨地把自己放在政治風向搖擺不定的秤盤上。

「1967 年正值『文化大革命』高潮，各地有『武鬥』，長春也不例外。9 月 4 日，廢名病逝於動亂的長春。當時廢名生前單位無人照應，廢名之子懷著悲痛的心情，只好約一同學共同用板車將父親的遺體送至火葬場。」（〈廢名生平年表補〉）真好！廢名免除了十年文革的煎熬，也不用在文革結束後參與演出「歸來者」的戲碼。

類似廢名的不歸者詩人為數眾多，原因各有不同，有的人被批鬥致死當然就沒戲了，有人心有餘悸選擇噤聲，有人被納入紅色體制自我封存。被極權體制馴服的詩人不乏聲名顯赫者，考慮歷史環境之險惡實也不忍多加苛責。

二、曾卓（1922-2002）、艾青（1910-1996）

「胡風反革命集團案」是 1950 年代從文藝爭論演變為政治鬥爭的事件，被批判的核心人物為胡風（本名張光人，1902-1985），左翼重要文藝理論家。1937 年 9 月胡風在上海創辦《七月》雜誌（週刊，共出三期）並任主編，刊物後來隨時局變化輾轉於武漢（半月刊，共出十八期）與重慶（不定期，共出十四期）。為什麼取名「七月」？胡風夫人梅志回憶說：「『七七』爆發了全國性的抗日戰爭，取這個刊名就是為了紀念抗戰，號召抗戰，並且堅持團結抗戰。」（劉揚烈《詩神・煉獄・白色花》）。1942 年胡風在廣西桂林籌劃「七月詩叢」與「七月文叢」，出版了不少年輕詩人的作品。投稿於《七月》雜誌（也包括與《七月》雜誌有交流的《希望》與《詩墾地》），或在「七月叢書」出書

的詩人，後來被統稱為「七月詩派」。

「七月詩派」的特徵是什麼？「回想當年，這一群相繼嶄露頭角的詩人既在個性中灌注著共性，又在共性中閃爍著個性，曾經為祖國而歌，為人民而歌，為鄰人和陌生人而歌，為自己的愛人和自己而歌，以此起彼伏的歌聲伴奏著壯麗而嚴酷的民族解放戰爭和人民解放戰爭的全過程。」（綠原《詩神‧煉獄‧白色花》序），如此值得驕傲的事業又為何慘遭批判？最早的論爭出現於 1936 年初，胡風與周揚（本名周運宜，1907-1989）關於「現實主義」的公開論戰，彼此的分歧在於：「胡風更看重生活真實的強弱，周揚則強調世界觀的決定意義；胡風認為典型須用『想像和直觀來熔鑄他從人生裡面取來的一切印象』，以此發現『新的性格』，周揚則主張典型體現社會群的『共性』。」（劉揚烈《詩神‧煉獄‧白色花》）更加激化的對立是 1945-1948 年關於「主觀論」的鬥爭。1954 年 7 月胡風向中共中央遞交，關於文藝問題的三十萬言意見書，引起更嚴厲的政治圍剿。「問題的關鍵還在於，胡風的觀點在一些原則問題上頂撞了毛澤東《在延安文藝座談會上的講話》，如『政治標準第一』、『重大題材』、『民族形式』等問題。」（劉揚烈《詩神‧煉獄‧白色花》）

1955 年 5 月 13 日，《人民日報》公佈了「胡風反革命集團」的第一批材料。「從 5 月 14 日至 18 日，胡風和『七月派』一批人已經被捕。不到一個月，被認為是『骨幹分子』的，包括路翎、阿壠、魯藜、綠原、牛漢、賈植芳、冀汸、曾卓、徐放、謝韜、耿庸、何滿子、王戎、彭燕郊、杜谷、化鐵、歐陽莊、方然、侯唯動、蘆甸等 30 多人都已被抓進監獄。因這一事件而無辜受株連者達 2000 多人（以上數字見蘇東海〈十一屆三中全會以來重大冤假錯案平反概述〉，《黨史研究資料》總 59 期），其中絕

大多數人與胡風從未見面，絕少交往，不少人在文化大革命中被迫害致死。」（劉揚烈《詩神‧煉獄‧白色花》）胡風案發生後造成知識界的寒蟬效應，丁玲、陳企霞「反黨小集團」被批鬥，進一步加劇文藝界的恐慌。1957 年 10 月 15 日，中共中央發文〈劃分右派分子的標準〉的通知，全國被揪出五十五萬名「右派」（官方數字），他們被下放到農村或工廠中進行勞動改造；這些右派分子在 1966-1976 年的十年文革中，多數遭到持續迫害的命運。

曾卓（本名曾慶冠），湖北省黃陂縣人，出生於漢口，十四歲寫出了〈生活〉：「憂鬱像一隻小蟲，／靜靜地蹲在我的心峰。／不願說也不願笑，／臉上掛著一片生之煩惱。／／生活像一只小船，／航行在漫長的黑河。／沒有槳也沒有舵，／命運貼著大的漩渦。」顯示一個少年佇立在大動亂時代的早熟表情。「1941 年的夏天，我高中畢業後，報考（重慶）復旦大學，但沒有錄取，經（鄒）荻帆的努力，托人介紹在復旦大學校友服務部當了一名小職員。當時冀汸、綠原考取了復旦大學。由荻帆創議，我們幾個人加上早已在校的姚奔、張小僻等，共同成立了『詩墾地社』，通過募捐，籌集到了一點經費，創辦了《詩墾地叢刊》。當時正是『皖南事變』以後，重慶、桂林等地的進步刊物大都被迫停刊。所以這個小小的詩刊是受到了進步文學青年的關注並起到了相當大的影響的。」（曾卓〈我的生活道路和文學道路〉）。1955 年 5 月 16 日，曾卓因牽涉「胡風案」被隔離審查，從此蒙受不白之冤直到 1979 年 12 月始平反。

曾卓寫於文革中期（1970 年）的詩〈懸崖邊的樹〉，表達自己經歷的身心折磨與精神堅挺：「不知道是什麼奇異的風／將一棵樹吹到了那邊——／平原的盡頭／臨近深谷的懸岩上／／它傾聽遠處森林的喧嘩／和深谷中小溪的歌唱／它孤獨地站在那裡／

顯得寂寞而又倔強／／它的彎曲的身體／留下了風的形狀／它似乎即將傾跌進深谷裡／卻又像是要展翅飛翔⋯⋯」。這股「奇異的風」居然能將一棵樹吹到平原盡頭的懸崖邊，顯影時代力量之凶猛與邪惡。這棵樹雖然孤獨寂寞，卻還保有「傾聽」大自然的能力，可見其心靈依然靈敏。「風的形狀」展現生命被雕塑之美，這是對於政治改造的藝術性轉化，以即將傾跌／展翅飛翔婉轉呈現詩人的精神渴望。曾卓以不帶任何控訴、痛苦與傷感的筆調，傳達出詩歌永恆的力量。

「1957 年夏天，『丁陳反黨集團』再次被批鬥，丁玲打電話給艾青，希望他能在開會時說幾句公道話。會上丁玲被斥為投降分子、搞個人崇拜、和黨鬧分裂。艾青聽不下去了，發言說：『文藝界總是一伙人專門整人，另一伙人專門被整。不要搞宗派！不要一棒子打死人！』為其後十餘年的不幸埋下禍種。9 月 4 日的《人民日報》上就開始批艾青是『丁玲的伙伴』，『長期奔走在幾個反黨集團之間』。牆倒眾人推，艾青昔日的好友群起而攻之，讓他精神瀕臨崩潰。12 月，中國作協黨組決議，開除艾青黨籍並撤銷一切職務。一生正直卻蒙受不白之冤，艾青氣得用頭撞牆，半夜起來指著牆壁質問：『你說我反黨嗎？』艾青被劃為『右派』後，輾轉在北大荒和新疆勞動改造，歷經自然蠻荒和人世滄桑。『文革』開始後，艾青的工資被降到 45 元，一家五口人艱難度日。」（葉錦《艾青年譜長編》）

1976 年 9 月毛澤東去世，1977 年 7 月鄧小平恢復一切黨政軍職務，1978 年 3 月當選全國政協主席，逐步鞏固權力。8 月 27 日艾青在《文匯報》發表彷彿歸來者宣言的〈魚化石〉：

　　動作多麼活潑，／精力多麼旺盛，／在浪花裡跳躍，／在

大海裡浮沉；／／不幸遇到火山爆發，／也可能是地震，／你失去了自由，／被埋進了灰塵；／／過了多少億年，／地質勘探隊員／在岩層裡發現你，／依然栩栩如生。／／但你是沉默的，／連嘆息也沒有，／鱗和鰭都完整，／卻不能動彈；／／你絕對的靜止，／對外界毫無反應，／看不見天和水，／聽不見浪花的聲音。／／凝視著一片化石，／傻瓜也得到教訓：／離開了運動，／就沒有生命。／／活著就要鬥爭，／在鬥爭中前進，／即使死亡，／能量也要發揮乾淨。

〈懸崖邊的樹〉和〈魚化石〉有一共同特徵：形象化。但〈魚化石〉呈現兩種語言狀況，一個是修辭略顯僵硬，彷彿剛出獄的受刑人不能適應自由的陽光與空氣，肢體不太靈活；一個是意識形態幽靈仍然潛伏在敘述者的文字中，「教訓、運動、鬥爭、死亡」，政治改造在歸來者的心靈留下無法消除的殘酷痕跡。

三、牛漢（1923-2013）

牛漢（本名史承漢）身高一米九一，蒙古族裔，也是「胡風案」無端受害者之一。牛漢在中學時代即受到艾青與田間詩歌的鼓舞，1940 年開始嘗試寫詩。《詩墾地》創刊後吸引了牛漢的認同，寄去組詩〈高原的音息〉被採用，並以詩題作為刊名出刊，從此與《詩墾地》詩人們有來往。牛漢 1943 年到 1946 年就讀西安西北聯合大學外語系，因參加學生運動被捕入獄，獲釋後加入河南省中共地下黨的學運組織。1955 年 5 月，牛漢因「胡風案」牽連被捕長期遭受不公正待遇，文革時期勞動改造受盡折磨。牛

漢的〈華南虎〉廣為人知，描寫桂林動物園中一隻籠中受虐的老虎：

在桂林／小小的動物園裡／我見到一隻老虎。

我擠在嘰嘰喳喳的人群中，／隔著兩道鐵柵欄／向籠裡的
老虎／張望了許久許久，／但一直沒有瞧見／老虎斑斕的
面孔／和火焰似的眼睛。

籠裡的老虎／背對膽怯而絕望的觀眾，／安詳地臥在一個
角落，／有人用石塊砸它／有人向它厲聲呵斥／有人還苦
苦勸誘／它都一概不理！

又長又粗的尾巴／悠悠地在拂動，／哦，老虎，籠中的老
虎，／你是夢見了蒼蒼莽莽的山林嗎？／是屈辱的心靈在
抽搐嗎？／還是想用尾巴鞭打那些可憐而可笑的觀眾？

你的健壯的腿／直挺挺地向四方伸開，／我看見你的每個
趾爪／全都是破碎的，／凝結著濃濃的鮮血！／你的趾爪
／是被人捆綁著／活活地鉸掉的嗎？／還是由於悲憤／你
用同樣破碎的牙齒／（聽說你的牙齒是被鋼鋸鋸掉的）／
把它們和著熱血咬碎……

我看見鐵籠裡／灰灰的水泥牆上／有一道一道的血淋淋的
溝壑／像閃電那般耀眼刺目！／像血寫的絕命詩！

我終於明白……／羞愧地離開了動物園，／恍惚之中聽見

一聲╱石破天驚的咆哮，╱有一個不羈的靈魂╱掠過我的頭頂╱騰空而去，╱我看見了火焰似的斑紋╱火焰似的眼睛，╱還有巨大而破碎的╱滴血的趾爪！

〈華南虎〉寫於 1973 年 6 月的湖北省咸寧市，1997 年 8 月 10 日牛漢據當年札記添加了一行詩：「像血寫的絕命詩！」作為定稿。文革時期的 1969 年 9 月到 1974 年 12 月間，牛漢被下放到湖北「五七幹校」，在監督勞動中折磨了五年歲月，每天拉千斤板車扛百斤稻穀。牛漢這個時期的詩充滿恐懼與悲憤，〈華南虎〉就是一首血淋淋的詩章，以被監禁的「動物園之虎」作為不屈靈魂的象徵；但詩人直到二十四年後才敢把「像血寫的絕命詩！」添上去，頗有心靈坦白之意。「膽怯而絕望的觀眾」描繪文革中被迫觀看階級鬥爭場景的人民群眾，「籠中的老虎」就是剃陰陽頭、坐飛機、跪板凳、爬煤渣，忍受群眾砸石頭與謾罵的鬥爭對象。「有人還苦苦勸誘」，催逼你認罪之聲不絕於耳。「一道一道的血淋淋的溝壑」像似一行一行滴血的詩章。「羞愧」是因為自己含冤卻不敢反抗，有愧良知；但「一聲石破天驚的咆哮……騰空而去」，「火焰似的眼睛」裡貯藏著什麼？有誰知道？

牛漢有一個改不掉的習慣，「據醫生的確診，我是一個有四十年病史的夢遊患者。」此乃奇幻長詩〈夢遊〉詩前題記。「深更半夜不可預測的一瞬間╱我常常猛地一聲長長的呼叫╱掙脫了親人援救的手臂╱從床上蹦起飛躍起升騰而起」，奇異的生命經驗。本詩寫於 1976-1986 年，1987 年 8 月定稿。一百八十二行，歷時十年煎熬才定稿，為什麼？選取三段詩章進行審視：

有多少次（我已經記不清）╱在我那一聲淒厲的狂吼中╱

恍惚看見一個直立的山峰般的陰影／惶惶地逃走／還哧哧地回轉頭向碎裂的我陰笑／原來壓伏在我胸口的／還有一匹毛茸茸（鐵叉似的尖硬）的獸／它比黑夜還黑／它有長長的牙和爪子／刺透了我的軀體／每次夢遊後很久很久／我的生命的內部隱隱疼痛／／光著腳板／裸著心胸／我像風（這是我妻子的感覺）／衝出了家門／如果牆壁上沒有門／我會撞出一個門／有一次門上鎖／居然曉得推開窗戶／一躍而出／如果牆壁上沒有窗口／我也會撞出一個窗口／不管外面遍地冰雪／還是荊棘泥濘風狂雨暴／或者是一個深深的峽谷／我毫無顧慮／只回過頭喊一聲：永別了／永別了我的破碎的軀體／只有一回我被親人找到／我的頭正抵在一個開裂的牆縫／那一道牆縫／能穿過光穿過風穿過靈魂

牛漢對夢遊的前後與內外進行稀有的經驗回溯，呈現經驗過程中「夢與現實」交融互涉的詭異景觀。對於夢遊者而言，現實中的我只是一個「破碎的軀體」，靈魂被拘禁其中無法動彈。「夢遊」是人的潛意識在睡眠中掙脫囚衣並進行越獄行動，這件囚衣在文本中被具象化為「山峰般的陰影」與「毛茸茸的獸」，它造成的傷害深入「生命的內部」，指涉人的靈魂。高大的陰影與漆黑的獸隱喻什麼？政治環境與意識形態，前者具有山峰般重量，後者像似刀刃般銳利，兩者對現實中的人施加壓制與傷害。一聲「永別了」，凸顯越獄者的自由意志，排除萬難只為了讓「光與風」來援救「靈魂」；光驅逐黑暗，風游離出枷鎖。

有許多次在黑沉沉的前面／我望見雪亮雪亮地豎立著一架

梯子／不錯，是梯子，光線凝鑄的梯子／看不清它有多高／不知道它是怎麼豎立起來的／我信賴它／梯子後面一定有牆有山有路／必須靠著它攀登翻越／我風暴般撲過去呼喊地撲過去／但總摸不到抓不到那梯子／梯子呢梯子呢／那梯子還雪亮雪亮豎立在前面／看去並不遙遠……／／哦，面前（這個詞很不準確）／閃現出一束雪白的亮光／很長很長望不到盡頭／它深深地插入黑夜的胸腔／那雪白的光是黑夜流出的血／否則黑夜怎麼能孕育出白天／／哪來的這熠熠的光／是我的靈魂／（感謝它沒有離棄我）／向遠方伸出的觸鬚／我相信心靈的觸鬚／是能以穿透堅實的黑夜的火焰／／有幾回這束亮光像是綷繩／緊繃繃地牽引著我／生怕我沉沒到河底／我的軀殼變成兜滿風的布帆／直立的黑夜是岩峰囚禁的深深的岸／這亮光是流動的河／聽不見流動的音響／它是一束奔騰的光／／我想唱歌／一邊遊走一邊唱歌／像風像河流／但嘴唇和肺葉全都消失／我的歌聲／只響在遙遠遙遠的白天的記憶裡／我似乎聽見了隱隱的歌聲／它在我的深深的生命裡迴響／久不封口的傷疤／進化成會唱歌的嘴唇／血管成為發聲的豎琴

　　這段文本出現了兩種光：光之梯與光之劍。前者由光線凝鑄，看得見卻摸不著，它是人的「精神嚮導」；後者是「我的靈魂」，包含兩種能量特質：「雪白的光」與「火焰」。靈魂像河又像風（疊加成風帆之喻），將無邊的黑暗鑿出一道流向遠方的光之河。「永不封口的傷疤」唱起歌，將傷疤轉化成歌唇。抵達如此境地不只是受難者的自我療癒，更是人性的偉大勝利。

沿著那一束雪亮的光／執迷地向遠遠的黑夜遊走／如果沒有這束光／人世間決不會有夢遊的人／／前面一定有一片開闊的平原／有一個港口／一個光的湖泊／／可我從來沒有走到過盡頭

　　心靈自由的（開闊平原）對比於意識形態的（黑暗牢獄），向世界開放的（港口）對比於自我封鎖的（中國）；唯有光的湖泊能把比黑夜還黑的「鎮壓靈魂的陰影」吸納包容。詩篇提出了詩人的終極夢想：自由的心靈、開放的社會與光明的生命願景。牛漢在現實場域沒有脫離拘囚，但在詩歌場域中衝破牢籠；一個真正的歸來者，一個真實的人。

　　夢或者夢遊經驗，經驗者通常在清醒後只能記憶一二，牛漢的夢遊因為積累了難以計數的經驗（四十年），加上長期（十年）進行觀念與想像的編織，經驗內涵豐富且深刻。噩夢群聚成壓伏在胸口的黑獸，這種生命經驗比較尋常；光之梯與光之劍的知覺體驗，比較接近稀有的靈性經驗。〈夢遊〉組合了多層次的現實／想像／靈性之經驗薈萃，將自我與世界渾融交織，成就一篇現實／夢想、黑暗／光明交流互滲的奇幻詩章。

四、綠原（1922-2009）

　　綠原本名劉仁甫，湖北省黃陂縣人，三歲喪父，十二歲失母，大他十九歲的胞兄劉孝甫助他完成中學學業。劉仁甫抗戰時期流亡重慶，1939年開始文學創作，1941年底與鄒荻帆、姚奔、冀汸、曾卓等人共同創辦重慶復旦大學「詩墾地」文學社，1941-1944年就讀復旦大學外文系。1942年，《七月》雜誌主編胡風主動邀

請綠原加入《七月詩叢》，協助出版第一本詩集《童話》，綠原因此而認識胡風。1955年胡風被打成「胡風反革命集團」頭領，綠原被定為二十三名「胡風骨幹分子」之一，從此難以翻身。綠原寫於抗戰勝利前後的詩，在大後方的進步學生群中有廣大號召力，例如寫於1944年12月的長詩〈給天真的樂觀主義者〉，不愧是一首融合悲憫與批判的現代主義詩歌傑作：「街道扭歪了，房屋飛去了，／一顆男人的頭顱像爛柿似的懸掛著……／一只女人的裸腿不害羞地擺在電線一起……／一個孩子坐在土堆上，凝望天空的灰塵，沒有流淚」、「紳糧們照樣歡迎民眾們大量獻金……／保甲長照樣用左腳跪在縣長面前，用右腳踢打百姓；如此類推，而成衙門」。

綠原早期帶有童詩氣質的詩章也深具魅力，〈小時候〉：

> 小時候／我不認識字，／媽媽就是圖書館。／我讀著媽媽——／／有一天，／這世界太平了：／人會飛……／小麥從雪地裡出來……／錢都沒有用……／／金子用來做房屋的磚，／鈔票用來糊紙鷂，／銀幣用來飄水紋……／／我要做一個流浪的少年，／帶著一只鍍金的蘋果，／一支銀髮的蠟燭／和一隻從埃及國飛來的紅鶴，／旅行童話王國，／去向糖果城的公主求婚……／／但是，媽媽說：／「你現在必須工作。」

1970年身陷囹圄的綠原寫了〈母親為兒子請罪——為安慰孩子們而作〉，心情複雜地說起：

> 對不起，他錯了，他不該／為了打破人為的界限／在冰凍

的窗玻璃上／畫出了一株沉吟的水仙／／對不起，他錯
了，他不該／為了添一點天然的色調／在萬籟俱寂時分／
吹出了兩聲嫩綠色的口哨／／對不起，他錯了，他不該／
為了改造這心靈的寒帶／在風雪交加的聖誕夜／劃亮了一
根照見天堂的火柴／／對不起，他錯了，他糊塗到／在汙
泥和陰霾裡幻想雲彩和星星／更不懂得你們正需要／一個
無光、無聲、無色的混沌／／請饒恕我啊，是我有罪——
／把他誕生到人間就不應該／我哪知道在這可悲的世界／
他的罪證就是他的存在

人何罪？孩子何罪？「他的罪證就是他的存在」，影射了這個罪
是「莫須有」；安慰孩子間接說明父母有罪，大人們罪孽深重，
製造出「無光、無聲、無色」的非人的社會。我的「孩子」也象
徵了我的「詩」，寫詩就是罪證。為了追索人的價值，綠原將
1983 年的詩集命名為《人之詩》。

2007 年 2 月 12 日，綠原在《人民日報》發表新作〈漫與三
題〉，顯現誠摯詩人發自內心的感思。〈一把火〉聚焦於新生即
夭亡、〈放棄〉推理出放棄即擁有、〈臥遊吟〉從黑暗中洞見黎
明，不同的主題以類似的意念軌跡，同趨於一種信念：信仰生命。
在一個無神論猖獗的國度，對生命懷抱著無私廣大的愛，以文字
進行心靈啟蒙工作，顯現詩人的高貴情操與文化理想。

〈一把火〉 綠原

這是旱季曠野無風自燃的
一把火，它悄悄

搖曳著，對陌生的

世界不免懷疑而

遐想，惟願

早日改變自己

卑微的形象；於是

滾捲著身邊枯草，由近而

遠，由低而高，由深谷

爬到了山頂，居然一下子

呼呼拉拉地燃燒起來

觸及無盡的氧，便燒得

更旺，直至把自己

燒光；讓殘骸化作

無數火星，隨風

四散，其中

一粒兩粒落在

一片凋敝的草原上

施施然，蓬蓬然，熊熊然

變成廣袤無垠的火焰地毯

以冒失、橫蠻而粗暴的咒語，直斥

久旱不雨的穹蒼；終於物極必反

果真油然作雲，沛然成雨，一陣

豪放的甘霖終於實現了

這把火最後的願望：面臨

大地由枯渴而滋潤，它終於

對世界不再懷疑，不再遐想

並通過自己第二次新生

怡然迎接不期而遇的夭亡

「一把火」在哪裡？在中國土地上無所不在，它就是共產黨極權政體，它（冒失、橫蠻而粗暴）的興起與作為之歷史過程，詩人以象徵形式扼要點明。「終於物極必反」是一個假設命題，呈現詩人的心靈渴望與生命智慧；這把火終將迎來「第二次新生」，成雲作雨，將枯竭的大地滋潤。

〈放棄〉呼籲統治集團放棄無產階級專政的理論與權力：「你向世界宣布／你一無所有而又／無所不有：／你甚至沒有一杯清水／澆滅燃燒的口渴／你卻富足而慷慨到幾乎／可以邀請天下窮人／光臨茅舍一同喝粥：於是／你平凡的幸福可以／向世界證明／放棄即／擁有」。一無所有／無所不有，放棄／擁有，對比性反諷修辭，基本矛盾無法調和，隱喻共產主義無階級社會的理想不可能實現。

〈臥遊吟〉節選　綠原

——「而今吾老矣，有幸仍能
臥遊於經枯澀形象思維導引的
霧隱雲迷的文字山水間
在一條荒寒的草徑上
遙望童年與故鄉冉冉汽化
竟不知自身之何去何從
誠不勝惶惑之至
乃霍然而起
茫然四顧

頹然跪倒

夕陽紅處

不禁雙手掩面

飲泣起來」──

而你瘦高的影子

卻一直巍然直立

於時見加濃的夜色裡

耳聰眼亮，手舞足蹈，汲汲於

鑿破黑洞之險峻

縋探孤芳之幽深

充分準備最先站出來

揚臂擁抱

踏步而來的黎明

　　共產主義異想天開的意識形態幻覺（黑洞），造成了「童年與故鄉冉冉汽化／竟不知自身之何去何從」；但詩人相信靈魂（巍然直立的高瘦影子）本自具足的「耳聰眼亮，手舞足蹈」，終將驅逐黑暗，「擁抱踏步而來的黎明」。綠原懷抱生命信念在臥遊（詩歌想像）中歸來，為未來者指引迷津。

五、蘇金傘（1906-1997）

　　蘇金傘（本名蘇鶴田），河南省睢縣人。1937 年 11 月，蘇金傘〈我們不能逃走〉發表於胡風主編的《七月》雜誌第二期（武漢時期），導致 1957 年「胡風案」發生時無端被牽連而發送勞改，而蘇金傘根本沒見過胡風的面。「我們不能逃走，／不能離

開我們的鄉村：／門前的槐樹有祖父的指紋，／──那是他親手栽種的；／池邊的洗衣石上有母親的棒槌印，／水裡也還有母親的淚，／──受了公婆或妯娌們的氣，／無處擺理，淚偷滴在水裡；／還有，地裡紅薯快熟了，／根下掙起一堆土，／凸吞吞的像新媳婦的奶頭；／場上堆著沒有打的黃豆，／熱騰騰的腥香向四面流。／這一切我們都不能捨棄，／怎肯忍心逃走，／不能離開我們的家：／碓臼已舂了幾箪子米，／犁雁和鋤鑊都被我們的／手掌磨出深深的汗窩，／棉油燈夜夜看姑嫂們紡花，／紡花聲把我們的夢／纏得又密又重，／像蛛絲裹住一個槐花蟲，／就是驢踢槽也驚不醒；／蟋蟀在牆根勸說織布人：／別犟嘴，再織一會就到三更！／這一切我們都不能拋丟，／怎肯忍心逃走？／還有土地──那位老乳母，／她撫育過我們幾十代的祖先，／又哺養我們和兒孫；／一年四季不拾閒，／忙著張羅棉麻和粱米，／到冬天，雪蓋了原野，／她還預先埋藏下麥根。」（〈我們不能逃走〉節選）這首傳誦一時的抗戰詩歌，這首熱愛鄉土語言雅緻的詩歌，到底犯了什麼天條？

蘇金傘 1935 年的〈雪夜〉，已展現他高超的抒情天賦：

　　　　未曾打過獵，

　　　　不知何故，

　　　　忽然起了夜獵銀狐的憧憬：

　　　　夜雪的靴聲是甘美醉人的；

　　　　雪片潛入眉心，

　　　　銜啄心中新奇的顫震，

　　　　像錦鷗投身湖泊擒取游魚。

林葉的乾舌
默頌著雪的新辭藻，
不提防滑脫兩句，
落上弓刀便驚人一跳。

羊角燈抖著薄暈，
彷彿出嫁前少女的尋思，
羞澀──但又不肯輟止。

並不以狐的有無為得失，
重在獵獲雪夜的情趣；
就像我未曾打過獵，
卻作這首夜獵銀狐詩。

　　迷人的「雪夜」，清寒中透發令人顫震欲泣之美，心靈氛圍完整瀰漫，靜謐的音色浸透字裡行間。〈雪夜〉的出現幾乎是個奇蹟，如果新詩史上有所謂「純詩」，它就是最早最頂尖的純詩，心靈純粹，音色純淨。
　　本詩構造了一個想像空間──「夜獵銀狐的憧憬」，作者言明未曾打過獵，但「不知何故」憧憬幻生。清蕭人心的靜默瀰滿天地；雪，大滌胸懷，鑒照人間。「夜雪的靴聲是甘美醉人的」，獨行者與唯一的腳步聲相依存，精神冷凝故──雪片潛入眉心；「雪片潛入眉心」乃心象，與「錦鷗投身湖泊擒取游魚」相呼應，勾引心靈圖像微顫欲現。
　　二、三、四節描繪夜獵銀狐之情景，想像的焦點不在「獵狐」而是強調「獵獲雪夜」，詩人因雪夜寧靜之大美而起興，此即篇

首所言──「不知何故」。雪夜的感思有借於獵狐的想像，就像空無的時光必待心靈詩篇才能留駐歲月，這是詩人婉轉心思，也是詩之深奧甘美處。如將「獵獲雪夜」視為縱身於詩歌空間，〈雪夜〉可當作一首「論詩詩」。

歲月翻到下下一章，五十七年後，蘇金傘發表了一首追憶詩依然深情款款，此時詩人已經八十六歲，感思還是那麼敏銳細緻，文字典雅聲韻幽微。詩之末尾加註：「幾十年前的秋天，姑娘約我到一個小縣城的郊外。秋風陣陣。因為當時我出於羞怯沒有親她，一直遺恨至今！只有在暮春的黃昏默默回想多年以前的愛情。86 歲作於 1992 年 5 月 27 日」

〈埋葬了的愛情〉　蘇金傘

那時我們愛得正苦
常常一同到城外沙丘中漫步
她用手攏起了一個小小墳塋
插上幾根枯草，說：
這裡埋葬了我們的愛情

第二天我獨自來到這裡
想把那座小沙堆移回家中
但什麼也沒有了
秋風在夜間已把它削平

第二年我又去憑弔
沙坡上雨水縱橫，像她的淚痕

而沙地裡已鑽出幾粒草芽

遠遠望去微微泛青

這不是枯草又發了芽

這是我們埋在地下的愛情生了根

真正的抒情詩人不會老去，真正的愛情不會沉埋；心中有愛，便
沒有迷失與歸來的問題，但願如此。

六、蔡其矯（1918-2007）

出生於福建省晉江縣的蔡其矯也是一位多情的詩人，生平經
歷豐富曲折。八歲隨父母僑居印尼十一歲回到中國，1938年到延
安，進入魯迅藝術學院文學系學習，1939年赴「晉察冀邊區」考
察與教學，1941年以〈鄉土〉、〈哀葬〉獲晉察冀邊區詩歌第一
獎與第二獎，1942年他為〈子弟兵歌〉寫了歌詞，被選為軍歌廣
泛傳唱。

1957年「反右運動」展開，蔡其矯的詩篇遭受到「脫離政治，
放棄社會主義現實主義的基本原則，熱衷追求資產階級藝術趣味
和表現資產階級美學理想，迷戀腐朽的形式主義」（呂恢文〈評
蔡其矯反現實主義的創作傾向〉）的強烈批判。蔡其矯被迫風格
轉向，「大躍進三年，1958年到1960年，我寫了大量的民歌體
詩，但是沒有一篇是成功的，我一篇都不收入集子。」（蔡其矯
《詩的雙軌》）1962年蔡其矯因多情性格以「破壞軍婚罪」被開
除黨籍，隨後入獄，1966年初獲釋。文革開始，蔡其矯被抄家，
以「現行反革命」罪行蹲牛棚二年，1970年8月到1972年年底
被流放到閩西山區永安林場勞動改造。1978年12月蔡其矯在《今

天》創刊號以「喬加」筆名發表三首詩，生平詩篇總數竟達一千二百九十九首。以上這些不平凡事蹟顯示他的獨特性格。

1950 年代，詩人留下不少關於海洋的詩篇，1956 年的〈船家女兒〉寫得何等清新：

> 誕生在透明柔軟的／水波上面，／發育成長在無遮無蓋的／最開闊的天空下，／她是自然的女兒。／／太陽和風給她金色的肌膚／勞動塑造她健美的形體／那圓潤的雙肩從布衣下探露，／那赤裸的雙腳如海水般晶瑩，／強悍的波濤留住在她的眼睛。／／最燦爛的／是那飛舞的輕髮的額頭／和放在槳上的手；／當她在笑，／人感到風在水上跑，／浪在海面跳。

1954 年 9 月 20 日中共第一屆全國人大第一次會議全票通過《中華人民共和國憲法》（《五四憲法》），「第八十七條：中華人民共和國公民有言論、出版、集會、結社、遊行、示威的自由。國家供給必需的物質上的便利，以保證公民享受這些自由。第八十八條：中華人民共和國公民有宗教信仰的自由。」但 1955 年胡風只因文藝理論與毛思想牴觸便遭到整肅，「肅反運動」迅速擴大於全國。1956 年唯有詩人敢背反時代揮灑浪漫的詩章，「風在水上跑，浪在海面跳」的笑容多麼引人遐思，這般笑容絕對是那個年代的奇蹟。任何人可以去翻找 1949 年至 1966 年「十七年時期」的共和國文學是哪副德性？盲目歌頌的樣板化歌謠，文學語言被緊緊箝鎖在政治意識形態範疇內；〈船家女兒〉多麼政治不正確，詩人又是多麼忠實於自己的心靈。

文革末期蔡其矯被釋放，回到閩南家鄉，1975 年有感而發寫

下〈祈求〉：

> 我祈求炎夏有風，冬日少雨；
> 我祈求花開有紅有紫；
> 我祈求愛情不受譏笑，
> 跌倒有人扶持；
> 我祈求同情心——
> 當人悲傷
> 至少給予安慰
> 而不是冷眼豎眉；
> 我祈求知識有如泉源，
> 每一天都湧流不息，
> 而不是這也禁止，那也禁止；
> 我祈求歌聲發自各人胸中
> 沒有誰要製造模式
> 為所有的音調規定高低；
> 我祈求
> 總有一天，再沒有人
> 像我作這樣的祈求！

蔡其矯在語詞之間恍惚歸來，但整個蒙昧的時代何時能歸來？

七、流沙河（1931-2019）

　　流沙河（本名余勳坦），四川省金堂縣人，余家院子裡前後掛有三十道匾額，四代都是讀書人。1951 年，曾擔任過民初時期

地方政府小職員的父親，因身分與地主問題冤死於土改運動中。
1956 年 5 月，流沙河有感於毛澤東 4 月 28 日「百花齊放，百家
爭鳴」的號召，從北京回成都的火車上寫下〈草木篇〉組詩五首，
1957 年 1 月，流沙河參與創辦《星星》詩刊，〈草木篇〉發表在
詩刊上，引起文學界普遍好評。1957 年 6 月「反右運動」嚴厲展
開，〈草木篇〉被毛澤東點名批判：「假百花齊放之名，行死鼠
亂拋之實」，流沙河被淹沒在批倒鬥臭的批判洪流中。1958 年 5
月 6 日上午九點，流沙河被正式宣判為「右派」，1978 年 5 月 6
日下午三點宣布摘下大帽，剛好超過二十年。

　　〈草木篇〉詩前引了中唐・白居易（772-846）兩句詩：「寄
言立身者，勿學柔弱苗」，五首詩以植物形象引申出人性象徵：

〈白楊〉

她，一柄綠光閃閃的長劍，孤零零地立在平原，高指藍
天。也許，一場暴風會把她連根拔去。但，縱然死了吧，
她的腰也不肯向誰彎一彎！

〈藤〉

他糾纏著丁香，往上爬，爬，爬……終於把花掛上樹梢。
丁香被纏死了，砍作柴燒了。他倒在地上，喘著氣，窺視
著另一株樹……

〈仙人掌〉

她不想用鮮花向主人獻媚，遍身披上刺刀。主人把她逐出
花園，也不給水喝。在野地裡，在沙漠中，她活著，繁殖
著兒女。

〈梅〉

在姊姊妹妹裡，她的愛情來得最遲。春天，百花用媚笑引誘蝴蝶的時候，她卻把自己悄悄地許給了冬天的白雪。輕佻的蝴蝶是不配吻她的，正如別的花不配為白雪撫愛一樣。在姊姊妹妹裡，她笑得最晚，笑得最美麗。

〈毒菌〉

在陽光照不到的河岸，他出現了。白天，用美麗的彩衣，黑夜，用暗綠的磷火，誘惑人類。然而，連三歲孩子也不去採他，因為，媽媽說過，那是毒蛇吐的唾液……

〈白楊〉、〈仙人掌〉、〈梅〉書寫正向價值，〈藤〉、〈毒菌〉書寫負向價值。誘惑、糾纏，影射權力主宰者對知識分子的威脅利誘；不肯彎腰、不想獻媚、拒絕引誘，凸顯知識分子的骨氣。詩篇的文學意圖雖然隱晦，但並不模糊。只是他沒想到，「百花齊放，百家爭鳴」的口號竟然是個政治誘餌；流沙河率先被中共中央吊起來曝曬，成為批判樣板，為老毛的「反右運動」開路。文革中，流沙河同樣受難。

文革勞動餘閒，流沙河通讀了《史記》三遍，寫了一千行的長詩〈秦火〉（此稿自毀不存）：改革開放後，流沙河回到傳統文化中研習自我提昇，1982 年在《星星》詩刊寫專欄介紹臺灣現代詩，1983 年集結出版《臺灣詩人十二家》（重慶出版社），引起轟動。十二家包括：紀弦、羊令野、余光中、洛夫、瘂弦、白萩、楊牧、葉維廉、羅門、商禽、鄭愁予、高準。2016 年我聽詩人楊黎（1962-）談起，此書引起四川詩壇廣泛注目；當年他驚訝地發現：原來天底下還有那麼多人在寫詩。

1989 年春，流沙河寫下〈了啊歌〉，批評意識再度抬頭，推測是受 1989 年 4 月 17 日因悼念胡耀邦之死而展開的「八九民運」影響，以詩呼應之作。

〈了啊歌〉　流沙河

大街更寬了啊　小車更鬧了啊
賓館愈修愈高了啊　筵席愈吃愈妙了啊
家貓更懶了啊　鍾馗更醉了啊
武松愈打愈小了啊　時遷愈偷愈貴了啊
賭錢更猛了啊　扭唱更瘋了啊
讀書愈讀愈窮了啊　寫詩愈寫愈空了啊
禮品更厚了啊　風俗更薄了啊
故人愈死愈少了啊　白髮愈生愈多了啊
這時才看清我是一枝鉛筆
歪歪斜斜剛寫了幾個字
卻被小孩削著好玩
愈削愈短了啊
短得祇剩
橡皮擦子
了啊

〈了啊歌〉模仿民間歌謠腔調，諷刺對象是當代社會百態；此時流沙河接近六十歲，但寶刀未老，詩的鋒刃依然老辣。緊接著發生了震驚世界的「六四事件」，流沙河的詩筆也跟著收斂起來，轉寫文化性散文。

流沙河自幼傳習古文，文化涵養深厚。2009年起詩人在成都市圖書館開闢文化講座，向大眾講解《詩經》、《古詩十九首》、《莊子》等古代經典。2016年出版《正體字回家》，細說簡化字失據的根本；流沙河，一個從文化向度歸來的詩人。

八、鄭敏（1920-2022）

「20世紀40年代曹辛之辦了一個刊物叫《中國新詩》，他覺得西南聯大的穆旦、袁可嘉、我、杜運燮這四個人的詩風和他們所要追求的類似，所以就說我們南北合起來算是現代詩派吧。他就和袁可嘉聯繫，要求我們每人至少在《中國新詩》上發表一首，表示合起來吧。那時我快出國了，大約1947年或1948年。我在上面發表了兩首詩，然後我們就根本失去聯繫。」、「到1979年的時候，有一天唐祈通過不記得是誰告訴我跟杜運燮、袁可嘉，就說我們應該重新碰頭，把我們過去未完成的事業再繼續下去。後來我們就在曹辛之家，王辛笛也從上海來了，說江蘇願意再出我們20世紀40年代的詩，但起什麼名字？王辛笛說我們九個就叫『九葉』吧。因為事實上我們不能成為花，我們只能是襯托革命的葉，我們就當『九葉』吧。」（劉福春等〈鄭敏訪談錄〉，1995）《九葉集》出版於1981年，九位作者被後人合稱為「九葉詩派」。

「九葉詩派」的文化資源與審美理想有哪些共性呢？「九葉詩人的創作擺脫了初期象徵派由於引進西方資源的匆促、消化力低弱所導致的晦澀，將西方現代主義詩學思想與中國的現實語境、古典詩歌朦朧婉約的傳統冶為一爐，尋找到了現實、象徵、玄學的有機契合點，可謂20世紀上半葉中國現代主義詩歌的高

峰成就。」（馬永波《九葉詩派與西方現代主義》）「九葉詩派」的現代主義詩學主要得力於里爾克（R. M. Rilke，1875-1926）、艾略特（T. S. Eliot，1888-1965）與奧登（W. H. Auden，1907-1973）的影響。

1948 年鄭敏由家人賣掉房產資助到美國留學，半工半讀，1952 年拿到布朗大學英國文學碩士學位。1956 年鄭敏堅持回祖國服務，分配到中國科學院文學研究所西方組工作。「『文革』期間，寫詩成為詩人的罪狀，紅衛兵找出鄭敏解放前出版的詩集，並清查其歷史問題。『當時工宣隊和軍宣隊的頭頭來問我：「你真的下決心以後不寫詩了嗎？」我當時的腦子還停留在很僵化的「左」傾激進思想狀態。我認為如果可以犧牲我自己的詩歌生命而換得中國的烏托邦式的共產主義，那也是可以的。所以我就說我可以不寫。』」、「鄭敏將自己的詩集付之一炬，也不再與詩友談詩，從 1948 年到 1979 年沉默了近 30 年。」（劉燕輯錄〈鄭敏年表〉）

1979 年鄭敏在與其他七位詩人（穆旦已過世）會面後回去的公車上，「由於大家的鼓勵，我覺得彷彿又回到了詩的王國，在汽車裡這首〈詩啊，我又找到了你！〉突然連同它的題目、聲調、感情、詩行完整地走入我的頭腦。回家後我很快把它寫下來。」鄭敏的詩歌生命歸來了。

鄭敏，1986 年出版詩集《尋覓集》，1991 年出版《心象》、《早晨，我在雨裡採花》，2000 年出版《鄭敏詩集：1979-1999》，2012 年六卷本《鄭敏文集》盛大推出，2016 年《鄭敏的詩》面世。鄭敏詩性歸來後最重要的兩大詩作，當屬 1986 年《心象組詩（之一）》（十三首）與 1990 年《詩人與死》（十九首）。

《心象組詩（之一）》第一首〈引子〉借用德語詩人里爾克

〈杜伊諾哀歌第一首〉其中一段：「但，聽，風的聲音／不停的信息／在沉寂中形成／它來自夭折的年輕人／湧向你……」，六十六歲的詩人因自我傷懷與追憶年少而撩動情思。鄭敏就讀西南聯大哲學系受教於馮至，受馮至影響而喜愛里爾克的詩。《心象組詩（之一）》第七首〈雷雨與夜〉是整組詩的意念核心：

> 從窗口飛進來
> 濕潤了我焦灼的懸念
> 夜如果像雨一樣
> 不預先給我電話電報
> 突然帶著電火
> 從窗口飛進來，留下
>
> 窗下的月季叢
> 在濕淋中追悼一雙
> 顫抖的慈愛的手
>
> 在那黑暗中，一雙
> 回憶的眼睛會看見
> 吞吐著白霧的高山，和一切
> 雲層之上那無所阻攔的
> 藍色的道路，通向
> 沒有引力的永恆
>
> 夜之外不是黑暗
> 我闔上我的眼睛

得到了寧靜

「一雙顫抖的慈愛的手」與「一雙回憶的眼睛」勾勒出一個祈禱者的形象；「傾聽」超越了雷雨干擾和黑暗對心靈的阻絕。詩人向永恆的召喚終於產生回應：「得到了寧靜」；「闔上眼睛」獲得的不是外在的視象，而是內在的心象。

　　第十二首〈無聲的話〉也描繪類似的經驗／主題：「無聲的話，不是話／只是震波／聾了的耳朵／能聽見它／／一個天南／一個海北／背靠著背／目光瞧向／相反的方向／／突然，那聽不見的豎琴／琴弦顫動／所有的樹葉都顫抖了／／他們轉過身來／聽著樹葉的信息／感謝自己是聾子」。背靠著背的不是兩個人而是一個人，當相互隔絕的肉體與靈魂同時聽見「無聲的話」，來自大自然的「樹葉的信息」，來自超越意識（天）的能量波動，將分裂的身體與靈魂重新整合為一個生命（人）。〈無聲的話〉闡述了天人交流的超越性經驗，「心象」之生發奠基於此。鄭敏的詩帶有哲學性思維，但那只是表象；更重要是對於生命的信仰，「寧靜」與「感謝」呈現出信仰的心境。

　　《詩人與死》寫於 1990 年，是詩人紀念詩友唐祈（1920-1990）之死而寫就。鄭敏 1946 年寫過一首有關死亡的詩〈墓園〉：「生命在這裡是一首唱畢的歌曲／凝成了松柏的蒼綠，墓的靜寂／它不是窮竭，卻用『死』做身體／指示給你生命的完整的旨意。」（節選）一個二十六歲的年輕女子，卻發出如此老成的語調，一方面是因為歷史環境（慘烈的對日抗戰剛結束），二方面是里爾克詩歌中死亡母題的影響，三方面與作者的生平與性格相關。鄭敏祖籍福建省閩侯縣，出生於北京，生父王子沅留學法國當過外交官，因肺結核病離職養休，長年吃齋唸經四十多歲去逝。

鄭敏兩歲得了腦膜炎幾乎沒命，病癒後過繼給生父好友鄭禮明（閩侯人），孤寂的童年養成她單純內斂也帶點孤僻的性格。

《詩人與死》處理的不只是死亡主題，「我這首詩寫的時候意圖是講詩人的命運，在我們特有的情況下我們詩人的命運，也可以說整個知識分子的命運，同時，還有我對死的一些感受。」、「唐祈去世前不久到我這裡來，說他非常想寫他在黑龍江的遭遇。他講莫桂新就死在他的旁邊，唐祈抱著他。那個時候的農場非常苦，有一天上面忽然大發慈悲，殺了兩頭豬讓大家吃一頓，那些人就猛吃，然後就發生了流行痢疾。流行痢疾一來就一大片，包括莫桂新，死了不少人。有的還沒死，每天晚上就有人進來踢一踢，說這是明天的貨了。真讓我聽了特別難受。」（〈鄭敏訪談錄〉，1995年）

〈詩人與死之九〉觸及一個人孤獨的死與廣大人民的沉默之死：「從我們腳下湧起的不是黃土／是萬頃激灩的碧綠／海水般勤地洗淨珊瑚／它那雪白的骸骨無憂無慮／／你的第六十九個冬天已經過去／你在耐心地等待一場電火／來把你畢生思考著的最終詩句／在你的潔白的骸骨上銘刻」（節選），唐祈歿於1990年1月20日，所以只過完六十九個冬天。從大地萬頃的海面望去，難以測知有多少死者的骸骨沉埋海底，「雪白的骸骨無憂無慮」訴說的並非漠然或遺忘，而是等待被「最終詩句」銘刻。何謂「最終詩句」？無非就是「最後的審判」。最後的審判不是由上下達的官方平反文件，而是全面的道統、文統、政統的價值復位與精神歸正；「一場電火」象徵從天而降的神的旨意，唯有祂才能改變人間妖孽製造的無邊災難。

〈詩人與死之十一〉　鄭敏

> 冬天已經過去，幸福真的不遠嗎／你的死結束了你的第六
> 十九個冬天／瘋狂的雪萊曾妄想西風把／殘酷的現實趕
> 走，吹遠。／／在冬天之後仍然是冬天，仍然／是冬天，
> 無窮盡的冬天／今早你這樣使我相信，糾纏／不清的索債
> 人，每天在我的門前／／我們焚燒了你的殘餘／然而那遠
> 遠不足／幾千年的債務／／傾家蕩產，也許／還要燒去你
> 的詩束／填滿貪婪的焚屍爐

「貪婪的焚屍爐」不是指涉具象的火葬機器，而是更無形更龐大
的吞噬人民靈魂與肉體的國家機器，只有極權政體才會為了私己
的權力無情地建構「無窮盡的冬天」，才會畏懼詩人的一束詩，
這就是詩歌的永恆勝利。「幾千年的債務」涉及鄭敏對封建思想
與集權帝制對文人的控制與迫害之認知。〈詩人與死之十九〉開
端：「當古老化裝成新生／遮蓋著頭上的天空」，也涉及這個命
題，意謂中共極權政體不過是傳統封建思想與集權帝制的當代變
種；懷抱理想的革命者變成了革命的敵人，革命反革命惡性循環
鬥爭難以歇止。「第十九首也夠嗆，頭兩行就很犯忌了。」鄭敏
接受訪談時如是說。
　　〈詩人與死〉第十八首的批評對象涉及「族群」。他們／我
們對應於加害者／受難者，當受難者們被砍頭、被上吊、被折磨、
被辱罵時，群眾口沫橫飛的「歡呼」聲大作，不是嗎？說出「這
是明天的貨了」這種非人話語的是什麼樣的族群？

〈詩人與死之十八〉　鄭敏

他們用時間的激光刀／在我們身體上切割／白色的腦紋是
抹不掉／的錄像帶，我們的錄音盒／／被擊碎，逃出刺耳
的歌／瘋狂的詩人捧著瘀血的心／去見上帝或者魔鬼／反
正他們都是球星／／將一顆心踢給中鋒／用它來射門／好
記上那致命的一分／／歡呼像野外的風／穿過血滴飛奔／
詩人的心入網，那是墳。

　　我們的思想被錄像存檔，以便黨的監控，我們的語言被改造
成「刺耳的歌」，以符合黨的政策。我們只是被利用的工具，讓
黨奪得「致命的一分」；這一分要了詩人／知識分子的命，而歡
呼的旁觀群眾也是同謀。鄭敏是一個具有思想高度的歸來者，以
詩的形式深刻地闡述其思想情感與歷史見識。〈詩人與死〉不只
是觀念與想像塑造的詩篇，更是人性真實的誠摯流露。
　　「死亡」一直都是鄭敏詩篇的核心命題，1986年〈心象組詩〉
第一首即緣起於「夭折的年輕人」，2002年〈所有的人都在忙碌〉
從另一個角度涉及死亡：

所有的人都在忙碌
忙碌著投遞沒有地址的信
也許是她？也許是他？
誰是那瘋狂的老人乘著鹿車滑到
我的門前。遞給我一封
沒有地址的來信，允諾著
沒有日期的幸福，沒有地名的

約會，沒有銀行的存款，沒有
心靈的長途旅行，連「沒有」
也沒有的圓周，將我緊緊地圈住
在夢想的監獄中

與時俱進的激進老人啊！詩歌語調如此溫婉，批評意識又是如此強烈，連「沒有」都被取消的存有自然就是死亡。「夢想的監獄」，隱喻所有人都在忙碌的「沒有心靈」的當代中國。

鄭敏死亡之詩的峰頂，表現於令人難忘的永恆的四行詩：

當她的頭髮漆黑如夜
當她的肌膚如月下的雪野
當青春如桃花開遍了山坡
死亡，一個美麗而憂鬱的少女
　　　　　——〈死亡第二次浪漫地歌唱著〉節選，2004

九、穆旦（1918-1977）

穆旦祖籍浙江省海寧縣，出生於天津，「九葉詩派」成員。穆旦、鄭敏都畢業於西南聯大，同樣自費留學美國，穆旦堅持回國服務，文化信念與愛國熱忱也與鄭敏相似。1955 年 9 月穆旦任教的南開大學展開「肅反運動」，穆旦因擔任過「中國遠征軍」隨軍翻譯與留學美國經歷成為肅反對象。1957 年 5 月「整風鳴放」大規模展開，6 月起「反右運動」波濤洶湧。

穆旦〈葬歌〉發表於《詩刊》1957 年第 5 期，一首相當笨拙的政治交心詩。第一段提到：「我到新華書店去買些書，／打開

書，冒出了熊熊火焰，／這熱火反使你感到寒慄，／說是它摧毀了你的骨幹。」這些會冒火的書大概是倡導鬥爭的紅書，讓穆旦不寒而慄。第二段穆旦決心為自己送葬，誠實交代了內心的彷徨，讀來徒增荒誕之感：

「哦，埋葬，埋葬，埋葬！」／「希望」在對我呼喊：／「你看過去只是骷髏，／還有什麼值得留戀？／他的七竅流著毒血，／沾一沾，我就會癱瘓。」

但「回憶」拉住我的手，／她是「希望」底仇敵；／她有數不清的女兒，／其中「驕矜」最為美麗；／「驕矜」本是我的眼睛，／我怎能把她捨棄？

「哦，埋葬，埋葬，埋葬！」／「希望」又對我呼號：／「你看她那冷酷的心，／怎能再被她顛倒？／她會領你進入迷霧，／在霧中把我縮小。」

幸好「愛情」跑來援助，／「愛情」融化了「驕矜」：／一座古老的牢獄，／呵，轉瞬間片瓦無存；／但我心上還有「恐懼」，／這是我慎重的母親。

「哦，埋葬，埋葬，埋葬！」／「希望」又對我規勸：／「別看她的滿面皺紋，／她對我最為陰險：／她緊保著你的私心，／又在你頭上布滿

使你自幸的陰雲。」／但這回，我卻害怕：／「希望」是
不是騙我？／我怎能把一切拋下？／要是把「我」也失掉
了，／哪兒去找溫暖的家？

「信念」在大海的彼岸，／這時泛來一只小船，／我遙見
對面的世界／毫不似我的從前；／為什麼我不能渡去？／
「因為你還留戀這邊！」

「哦，埋葬，埋葬，埋葬！」／我不禁對自己呼喊：／在
這死亡底一角，／我過久地漂泊，茫然；／讓我以眼淚洗
身，／先感到懺悔的喜歡。

　　接下來的第三段詩人無路可走，就只能拿石頭往自己頭上砸
了：「這時代不知寫出了多少篇英雄史詩，／而我呢，這貧窮的
心！只有自己的葬歌。」再多坦白也沒用，1958 年 2 月，穆旦依
然被宣布為「歷史反革命」接受機關管制，逐出大學講堂，監督
勞動三年；解除管制後，仍然定期寫檢查，接受勞動改造。
　　穆旦年譜寫道：「1966 年，『文化大革命』爆發，首當其衝
被批鬥、抄家，關入『牛棚』勞改」，「1975 年，中斷近二十年，
重又在舊信箋、小紙條、日曆上進行詩歌創作，如〈蒼蠅〉等」（李
方〈穆旦（查良錚）年譜〉）。「半飢半飽，活躍無比，／東聞
一聞，西看一看，／也不管人們的厭膩，／我們掩鼻的地方／對
你有香甜的蜜。／自居為平等的生命，／你也來歌唱夏季；／是
一種幻覺，理想，／把你吸引到這裡，／飛進門，又爬進窗，／
來承受猛烈的拍擊。」（〈蒼蠅〉節選）將共產主義理想剖析為「幻
覺」，非一朝一夕的頓悟；玻璃窗內蒼蠅不斷撞擊窗戶卻無法飛

離的困境，豈非詩人的心靈投影？一個幻覺破滅的時代清醒者，一個渴望自由飛翔的詩性生命。

　　1976年穆旦寫出〈麵包〉，這首詩收入《穆旦詩全集》（排序倒數第四首），但在後出的《穆旦詩文集》被視為殘稿而刪除；它絕非殘缺的詩篇，而是一首生命之歌：

　　〈麵包〉　穆旦

　　清晨在桌上冒熱氣的麵包／驅走了夜的懷疑之陰影，／它使我又感到了太陽的閃動／好似我自己額上跳動的脈搏。／／呵，生之永恆的呼吸，黑夜的火光，／江河的廣闊，家簷下的溫暖，／被鎖在鋼鐵或文字中的霹雷──／這一切都由勞動建立在大地上。／／我們無需以貧困或飢餓的眼睛／去注視誰的鬆軟的大麵包，／並夜夜忍住自己的情緒，像呻吟／／我們想到的是未來的豐收，／田野閃耀，歡快，好似多瑙河，／而清晨……

觀看沐浴於清晨陽光的麵包，穆旦重新感到躍動的生命力，對於「被鎖在鋼鐵或文字中的霹雷」，充滿釋放的信心與期待。詩人憧憬著未來的希望：歡快的豐收，音樂流淌，黎明再度燦爛地降臨。〈麵包〉（一首生命之歌）是對於〈葬歌〉（一首死亡之歌）的徹底反轉，「政治意識形態」的汙染與箝制，在詩裡被甩得一乾二淨，生命復歸於清潔、安詳與歡樂。多麼不容易的深邃智慧！何等艱難的心靈解放！1977年2月26日穆旦病逝，詩人留下的精湛詩篇要等到1996年《穆旦詩全集》出版後，才逐漸被世人認識與接納。

十、昌耀（1936-2000）

　　1957 年《青海湖》第八期卷末，登載了昌耀的〈林中試笛〉二首（〈車輪〉、〈野羊〉），詩後有一段編者按語：「這兩首詩，反映出作者的惡毒性陰暗情緒，編輯部的絕大多數同志，認為它是毒草。鑑於在反右鬥爭中，毒草亦可起肥田作用，因而把它發表出來，以便展開爭鳴。」

　　〈林中試笛〉寫於青海省貴德鄉間，乃自願在此墾荒的青年詩人昌耀為探勘隊員而作的詩章。昌耀（本名王昌耀）出生於湖南省桃源縣，1950 年 4 月剛滿十三歲，報考三十八軍一一四師的徵兵活動，被錄取為文工隊一員。「我於 1951 年春赴朝鮮作戰，期間曾兩度回國參加文化培訓。我最後一次離開朝鮮是在 1953 年『停戰協定』簽字前十餘日，只為我在元山附近身負重傷，從此我永遠離開了部隊。1955 年 6 月已在河北省榮軍中學完成兩年高中學業的我報名參加大西北開發。又越兩年，我以詩作〈林中試笛〉被打成右派，此後僅得以一『贖罪者』身分輾轉於青海西部荒原從事農墾，至 1979 年春全國貫徹落實中央〈54 號文件〉精神始得解放。」（《昌耀的詩》後記）

　　無論〈車輪〉或〈野羊〉，都是純然抒情的詩，出自一個純潔多情的青年。志願從軍報國，志願遠赴邊疆開發的熱血青年，一夜之間被誣蔑為身懷毒草的罪人；命運轉折徹底改變了昌耀的一生，也讓漢語新詩史醞釀出一位堪稱偉大的詩人。

　　2000 年 1 月 9 日，詩人完成《昌耀詩文總集》後記：「在我生命遭受惡疾的折磨而危在旦夕的日子，應青海人民出版社朋友之囑在痛苦中勉力編輯的這本《昌耀詩文總集》已大體告竣。……

可嘆我一生追求『完美』，而我之所能僅此而已。那麼就請讀者將本書看做一個愛美者的心路歷程好了。此書的編迄或已預示了與朋友們的永別？我已心躁如焚。——祈願仁慈的上帝不要將我遺棄！」3月23日清晨，受不住惡疾折磨的昌耀從醫院墜樓而逝。

《昌耀詩文總集》收錄的最後一首詩乃〈一十一支玫瑰〉，一十一即一心一意，詩篇敘述生與死的最後角力，寫於2000年3月15日病榻。倒數第二首詩是整理於1999年1月9日的〈20世紀行將結束〉，副題：「影物質。經驗空間。潛思維。正在失去的喻義」；這是一首未完成詩稿的斷簡殘編，共有殘編1-7。這些殘編涵藏著無端的神祕，值得探索。茲舉最後兩編：

〈20世紀行將結束　殘編6〉　昌耀

　　他其時並不懼死，當宋希濂部下出示槍決令時，他正伏案寫絕命詩。詩也寫得真絕，在這種時候還能巧用唐人詩句偶成一首：「夕陽明滅亂山中，（韋應物）／落葉寒泉聽不窮；（郎士元）／已忍伶俜十年事，（杜甫）／心持半偈萬緣空。（郎士元）」此時軍法處長催他起程赴刑，秋白又揮筆疾書——「方欲提筆錄出，而斃命之令已下，甚可念也。」秋白曾有句：「眼底煙雲過盡時，正我逍遙處」，此非詞識，乃獄中言志耳。
　　——錄自1996年9月21日《文學報》文章〈徐村的絕唱〉

妻子說：就從這裡開始。

東方

堂·吉訶德軍團的閱兵式。

予人笑柄的族類，生生不息的種姓。

架子鼓、篳篥和軍號齊奏。

瘦馬、矮驢同駱駝排在一個隊列齊步並進。

從不懷疑自己的鐵槍頭還能挺多久。

從不相信騎士的旗幟就此倒下。

拒絕醍醐灌頂……

從遠古的墳塋開拔，滿負荷前進，

一路狼狽盡是丟盔卸甲的紀錄。

不朽的是精神價值的純粹。

永遠不是最壞的挫折，但永遠是最嚴重的關頭。

打點行裝身披破衣駕著柴車去開啟山林。

鳩形鵠面行吟澤邊一行人馬走向落日之爆炸。

被血光輝煌的倒影從他們足下鋪陳而去，

……

妻子說：就從這裡開始。

我從樓梯下來看見丈夫已倒在深雪。

我跑去將他扶起。

他說：「我們談戀愛吧。」

我說，談就談吧，可千萬別碰到我肩頭。

說完我拽上身邊的小兒子轉身就走。

兒子鬧著要跟他爸爸。

我將房門在身後砰地關緊，

瞧見那人依然躺倒在雪地，

一線赤紅的流水或隱或現從亂石間流逸，

那汁液珍貴如血不可被生靈渴飲。

心還砰砰地跳著。

永遠的至死不悟。

永遠的不成熟。永遠的靈魂受難。

永遠的背負歷史的包袱。……

……

……

〈20世紀行將結束 殘編7〉　　昌耀

文詞結束之處。音樂即告開始。
　　　——亨·海涅

……

……

昌耀無端舉出瞿秋白絕命詩與言志句有何深意？

　　瞿秋白（本名瞿霜，1899-1935），祖籍江蘇省宜興市，瞿家自明末歷清朝二百餘年，代代為官，叔祖瞿賡甫曾任湖北按察使與布政使，1903年死在湖北任上。瞿秋白父親工山水畫，然而吸食鴉片且不治家業，瞿家異常窘迫。「母親攜我及弟妹四人，以典當度日，我是時在常州中學讀書。母親為貧窮所逼，旋自縊死。我有堂兄一，任職北京政府陸軍部。畢業後，彼帶我至北京，考取北京大學，以無費用未入學。適外交部開辦俄文專修館，不收

學費，並聞畢業後可派赴俄國做隨習領事或至中東路任事，乃考入該館。五四運動我為校內學生會領導人物，甚為活動。此時略通俄文，喜讀托爾斯太作品，傾向於無政府主義，與鄭振鐸、耿濟之等著手初譯俄國文學作品。畢業後，北京晨報館欲派一新聞記者駐俄，友人以我介紹，經認為合格，遂往莫斯科。」（李克長〈瞿秋白訪問記〉）

瞿秋白在莫斯科期間（1921年1月-1923年1月）於馬克思、列寧學說興趣漸濃，經中學同學張太雷介紹加入1921年7月剛成立的中國共產黨，並擔任1922年底赴俄參加「共產國際」四大的陳獨秀之翻譯，1923年1月底隨陳獨秀返國，負責中共宣傳工作，6月起擔任新改組的《新青年》季刊主編。1927年8月7日，陳獨秀因不滿「共產國際」對中共的操縱，被定性為「右傾機會主義者」，遭「共產國際」代表羅明那茲撤消一切職務（1929年11月被開除黨籍）。瞿秋白受命擔任臨時中央政治局常委主持會議，成為繼陳獨秀之後形式上的中共領導人。1931年1月上海召開的中共六屆四中全會，瞿秋白被指責犯有「調和主義」和「投降主義」錯誤，解除中央領導職務；瞿秋白到上海養病（肺結核），與魯迅、茅盾等人一起推動左翼文化運動。1933年底瞿秋白接到黨的命令，去中央蘇區（贛南、閩西的中共中央革命根據地）從事教育群眾工作。由於國民政府圍剿反政府的中共紅軍勢力，1934年10月中共中央與紅軍不得不放棄中央蘇區，展開戰略轉移往西突圍。瞿秋白奉命留下，與何叔衡、張亮、周月林，經福建、廣東去香港或上海做地下工作。瞿秋白1935年2月26日被捕，解送福建長汀國民黨三十六師師部，在押期間瞿秋白寫下《多餘的話》表達心跡，6月18日被槍決。

瞿秋白被魯迅視為知己，魯迅曾寫一聯贈之：「人生得一知

己足矣，斯世當以同懷視之」。《多餘的話》文末落款日期為1935年5月22日，文前引了《詩經・黍離》：「知我者，謂我心憂；不知我者，謂我何求。」瞿秋白說：「現在我已經完全被解除了武裝，被拉出了隊伍，只剩得我自己了。心上有不能自己的衝動和需要：說一說內心的話，徹底暴露內心的真相。」這些話和「眼底煙雲過盡時，正我逍遙處。」意思類似，都顯現一個孤絕的敘述者渴望撥雲見月，釐清歷史真相。正是「終極言志」的情境，昌耀與瞿秋白產生了共鳴，此即「就從這裡開始」深意所在。

瞿秋白言了什麼志？「『文人』是中國中世紀的殘餘和『遺產』——一份很壞的遺產。我相信，再過十年八年沒有這一種智識分子了，不幸，我自己不能夠否認自己正是『文人』之中的一種。」很不幸，歷史進展被瞿秋白說中了，解放後，中共再也不容許文人／書生／知識分子擁有自己的腦袋了。瞿秋白的獄中反思錄，簡要言之：「雖然我現在已經囚在監獄裡，雖然我現在很容易裝腔作勢慷慨激昂而死，可是我不敢這樣做。歷史是不能夠，也不應當欺騙的。我騙著我一個人的身後虛名不要緊，叫革命同志誤認叛徒為烈士卻是大大不應該的。所以雖反正是一死，同樣是結束我的生命，而我決不願意冒充烈士而死。永別了，親愛的同志們！——這是我最後叫你們『同志』的一次。我是不配再叫你們『同志』的了。告訴你們：我實質上離開你們的隊伍好久了。」（瞿秋白《多餘的話》）這樣表白還不夠清楚嗎？瞿秋白早已看穿了共產主義暴力革命之虛幻與恐怖，此即瞿秋白「心憂」之處。

昌耀想言什麼志？〈殘編1〉這樣開端：「現在／他聽到自己在妻子的夢裡正接受死亡。／他聽到妻子從他的脖頸足足接了一盆血。／他聽到妻子把他的屍骨填進了燃燒的火爐、／他聽

到妻子嘗試用爐灰拭淨血汗的雙手。／／現在／他聽到妻子從妻子自己的夢裡走了出來。／他聽到岳母向妻子謹獻殷勤：／丫頭，那紅通通的血……那死人……／是你今天有可能發財的好兆頭。」〈殘編1〉的主角（他）從丈夫的位置觀察與發聲，〈殘編6〉的主角（我）從妻子的位置觀察與發聲；兩種視域交錯編織，但受難者不變，都是丈夫。妻子象徵陰性存有（共產主義暴力革命），丈夫象徵陽性存有（知識分子理想追求）。如果將「發財」定性為1979年改革開放後的歷史主旋律，這個經濟成果是以火烤屍骨與紅通通的血作為代價。然而，「一線赤紅的流水或隱或現從亂石間流逸，／那汁液珍貴如血不可被生靈渴飲。」隱喻犧牲尚未終結！瞿秋白死於1935年，魯迅死於1936年，他們都是真誠為理想而奉獻出一生的心力；瞿秋白說：「我們的不自由是為了群眾的自由。我們的死是為了群眾的生。」（楊之華〈回憶瞿秋白獄中寄出的信〉）。

從《昌耀詩文總集》倒數第三首：寫於1998年2月的長篇散文詩〈一個中國詩人在俄羅斯〉結尾，也能看出昌耀對理想懷抱至死不渝的信念：「對於我說不盡的俄羅斯，是因為它的磨難與高尚的精神追求有關。而『黑麵包』已成為催化我認識進程的酵母。我已樂於向人宣布，我從一個曖昧的社會主義分子成為半個國際主義的信徒，正是命運的作弄。……請聽，我從中國富翁竟也聽到了『有害的社會主義思潮』這樣的流言蠱惑……」但接下來1999年的自述〈我是風雨雷電合乎邏輯的選擇〉，昌耀如實提起了大伯、父親與三叔的遭遇：三叔王其菜，1939年據說殺了農民一頭豬而被當地縣府處死。畢業於延安抗日軍政大學的昌耀父親王其桂參與了解放戰爭，1947年夏，他卻以「地主不能革地主的命」之理由，從豫皖蘇邊區的「豫東軍分區」作戰參謀任

上逃回湖南老家；解放後再度受不了「土改運動」之批鬥衝擊，1951年初隻身逃到北京避難，自首後判刑兩年，文革勞改中自溺於興凱湖。昌耀母親吳先譽，在丈夫逃跑後獨自面對各種批鬥，跳樓自殺重殘，拖延到1951年秋才痛苦離世。昌耀大伯王其梅（1913-1967），「1932年加入反帝大同盟，翌年加入中共，是1935年北京一二·九學生運動的參與者與組織者之一，時任北平學聯交際股長，他是從這裡踏上革命征途。1967年文化大革命中以西藏自治區最大的『走資派』受迫害身亡。」（王其梅時任西藏黨委書記處書記，此派系鬥爭事件牽涉到包括薄一波在內的「六十一人叛徒集團案」）

　　昌耀是如何承受這些綜合了革命反革命症候群之劇烈的命運衝擊？包括自己因幾行詩句而斷送的二十一年歲月，埋首寫詩一生清貧，他是怎麼挺過來的？昌耀弄懂了這一切的歷史因果嗎？「文詞結束之處。音樂即告開始。」昌耀如果用文詞說出真心話，這些文字就根本無法曝光，出現七次刪節號（……）就是最好的說明。當年《詩刊》編輯韓作榮（1947-2013）在《昌耀的詩》序中提到：1979年「收到他的長詩〈大山的囚徒〉，編輯部研究後請他來京修改這首詩作」，1980年昌耀的大作〈山旅〉選入《歸來者詩卷》共有十四段，後來出版的《昌耀的詩》與《昌耀詩文總集》都刪減為七段，太露骨的段落消失了：「從秦陵墓坑／始皇帝地下操戈的兵俑，／到1975年──／張志新被酷吏割斷的喉頭，／我看到個人權欲驕縱無度。／／三春餓殍，／全是母親的精血；／十載動亂，／杞人曾慮──／金陵天國的禍福……」。2010年《昌耀詩文總集》增編版前言，編輯唐曉渡（1954-）就聰明地暗示過：「由於可以理解的原因，仍有一部分昌耀的存世詩文此次未能採入」。

昌耀無端舉出瞿秋白絕命詩與言志句有何深意？那要讀者從自己內心迴響的音樂去聽取。（昌耀詩專論呈示於下卷第九章）

十一、木心（1927-2011）

木心本名孫璞，祖籍浙江省紹興市，出生於浙江省烏鎮書香世家，就讀上海美術專科學校，師從林風眠（1900-1991）。1956年被誣告組織「反動小集團」，關押半年。文革中，木心家被查抄三次，家中畫作、文稿、藏書被收沒，全家被日夜監視，姊姊被批鬥身亡。1971年木心入獄十八個月，三根手指慘遭折斷，所有文學作品皆被查抄焚燬。1977-1979年間木心再度遭遇軟禁，稍後平反。1981年為出國資歷做準備，木心在上海交通大學教授藝術理論課程，1982年自費遊學美國，定居紐約，從事美術與文學創作，作品豐碩。1984年臺灣《聯合文學》創刊號策劃「木心，一個文學的魯賓遜」特輯，首度引起臺灣文學界注目。2003年在木心學生陳丹青（1953-）策劃之下，烏鎮老家舊址按木心的圖樣蓋起了「舊宅」，2006年木心回到烏鎮定居。

木心的文學創作最早出版於臺灣，1986年《散文一集》、《瓊美卡隨想錄》（洪範出版），1988年《西班牙三棵樹》（圓神出版）。2006年中國出版了第一本木心著作《哥倫比亞的倒影》（廣西師範大學出版）。木心詩集共有六本：《西班牙三棵樹》、《我紛紛的情欲》、《巴瓏》、《偽所羅門書──不期然而然的個人成長史》、《雲雀叫了一整天》、《詩經演》，風格自由隨興，文字簡練典雅。木心的文學文本與共和國的文學文本，呈現出完全不同的世界觀與美學觀；形式自由比較接近海外華人的文學創作，內涵兼容東西文化資源又類似民初時期文人。木心的文字世

界多元又有活力，完全沒有老化跡象，也不見任何「傷痕文學」的控訴感恩，審美意境純粹、深邃、豐富。例如＜色論＞：

淡橙紅／大男孩用情／容易消褪／新鮮時／裡裡外外羅蜜歐／／淡綠是小女孩／有點兒不著邊際／你索性綠起來算了／／粉紅緞匹鋪開／恍惚香氣流溢／那個張愛玲就說了出來／／紫自尊，單思，既紫，不復作他想／／黃其實很稚氣、橫蠻／／金黃是帝君／檸檬黃是王子／稻麥黃是古早的人性／／藍，智慧之色／消沉了的熱誠／而淡藍，彷彿在說／又不是我自己要藍囉／／白的無為／壓倒性的無為／寬宏大量的殺伐之氣／／黑保守嗎／黑是攻擊性的／在絕望中求永生／古銅色是思想家／淡咖啡，平常心／米黃最善良，馴服／／玫瑰紅得意非凡／嬌豔獨步／一副色無旁貸的樣子／／青蓮只顧自己／小家氣，妖氣／／鈷藍是悶悶不樂的君子／多情，獨身，安那其／／土黃傻，不成其色／／朱紅比大紅年輕／朱紅朱在那裡不肯紅／／灰色是旁觀色／灰色在偷看別的顏色／／大紅配大綠／頓起喜感／紅也豁出去了／綠也豁出去了

〈色論〉可作木心的〈二十四色品〉觀，語言策略可見木心之機巧。木心是撐竿跳能手，常用幾個字組成一根語言長桿，隨手一撐蕩過對岸。木心喜歡流麗蕩漾之美，「粉紅緞匹鋪開／恍惚香氣流溢／那個張愛玲就說了出來」顏色加質感一攪和，「鋪開」布店風景，布店伙計順手一攤，蠱惑眼目淹沒感官，「恍惚香氣流溢」，身體感被撩動被喚醒，一蕩蕩到河中央；「那個張愛玲」剛好在此，借這塊礁石再一蕩，彼岸在望。

「金黃是帝君／檸檬黃是王子／稻麥黃是古早的人性」，顏色的階梯：金黃在雲端，稻麥黃觸地，檸檬黃在半空中飛來飛去耍特技。階梯是心意識本有之物生成社會階級，木心藉顏色漫說人性。「土黃」大地本色，木心說它傻，看得出來詩人的貴族意識濃厚，「不成其色」帶有批判意味。灰色是陰天色，普遍的日子，沒自己的主意，總在看別人怎麼過活；人民總在旁觀自己的命運，不肯當家作主。「大紅配大綠」是民間生活，以喜感驅除憂鬱症。「豁」大辣辣，流露節慶歡快的身體感。

　　「白的無為／壓倒性的無為／寬宏大量的殺伐之氣」，「黑是攻擊性的／在絕望中求永生」，白色廣大而無為，黑色狹隘在絕望中求生，好像裝了一條《老子》的尾巴。木心說「色論」，涵容深厚的中西文化素養，不能簡單地把它當白話修辭看待；能把雅言寫得像毫無累贅的白話，這才叫做語言藝術。

　　〈從前慢〉一詩經廣大讀者傳誦，也被譜成歌曲：

　　　　記得早先少年時
　　　　大家誠誠懇懇
　　　　說一句是一句
　　　　清早上火車站
　　　　長街黑暗無行人
　　　　賣豆漿的小店冒著熱氣

　　　　從前的日色變得慢
　　　　車，馬，郵件都慢
　　　　一生只夠愛一個人
　　　　從前的鎖也好看

鑰匙精緻有樣子

你鎖了人家就懂了

　　現代人生活步調太快，「從前慢」的情境因此成為嚮往。
「慢」不只是一種情境，更是生活方式與人文精神，誠懇良善、
溫柔敦厚、蘊藉深遠、凝神虛白，這些似乎都回不去了。從前的
人憨慢，老實做人，暗夜坦蕩行路，不用擔心有人橫刀搶劫；當
代人裝神弄鬼，拐騙偷搶樣樣精通，上行下效有志一同。

　　〈格瓦斯〉　木心

　　1959年／北京／莫斯科餐廳／吃罷通心粉、奧洛夫小牛肉
　　／添了一杯格瓦斯／在俄國小說中、蘇聯電影中／屢次見
　　聞過格瓦斯／灰褐色，涼涼的，澀／一點也不好吃／平民
　　性格，剛毅木訥／不僅愛，而且是愛上了

　　我們是小說的兒子／我們是電影的兒子／我們將要什麼都
　　不是了／想喝格瓦斯也喝不到了／人在美國也二十四年了

　　這首詩該是寫於 2006 年罷！正當木心歸國前夕。「小說的
兒子、電影的兒子」，語調平淡中亮出匕首，木心文字典型風格；
「我們將要什麼都不是了」，血從心臟位置祕密滲漏染紅詩章。
　　木心上海美專的老師：藝術大師林風眠，文革中也遭難，曾
親自將數十年藝術心血泡爛踩爛，以慘不忍睹都無法形容；「只
要人活著，還可以再畫」，自我安慰罷了！木心晚年有一次看到
自己年輕時的照片竟痛哭失聲，內心深處豈非沒有傷痛。木心是

一個精神貴族，半是視野高邁，半是掩飾蒼涼。木心歸來了，但他的歸宿是文化與鄉土，與國族無關。

結語、詩的廢墟與詩的真實

常聽到主流論述說：當代中國「詩的廢墟」起因於十年文革，好像把一切罪惡歸咎於「文化大革命」、「四人幫」這些符號，事情都變得好辦起來。瞿秋白說得好：「歷史是不能夠，也不應當欺騙的。」一假一切假，再多的衍伸論述都是自我欺瞞。也常常聽到有人說「詩的純粹」比「詩的真實」重要，好像美與真可以簡單地判然二分。但我認為，沒有真實的人也就沒有真實的語言真實的詩，更遑論建構抽象的「詩學」。更多政治考量的官樣文章說：不是給他們「平反」了嗎？還說那些往事幹什麼。這是倒果為因，需要被究責的不是受難者而是加害者。

本文列舉了十二位詩人，他們都涉及「歸來」這個命題。討論的詩篇，年代最早是廢名的〈妝臺〉（1931年），年代最晚是綠原的〈漫與三題〉（2007年）。無論創作得早或晚，這些文本都與時代環境緊密相關，既是文學文本也是社會文本。脫離時代語境的閱讀就好比盲人摸象，舉個現成的例子：〈妝臺〉一詩，單獨抽離出來閱覽當然有朦朧之美，2009年《廢名集》出版，〈妝臺〉被放回到《鏡》四十首當中，情詩的表情便躍然入目。廢名的詩篇，從1931年的〈妝臺〉到1957年的〈工作中依靠共產黨〉，天南地北情境差距這麼大，沒有時代索隱要如何串聯起來？廢名說：「我沒有故鄉之思，我沒有家庭之念」，沒有故鄉沒有家庭他要如何「歸來」？但不自我作賤他就活不下去，這才是真正恐怖之處。同一時期穆旦也被迫在交心詩〈九十九家爭鳴記〉裡表

態：「百家爭鳴固然很好，九十九家難道不行？」當然不行！不表態的人問題會更嚴峻。〈工作中依靠共產黨〉發表於1957年3月3日《人民日報》，〈九十九家爭鳴記〉載於1957年5月7日《人民日報》。生命發生「變形記」不是肇始於文革，而是更早，共產主義思想的「鬥爭性」本身就會殺人。曾經是中共領導人又自認是叛徒的瞿秋白，1935年就坦言被迫「自我改造」的荒謬與痛苦：「我的脫離隊伍，不簡單地因為我要結束我的革命，結束這一齣滑稽劇，也不簡單地因為我的痼疾和衰憊，而是因為我始終不能夠克服自己紳士意識，我究竟不能成為無產階級的戰士。」（瞿秋白《多餘的話》）

從綠原1942年之前的少作〈小時候〉，到1970年〈母親為兒子請罪——為安慰孩子們而作〉，再到2007年〈漫與三題〉，前後時間差超過六十五年，「詩的真實」之變化，對作者而言無疑是一種折磨，對讀者而言何嘗不然。為什麼變化如此之大？個人、社會、時代、歷史共同牽動了這些文本。這十二位詩人，就歷史變遷而言，他們經歷過：第一次國共內戰、對日抗戰、第二次國共內戰、鎮反、土改、反右、文革、改革開放、六四事件、世紀交替；就漢語新詩而言，他們的艱難書寫接續貫穿了百年新詩史。

廢名、穆旦、鄭敏、木心、昌耀，「歸來」對他們而言，更重要的不是人而是詩，如果不是《廢名集》、《穆旦詩文集》、《鄭敏文集》、《木心作品集》、《昌耀詩文總集》的整理出版，一個面目模糊的詩人要如何歸來？也惟有詩魂歸來，一個民族的心魂才有歸來的希望。

【參考文獻】

謝冕選編，《魚化石或懸崖邊的樹》（北京：北京師範大學出版社，1993 年）

廢名著；王風主編，《廢名集》（北京：北京大學出版社，2009 年）

艾青著；艾丹編，《時代：艾青詩選》（北京：中國青年出版社，2015 年）

葉錦編著，《艾青年譜長編》（北京：人民文學出版社，2010 年）

牛漢，《牛漢的詩》（北京：北京師範大學出版社，2016 年）

綠原，《綠原自選詩》（北京：人民文學出版社，1998 年）

蘇金傘，《蘇金傘詩文集》（鄭州：河南文藝出版社，1998 年）

蔡其矯，《蔡其矯詩選》（北京：人民文學出版社，1996 年）

鄭敏，《鄭敏文集》（北京：北京師範大學出版社，2012 年）

鄭敏，《鄭敏的詩》（北京：北京師範大學出版社，2016 年）

穆旦著；李方主編，《穆旦詩全集》（北京：中國文學出版社，1996 年）

穆旦著；李方主編，《穆旦詩文集》（增訂版）（北京：人民文學出版社，2014 年）

昌耀，《昌耀的詩》（北京：人民文學出版社，1998 年）

昌耀著；燎原、班果增編，《昌耀詩文總集》（增編版）（北京：作家出版社，2010 年）

燎原，《昌耀評傳》（北京：人民文學出版社，2008 年）

瞿秋白著；周楠本編，《多餘的話：瞿秋白獄中反思錄》（臺北：獨立作家，2015 年）

木心，《木心作品集》（新北：印刻文學，2013 年）

張默、蕭蕭主編，《新詩三百首》（臺北：九歌出版社，1995 年）

洪子誠、奚密等主編，《百年新詩選（上）：時間和旗》（北京：讀書・生活・新知三聯書店，2015 年）

劉揚烈，《詩神・煉獄・白色花——七月詩派論稿》（北京：北京師範大學出版社，1991 年）

馬永波，《九葉詩派與西方現代主義》（上海：東方出版中心，2010 年）

第六章【共和國新詩1980-1998】
1980-1990年代先鋒詩歌的內涵與精神

一、艱難的「存有」

（一）醞釀先鋒詩歌的歷史脈絡與時代環境

《共產黨宣言》，1848 年 2 月在倫敦匿名出版的德語小冊，是卡爾・馬克思（Karl Marx，1811-1883）與弗里德里希・恩格斯（Friedrich Engels，1820-1895），為社會主義者同盟寫的宣言，標誌著「馬克思主義」的誕生。1888 年恩格斯對「階級」進行加註：「資產階級是指占有社會生產資料並使用雇傭勞動的現代資本家階級。無產階級是指沒有自己的生產資料，因而不得不靠出賣勞動力來維持生活的現代雇傭工人階級。」

《共產黨宣言》的核心論點歸納有以下四項：

一、資產階級和無產階級不可調和的歷史對立：「至今一切社會的歷史，都是階級鬥爭的歷史。……壓迫者和被壓迫者，始終處於相互對立的地位，進行不斷的、有時隱蔽有時公開的鬥爭，而每一次鬥爭的結局都是整個社會受到革命改造或者鬥爭的各階級同歸於盡。在過去的各個歷史時代，我們幾乎到處都可以看到社會完全劃分為

各個不同的等級，看到社會地位分成的多種多樣的層次。……但是，我們的時代，資產階級時代，卻有一個特點：它使階級對立簡單化了。整個社會日益分裂為兩大敵對的陣營，分裂為兩大相互直接對立的階級：資產階級和無產階級。」

二、共產黨在階級鬥爭中的唯一優越性：「共產黨人和其它無產階級政黨不同的地方只是：一方面，在無產者不同的民族鬥爭中，共產黨人強調和堅持整個無產階級共同的不分民族的利益；另一方面，在無產階級和資產階級的鬥爭所經歷的各個發展階段上，共產黨人始終代表整個運動的利益。」

三、共產黨消滅資產階級私有制的政治運動目標：「共產主義的特徵並不是要廢除一般的所有制，而是要廢除資產階級的所有制。但是，現代的資產階級私有制是建立在階級對立上面、建立在一些人對另一些人的剝削上面的產品生產和占有的最後而又最完備的表現。從這個意義上說，共產黨人可以把自己的理論概括為一句話：消滅私有制。」

四、暴力階級鬥爭的獨斷合理性與全球化革命：「共產黨人不屑於隱瞞自己的觀點和意圖。他們公開宣布：他們的目的只有用暴力推翻全部現存的社會制度才能達到。讓統治階級在共產主義革命面前發抖吧。無產者在這個革命中失去的只是鎖鏈。他們獲得的將是整個世界。全世界無產者，聯合起來！」

從上述的思想觀念、行動方針、運動目標，能理解共產主義世界革命的歷史根源，其理論的暴力對抗原則，使得共產黨人與

他者的溝通對話成為不可能，也不允任何修正（否則理論架構就會面臨崩潰）。1921 年通過的《中國共產黨綱領》延續的正是馬克思主義的核心理念：共產黨一黨專政的統治合理性，廢除私有制實施人民公社與計畫經濟，連綿不斷的暴力階級鬥爭，聯合第三國際擴大共產主義全球革命，都能從宣言中找到依據。

「共產主義」宣揚的烏托邦式集體生存利益，相當具有蠱惑力，也讓中國共產黨在國共內戰中贏得政權。新政權不但讓數千萬人頭落地，將土地收歸國有實行計畫經濟，還框限個人的生存自由與表達自由的權利。中國人被迫承受看不到盡頭的生存苦難：人與土地情感割裂、文化傳統毀壞、生命價值虛無化。1949 年之後階級鬥爭席捲全中國，在中國共產黨極權政治領航之下，共和國遭遇破四舊的空前浩劫，「破除舊思想、舊文化、舊風俗、舊習慣」，生存的道德標準與倫理秩序被掃蕩一空，時代的虛無感廣大瀰漫。

1978 年肇始的先鋒詩歌即在此歷史脈絡與時代環境的嚴酷壓制下，展開對「人」基本價值的重新確認，以審美價值求索為前導，進行對人性價值復甦的工作。詩人外向揭穿社會現實的虛無，內向抵抗個體精神的虛無，以詩篇引領生命進行決定性變革。詩人以詩歌寫作揭穿虛無，抵抗虛無，內蘊詩歌審美精神的核心要素：「解構自我／重整世界」；它一方面激發人的自由意志與創造意識，解除極權政治加諸身心靈的框限，另一方面對蒙塵暗昧的世界進行去蔽返真，拓寬存有的邊界。

（二）拓寬存有邊界的先鋒詩人

本章選擇九位活躍於 1980 年代與 1990 年代的詩人，探索先鋒詩歌的內涵與精神，解析詩歌文本中潛藏的心理意識與時代圖

像。先鋒詩歌描繪物性高度氾濫而人性仍遭箍鎖的時代景觀，凸顯社會心理意識中集體的虛無傾向；先鋒詩歌對當代中國人的「存有」試煉做出堅定有力的回應，對文化與社會的巨大蛻變提出發人深省的命題。

九位詩人簡介如下：

朱文（1967-，福建泉州、南京），詩人、小說家、電影編導，《他們》成員。

海上（本名林清陽，1952-，上海、湖南長沙），特立獨行的民間詩人，《現代漢詩》、《一行》編委。

馬永波（1964-，黑龍江伊春），詩人、詩歌翻譯家，《東北亞》總策畫。

余怒（本名余敬峰，安徽安慶），異端寫作者，自辦《混沌》、《界線》詩歌小報。

周倫佑（1952-，四川西昌），詩人、評論家，《非非詩刊》、《非非評論》主編。

虹影（本名陳紅英，1962-，重慶、倫敦），詩人、小說家，《今天》海外版作者。

于堅（1954-，雲南昆明），詩人、紀錄片導演，《他們》成員。

孟浪（本名孟俊良，1961-2018，浙江紹興、上海），《海上》、《現代漢詩》編委，《傾向》執行主編。

柏樺（1956-，四川成都），詩人、學者，《日日新》主編。

二、詩歌內涵：揭穿虛無

一首詩不只是一個詩人的獨白，一首詩的禮讚與詛咒，流盪在一代人共同呼吸的空氣裡，一首詩一旦唱出了歌，不由自主地

擾動了其他人的呼吸。一個人的生活不只是一個人的生存內容，也和一群人的生活模式、場所氛圍息息相關；一個人缺乏靈魂的生存，究竟如何複製成一代人的虛無？一時代的興衰愛惡，又如何致命地箝制著個人？

　　虛無是什麼？虛無是「非詩」，人的生存背離了「生命之詩」。世界的殘酷與糜爛起源自人性麻木，人喪失感知生命之美的能力，價值判斷的基礎動搖。一旦人性痲痺與心靈缺席形成時代風潮，一切知識、經濟、科技、教育甚至宗教，都可能輕率被利用成為殺人的武器，戕害生命之詩。「詩」鑑照生命立足之處，導引心靈感知生存之莊嚴，詩的教育重整人性與道德。詩的抵抗正直而激烈，沒有詩的指引，連天堂與愛情都無法倖存；詩是存在的根本是實存自身，詩的反面正是虛無。

　　朱文的詩篇〈詠冬〉透過季節、農民、愛與死三個刀口，剝開現實探查生存，發現了一個時代的關鍵詞：「虛無」。古怪的農民只知道辛勞地耕作，自己的心田卻一無所有，「他自己那塊地」因為缺乏生命的主體性自覺，以致荒蕪多時。這個「農民」不是特定個人，而是比喻一代人；「季節」也不是特定年代，而是指涉當代生存空間，虛無就像病菌散播在空氣中無限繁殖。生存之虛無終將吞噬一切嗎？朱文為盲目地愛戀死亡、追求虛無的時代與群眾，譜出了哀麗的詠嘆調：

　　〈詠冬〉節選　朱文

　　　　古怪的農民，／需要的只是種地，

　　　　這裡種一年，／那裡種一年，

人間種一年，／天堂種一年。

瞧，他自己那塊地／已荒蕪多時了

勞累終年，這個農民／子虛烏有。

這個農民只是／另一個農民的比喻；

我的愛情，比作／向你飛翔的墳墓。

　　虛無來自生活教育，是謀生教會了人們說謊與欺騙的伎倆，生活經驗結出了苦果；但虛無同時也收成了其他利益，敢將石子吹噓成珍珠的人有福了！因為投資報酬率高得令人得意忘形。朱文〈吳江的手裡長著一顆珍珠〉用敘事的語調，描畫一幅尋常生活的浮世繪：「讓我告訴你，這些年的生活／／究竟教會了我什麼。／他一邊說，一邊用右手撫摸著左手，／就像用記憶撫摸著／／陣痛的生活。／他說半年前失戀的那一天騎車摔了一跤，／一顆小石子留在了手裡。／／天氣變冷，左手就會發脹，／躺下的時候，就感覺它在逐漸發育。／所以我對現在的女友說：瞧，我的手裡生長著一顆珍珠」。

　　覆滅生活願景顛倒生命價值的虛無景觀，有時還將刺傷未曾麻木的心。海上詩〈高速的歷史〉，副題「悼被謀殺的Ｐ」，描寫生命被無辜謀害的現場，慘白赤裸的女體宣告生命之虛無。當「歷史」高速煞停之後，生命的遺跡留下了疑問：歷史本身是否就是謀殺生命的事件與場景之累積？

絞在一起的日子總是她臨終
的幻覺。今天秋高氣爽
楓葉塞滿了信筒
她的遺體在清洗之中
終於瞥見她
神聖的腹地慘白的豐乳

現在她的雙腿全無羞恥地
分開。性區殷紅的皮唇微微張開
那個小洞內還躲著她
生前的溫泉
現在塞滿了絕望

　　歷史是虛擬的文本，是人為的選擇性記憶積疊的產物。詩人
藉由人體切開時間剖析歷史，猛然撞見「歷史」只是一具血腥慘
白的屍體，找不到兇手的謀殺遺址。
　　虛無也布置了黑暗深淵，不斷切割存有不斷自我變形的廣漠
流沙裡，生活的陷阱教人寸步難移。馬永波的〈沙與永恆〉讓蜘
蛛吐出噩夢，道路流著油脂，每日的生活反覆吐露出死寂：

販賣永恆的人離開之後，我的家中
沙和蜘蛛在增多：人說蜘蛛能帶來好運
我惡夢連綿，一夜一夜盜汗，背上一片鹽漬
早上陽光從窗沿跌落，軀體在沙坑邊感到猶豫
兒子醒了，坐起來，看看世界沒什麼變化
便又無聊地睡去。「成長是一件多麼可怕的事情。」

他遇不到更多的身體。他是否還願意長大
超過黑色的樹冠？雲層上，一顆大星堅持著獨立

一把嶄新的椅子，使一個老人繃緊了軀體
在半空猶豫。擦淨一張沒有未來的桌子
是否必要？有些時光你無權造訪
你得有一個身分。你得強迫自己和人交往
來增加一點現實感。但又有什麼用
你起身歌唱，大海便在空氣中蒸發
「歌唱，歌唱，直到肉體消失，直到
支持你的慾望和憤怒都已不復存在。」

柏油路像擱淺的鯨魚，流著油脂
「別靠近窗戶，別靠近生活的誘惑。」
一隻水鳥拍打著重重的波濤，試圖掙脫引力
它的同伴在蘆葦和淤泥間試探行走
隨一陣湧浪向岸邊的招潮蟹衝刺
「飲下這黑暗，你就能被人看見。」
閱讀持續到天黑之前，兒子嘟著嘴走向角落
又一個白晝消失：那沙坑裡的泡沫

「又一個白晝消逝：那沙坑裡的泡沫」，在水鳥與招潮蟹之間唯有泥灣一片。馬永波的詩境不是純然紀實寫景，而是鏡子映照現實後折射的詩意風光，「販賣永恆的人」在詩篇的鏡像中只留下背影，一旦將背影揭去，現實的存在感便在空氣中蒸發盡淨；生活脅迫人淪落虛無的沙坑與邪惡同謀，「飲下這黑暗，你就能被

人看見。」

　　馬永波表達的「虛無」，誘惑你飲下黑暗走入沙坑。余怒刺探的「虛無」偽裝成浪漫遊戲。〈浪漫遊戲〉：「一個女人在鐘樓裡生孩子／拚命用力／抖動著一身橡皮／／鐘聲響了一下：噹／她嘴裡吐出魚乾／／蝸牛睡著了／動物們走光了／／鐘聲再響：噹／她向外擠果汁／／她全身埋在玻璃渣裡／她不說話／玩著空心球」。「鐘樓」按時敲鐘報時，告知時間的準則、時代的定律，響亮的鐘聲警醒社會，鐘樓象徵時代精神。「在鐘樓裡生孩子」，就要生孕出什麼樣的一代人？生出「魚乾」，被太陽無情曬癱了的乾癟生命；擠盡「果汁」，生活被時代壓擠變形而流盡人生的汁液。時代浪漫遊戲不負責任的歷史後果是：匱缺新鮮生命要素的鐘聲與只能苦中作樂的鐘樓。余怒是一個盡責的外科醫生，精準的透視儀器與手術刀不過是幾行詩。

　　周倫佑表達的虛無是理想之夭折，燭火點燃與燭火熄滅之間顯示一段驚心動魄的歷史過程。古人秉燭夜遊為了疏散白晝寂寥，慰藉人生苦短，今人秉燭，凝視「夏天成為最冷的風景」，燭光照亮了舉起蠟燭的手，眼中的火炬炯炯燃燒。〈看一支蠟燭點燃〉節選：

> 更多的手在燭光中舉起來
> 光的中心是青年的膏脂和血
> 光芒向四面八方
> 一隻鴿子的臉占據了整個天空
> 再沒有比這更殘酷的事了
> 眼看著蠟燭要熄滅，但無能為力
> 燭光中密集的影子圍攏過來

看不清他們的臉和牙齒

黃皮膚上走過細細的雷聲

沒看見煙火是怎麼熄盡的

只感到那些手臂優美的折斷

更多手臂優美的折斷

　　　　燭淚滴滿臺階

死亡使夏天成為最冷的風景

〈看一支蠟燭點燃〉寫於 1990 年 4 月西昌仙人洞，周倫佑因「六四事件」判三年勞教關押在此。詩篇以「蠟燭」象徵「青年的膏脂和血」，激情點燃的小小燭光印證生命本自具足的溫暖，與相互光照之「仁」。秉燭的象徵意義巨大，不管是對一個人或一代人。蠟燭熄滅不只是燭光滅盡，更重要是「象徵」的文化力量也遭覆滅，虛無帶來永夜。人再也不能自我照明是更殘酷的社會心理事實，互為照明與相互吞噬只在一念之別。

　　虛無來自死亡灼燙之痛，也來自愛情淋雨無家可歸的哀傷。愛情是人生抉擇的重要動因，而非抉擇的成果，愛情無可選擇！「死死扭住愛情」就像一道晚餐一吃再吃，遲早要打破碗盤。虹影〈愛情在雨中走出門〉將兩性情感的張力抽象為一道門，門之開啟與關閉。愛情在「如果」的意念中徘徊流浪，尋找家園：「幸福據說就是愛情，為此我出售終生／避免發誓而神色慌張／愛情在小樓外淋著暴雨／掙扎，大喊，撲倒／然後從容地爬起，向我的門走來／／冰涼的手伸過去抵住門／而水跡沿臺階在流／於是就結婚／如果除了愛情，沒其它奢求」。

　　愛情之艱難必須回歸生存之艱難，唯有解決了生存虛無的命題，生命擁懷著實存感才能引導愛情走進家門。

〈倖存者〉 虹影

> 我被當作那隻熟悉的手，留下／殘麥／天氣更加鬱悶／／
> 剝落的葉子下面／藏著清水／很輕很輕的水／／戰爭和災
> 難頻頻發生／我不再聲嘶力竭／微露的清晨，映出我一個
> 潔淨的局部／／完成愛，面目全非／骨頭和一層薄衣充滿
> 香氣

個人的災難與時代的災難緊密連結，汙濁的社會難以實現個人潔
淨的生存，虛無的空氣令愛情「面目全非」。

　　于堅的〈事件：停電〉探索日常生活現象，藉由詩的宏觀俯
瞰與微觀檢索，彰顯隱蔽在日常生活中不易釐清的模糊真實：「書
架後面的牆紙糊於馬年　牆紙後面的磚頭是一八九七年的／冰塊
冰箱裡　衣服衣架上　水在水管裡　時間鐘殼後面／柔軟的是布
　鋒利的是水果刀　碰響的是聲音　癢癢的是皮膚／床單是潔白
的　墨水是黑色的　繩子細長　血　液狀／皮鞋四十八元一雙
電四角五分一度　手錶值四百元　電視機二千五百元一臺／一切
都在　一切都不會消失　沒有電　開關還在／電錶還在　工具還
在　電工　工程師和圖紙還在／不在的只是那頭狼　那頭站在掛
曆上八月份的公狼／它在停電的一剎那遁入黑暗　我看不見它／
我無法斷定它是否還在那層紙上　有幾秒鐘／我感覺到那片平面
的黑暗中　這傢伙在呼吸諦聽／這感覺是我在停電之後　全部清
醒和鎮靜中的唯一的一次錯覺／唯一的一次　在夏天之夜　我不
寒而慄」。

　　豐富的日常生活語彙構成于堅詩歌的材料，以生活口語的樸
實質地，穿透社會空間裝修的外殼，揭露懸在頭頂上無形的思想

檢查刺刀，或隱蔽在牆紙上監視民眾隱私的公狼。因為無所不在所以是更不易覺察的虛無，在詩的探照之下瞬間露出鬼臉，轉眼又遁入喬裝實存的現實黑暗中。

漆黑總是偽裝成潔白，苦澀的心不免妝扮出甜蜜的笑容，人性的殘酷壓抑往往變形為荒謬的戲劇形式，在現實生活中重現。孟浪寫道：「幸福的花粉耽於旅行／還是耽於定居，甜蜜的生活呵／它自己卻毫無知覺。／／刀尖上沾著的花粉／真的可能被帶往一個陌生的地方／幸福，不可能太多／比如你也被派到了一份。／／切開花兒那幻想的根莖／一把少年的裁紙刀要去殖民。」（〈連朝霞也是陳腐的〉）。被框限的虛假的幸福感來自權力的派遣，來自政治的恩賜，來自有條件的交換，來自刻意遺忘刀尖抵住生存腳跟的心理虛妄，直到「幻想的根莖」被詩歌決然截斷。

柏樺的〈恨〉，揭穿時代虛無景觀的主要特徵：從意識形態自卑心理與階級鬥爭野蠻立場釀造出來的狹隘世界觀，以及盲目揭發相互噬血的群眾集體瘋狂。「恨」的氣味是令人作嘔的氣味，一個為恨而活的人，一個恨人類的人，他是誰？他是我們嗎？

> 這恨的氣味是肥肉的氣味／也是兩排肋骨的氣味／它源於意識形態的平胸／也源於階級的多毛症／／我碰見了她，這個全身長恨的人／她穿著慘淡的政治武裝／一臉變性術的世界觀／三年來除了磕頭就神經渙散／／這非人的魂魄瘋了嗎？／這沉緬於鬥爭的紅色娘子軍／看！她正起義，從肉體直到喘氣／直到牙齒浸滿盲目的毒汁／／一個只為恨而活著的人／一個烈火燒肺的可憐人／她已來到我們中間／她開始了對人類的深仇大恨

三、詩歌精神：抵抗虛無

在虛無之火燄燒遍大地的時刻，詩人的清醒獨白不只是洞穿虛無的心靈表達，藉以澄清視界洗滌自我，更是抵抗虛無的必要手段。文字尋覓表達自由的渴望促使詩篇解剖自己透視他人，尋覓生命實存的根據地，擊破虛無毀滅性的豢養與誘惑。時代的無形牢籠對生存而言未嘗不是一件禮物，覺察身體被束縛禁忌之不快，爾後才有逃奔的衝動，敢於以文字拆毀意識形態鐵牆，讓疲憊的身心靈脫困，用詩篇歌詠自由。

（一）三條道路

先鋒詩人抵抗虛無的第一條道路是：越獄。生命渴望逃脫禁制自由的意識形態牢籠，離棄窒息心靈的黑暗教條，擺脫無所不在的暴力恐嚇。抵抗虛無的第二條道路是：自我教育。先鋒詩歌以冰冷的思想刀鋒挑開制度性暴力虛無的果核，挽救沉溺於溫暖中的脆弱肉身。自我解剖自我質疑之痛使生存的選擇愈形艱難，但也延緩了墮入黑暗的速度。抵抗虛無的第三條道路是：信仰生命，信靠質樸的人性。在誠摯的詩歌場域裡，人與自我，人與他人，人與天地之大美無所隔礙，道德自在其中，使人為造作的邪惡無法趁虛而入。

朱文抵抗虛無的方式正是越獄。朱文的社會身分從電廠職工到民間詩人、專業小說家，以至榮獲國際聲譽的電影導演，一路披荊斬棘，穿越社會角色規範，抵抗意識形態的囚困。〈2月16日，越獄〉陳述了三種脫逃形式：母親「破牆而出」，從家庭倫理規範逃亡；父親「撞破高腳酒杯」，超越慾望的自囚；我的雙

眼「躍入一小片陽光」，心靈視野從生存場域的暗室越界，抵達陽光照耀之處──「母親停下來，整理額前的頭髮，／猛然破牆而出。在同一時刻，／／父親在葡萄酒中大喊著，用頭撞破了／高腳酒杯。反正誰都喚出：／／有人越獄了，不是我，就是／其他什麼。從床上，光著腳來到／／地面，我當然不想現在就接近你，彷彿／那是漏往地球另一端的洞口，而雙眼／／從眼眶中蹦了出來，一隻紅，一隻綠／在半空中久久地對視，然後又／／一起躍入那一小片陽光──聽到落水的／聲音，我知道此刻有兩片不大的水花／／反正誰都能喚出：有人越獄了，不是我／就是其他什麼」

　　越獄的另一個典型是脫棄「重複與報復」惡性循環的社會生活模式，拒絕接受時代集體命運的挾持。在中國共產黨極權統治之下，個人履歷與群眾履歷弔詭地相互複製，模塑著一代人類似的人生經歷。余怒的〈履歷〉從出生寫起，六個月大的嬰兒即遭遇文化大革命血腥上場的驚嚇，「六月裡，紅色的冰塊消失了，我回到／沒有長出的感官中」，奇異的紅色冰塊融解出一大灘血水，生命朝畸形的方向生長，「一歲吃樹葉、牙膏、棉絮、鉛、菊花／兩歲半，吃蝴蝶和灰燼／四歲吃下第一隻貓」，中間夾雜骨頭的吶喊與靈魂的折磨，「今年我被迫到了三十歲，我看見／第一隻貓和最後一隻貓的疊影，它們追著／各自的尾巴打轉，後者是對前者的／有意的重複，（或基本的／報復？），我想起父親，我的孩子／去年和今年／今年一過，眼睛裡會下雪，我會悄悄／把身體從世界上摘掉」。「摘掉」這個語詞的出現可不容易，它的前提是「眼睛裡會下雪」，從液態的淚水到冰晶的雪花之間，心靈經歷多少滄桑！「摘掉」是奪回個人命運的裁定權，重新掌握生命的自由意志。

從生活的牢籠主動脫逃與對生存實相的冷靜透視，是「越獄」景觀的一體兩面；孟浪〈諷刺的痛苦〉直接就把社會送上解剖臺觀察：

> 做完功課，躲進清白的造紙廠
> 在切紙機前，他肢解著自己
> 早兩年那些過於瘋狂的念頭：
> 一個半大孩子，在作文中殺死了老師！
>
> 造紙廠在流血，工人們原地木立
> 從紙筒自行滾出的紙張多麼潔白
> 像一匹匹白絹，把露白骨的工廠
> 不，把社會，包紮了一層又一層
> 一個半大孩子，可能就幹了這些

「諷刺」的痛苦來自刀背對「諷刺者」的傷害，社會解剖與自我解剖彷彿相互拉扯的鏈條兩端。自我省思如果缺乏社會關注的面向，恐怕難以覺察生命內部不斷滋長的虛無；自我教育使抵抗虛無的心理意識落實於生活場域，不致抽離社會現實淪落空想之途。

周倫佑〈仿八大山人畫魚〉關注的命題，在於傳統文化的生活美學與當代社會的生命實存之間，生存的外部矛盾如何藉由詩切換為身體性體驗？意念的抽象思維如何轉化為抵抗虛無的身體實踐之道？「我現在試著讓魚從墨與宣紙上游離出來／在日常的水裡飲食些鹽和泥沙／魚出來了一半，另一半還留在宋朝／與現實接觸的部分立刻腐爛發臭／剩下的半條魚仍在宣紙上遊戲著／

把畫家的心情硬生生的分成了兩半／魚看到自己被一隻手從中剖開／我感覺痛時體驗到了同一把刀的鋒利」。現實的腐朽與身體的腐爛共生在同一時空中，誰也無法遁逃！自我反思是一面明鏡，照亮個人生存在社會結構中的真實困境，使自我教育成為抵抗虛無的基礎。

柏樺的〈選擇〉寫於 1993 年，適逢當代中國社會由計畫經濟向市場經濟轉型的關鍵年代，社會規則急速轉變考驗一代人的選擇。被規則馴服？或者反抗規則？新規則根據什麼來制定？什麼是合理的規則？詩來自生活，而生活面臨現實競爭的殘酷考驗；詩督促人冷靜省思勇敢批判，價值的選擇與堅持何其艱難。淪落虛無？或者抵抗虛無？

〈選擇〉　柏樺

他要去肯尼亞，他要去墨西哥
他要去江蘇國際公司

年輕時我們在規則中大肆尖叫
今天，我們在規則中學習呼吸

呵，多難啊，請別吵了！
讓我從頭開始練習

一二三、一二三、一二三
這究竟是一些什麼東西

肯尼亞、墨西哥、江蘇國際公司

這就是詩，請選吧，這全是詩

　　抵抗虛無的第三條道路是回返質樸的人性，人渴望與自然交融，自我與他人之間油然滋生人性關懷之情。于堅的詩歌主題是自然與文化的本質對詰，〈在馬群之間〉闡述大自然神奇的力量，牽動人心涵包人性，人渴望解散身體的物質性虛無，融入天地變化之大美，高揚精神性實存。于堅詩歌以融匯自然的方式抖落人為蔽障，達致超越虛無的境界。「馬群　為黎明的草葉所凝固的馬群／靜止的火焰　黑壓壓的一片　紅壓壓的一片／當我跑過它們之間的時候／它們像觀眾那樣揚起頭來／我要跑得更加優美／我要在它們合攏過來之前／從它們中間穿過」（于堅〈在馬群之間〉）

　　「虛無」是群眾集體創造的社會性氛圍，是相互疏離相互攻訐的群體共同施力的共業；要消泯共業，唯有人與人之間的相互關懷扶持共生，才有可能走向化解之途。覺悟生存的恥辱感！感知群體記憶之痛！走過瘟疫年代的詩人，踩踏著骸骨閃躲著陷阱，依靠對於生命的信仰而活下來：

〈讓我的禱告直達萬物〉節選　海上

慾念隨潮退盡

露出心的礁石和骯髒的嘴

所有能被石英以及菌群

改變的性質　形成一生的病灶

終於聞到使光輝失色的

陰暗散發的惡腥

活到能看見自己靜脈被雜色嬗變

經絡被菌體竄改

真不容易！我們踏著腥紅熱

的泥淖、踩著疫水　沿著陷阱

走到第四十幾個印張

每個章節都埋葬著同路人

光輝耗盡的骸骨

誰能抵達最後一章？一頁？

真想走回前幾章掘出同伴

把他們埋在後記裡

（事實上我又能不能再走回到今天

所抵達的地點呢？）

自我與他人之間息息相關的親密連結感從哪裡滋生？如何忍受生命之重以抗拒生存的輕浮？海上詩流露生命對信仰的渴望，以詩篇祈禱歷史的正道。

　　沒有詩的自我鑑照，人在虛無中會活得更艱難更麻木，但詩不只是自我救贖，詩來自悲憫自我與他人，暗夜中發出浩蕩天問：「承擔苦難？或者尋找歡樂？」詩是心靈的創世紀，渴望精神變革，在文字夢想中打造理想的社會與生活，喚醒人人心裡潛藏的良知。詩是烏托邦，也是反面烏托邦的批判者，揭露生存繁華的假面、淪落虛無之不義，詩的正義擲地鏗鏘。詩在一瞬間同時穿透愛與死，解放富人與農奴、劊子手與犧牲者；詩以超越個人言

說的廣大寂靜，把虛無與抵抗虛無靜默包裹。

（二）五個陣地

當詩的抵抗重返人性真實，不甘雌伏的祕密呼吸在混沌的暗夜重整心靈史，以文字作永不停息的攻擊與防禦，抵抗虛無的生命之詩正在黎明前夕挖掘陣地。生活倫理圖式是朱文詩歌的探索主題，用簡單的生活事件與場景對應複雜的生命網絡，悠緩道陳生命的蒼涼。朱文詩求索生活圖式的本質，透視生存區位的變遷；詩人的命運是承擔人性的共業，迎接社會生存的動亂與之共浮沉，將時代命運顯影：

> ### 〈1970年的一家〉　　朱文
>
> 父親是多麼有力。肩上馱著弟弟
> 背上背著我，雙手抱著生病的姐姐
> 十里長的灌溉河堤，只有父親
> 在走。灰色的天空被撕開一條口子
> 遠在閩南的母親，像光線落下
> 照在父親的前額
>
> 逆著河流的方向。我感到
> 父親走得越快，水流得越急

1970 年適逢文革中期，三歲的朱文趴在父親肩頭。「逆著河流的方向」，多強勁的詩句！一個背反時代潮流的父親環抱三個孩子，迎向妻子的陽光，以「家」無言的凝聚力，抗衡整個社會

分崩離析的劇烈衝擊。簡單平和的一首詩，情感深厚意志剛強，把汙穢人性的混濁空氣甩得不見蹤跡。「家」是生活倫理的根據地，一個情感分裂的家如同陷落牢獄，一個願意分享愛心擴大關懷的家，凝聚社區與人群成為生命共同體。在朱文詩〈她們不是我的孩子〉裡，敘述者化身為倫理的主格──父親，責任與愧疚交逼著詩人：「她們不是我的孩子，／我卻是她們永遠內疚，而又／一無所有的父親。」、「一隻透明的、孩子的手在未來／返過身來──／／請將我撫摸吧。／我是你們的古董；／你們的父親，／請帶我回家」。民族的魂靈依舊流離失所，構造罪惡的是我們，孩子的清真返身撫慰著可憐憫的大人。「家」畢竟是人性共同的歸宿，「倫理生活」護祐存有的根基，是抵抗虛無的最初陣地。

抵抗虛無的第二個陣地是「文化傳統」。寫作對柏樺而言不是孤立的個體行為，而是文化歸建的過程；寫作，同時也是人格錘鍊的過程。文化懷抱與人格形塑的內外翻騰是中國文學藝術的精神中樞，在文化體性的認同上柏樺確立他的審美理想。請聽文化傳統在當代的詩意迴響：

〈廣陵散〉　柏樺

一
一個青年向深淵滑去
接著又一個青年……

幸福就快報廢了
一個男孩寫下一行詩

唉，一行詩，只有一行詩
二十四橋明月夜

二

冬天的江南
令你思想散漫，抓不住主題

肴肉、个園、上海人
熱氣騰騰的導遊者

照像吧，照像吧
他凍紅的臉在笑

　　〈廣陵散〉第一段同時面向過去與未來，而當刻的詩只有一
行：「二十四橋明月夜」，就再也寫不下去了。「二十四橋明月夜，
玉人何處教吹簫」，杜牧的惆悵淒美，柏樺的惆悵淒涼。美人吹
簫是一個消逝的人文境界，在急速沉淪的時代裡柏樺轉向邈遠崢
嶸的詩歌傳統發出無聲的呼喚！〈廣陵散〉第二段書寫的正是它
的對立面，物質喧囂精神虛無的現實即景：餐館、園林、遊客，
喧囂的聲響虛浮飄蕩，「照像吧，照像吧／他凍紅的臉在笑」，
這是一張空虛的笑！更是一張慘烈的笑！這張時代虛無的臉讓柏
樺一時折斷了筆。〈廣陵散〉向曹魏‧嵇康（223-263）的魏晉
風骨致敬，也是抒情傳統在當代的舒放。寬厚綿遠的文化傳統，
是抵抗輕浮的社會風尚最重要的根據地。
　　抵抗虛無的第三陣地是「自然生命」，生命回歸創造的本源
（天），與人性的懷抱（人），源源不絕的天人交接的能量湧向

開敞的心靈。于堅的詩〈春天的詠嘆調〉歌詠自然，向春天汲取詩意，澆灌日漸虛無被剷盡根苗的人文場域：

> 春天　你踢開我的窗子　一個跟頭翻進我的房間
> 你滿身的陽光　鳥的羽毛和水　還有葉子
> 你撞翻了我那只穿著黑旗袍的花瓶
> 安靜的處子　等待著你　給它一束具體的花
> 你把它的水打潑了　也不扶它起來　就一躍而過
> 惹得外面大地上　那些紅臉膛的農婦　咧嘴大笑
> 昨夜你更是殘酷　一把抽掉天空擺著生日晚宴的桌布
> 那麼多高貴的星星　慘叫著滴下
> 那麼多大鯨魚　被波浪打翻
> 那麼多石頭　離開了故居
> 昨夜我躲在城堡裡　我的心又一次被你綁架
> 你的坦克車從我屋頂上隆隆駛過　響了一夜
> 我聽見你猛烈地攻打南方　攻打那個巨大的鳥籠
> 像聽見了印度智者的笛子　蛇在我身上醒來
> 可我不能出去　我沒有翅膀　也沒有根

孤獨演化的人類「沒有翅膀　也沒有根」，遠離其他自然生命的扶持，成為地球上孤立自大的異化物，創造出耗竭地球資源的繁華虛無。對比於自然生命之神奇響亮，「只要你的花蕾一晃腦袋　你的蜜蜂一亮嗓子」；人類文明自慚形穢，「我們的一切就死像畢露　像忍不住的飽嗝」。回歸自然生命不是歸隱田園，而是擁懷自然融匯天地，跳脫社會模式化語彙的框限，讓生命內在被壓抑的自然資源重新甦醒，長出根鬚伸展雙翼，接引天地無窮的

能量。

　　抵抗虛無需要深刻的「思想」，思想的客觀化過程使思維者遠離自我遮蔽、任性縱情的危機。思想猶如刀鋒，一方面解剖社會構造，認知制度性暴力對個人的傷害；一方面分析自己承受暴力的身體傷痕與心理反應，甚至將思想者自身轉化為施暴者，體驗暴力的殘酷本質。周倫佑的獄中詩篇〈在刀鋒上完成的句法轉換〉以思想的拔昇平衡生命被殘酷壓抑的挫敗：

　　　　讓刀更深一些。從看他人流血
　　　　到自己流血，體驗轉換的過程
　　　　施暴的手並不比受難的手輕鬆
　　　　在尖銳的意念中打開你的皮膚
　　　　看刀鋒契入，一點紅色
　　　　激發眾多的感想

　　　　這是你的第一滴血
　　　　遵循句法轉換的原則
　　　　不再有觀眾。用主觀的肉體
　　　　與鋼鐵對抗，或被鋼鐵推倒
　　　　一片天空壓過頭頂
　　　　廣大的傷痛消失
　　　　世界在你之後繼續冷得乾淨

　　　　刀鋒在滴血。從左手到右手
　　　　你體會犧牲時嘗試了屠殺
　　　　臆想的死使你的兩眼充滿殺機

思想的客觀化檢驗還原事件的來龍去脈，釐清虛無的構造因素，尋找抵抗虛無的方向與手段。詩與思想本是靈肉交纏之親吻，詩與思想的統合催生出詩意迴響的思想波紋，使詩中的思想震盪超越抽象思維辯證檢索的侷限，直覺開啟存有的祕密大門。

周倫佑的〈染料公司與白向日葵〉對時代的構造嘗試了一次詩性解剖，描繪一間怪異的公司冷漠灰澀的場景、模糊壓抑的氛圍：

> 那是些非虛構的事物
> 說不出顏色的染料　混雜在
> 堆滿廢鋼鐵的屋裡（一間廢棄的牢房）
> 膠質狀態的半明半暗中
> 一些神色漠然的人在淘洗煤塊
> （但沒有水）幾個婦女在繅絲
> 靠左邊一些的水泥地上
> 不規則地擺著許多密封的罐子
> 一個陌生男人的面孔冷冷的說
> 「這是我發明的染料公司」

這間公司不是周倫佑的個人發明，而是膠質狀態、水聲與廢鋼鐵交織在一起產生的迷幻作用，使得群眾集體潛意識被俘虜進來，共同開發了這間社會牢房。盲目跟從光線的向日葵被集體種植在罐子裡，被出處不明的染料染成蒼白模樣，「打開《釋夢詞典》第 65 頁　染料條缺／向日葵下面寫著：某種危險的徵兆」，詩有力地鑿開虛無的裂隙，觀察違反自然規律的社會生活真相，感思人間疾病的來龍去脈。

抵抗虛無的最後根據地是「良知良能」，詩是終極抵抗，良心也是。「鐵屋子裡的吶喊」是無法被聽見的，必須鑿開鐵牆，光線、聲音、氣味才會透進來，人的思想、感情才能進行光合作用，呼吸自由。接引光明的就是良能良知，是與生俱來的人類生命本能：「連朝霞也是陳腐的。／／所以在黑暗中不必期待所謂黎明。／／光桶下來的地方／是天／是一群手持利器的人在努力。／／詞語，詞語／地平線上，誰的嘴唇在升起。」（孟浪〈連朝霞也是陳腐的〉）。理想主義在孟浪的詩裡化身為：「垂死的一刻／我用十萬隻雄雞把世界救醒──」，「十萬隻雄雞」是詩的精神集結而成抵抗虛無的壯闊聲音。

詩的啟蒙精神也表現在孟浪的〈教育詩篇〉，孩子一生的遠景眼看就要葬送在永遠擦不白的漆黑裡：

> 危房裡的小學生寂靜／一塊舊黑板兀立／將提供他們一生的遠景──／／黑板的黑呀／攫住他們的全部純潔。／／新來的老師是你／第一課，可能直接就是未來／所以，孩子們在黑板上使勁擦：／黑板的黑呀，能不能更黑？／／為了，僅僅為了／多一點兒、多一點兒光明／但從房頂的裂縫投下了／這個世界，天空的所有陰影。／／你沒有出現／課堂本身說話了／它不忍心自己預言一座廢墟！／／危房裡的小學生寂靜／寂靜，打開了它年輕的內臟。

但詩人不忍心預言一座廢墟，當課堂上喧囂的謊言寂滅下來，詩的本質性靜默即將現身，「寂靜，打開了它年輕的內臟」，這顆年輕的內臟就是良心──抵抗虛無、自我拯救的最後陣地。

四、反旋的歌聲

中國共產黨迷信馬克思唯物史觀，沉溺於階級鬥爭暴力革命，假理想主義之名行教條主義之實的一黨專政，以國家機器箝制民族的生存發展空間。1957年「反右運動」把一百二十萬知識分子下放到窮山惡水，摧殘他們的身心靈；1966-1976年「文化大革命」瘋狂的階級鬥爭掃蕩社會各階層，將整體社會推向毀滅邊緣；1989年學生與民眾爭取政治改革的和平集會，演變成「六四事件」大屠殺。喪失執政合法性的中國共產黨為挽救人心，不得不加速經濟層面的改革開放；官商勾結的權貴資本主義市場經濟，又使社會意識由僵化的「植物人」，氾濫成相互吞噬的「金錢野獸」，「人」之價值求索仍然無所寄託。

時代之恐懼即個人之恐懼，時代之飢餓即個人之飢餓。先鋒詩人們以詩歌為時代切剖病理，表達生命實存的渴望，抵抗虛無對生存基礎之侵蝕，以詩歌探索生命的創造契機。「先鋒」的刺探目標並不止於「揭穿虛無，抵抗虛無」，更是要爭取「人」本真本有的生存權利，使生命能夠踏實地活在世上，從此遠離生存的恐懼，轉化民族無邊無際的苦難命運。

當時代的主流文化以囂嚷的態勢服膺政治規範，高歌逃避「實存」的虛無合唱，先鋒詩人們以逆反的歌喉清唱。反旋的歌聲是詩人追求人性真實的生命實踐之道，以詩歌自我洗滌消解生存掙扎之痛，更是「人」自然權利的伸張。追求自由與免於生存恐懼，是生命內造的自然能量，如三春草木郁郁勃發。詩，是創造性的心靈經驗，是導引社會完成價值重整走向和諧發展的重要基礎。

【參考文獻】

朱文，《他們不得不從河堤上走回去》（臺北：唐山出版社，1999 年）

海上，《死，遺棄以及空舟》（臺北：唐山出版社，1999 年）

馬永波，《以兩種速度播放的夏天》（臺北：唐山出版社，1999 年）

余怒，《守夜人》（臺北：唐山出版社，1999 年）

周倫佑，《在刀鋒上完成的句法轉換》（臺北：唐山出版社，1999 年）

虹影，《快跑，月食》（臺北：唐山出版社，1999 年）

于堅，《一枚穿過天空的釘子》（臺北：唐山出版社，1999 年）

孟浪，《連朝霞也是陳腐的》（臺北：唐山出版社，1999 年）

柏樺，《望氣的人》（臺北：唐山出版社，1999 年）

黃粱等，《地下的光脈》（臺北：唐山出版社，1999 年）

馬克思、恩格斯著；中央編譯局譯，黃瑞祺導讀，《共產黨宣言》（臺北：五南出版社，
2022 年二版）

第七章【共和國新詩1990-2010】
人之樹，新世紀詩歌文化圖像

一、跨世紀前後先鋒詩歌的心靈動向

　　1978 年 12 月鄧小平在中共第十一屆三中全會上掌握實權，開始推動「對內改革，對外開放」的國家政策。同一時間，以「今天詩群」為前導，催生「朦朧詩」潮流，開啟先鋒詩歌運動。1986 年「新詩潮」運動抵達高峰，先鋒詩歌進入「後朦朧詩」時期。1992 年 1 月鄧小平南巡，1993 年起新詩寫作面臨商業大潮的挑戰，許多詩人紛紛停筆轉業，下海撈錢。1999 年後，新詩的書寫與傳播快速邁向網路時代，吸引更多年輕人閱讀／書寫新詩，新詩文本呈現既多元又蕪雜的階段性樣態。

　　1990 年代朱文在〈談論詩歌〉中提到：「每次談論詩歌的時候，我首先感受到的是一種讓人緘默的力量。……詩人就是一個宿醉未醒的人，他的無言沉默與瘋狂夢囈，均來自對一種冥冥之中不能左右的力量的由衷感知、和源於身體的本能反應。」詩歌靜默的力量讓詩人暫時擺脫世界的糾纏，能與生命的內在真實──純粹心靈交往，通過緘默而回到人的本心，這是詩歌書寫的真實起點。「真正的詩歌同時具有一種化解語言的魔力，精確地還原其中的每一個詞語，精確地還原詞語與心靈之間的本質關

係，並拒絕任何人為的附加色彩。……詩來源於語言，又與語言無關。」當生命與詩歌之間能誠心交往，心靈和語言產生同質且同時的創造性連結。詩的精神超越語言文字的表象意義，語言只是手指而詩是月亮；詩人寫作渴望與天邊明月相印，唯有跨越語言柵欄才能真正走進詩的家園。「詩歌是最好的自我教育……。在詞語之間的張力關係中，你能感受到最為深刻的道德與理想教育。……詩歌能夠提高你在現實中的能力，增進與他人之間可能達成的溝通。」朱文的詩學觀點，與詩可以「興、觀、群、怨」的古典詩教理念一脈相承；理想的詩歌寫作從「詩言志」出發，最終達致「神人以和」的境界。詩雖然來自內心的感發，可是它帶有理想氣質，能夠提昇人的精神。詩不只是個人心靈的詠嘆，更是邁向提昇存在境界的一場旅程；詩來自語言又超越語言，詩來自於人又高於人，詩是崇高莊嚴的言說，人與詩在詩意迴響中共同激發出存有之光照明生命。

　　生活倫理圖式是朱文詩的探索主題，渴望重整生存秩序；朱文以詩篇穿越現世的嘈雜迎向光明，「一隻透明的手」返過身來撫摸著詩人：

　　〈她們不是我的孩子〉　　朱文

　　一個孩子，抱著另一個更小的孩子，
　　一本正經地，指揮著車夫，
　　帶她們回家

　　一束陽光，一束更輕的陽光，
　　在時間的車水馬龍中

緊緊地跟著她們

她們不是我的孩子，
我卻是她們永遠內疚，而又
一無所有的父親。

一個公務員下班了，
腳步很碎，像老式鐘錶。
今天他可出格了，

他在菜場，聞到了憧憬的氣味。
一隻透明的、孩子的手在未來
返過身來——

請將我撫摸吧。
我是你們的古董，你們的父親，
請帶我回家

經歷道德崩解價值錯亂的年代，災難後的人心滿懷空虛，到處尋找歸宿；一個還沒有被人世汙染的純真孩童，可以作為人間的導師帶領生命回家。魯迅 1918 年的小說〈狂人日記〉曾經提出「救救孩子」的呼籲，與 1990 年代朱文的詩句「孩子，請帶我回家」，可看作是精神理念的延續與轉變。魯迅認為要保護孩子，不要讓孩子受到文明與社會的汙染；而朱文覺得孩子才是時代的希望，大人何其蒙昧與無助！

1980 年代到 1990 年代，詩歌寫作者最大的挑戰是抵抗歷史

災難造成的價值虛無，通過揭穿虛無以抵抗虛無對生命的無情壓迫。然而只是「揭穿虛無，抵抗虛無」尚未完成時代賦予詩人的任務，「傳統回歸」與「信仰召喚」於文化地層下持續醞釀，等待在歷史過程中開顯。在傳統文化被棄置生命信仰被架空的年代，人心盼望尋找依靠；昌耀1997年的〈告喻〉，在幾近絕望的心境中傳達出信仰的渴望及其艱難：

> 一種告喻讓我享用終身：僅有愛，還並不能夠得到幸福。深邃的思維空間有無量的燭光掀動，那並不能成為吸引年輕人前去的賭場。我想起雨季氾濫的沼澤。懷著從未有過的清醒與自信，我終於信服於一種告喻：僅有愛還並不能夠……幸福。

> 我已習慣準時站在黎明的操場靜候天堂之門為我傾灑一片聖光。我已多次讚美靈魂潔淨的賜與，那是你們孩童的無伴奏合唱。純粹的童聲，芳馨無比。

> 我已講述擊碎頭殼的暴食。
> 我再講述揭去齒冠後的牙腔朗如水晶杯。
> 暴飲吧，狂怒者，我願將你豎立的怒髮看作一炷煙燵。是觀念的反叛。是靈魂的起義。

> 而僅僅有恨也並不能夠……幸福。

這首詩是二十世紀末中國文明的天問！文革時期全民彼此仇恨相互鬥爭，並沒有使生命得到拯救；文革之後個人生命試圖通

過愛的追尋得到救贖，可是身心靈已經普遍失去愛的能力。當昌耀站立在黎明的操場迎接晨曦，他聽見來自天際純真的歌唱，「一片聖光」以信仰般的芳馨向詩人的身心傾灑而下。〈告喻〉在冥冥中向天發出祈求，為時代挽留一絲信仰之光。然而，綜觀1949年以降的共和國新詩，「信仰」仍然是極其隱諱的命題，極其艱難的探索。

　　走進二十一世紀，先鋒詩人群逐漸跨越抵抗虛無的時代藩籬，走出自由意志被壓抑的心靈困境，正面提出精神理念與價值追求，決心捍衛文化傳統、土地家園、精神信仰、詩的真實、愛與美。本章選擇十位活躍於新世紀的先鋒詩人，從思想與詩兩個方面，剖析詩論文本的思想傾向與詩歌文本的文化特質。

　　十位詩人簡介如下：

　　唯色（全名茨仁唯色，1966-，西藏拉薩），藏族，自由寫作者，流亡於北京。

　　張執浩（1965-，湖北荊門），《漢詩》季刊執行主編。

　　楊鍵（1967-，安徽繁昌、馬鞍山），文化溯源詩代表詩人。

　　臧棣（本名臧力，1964-，北京），學者詩人，《新詩評論》編委。

　　龐培（本名王方，1962-，江蘇江陰），抒情詩人，民刊《北門》文學雜誌主編。

　　蘇淺（1970-，遼寧大連），網絡時代代表詩人。

　　鄭小瓊（1980-，四川南充、東莞），打工詩代表詩人。

　　伊沙（名本吳文健，1966-，陝西西安），民刊《詩研究》、《鋒刃》同人，口語詩代表詩人。

　　蘇非舒（1973-，重慶酆都），行為藝術家，創立「物主義」，民刊《大騷動》執行主編。

車前子（本名顧盼，1963-，蘇州），文化散文大家，語言爆破詩創始人。

二、新世紀詩人意識與思想樣態

唯色新世紀的詩篇無畏地呈現信仰的堅持，「生命信仰的聖潔」貫串唯色詩篇的軸心。在無神論與唯物主義長期盛行的國土，生命信仰開始成為詩歌的主題關注，確實是一件重要消息。唯色詩學清楚確立了「信仰」為人世的精神標竿，〈西藏在上——我的詩美學〉開篇說起：

> 寫詩在我，如同追尋前世的記憶。其實在早期的詩歌中，前世已經顯現，身世重頭講述，而我渾然不知，所以靈感總是先行一步，覺悟卻姍姍來遲。
>
> 生活在飽經滄桑的西藏，沐浴西藏那在風雲變幻之中依然格外燦爛的陽光，逐漸經驗和感悟到西藏佛教的慈悲與智慧，逐漸看見和傾聽到西藏歷史與現實中的榮耀和苦難……這一切，讓我有了使命，要對這世界說出西藏的祕密。
>
> 我希望我的寫作實踐這樣一種使命：寫作即遊歷；寫作即祈禱；寫作即見證。
>
> 1990年初春，對於一個以夢想為生的詩歌寫作者來說，我深深地陷入一種宿命似的幻覺之中，以為遠去離天最近的西藏，可以聽到我夢寐以求的聲音，——我近乎迷信地認定，只有在西藏才能聽到這種聲音，它來自「上面」，或者說更接近「上面」；並由這個聲音引導著，變

成介於祭司、巫師和遊吟者之間的那種人。說得形象一點，這聲音猶如一束光，自上而下，籠罩肉體，最終使自身得以逐漸地煥發。我自認為這才是真正意義上的詩人。

唯色渴望與超越人之上的靈性大我的聲音相互連結，通過天地廣大能量對存有者的洗滌與照明，確立生命的立足點；通過奉獻與祈禱使心靈不再彷徨無依，生命得到安立。唯色詩歌的寫作基礎是生命的靈性意識與西藏的文化歷史。唯色的詩具有歷史使命感，涵藏人文理想，瞻望高於人之上的信仰的光明。唯色關注的並非「西藏」這個政治符號的表象，而是要捍衛心靈家園守護生命信仰——人天之間召喚與連結的通道。唯色對西藏文化歷史的整理，更深刻涵義是守護人對家園的愛、人的信仰自由。新世紀初始，唯色對家園之愛與生命信仰的精神重整，與 1990 年代朱文對生活倫理圖式的心靈守護同樣重要。

張執浩新世紀詩歌寫作的立足點是傳統與愛，寫作不只是擁懷小我之愛，也關乎對廣大生民的愛。詩論〈低調〉提到：

> 「刀子捅進去，為什麼沒有血？」這是多年前我在一首詩歌中所發出的感嘆，如今這樣的感嘆依然成立。如今，我依舊徘徊在黃鶴樓下，但我心中不再畏懼，我清楚，儘管已經有那麼多的崔顥、李白「題詩在前」，但我已經把自己納入傳統的一分子，也將愛視為全人類最深厚、最有活力的傳統的源頭。
>
> 已故詩人宇龍在一篇關於詩歌的隨筆中一針見血地指出：「寫作是什麼？寫作就是私設公堂！」語氣肯定，無庸置疑。……在我看來，宇龍的判斷至少包含了這樣幾層

意思：A、寫作是一椿「私事」；B、就其指向來講，它關乎人類情感的「公共」部分；C、它是一種「非法」行為；D、寫作即審判。

　　寫作對張執浩而言，不只是凸顯與揭示生活意義的利器，寫作更重要是自我審判。為什麼自我審判是可能的？「自我審判」能夠成立是因為詩人相信「愛與傳統」的存在，在審美想像與心靈冥思中將「天道」擁懷入「人心」，藉由超越性的「道」做自我審判的尺度，以詩篇完成心靈清潔與生命革新。張執浩的「寫作即審判」與唯色的「寫作即祈禱，寫作即見證」，都是因為敬畏天地內心執持信仰，所以心靈坦蕩。

　　楊鍵詩論以劇烈的文化情感肯定傳統的價值：

　　　　大約十幾年前，我就這樣想，要將這一生奉獻給自己的文化母體，但有時，哪怕母親就在身邊，我也沒有能力認清她的面容。這就是為什麼聖賢書擺在面前，而我們完全沒有讀懂的原因。我們對母親的認知有多深，我們的感恩（原動力）就有多深。中國古老文明的秩序是因為感恩而形成的，這早在《周禮》裡說得就很清楚，我們所需的根本不是什麼前進，而是加快速度地將母親的儀容辨認清楚。（楊鍵〈詩選後記〉）

張執浩也說起：

　　　　被我視為同道的作家，應該是這樣一種人：他心懷絕望卻永不甘心；他把每一次寫作都當作一次受孕，並調動

起全部的情感來期待這一刻的來臨；他是生活的受迫者，同時還有能力成為自己的助產師。這樣的寫作者最終可以從宿命出發，抵達不知命運忘其命運的境界。（張執浩詩論〈低調〉）

　　楊鍵詩的關鍵詞是文化傳統與道德良知，以「慚愧」作為寫作省思的基礎；張執浩以「絕望」作為今生的唯一希望，將生命寄託於不帶功利目的的純粹寫作，以寫作來完成自我審判。這兩種寫作立場表現詩人不向現實妥協的精神堅持，願望走出另外一條道路，生命的主體性更加明朗而堅實。唯色、張執浩、楊鍵這樣精神立場堅定價值取向清楚的寫作觀，是新世紀共和國新詩創作的重要特徵。

　　當內心的價值堅持強大到足以支撐生命形成踏實的人生道路，信念本身就會內化為生命實體中的信仰，這樣的生命信仰與宗教無關。生命信仰相信生命本然具足獨立心靈與自由意志，擁懷普世價值，並依據這些原則自我省思待人處世。唯色將個人信念落實為生命實踐，以寫作、言論與行動守護心中認可的核心價值；一個相信詩歌感召的人，除了文字之外一無所有，沒有退路，只有依靠詩歌寫作的力量將生命往前拓進。車前子的詩論〈車前子說詩〉也談到：「審視人類生存狀況的最後是詩人，因為他們被剝奪一空，剝奪一空是詩人的法器。」詩人寧願在混濁的現實中一無所有，因為詩人相信詩的精神能量將為文明帶來清潔的種子。

　　蘇非舒在〈物主義的第一次談話〉中說：

　　翻開文學史來看，現實主義往往是跟浪漫主義相提並論的，它們其實沒多大區別，目的還是把生活文學化，只

是方式不同而已。它們根本還沒觸及到生活，哪怕它們寫了多少生活，寫了多少苦難的東西。比如現在有許多體制內的寫作人口，在寫現實主義，他哪一點跟現實有關係？沒有絲毫關係。他們也寫苦難，但他們是從生活中抽出身來去寫，把自己的情緒往作品裡面塞。換句話說，他們不是寫生活本身的苦難，而是寫他們自以為是的苦難感。他們這種東西已經震撼不了別個。現實在他們那裡被作品化了，成為一種個人情緒的宣洩。

「消費時代苦難」的現象不只發生在文學寫作場域，在藝術創作場域也是如此，苦難被部分創作者當作一個鮮血淋漓的中國風情符號來消費。文學寫作者應該將個人主義式的私密寫作公共化，與歷史進程交談互動；擁懷時代苦難，持守良知與文化責任的寫作需要更大的勇氣。肩負起文化傳承是一種道德承擔，與「時代苦難」積極對話的文學寫作比起抱持個人主義的文學寫作來得更艱鉅；勇於將個人命運與時代苦難連結思考，敢於把自我祈禱與人民願景一體看待。

楊鍵〈智慧存在於每一個行業〉訪談錄提點：

> 詩是可遇不可求的，人不可能天天都處在那種詩的狀態中，但有一點是可以肯定的，無論是否寫詩我都是一個侍奉者，這是泯滅自我的最好辦法，而歡樂也由此而生。有時我也會擅離職守，從侍奉者變成享用者，神祕的歡樂就會變成公開的消費品，在瞬間消失。我理解的詩好像一隻蘆雁嘴裡銜著的一束蘆花，在我們看來這蘆雁是美的，存在的，在它自己則完全虛無，它才能自在飛翔，它的目

的只有一樣，把蘆花送走。詩人也許就是這樣的一隻蘆雁吧，他不是那種在深夜的高空上哀鳴的鳥，這太常見了。

與人民、時代連結的寫作不是一種刻意的姿態，它只能來自於奉獻。詩人只是一個侍奉者，只有抱持謙卑的心態才不會失去寫作的初衷，淪落為利用文化符碼、消費時代苦難的投機文人。詩，對楊鍵而言是崇高尊貴的文本，詩人是溝通人天的使者，他為人間帶來聖潔的消息；詩高翔於廣闊天際，不是詩人可資利用的宣傳文本與文字產品。詩，對張執浩而言必須連結上愛與傳統，只有融匯進深厚的根源，個人寫作才有安心立命的基礎。漢語詩人應該確立自己的語言文化立足點在哪裡？釐清身體與環境之間的關係，社會關懷與文化理想落實在何處？才不會淪落為以符號繁殖符號、以知識複製知識的虛無寫作。楊鍵、張執浩、唯色、蘇非舒、車前子新世紀時期的詩歌寫作，他們面對的歷史挑戰與時代動盪比起 1990 年代更為變幻莫測，但精神立場更加鮮明而堅定。

詩人的聲音是一個民族的良心，詩的觀點為時代打開嶄新的思想視野。「一首詩：留下筆劃的呼吸，把確定流放。……詩：是對字實施爆破。」、「詩像已婚的姊姊第一次來看我們。」（〈車前子說詩〉），詩帶領人們洞穿生命的祕密；詩是爆破式經驗，迫使文化的常規模型崩解，產生新的生命契機。每一個詩人都有他的所來處與更高處，車前子的所來處是傳統文化和漢語語言；他知道傳統文化的優點，可是不想沉溺在裡面，不希望詩篇成為文化複製品。「詩在當下只能是一支拒絕執行融入知識系統的叛軍。偏離常規，偏離功能，偏離交際，偏離運用，權力不應該是詩學。一首詩的寫作過程是逃脫術：社會權力話語和個體權力話

語都不能給予制約。」車前子要重新審視社會規範，改造文化空間，變革首先從對待語言的獨立思考開始。

龐培詩論〈半山亭〉說道：「現世的詩歌基本虛假，只有到了彼世，詩的冊頁才會真正被打開，已經閉合了的眼睛，會再睜開一次：永恆詞語的眼睛。」詩的讀者是純粹心靈，詩的審美經驗追求微妙的音色變化之美；詩是無用之用，因此能超越現世之壓迫與驅趕，提供給心靈自由豐美的饗宴。「偉大的詩歌彷彿直接書寫在天幕上，把那入夜的璀璨星空當做了他書寫用的字板、稿本。」龐培無懼孤獨，企圖將詩篇寫進超越人世的永恆境界。

蘇淺的詩美學傳承自《詩經》，文字溫潤情意宛轉，詩篇猶如自然的呼吸不待追索。蘇淺將自然物象與人文情思交互編織，創造出一幅又一幅生生不息的生命圖景：

> 我選擇我的詩歌在綠葉上，每一片都浸透陽光，我選擇我愛。／我選擇我的詩歌沒有腳，明日復明日，就在這裡就在這裡，我選擇我等待。／我選擇我的詩歌是一陣香氣。／我選擇我的詩歌種植樸素的棉花／溫暖一個人，一座城，一個寒冷的季節和它荒涼的嘆息。／我選擇我的詩歌在黑暗的夜晚／從不停止生長，每一分鐘都出自呼吸，像湮沒於地層深處的化石。／我選擇我詩歌中的時間永無盡頭。（〈蘇淺碎感錄〉）

詩，超越時間侷限與空間界域，故能凌駕時代超越地域而感動人心；蘇淺的詩思跨越意識形態制約，直與天地萬象交融相應，願望恢復漢語文化清朗大塊的氣息，期待詩歌走出一條清新的道路。

鄭小瓊在訪談中這樣說道：

> 我一直力求讓我的詩歌真誠地表達我置身於現實的內心的鏡像，這種鏡像或大或小，它們構成了我對我周身環境、社會現實、閱讀感受等投下來的陰影與光線，對於我無法逃避的，我會選擇真誠地表達出來。
>
> 如果早期的打工詩歌是「人道主義」出發點多一些，那麼現在是從「人性」考慮打工詩歌了，著重在經過這些苦難以後，打工者的內心狀態。（〈鄭小瓊訪談〉）

鄭小瓊的詩歌寫作與工廠生活緊密連結，這種連結充滿機器與汗水的味道，思緒像鋼鐵製的火車在身體裡拖動著。鄭小瓊書寫農民工與社會現實之間瑣碎而艱難的遭遇，為打工生活雕造了一座汗水淋漓的塑像，寫出充滿在場感與身體感洋溢激情的詩篇，寫出二億二千五百萬農民工的命運與心聲。

「人民」對於伊沙而言，就是小姐、民工和我，而非集體的群眾：「在某家銀行的／自動提款機前／排著三個人／小姐、民工和我／我站在他們二人中間／就是站在了人民中間」（〈人民〉節選）。「我是一個說人話寫人性的詩人──所謂『人民』根本不需要我這種詩人，甚至根本不需要詩歌，他們只是偶爾需要一些鼓舞人心的口號，或者是你在前面的問題中已經提及的那種『小美』。」（伊沙訪談錄〈我看我最像〉）。伊沙的詩歌寫作運用日常話語，表現語言在生活中生龍活虎的力量，把文字還原到語言發生的現場；充滿活性的粗樸的口語詩，與使用雅緻書面語寫作的文化修辭迥然不同。伊沙表達情感的模式和語調十足是個小市民，以普遍人性為立足點，詩歌視野穿透現實生活為底層

人民發聲。

> 「玩」從來都是嚴肅意義上的，是寫作的至高境地。
> 有人永遠不懂。後現代首先是一種精神，一種人生狀態。
> 無章可循，無法可法，它排除不「在」的人，所以有人害
> 怕。（〈伊沙詩論〉）

臧棣在訪談中提出自己的語言觀：

> 語言的遊戲性，是一種非常迷人的天賜之物，甚至可
> 以說，這種遊戲性具有偉大的底蘊。而它完全不是一般
> 人所貶低的那副樣子。我很尊重它。但在詩歌中，我關注
> 的核心目標仍然是語言與審美的關係。對我來說，語言是
> 一種感官。也就是說，我希望能在自己發揮得比較好的時
> 候，語言會成為我感知世界的一種內在的能力。（〈臧棣
> 訪談錄〉）

臧棣的遊戲性注重審美想像的自由，以詩歌文字表達對生活虛實
的多重體驗；伊沙的口語詩悠遊出血肉豐滿的生活肌理，強調契
入生活現場。將生活真實連結上心靈自由是伊沙的寫作之道，而
臧棣的寫作強調詩歌語言的形式變化之美，並充分尊重語言為萬
物命名（感知世界）的創造性功能。

> 好多人呢他們的搞法就是把詩歌當作目的，這就是問
> 題。就像信仰宗教，把宗教當作目的，去跪拜，去朝拜，
> 那就沒得戲。那他自己就解脫不出來。就像一面鏡子，他

有一面鏡子，但鏡子不發光了，蒙了許多灰了，光照上去沒得反光出來。就是這種感覺。實際上是啥子蒙灰呢？是人本身自己蒙了灰，而不是鏡子蒙灰。（〈蘇非舒詩論〉）

　　詩歌本身不是目的，當身體直接感知觸摸到生存，回復原初的不帶知識中介的人與物的關係，詩，讓你看清「真實」是什麼？詩直接切開生存，洞觀生活實相，照亮個人存有的位置。蘇非舒的詩歌寫作試圖開啟不同既往的審美經驗、知覺模式，每一組詩都採取新的語言策略與章法布置。「我們其實根本不可能說出一物。我們只能是遇上一物，我們撞到了它。」、「有必要把被人們一直忽略的，與物體息息相關的聲音、重量、氣味重新提出。」（〈蘇非舒詩論〉）蘇非舒的詩歌寫作注重身體知覺的開放性，無蔽的身體知覺構造出來的詩歌空間滿盈著另類的身體能量感。蘇非舒的「物思維」，渴望以前文化的視野直觀世界；而臧棣「詩歌就是不驅魅」的理念，是對過度理性的現代文明的疏離，通過詩意曲折的路徑回返神話性混沌。

　　車前子蘇州才子的身體本然就太文化了，所以要進行反文化書寫，蘇非舒的書寫試圖回返前文化視域，以更原始的身體能量場作為文本支撐；前者是去漢文化中心思維，後者是非現代性文化脈絡，兩者構造出來的詩歌天地呈現迥然不同的世界模型。車前子詩的反文化書寫因為具備傳統文化底蘊，所以不同於破壞固定框架與意義的解構主義，它的文化基因既堅實又強大。蘇非舒不僅僅使用文字，而且拓及實踐性的詩行動來探究「詩是什麼？」；對蘇非舒而言，詩是一系列自由意志引領的生命運動。

　　雖然 1980-1990 年代的先鋒詩歌產生過各種流派：文化修辭、

口語寫作、現實、超現實、現代、後現代，但詩的思想拘束在意識形態框架的封閉式糾纏裡不得解脫。新世紀以降，詩的思想呈現豐富多元面貌。這種現象表達出兩種涵義：一方面，詩篇豐富多元的觀念與想像是對封閉性文化框架的拆解與重構，另一方面，也顯示詩人對文化與社會的反思不再凝滯於二元對立，而是採取更自由的寫作心態與更積極的語言策略。

三、新世紀書寫向度與文化圖像

先鋒詩歌一路走來與歷史變動、政治干擾頑強纏鬥，文學文本交疊著社會文本。走進高速變動的二十一世紀，詩人為未來展望描繪什麼樣的文化圖像？擘建什麼樣思想革新與價值提昇的參考座標？回顧二十世紀末，昌耀誠摯地提出對信仰的渴望，新世紀初啟，楊鍵揭櫫傳統回歸與價值重整的命題。跨入新世紀的先鋒詩歌，積極面對挑戰，從精神空間進行探索，書寫向度呈現五種主要類型：靈性書寫、文化書寫、性情書寫、生活書寫、語言書寫，每一種書寫向度的詩學思維、語言策略各具特色，它們共構成一幅嶄新的文化圖像：人之樹。

（一）靈性書寫：生命信仰建築

詩不只鑑照現實，詩關注比現實此在更高的存有界域，詩人通過詩渴望到達夢想的彼岸，願望與「超越意識」的精神能量對話交流。靈性書寫關注「更高處」，思索生命的終極觀照命題；靈性書寫猶如陽光、雨水般照亮生命洗滌心靈。詩的文字超越修辭，超越語言意識的操作，詩的心識高於人的心識。詩文字，是具有證量的文字，詩歌場彷彿莊嚴界域，被無始以來的存有之光

開啟，瞬間照亮迷失於現實中的「個體意識」，將「有限」生命連結上「無限」波流。在唯色的詩篇中，一首個人的輓歌，不再孤苦無依，一個人的輓歌召喚出遍地哀求的聲音，一個人的輓歌呼應著歲月容顏之盛開與凋謝。請傾聽！輓歌之悲悽與莊嚴：

〈請你記住〉　唯色

「我忘不了八角街。」
「哦不」，她說：「是帕廓。」
「帕廓？好吧，那就帕廓吧。」
在轉帕廓時，看見天邊晚霞；
在轉帕廓時，聽到低聲哀求。
這些，請你，一併記住。

「我忘不了你。」
「哦不」，她說：「是因緣。」
「因緣？好吧，那就因緣吧。」
回溯前生時，聽到泣不成聲；
想像後世時，看見蓮花盛開。
這些，請你，一併記住。

空際輝映的燦爛晚霞與大地迴響的眾生哀求，拓寬了渺小個人與生活環境之間的狹隘聯繫；對「前生」的回溯與「後世」的想像，也將人之色身「當下存有」的邊界解除，無限衍伸。〈請你記住〉這首詩藉著對空間與時間的拓張與開放，將一個人的悲情觸受，銘印在歲月人生之遊歷與記憶中，轉化個人輓歌私密的生命

經驗，成就一首遍歷十方三世的普世哀歌，將生命輓歌與家園輓歌親密聯繫。唯色通過猶如祈禱詞般的詩篇渴望與形上精神界域產生連結，詩人相信「晚霞」映現出天理，「蓮花」指引著光明；於是，人把自我虔誠地交出去，通過天光的照明消弭人間的傷痕，使身心靈得到信仰的撫慰。

　　張執浩的文學理念是寫作即審判，詩歌寫作不只是自我教育，而是深刻的生命革新。張執浩懷抱著無懼終極審判的信念，相信心靈通過寫作能與形上精神界域產生聯繫，將魂魄深沉的痛苦安撫，恢復生命本然具足的莊嚴；平靜對待、如其所是地凝視「生」與「活」，如如真實地擁抱生命的腥臭與生活之殘酷。張執浩的詩篇敢於以生命信仰迎接時代之殘酷擊打，五馬分屍的慘烈承擔過後，詩人赤誠坦蕩的胸懷方才現身。

　　〈雜感〉　張執浩

　　　養五匹馬用來分屍——早年的詛咒
　　　眼見成為現實
　　　牧場雜蕪，我心蓬鬆
　　　五匹馬，越長越像五個健壯的雜種
　　　五匹馬分別叫：真理，悲傷，謊言，虛無，和
　　　自作自受——它們
　　　即將分道揚鑣，在今夜
　　　在我終於能夠分辨出它們各自的姓名之後

五匹馬象徵現實外部環境與心靈內在空間相互抗衡的張力，時代之馬跑動的方向誰也難以操控，況且意義的套索迷離撲朔。〈雜

感〉的文化意義在於人終於能夠坦然面對：生命與所處的社會環境，彼此相互對抗的慘烈境遇，與被矛盾對立的意識撕裂精神信念崩解的痛楚。當悲劇意識在生命中醒悟，懂得悲憫自我與他人，生命信仰建築才能安置根本的礎石。

（二）文化書寫：文化空間建築

詩的立足點在哪裡？詩有它的「所來處」，詩的所來處可能是純粹心靈、語言能量、生命之愛、土地家園、文化傳統，每個人的立足點不一樣，歸宿也不盡相同。文化書寫關注的所來處是傳統與現代的關係，以及如何延續與更新人文傳統。文化書寫猶如樹幹，將來自大地的養分傳輸供應給植株，使文化生命體枝繁葉茂，文化書寫探索文化空間的涵容性與變革力量。楊鍵詩篇通過「德」在人心中的作用凸顯「道」，將個人生命融匯進文化母體中；詩人通過虔心奉獻來承接文化的精神與內涵，使自己成為浩蕩長流的人文傳統的一部分。「一個人的偉大，乃是對恩情的辨認，／當他完整地認清了恩人的形象／他就長大了，同他的先人一樣，成為一個庇護者，／寂靜，是他主要的智慧。」（楊鍵〈古時候〉）

楊鍵詩篇傳唱出一種神色無畏、志向廣大的莊敬旋律。〈一棵樹〉：

一棵樹終於枯爛，透徹！

真理就是面前的蘆葦！
想像天堂之苦，拯救之苦，我寧願是松樹！

我身後的長江，落日，
我前方的農田，曙光。

我左邊的寺院，我右邊的道觀，
我終究是包羅萬象的佛塔。

寫作是我的第二次恥辱，

第一次我是人。

「真理」自身在究極！追究生存之謎——人，為何度過「非人」之生活？寫作，卻心靈輾轉不得自由？一棵樹終於枯爛，透徹，而人還在經歷永恆黑暗的自我拷問！「詩」在楊鍵的寫作意識中，似乎企圖要使它達到一種諸法平等萬法皆空的詩意迴響狀態。在〈開善橋〉的黃昏景色中，你似乎聞到了修行者骨頭燒出舍利的氣息。人間永恆的苦難，人只能慈悲地攝受；但善之根本：良知，永不泯滅。天道與人道在這座橋上，被楊鍵莊嚴的詩篇連結起來！你聽見那廣大安祥的聖潔歌詠了嗎？歌聲無盡地從每一個人內心深處翻湧而出，時時刻刻，善將開啟：

〈開善橋〉 楊鍵

江水上的夕陽開始燒他了，
田野上沉沉的暮色就是他的骨灰。
母親，這就是你的兒子
同你告別的方式。

你看，夜晚來了，

這正是他燒淨的時候，

卻留下這座橋，

怎麼也燒不化⋯⋯

不同於楊鍵將萬象收納為一的統合形態的文化書寫，臧棣的文化書寫容納更多辯證思維，將思想和語詞反覆折疊。現代文明注重理性與科學，而臧棣詩學的不驅魅理念，試圖回返混沌的詩歌場域，通過現代／傳統，現實／想像的辯證，以語言機制的策略運用，建構出與現實空間平行對照的詩歌空間：

〈古琴〉　臧棣

我和它一起漂著

它偽裝成渡船，而我

則想像至少有過一秒鐘

我曾是幸福的河豚

整個秋天都像是

它的背景。落葉忙著

譜寫它們金色的安魂曲

雖然有些亡魂是硬湊進來的

灰色的樹幹迎著風

像集體婚禮中的新郎

新娘卻是第一次操起斧子

為新生活的溫度而劈柴

她沒想到會從木頭中

劈出它來。她發現
那上面的絲弦幽亮得
像她在夜間走過的那些小徑
她伸手扶住它,用它丈量
她的身高。而那些小徑中
有一條,每當她量一回
就會向盡頭以外再延伸一米
她也沒料到我會緊跟著
從水下冒出來。她像沒認出
我似的,繼續劈柴:木屑橫飛
一切轉瞬間又恢復了原狀

　　詩顯影詩歌空間,詩的現實是生活現實的內面。現實空間是一張絲弦古琴、古琴演奏者、聽琴的人與古琴疏朗明淨的琴聲;詩歌空間變形為灰色的樹幹與劈柴聲響、夜間漫遊的新娘、渡船與河豚、無限延伸的美學小徑。傳統古琴的人文境界與聲音美學,被詩人賦予主客融和(傳統式共鳴)與劈柴丈量(現代性想像)之有機編織,幻現嶄新的詩意迴響。「白雲的售票亭向你我發放／蔚藍的門票。一隻大雕／飛過啞口時,就好像有一把鐵勺／伸向空氣的平底鍋。」(臧棣〈絕唱協會〉)一種既熟悉又陌生的奇異感受,像似你在聆聽古老琴音(天籟),卻聽出現代人的身體情感(人籟)。

　　〈未名湖:六月的夜晚〉　　臧棣

六月的夜晚。一群獅子

在你的身體裡醒來。小山坡上，
樹木像睡著的士兵。多少新鮮的彈藥
堆放在青春之戰中。自我的改造，
像紫藤翻過了水泥牆。多少失敗，
正如我在上午的課堂上提到的，
比最偉大的勝利還要深刻。
詩，你還失敗的遠遠不夠。
你的詩更是如此。一群獅子
來到湖邊飲水。湖裡，雲的倒影
讓它們看不到自己的影子。
已經飲過水的獅子不再屬於你，
現在，支配它們的不再是
命運的引擎，而是記憶的力量。
是的。已發生了結構性的變化——
獅子的背影消失在灌木叢中，
留下來的，隱約能看見的，拆除了
心靈的障礙的，是兩個安靜的湖泊
相連在黝黑中，如同兩座海底火山
正協力把我的大手從你的肌體上移走。

　　「六月」在中國語境中有魔咒般的隱形力量，劍尖不偏不倚地指向 1989 年「六四事件」，從命運的引擎、記憶的力量與結構性的變化，隱約流露端倪；但更加重要的是：「一群獅子在你身體裡醒來」。「兩個安靜的湖泊相連在黝黑中」，北大未名湖本身就是一個文化象徵，歷史感濃厚，以湖面為鏡，實相與虛相彼此鑑照。〈未名湖：六月的夜晚〉，具有宏觀視野的心靈圖像，

顯現出超越個人情感的文化氣象。

（三）性情書寫：心靈空間建築

性情書寫關注審美經驗、生命情感，以詩歌寫作形塑純粹心靈，建構生命內面空間。性情書寫是溫柔敦厚的抒情傳統在當代的新生，情意宛轉境界深遠，詩篇瀰漫的音色之美宛如花果般芬芳迷人。龐培詩的抒情氣質攜帶著一種本性般的哀戚，來自身體性經驗揮之不去的滄桑感瀰漫於詩行；可這般的哀戚並不殘缺，因為它源自對整全的生命之呵護，源自對心靈之美的珍惜，對生命遍遭摧殘有自覺反思的能力與勇氣。龐培詩中觸目可見的「形容」之美，來自對「美」之根本的體悟；或者說：是「詩即生命」的一場見證。從生活在廢園到發現廢園，從淪喪的家園中挽救出廢墟之心，正好是一段深刻的詩意歷程。「美」不是生命的裝飾，美是「存在」中一種斷然的尺度，時時提醒：生命正在變形，生命正在流逝！龐培〈房間〉節選：

新的一天，陽光抽回白皙的大腿，
美只是最為奧祕的傷害，
也最性感。話語
被分別說出三次。
一次說給空氣，說給陰影和牆的大聲慟哭，
說給天氣的側影；最後一次
到達她懵懂的耳朵……

「美」是一把刀子，房間的陰影被一道射入的陽光切開、照亮，當陽光瞬間拔出匕首並抽回白皙的大腿，那性感危險的光之刃將

空間孤寂劃開一道血口，你聽見「美」之啜泣聲了嗎？沉睡之「美」被喚醒，心靈因為措手不及而隔岸哭泣，催促沉淪在暗角的「生命」抬起傾聽的頭顱。詩人對「美」之形容，生發了詩篇「形容」之美；關閉的心開啟了，孤獨正在尋找出口：

〈小詩〉　龐培

愛。一種孤獨的吞咽。
那些輾轉沉默，未曾說出口的話語
被廣大的喧囂和人群
遮掩，構成我們的一生

我只是伸手要把窗打開——愛一個人
即是愛他（她）這一無意識的伸手……
她那潔白的雙手
令我夢縈神繞

「愛」是祈禱的手勢有無端無盡藏之美，愛之初衷神祕難以言喻；對這一無由來的意念起伏，唯有詩之形容略可親近。詩從生命的黑暗裡打開一扇天窗，在靜默的孤獨空間裡雕塑了一雙手，一雙祈禱的手，一雙渴望打開心靈窗戶的手，誰來親睹與接引？龐培詩篇中有四分之三的江南雨水，這些彷彿眼淚的雨水經過詩人靈動的造像與形容，人之心識的轉動剎那間被停頓住；經由「詩」，人得以內觀廣闊天地的奧義，瞥見抽象的意念波流瑰麗變幻之影；透過光影琉璃，「生命」顯影其莊嚴。

想像生命，然後有想像中的生命之美；美是生命境界不是表

象容顏。蘇淺為心靈造清淺的像，一幅淡遠的圖畫。〈入畫〉：

> 想像一種可能的方式
> 打虎，但不醉酒，也不過景陽崗
>
> 路遇武松，就叫他兄弟，抱拳，問好
> 喜歡他，但不能臉紅
>
> 一路婉轉，相談甚歡
> 他看到桃花，我想著猛虎

這畫本有唐人傳奇的灑脫，近於人世又遠離歲月囂塵，婉轉貼心素面相見。英雄佳人是世俗的套索，惟桃花猛虎才能輝映出生命的願望。美即佳人，美，出自心靈想像的雕刻，這雕刻來自對生命潛藏質性的探詢，一次返璞歸真的深入本然的觸摸。

〈春天是明亮的〉　蘇淺

> 如果是在林中，就應該有蘑菇
> 但你不要帶籃子來，林子這麼美，早晨才剛剛開始
> 你留下你的路或者地址，黃昏後
> 輕輕敲著你的門的
> 或者雨水，或者蘑菇
>
> 但不是我
> 我順著風長到樹上去

我要綠了

　　春天祕藏戀愛的心情，明亮而飛揚，那就忘了目的吧！讓蘑菇自個兒來敲門；綠，正是純粹心靈的顏色，綠意盎然的心，蘊藉深遠的性情。「忘情的格桑花開在高山上／／我沉靜的面容／帶來雪峰／／人世有蒼茫，在身前也在身後／／我有尼泊爾，可以毗鄰／可以帶在身上」（蘇淺〈花兒為什麼這樣紅〉），不沉陷於人間泥沼，獨立於蒼茫人世之上的，是雪峰，是詩人沉靜的面容。蘇淺時時懷抱生命的初衷，純粹心靈保留了性情的高原與邊境，接近純淨之地，清澈的大氣裡人不再執有而放空，光明淨域就在每一個人身上顯現。光明淨域就在每一個字身上甦醒，要潛入它的美，覺察那顧盼生姿的語言，豐盈無窮止的時光裡心地自由而開敞，文字紛湧的香。詩為蘇淺寶藏了生命的新地，心靈空間裡瀰漫芳馨。

（四）生活書寫：社會空間建築

　　生活書寫剌探生活與生存，關注身體在社會場域的歷練。生活好比盤根錯節的現實關係網絡，詩像根鬚一樣扎入土地吸取生命必需的養分。生活應當觸碰到現實的血肉，生存盼望活出生命的滋味，生活書寫試探社會場域中深刻的經驗過程與生命底蘊。

　　　〈十一點‧次品〉　　鄭小瓊

　　　　從爐火的次品中來臨的十一點，騎著銀馬
　　　　在鐘錶上走著，它背影與蹄子的聲音
　　　　是一片切割刀片的鋒利，在機臺的油汙與

嘈雜中劃過，它們敏感地與每月十號的工資交談
十一點疲倦的次品碰到我的疼處，十一點的
辛勞不夠一次寒冷的罰款，一月六百四十塊
的工資，二十九天班，一天十一個小時
一個小時二塊錢，次品：罰款十塊
數字此刻是一隻張牙的蠍子，它
噬咬掉了你的七點，八點，九點，十點
還有尚未來臨的十二點，你的時光原來是
如此紛亂的，潔淨的，衰弱的……它們此刻
像一塊疲倦的鐵，躺在罰款的機臺
它柔軟的腰身切斷，鍍上不再屬於你的鎳
十一點，次品從手指間走過
3000度的爐火在你的心中也冷了下去

　　未曾閱讀過如此震撼人心的時間詩章！「時間」的含義究竟
是什麼？「騎著銀馬來臨」的時間，「在疲憊的鐵的腰身上鍍鎳」
的時光，在這兩端之間的裂隙裡，歲時的軌跡瞬間凹陷變形，生
命的價值感被斷然抹煞。工作上一次細微的疏失讓時光瞬間被埋
葬，一件次級品從手指間溜過去，廉價的工資所得被搶劫一空；
當身體被殘酷地挖掘出一個深坑，心連荒謬的存在感也蕩然無
存。在殘酷的打工生活裡「心靈之詩」、「人性之詩」能否倖存？
「人」如何開口說話確實成為一個艱鉅的難題。對二億二千五百
萬從鄉村到城市謀生的農民工而言，鄭小瓊的詩觸及的正是「血
汗工廠」裡的「血汗」這兩個字。鄭小瓊詩的根鬚深入中國沿海
城市的打工現場，在工廠冰冷的車間機器旁書寫她堅毅不屈的剛
烈柔情。

尋常百姓在伊沙筆下，性格鮮明表情生動，這些散落在社會各階層各角落的陌生人，在伊沙詩篇裡，被文字凝結成一幅幅彷如浮世繪般的靜態照片或動態影像，掀啟了民間生活祕密的一瞥。詩人以獨特的素描手法，生猛簡捷的生活語言，感同身受的人性關懷，以詩意的文字匯聚成複數的「我」；將詩種植到民間生活裡，使詩意迴響跨越了自我與他者之間的界限。伊沙詩中的語言組織，從表面上看與生活話語無異；但深入觀察，素描式的詩歌語言，並不等同於生活閒聊的白話，而是以有力的線條精心勾勒，繪製以小象大的構圖。

〈尿床〉　伊沙

　　把尿床的習慣／堅守二十年／／媽媽／屋頂漏雨啦／也堅守這／可恕的謊言／／母親／為何我尿欲無窮／您吞吐江河的兒子／尿欲無窮／／您搭在太陽光線上的／床單紀錄著／我為地球所設計的／最合理的版圖／／平息所有的／吵鬧和戰火／最後一張／是小小的祖國

　　「尿床」是違反社會規範的脫序行為，是睡夢裡的即興創作，唯有在夢中身體才敢突破禁忌，勇敢說出大大的人民與小小的祖國。〈尿床〉提出了超越國族觀點的思維，以和平的大公態度思索人類生存的共同基礎，一邊是身體的夢想的自由，一邊是環境的共榮的和平。一泡尿，篇幅短小內涵廣大。伊沙的詩親近人世熱愛生命，但不黏膩於生活；詩立足於人間撫摸現實，但詩的視野高於生活層面。鄭小瓊的社會空間建築裡滿盈血汗與淚水，伊沙的社會空間建築裡裸裎人性不忌腥羶。

（五）語言書寫：基礎抽象建築

　　語言書寫關注存有的根基，關注何謂真實？何謂虛幻？語言符號是構造文明的基礎抽象元素，語言書寫以嶄新的方式觀看世界，以獨特的語言方塊建築新形態的詩歌空間。語言是詩歌的土壤，也是建築詩意家園的礎石。蘇非舒的語言書寫滿盈著生活經驗中的身體性印記，「看」生活，同時也讓自己的生存「被看」。「看」是體驗生活的基礎，不能停留在現實界域表層，需要從浮動變幻的現象穿透過去，挖掘隱匿的現實，考察深層的生活，發現內在真實。

〈人臉豬嘴的畸形人〉節選　　蘇非舒

我看到他時，他正混在人群中
招去許多人的眼光

燈光的木條在柱後緩慢地滑落下來
我感到一種來自遠古的恐懼

其中夾雜著憐憫和冷氣
它們像一群魔鬼在這個地方

魔鬼是真實的，它們逐之不散
而他仍然在人群中行走

不為眾眼所動，腳跟每走出一步
都是向山嶺黑暗的內部挺進

他走過驚奇的人群，然後走出
現在所有的魔鬼已回到大房間裡

它把那巨大的石塊拋在我們中間
而我也只能帶著它度過許多天

血也無法淹沒它們，修復為常景

　　尋常的生活場景不尋常的存在感受，場所中瀰漫著集體意識波流。詩人捕捉到，因為一個畸形人的出現，空間本身積聚的情緒能量與心理頻率之微妙轉變；詩人的觀察重心不在畸形人，而是飄浮在空氣裡的群眾心理迴流。蘇非舒的詩，是親身經歷建構出來的個人知識與生活想像的複雜組合。蘇非舒以獨特的身體直覺感應與世界相遇，以超越視覺意義上的「看」、超越現象表層的「看」去觸摸存有與存有物；詩篇滿盈著豐富深沉的身體感，文本中虛實變換的精神流動令人難以捉摸。

　　蘇非舒，一個詩人探險家，以獨特的詩觀點勘查世界，發現「真實」的新礦脈；探險家方向明確，講究完成目標的方法論。蘇非舒詩歌中的空間音色奇異，語言策略獨特，帶動詩的思維邁向詩意迴響的新世界。蘇非舒的物思維強調：「不可形容。去掉形容詞，因為它限制人們直接去感受物體。不可理解。當人們說他已經理解一個物體，也就是說這個物體它不再重要，已經不在人們去理解的範圍之內。這樣，這一物體就會被人們視而不見。

不可想像。物體本身的多樣性是物體原本的樣子，而不應該是想像的結果。」（蘇非舒〈物體十條〉）以獨特的語言觀洗滌視界中的灰塵。

車前子的新詩語言實驗，以各式各樣的文體語言拓展詩歌場域，試圖在詩歌空間裡表達「可能的事物」，而非「已知的事物」，以文字開掘世界而非印證存有。詩學重心在於以晃動傾斜但嶄新的語言元素做建築材料，構造出迥然不同既往的詩歌空間與精神建築；以不斷重新編排的語詞材料與不斷偏移變化的語言工法，翻修新詩文化中斑剝僵固的老舊社區。〈即興（焦慮）〉：「焦慮的時候，／不要去游泳──／這是投毒。／／河邊村落，無人走動，／都被毒死了。」車前子不想讓一座老縣城一輩子壓在頭頂上，不想面對一堆洗不完的髒盤子困在廚房，頑固地參照食譜炒菜；車前子想自個兒上市場買新鮮魚肉，到菜園子裡隨意拔菜，還沉浸於育種的樂趣與栽植的甘美。

「詩是格格不入與難以置信的。」、「必須激進的實踐，用來中斷中國文學傳統那一場無休無止的閒聊。」（〈車前子說詩〉）車前子詩中的言說方式，要不是斷然如公案，就是怪異如外星人用漢語說書，彷彿有理說不清，也不想面對面赤裸地談情。公案式的詩文字如匕首，說書式的詩文字像拂塵。

〈一首〉　車前子

「別以為」，一隻蛋──
對一隻蛋說：「跳幾下，
就了不起了。」水開了，
兩隻蛋，跳了幾下。又跳了幾下。

兩隻蛋的對話與行為組成動態意象，先跳的蛋比後跳的蛋具有階級優勢。資本主義催生的階級差異產生不公平的階級剝削，共產主義欲抹除階級差異強調暴力革命。前者是（應該發生的）應然命題，後者是（事實存在的）實然命題；前者的公平正義尚能討價還價，後者「水開了」，不管剝削者或被剝削者，都在沸水中躺平。匕首一刀斃命。

拂塵式的詩像變戲法，招來拂去讓人眼花撩亂，招式忽然一改架勢不同凡響，明眼人看出苗頭來，太神了！詩可以這樣寫來忽大忽小。「他把小的盒子放進大的盒子／像熱愛故鄉，像熱愛世界上的常識／像總該放進點什麼不然說不過去／他把小的盒子放進大的盒子／他把大的盒子放進小的盒子／當他把大的盒子放進小的盒子／真放了進去，棄嬰撲搧出翅膀／後院的合歡樹又合唱一遍／他的時代在他的邪手勁裡／嚴肅認真地成長。」（車前子〈中國盒子〉）車前子像隱藏在戰略地圖中的軍師，總能找到一個奇特的山頭洞觀全局，在紙上縱橫兵馬顛倒乾坤。「中國」就只是幾個盒子嘛，套來套去的，現實的戲法不過如此！車前子的詩總能捏造出新品種的鼻子，好用來戲弄陳腐的空氣。

（六）文化圖像：人之樹

新世紀先鋒詩歌呈現出來的整體性文化圖像，彷彿一棵「人之樹」：文化是樹幹，生活是根系，語言是土壤，性情是花果，靈性是陽光雨水。通過陽光的照臨與雨水潤澤，立足於語言的土壤，以生活根系吸取養分，茁壯文化脈絡的樹幹，開出性情花果。「人之樹」是新詩審美精神的象徵性圖像，呈現黃粱對新世紀先鋒詩歌文化的思維與想像。文化書寫關注人文延展，性情書寫撫摩愛與心靈，生活書寫刺探生活與生存，語言書寫清洗符號開拓

視界，靈性書寫通達人天。「人之樹」是充盈人文理想的生命圖騰，蘊含決定性經驗之洗禮與整體性價值之薈萃，嚮往自由開放的文學環境，顯現百年新詩追尋的文化願景。

詩，是個人歷史中生死交關之志業，也是人類文明的結構支柱。詩是一種「決定性經驗」，它創造性地改變接受它洗滌的身體與心靈；詩賦有「整體性價值」，詩之能量滲透作者／讀者的生命經驗全體，深化精神信念重整價值體系。詩，相信意念可以革新生命，相信意念可以改變世界，自由意志的影響力無遠弗屆。詩率先敞開心靈對話的誠意，承擔昭顯文化願景的道德責任；詩是場所精神與價值信念的指標性文本，也是見證歷史守護人性的珍貴資產。

四、漢語詩學的傳承與開創

「詩言志，歌永言，聲依永，律和聲。八音克諧，無相奪倫，神人以和。」（《尚書》）詩是莊嚴崇高的言說，言說本身具有法度之義，稱名為「詩」。人願望表達內心的情志，當日常語言不足以形容，於是用聲音來吟詠，綿延以旋律；當文字、聲音與旋律，彼此和諧形成一個統一體，人類心靈的殿堂就能夠被建築起來，詩是人類精神意識的最高範型。「神」指涉流貫超越意識的大我，「人」形容此在的小我，個體小我和靈性大我之間和諧交融，「神人以和」，神人之間交流和暢沒有隔礙。「詩」位居文化建築的最高位階，通過詩將心靈內在的聲音，以有韻律的形式廣播，人與人之間，文化與自然之間協調安詳，產生人文秩序之美，生命空間與精神建築因此而鞏固，這是漢語文化建構人文世界的核心理念。

「詩三百，一言以蔽之，曰：思無邪。」（《論語》）詩來自人類心靈的基礎信念：「思無邪」，詩的聲音永不偏斜，直指人心；詩穿透現實蔽障，呈現人性真實的本來面目。詩除了洞澈現象真實之外還有護持人性的神聖功能，直指人心守護人性是詩的核心價值，也是詩之所志，此乃詩的本質。「詩，可以興，可以觀，可以群，可以怨。」（《論語》）詩可以啟發人心，通過詩的教育厚植認識天地萬象的能力，促進人與世界的溝通交流；詩之教育養成精神理念，形塑分辨是非善惡的道德勇氣；詩對內深化自我教育，對外散播文化理想。「不學詩，無以言。」（《論語》）詩是深邃奧美的言說，表達精微的生命真實、道德信念與審美理想，詩是語言的藝術。

「情發於聲，聲成文，謂之音。治世之音安以樂，其政和；亂世之音怨以怒，其政乖；亡國之音哀以思，其民困。故正得失，動天地，感鬼神，莫近於詩。先王以是經夫婦，成孝敬，厚人倫，美教化，移風俗。」、「是以一國之事，繫一人之本，謂之風。言天下之事，形四方之風，謂之雅。雅者，正也，言王政之所由廢興也。政有小大，故有小雅焉，有大雅焉。頌者，美盛德之形容，以其成功告於神明者也。是謂四始，詩之至也。」（《詩大序》）。「風」以一己之心來反映人世，「雅」總天下之心，視人世興亡與每一個個體生命息息相關，將一己之心連結上眾人之心。「頌」表達人與天地神明的溝通願望，向天祈禱與讚頌，對超越人之上的無形能量以詩意歌詠進行召喚與連結。詩是正大光明的言說，故能動天地，感鬼神，化育廣大生命，重整文明精神。

東晉・陶潛（365-427）〈勸農〉詩：「悠悠上古，厥初生民。傲然自足，抱朴含真。智巧既萌，資待靡因。誰其瞻之，實賴哲人。」以「頌詩」讚揚上古先民順應天地節氣，勤奮知足的素樸

生活，尊重賢達思想懂得感恩。盛唐・李白（701-762）作〈古風〉：「大雅久不作，吾衰竟誰陳。王風委蔓草，戰國多荊榛。龍虎相啖食，兵戈逮狂秦。正聲何微茫，哀怨起騷人。」面對唐朝的動亂局勢，李白覺察到「總天下之心」的迫切感，詩人以關懷天下的心志積極呼籲，為理想奔走勇敢實踐，拒絕逃避與沉淪。盛唐・杜甫（712-770）名詩〈戲為六絕句〉：「不薄今人愛古人，清詞麗句必為鄰。竊攀屈宋宜方駕，恐與齊梁作後塵。未及前賢更勿疑，遞相祖述復先誰。別裁偽體親風雅，轉益多師是汝師。」也提到超越形式主義的「風雅精神」，推崇追根溯源承續傳統，內蘊文化理想的詩歌。

　　漢語文化是一條源遠流長的大河，漢語詩歌是袞袞巨流。詩的談言微中，是不同年代詩篇之間的對話，不同地域詩人與詩人的交流，更是古典詩學與當代詩學的傳承轉化。無論「興觀群怨」或「風雅精神」，對詩之文化體會與精神期許，經歷百代而不移，若隱若現牽動著詩人的文化使命感與自我省思之道。先鋒詩歌立足於生命經驗與反思歷史洪流的詩歌文本，呈現人文心靈與時代環境之間緊密的關聯，對意識形態偏激化、物質主義洪氾化的當代中國文化與社會，提供了一面詩人虔心磨洗的詩歌之鏡。本章不止於對先鋒詩歌進行思想梳理與審美闡釋，也嘗試從詩歌文本中映現當代中國跨世紀前後的歷史脈動與時代風景，從新世紀代表詩人的詩論與詩篇，歸納出一幅蘊藏未來願景的「人之樹」文化圖像。漢語文化歷久而彌新，祈望漢語詩學的傳承與開創，在當代詩與當代詩人身上依然胸懷浩蕩地延續著。

【參考文獻】

昌耀，《昌耀詩文總集》（西寧：青海人民出版社，2000年）

朱文，《他們不得不從河堤上走回去》（臺北：唐山出版社，1999年）

黃粱等，《地下的光脈》（臺北：唐山出版社，1999年）

唯色，《雪域的白》（臺北：唐山出版社，2009年）

張執浩，《動物之心》（臺北：唐山出版社，2009年）

楊鍵，《慚愧》（臺北：唐山出版社，2009年）

臧棣，《空城計》（臺北：唐山出版社，2009年）

龐培，《四分之三雨水》（臺北：唐山出版社，2009年）

蘇淺，《出發去烏里》（臺北：唐山出版社，2009年）

鄭小瓊，《人行天橋》（臺北：唐山出版社，2009年）

伊沙，《尿床》（臺北：唐山出版社，2009年）

蘇非舒，《喇嘛莊 · 地窖 · 手工作坊》（臺北：唐山出版社，2009年）

車前子，《散裝燒酒》（臺北：唐山出版社，2009年）

黃梁作品輯要

【著作】

詩評集《想像的對話》（唐山，1997）

詩集《瀝青與蜂蜜：黃梁歌詩》（青銅社，1998）

三十年詩選《野鶴原》（唐山，2013）

二二八史詩《小敘述：二二八個銃籽》（唐山，2013）

雙聯詩選《猛虎行：黃梁歌詩》（唐山，2017）

新詩史《百年新詩 1917-2017》（一）（青銅社，2020）

新詩史《百年新詩 1917-2017》（二）（青銅社，2020）

新詩史《百年新詩 1917-2017》（三）（青銅社，2020）

新詩史《百年新詩 1917-2017》（四）（青銅社，2020）

新詩史《百年新詩 1917-2017》（五）（青銅社，2020）

新詩史《百年新詩 1917-2017》（六）（青銅社，2020）

新詩史《百年新詩 1917-2017》（七）（青銅社，2020）

新詩史《百年新詩 1917-2017》（八）（青銅社，2020）

詩文集《君子書：黃梁歌詩》（釀出版，2022）

新詩史《臺灣百年新詩（上卷）：歷史敘事與詩學闡釋》（釀出版，2024）

新詩史《臺灣百年新詩（下卷）：精神標竿與文化圖像》（釀出版，2024）

新詩史《中國百年新詩（上卷）：新詩史略與文化圖像》（釀出版，2025）

新詩史《中國百年新詩（下卷）：軸心詩人與典範詩章》（釀出版，2025）

【策畫主編】

文化評論集《龍應台與台灣的文化迷思》（唐山，2004）

大陸先鋒詩叢 1 朱文卷《他們不得不從河堤上走回去》（唐山，1999）

大陸先鋒詩叢 2 海上卷《死，遺棄以及空舟》（唐山，1999）

大陸先鋒詩叢 3 馬永波卷《以兩種速度播放的夏天》（唐山，1999）

大陸先鋒詩叢 4 余怒卷《守夜人》（唐山，1999）

大陸先鋒詩叢 5 周倫佑卷《在刀鋒上完成的句法轉換》（唐山，1999）

大陸先鋒詩叢 6 虹影卷《快跑，月食》（臺北：唐山，1999）

大陸先鋒詩叢 7 于堅卷《一枚穿過天空的釘子》（唐山，1999）

大陸先鋒詩叢 8 孟浪卷《連朝霞也是陳腐的》（唐山，1999）

大陸先鋒詩叢 9 柏樺卷《望氣的人》（唐山，1999）

大陸先鋒詩叢 10 詩論卷《地下的光脈》（唐山，1999）

大陸先鋒詩叢 11 唯色詩選《雪域的白》（唐山，2009）

大陸先鋒詩叢 12 張執浩詩選《動物之心》（唐山，2009）

大陸先鋒詩叢 13 楊鍵詩選《慚愧》（唐山，2009）

大陸先鋒詩叢 14 臧棣詩選《空城計》（唐山，2009）

大陸先鋒詩叢 15 龐培詩選《四分之三雨水》（唐山，2009）

大陸先鋒詩叢 16 蘇淺詩選《出發去烏里》（唐山，2009）

大陸先鋒詩叢 17 鄭小瓊詩選《人行天橋》（唐山，2009）

大陸先鋒詩叢 18 伊沙詩選《尿床》（唐山，2009）

大陸先鋒詩叢 19 蘇非舒詩選《喇嘛莊‧地窖‧手工作坊》（唐山，2009）

大陸先鋒詩叢 20 車前子詩選《散裝燒酒》（唐山，2009）

讀詩人176　PG3101

中國百年新詩（上卷）：
新詩史略與文化圖像

作　　　者	黃　梁
責任編輯	陳彥儒
圖文排版	黃莉珊
封面設計	嚴若綾

出版策劃	釀出版
製作發行	秀威資訊科技股份有限公司
	114 台北市內湖區瑞光路76巷65號1樓
	電話：+886-2-2796-3638　傳真：+886-2-2796-1377
	服務信箱：service@showwe.com.tw
	http://www.showwe.com.tw
郵政劃撥	19563868　戶名：秀威資訊科技股份有限公司
展售門市	國家書店【松江門市】
	104 台北市中山區松江路209號1樓
	電話：+886-2-2518-0207　傳真：+886-2-2518-0778
網路訂購	秀威網路書店：https://store.showwe.tw
	國家網路書店：https://www.govbooks.com.tw
法律顧問	毛國樑　律師
總 經 銷	聯合發行股份有限公司
	231新北市新店區寶橋路235巷6弄6號4F
	電話：+886-2-2917-8022　傳真：+886-2-2915-6275

出版日期	2025年2月　BOD一版
定　　價	490元

讀者回函卡

國家圖書館出版品預行編目

中國百年新詩. 上卷：新詩史略與文化圖像 / 黃
粱著. -- 一版. -- 臺北市：釀出版, 2025.02
　　面；　公分. -- (讀詩人；176)
BOD版
ISBN 978-626-412-023-4(平裝)

1.CST: 新詩 2.CST: 中國詩
3.CST: 中國文學史

820.91　　　　　　　　　　　113016483